KB057614

달라이 라마

비폭력 평화의 참 스승

달라이 라마

라지브 메흐로트라 엮음
손민규 옮김

문이당

Understanding The Dalai Lama
edited by
Rajiv Mehrotra

First Published by Penguin Books India 2004.

This Korean edition is published by arrangement
with Penguin Books India
through Sunplus Agency, Seoul.

나의 스승인 걀와 린포체와

달라이 라마 성하의 장수를 기원하고

나의 어머니 샨티 메흐로트라를 추모하며

나의 아버지 H. N. 메흐로트라

사라다 고피나트

그리고, 친구이자 도반이며 아내인 미낙시 고피나트에게

이 책을 바친다.

들어가는 말

"걱정할 필요 없어요. 그분은 정말로 인간적이고 따뜻한 분이거든요."

내가 말을 건넸다.

그러자 여자는 휘둥그레진 눈으로 따지듯이 말했다.

"그분은 살아 있는 부처님이에요."

"결국 같은 말 아닌가요?"

내가 물었다.

보편책임재단은『달라이 라마 평전』의 출간을 기쁘고도 영광스럽게 생각합니다. 티베트인은 달라이 라마를 자비의 화신인 관세음보살, 소원 성취의 보석이란 뜻의 예시 노르부 등으로 알고 있으며, 다른 사람들은 몽골의 칭호인 달라이 라마로 알고 있습니다. 달라이 라마는 '지혜의 바다'라는 뜻입니다. 티베트 불교에 입문한 사람들은 간단하게 성하(聖下)로 부릅니다. 달라이 라마는 자신을 텐진 갸초, 혹은 평범한 불교 승려라고 말합니다.

그렇다면 달라이 라마를 어떻게 부르는 것이 가장 좋을까요? 이 책에 실린 글들이 그 해답을 제공해 줄 것입니다. 글을 쓴 이들은 학문적인 평론이나 개인적인 수필들을 통해 한 인간의 비범한 모습들을 조명합니다. 각각의 글들은 조화롭게 균형 잡힌 인격에서 우러나오는 카리스마를 개인적인 감상으로 들여다볼 뿐 아니라, 놀라운 업적과 세계적인 찬사들에도 불구하고 지극히 인간적이고 겸손한 모습을 보여 주는 달라이 라마를 그려 냅니다. 한 인간의 모든 측면을 완벽하게 알거나 이해할 순 없습니다. 그 사람이 인간의 전형(典型)이라 할 수 있는 붓다의 화신일 때는 더욱 그렇습니다. 이렇게 불가능한 시도를 한다는 점에서 이 책은 미완으로 남을 것입니다. 위대한 스승 달라이 라마의 지도와 축복 속에서 보편책임재단은 세계적으로 달라이 라마의 사상에 감화를 받은 수많은 사람들과 역사에 빚을 졌다고 느꼈기 때문에 성하를 만나 본 사람들, 성하와 일을 같이한 사람들이 성하의 생활과 인격을 현대적인 시각으로 조명할 수 있는 도서를 기획하게 되었습니다.

달라이 라마는 유명세에도 불구하고 자신의 문을 열어 놓고 살 뿐 아니라, 우리 시대의 개인적인 요구나 집단적인 요구에 이상적으로 부응해 왔습니다. 성하는 폭넓은 견해와 분석, 표현 등을 통해 다양한 차원에서 다양한 방법으로 세계에 많은 영향을 주고 있습니다. 참된 지도자들의 삶처럼, 성하는 자신의 가르침과 철학을 생활에서 직접 실천하고 보여 줍니다. 성하는 법왕제(法王制)와 전생제(轉生制) 속에서 영혼의 진화를 거듭해온 진보적이고 합리적인 인물이며 열네 번째 환생입니다.

필자는 성하의 부족한 제자로서 이 책의 서문을 쓰고 여러 평론들을 편집하여 생불의 가르침과 지혜를 엮어 내는 특권과 축복을 두 번씩이나 받았습니다. 이 책의 모든 공로는 중생의 것이며 모든 잘못은 전적으로 필자의 책임임을 밝힙니다.

2006년
뉴델리에서
라지브 메흐로트라

차례 달라이 라마 | 비폭력 평화의 참 스승

비폭력 평화의 씨를 뿌리는 구도자

라지브 메흐로트라

  텐진 갸초는 2,500여 년 전 인도의 젊은 왕자가 보리수 아래 앉아 깊은 명상에 잠겨 인간의 심원한 지혜를 깨달아 고통에서 해방된 데서 출발한 불교 전통의 계승자다. 이 왕자는 붓다, 즉 각자(覺者)가 되었다. 불교의 핵심은 '삶은 고통과 질병, 죽음, 재생(再生)의 과정을 끊임없이 되풀이하는 수레바퀴, 즉 실체를 바로 보지 못하는 무지와 욕망에 의해 굴러 가는 수레바퀴임'을 자각하는 데 있다.

  깨달음은 마음을 닦아서 마음 자체를 초월할 때 일어난다. 깨달음은 실체를 있는 그대로 체험하는 것이요, 만물이 환영의 상태로 존재하기 때문에 본질적으로는 비어 있음을 인지하는 것이다. 깨달음을 얻어 생사윤회를 초월한 사람들 중에는 인류를 가르쳐서 깨달음으로 인도하기 위해 다시 태어나는 존재들도 있다. 그런 존재를 우리는 보디사트바, 즉 보살이라고 한다. 역대 달라이 라마는 모두 보디사트바요 관세음보살이며 티베트 수호성인의 환생이다.

초기부터 불교에는 광범위한 마음공부와 심리학의 영역을 망라하는 수준 높은 윤리학이 있었다. 초기 불교는 세계 각국으로 전파되면서 종교와 철학, 신비주의, 형이상학, 요가—지식 요가, 헌신 요가, 행위 요가—등으로 발전해 갔다. 불교를 그냥 도덕적인 종교나 윤리적인 종교라고 말하기엔 충분하지 않다. 불교는 '어떻게' 도덕적이고 '어떻게' 윤리적일 것이냐는 문제를 상세히 다루기 때문이다.

중국과 맞닿은 동쪽 변경에서 아프가니스탄과 맞닿은 서쪽 변경까지는 3천 킬로미터가 넘고, 남쪽으로 티베트 문화의 원류인 인도와 맞닿은 티베트 지역은 해발 5천 미터에 가까운 히말라야 고원 지대다. 이런 험준한 자연환경 속에서 살아온 티베트인들은 일찍부터 자연이 주는 그 위용과 공포를 강렬하게 인식할 수밖에 없었다. 그래서 티베트인들은 일부 살기 좋은 평원과 종교에서 안식처를 찾았다. 티베트는 불교적 우주관에 깊이 고취된 비밀의 샹그릴라였기 때문에 천연의 고립 무원 속에서도 엄청난 열정으로 종교를 추구했다. 사냥과 살육은 동물의 진화 과정을 자의적으로 간섭하는 것임을 깨달으면서 중단하게 되었다. 군대는 해산되고 군인은 승려가 되었다. 왕이 다스리던 세속 정부는 종교 정부로 바뀌었다. 백성들은 본질적으로 평화를 사랑하는 불교를 신앙하면서 소박함과 실용성을 몸에 익혔다. 기근이 사라지고 질병은 보기 드물게 되었다.

"불행하게도 일부 사원과 시설들이 지주(地主)와 같은 존재로 변모했습니다. 그래서 민간 차원의 불법이 쇠퇴하기도 했어요. 종교에 대한 헌신은 대단했지만 교육 활동이 미미했습니다." 이렇게 달라이 라마는 티베트의 과거사를 인정한다. 사회 제도는 봉건제가 되었다. 대부분의 백성은 거대한 사원이나 지체 높은 귀족에게 지대(地代)를 바쳐야 하는 소작인들이었다. 티베트인 4명 중 1명은 승려가 되었으며, 승려들이 사실상의 지배 계층을 형성했다. 그 밑으로 여러 계층이 형성되었으며 이후 몇백 년 동안 변함없이 지속되었다. 그리고 사원 내에서는 문화와 전통이 풍요롭게 번성하였다.

1933년 13대 달라이 라마가 입적했다. 2년 후 티베트의 섭정은 성스러운 호수에서 새로운 몸으로 환생한 새 지도자의 모습을 보았다. 호수의 수면에 어느 사원과 근처의 가옥, 그리고 아기의 모습이 나타났다. 또 다른 전조들이 나타나자 티베트의 북동부에 있는 사원과 가옥으로 조사대가 파견되었다. 조사대가 해당 가옥에 도착하자 두 살짜리 아이가 변장을 하고 있던 라마들을 알아보고 다가와서 이름을 부르는 게 아닌가! 이 아이는 라싸에서 1,600여 킬로미터나 떨어진 마을에서 태어나 자랐음에도 티베트 수도인 라싸 말을 할 줄 알았다. 또한 아이는 13대 달라이 라마가 쓰던 염주와 지팡이, 북을 알아보았다. 귀는 크고 다리에는 호랑이 줄무늬가 있고 손바닥에는 조가비 문양이 있는 등 아이의 몸에서는 달라이 라마를 상징하는 특징들이 여럿 발견되었다. 의심할 바 없는 달라이 라마의 환생이었다. 14대 달라이 라마는 자신의 환생 문제에 대해 겸손하게 언급한다. "1대, 2대, 3대 등의 달라이 라마는 모두 틀림없이 관세음보살의 화신입니다. 저 자신이 축복받은 사람이라고 믿지만 수행의 경지는 높지 않습니다. 지금도 이렇게 수행을 하고 있잖아요."

1939년 10월 어느 화창한 아침, 네 살이 된 소년은 수천 명의 사람들이 연도에 노란 길과 하얀 길을 만들어 환호하는 가운데 대도시 라싸에 입성했다. 섭정이 대신하여 나라를 다스리는 가운데, 농부의 아들로 태어난 소년은 길고 험난한 교육 과정에 발을 내디뎠다. 개인 교사와 수행원들에 둘러싸인 생활은 화려했지만 엄격한 규율 때문에 고독했다. 소년은 교육 과정에서 대단히 우수한 성적을 보여 주었다. 그리하여 스물네 살이 되던 해 달라이 라마는 거의 모든 라싸 시민들이 지켜보는 대중 토론에서 탁월한 성적을 얻어 불교 철학 박사 학위를 받았다.

한편 중국은 "몽골의 후손인 장족[1]은 중국 5대 민족 중 하나이기 때문에 시짱[西藏]은 중국의 일부다"라고 우기면서 티베트에 대한 주권을 주장하기 시작했다. 그래서 채 16세가 되기 전인 1950년 설날에, 텐진 갸초의 정치 교육은 시작되었다. 새로 태어난 중화 인민 공화국은 티베트를 '해방'시키려는 의지를 천명했다. 정신적으로나 물질적으로 아무런 준비가 되어 있지

---

1) 장족(藏族) : 중국인은 티베트인을 장족이라 부른다.

16

않았던 티베트 내로 인민군이 진군을 시작하자 소년 달라이 라마는 국가 신탁의 요구에 따라 14대 달라이 라마로 정식 취임하여 험난한 시대 속으로 진입하는 나라를 이끌기 시작했다.

티베트인들에 대한 잔악한 행위가 늘어 가고 중국과의 협상이 9년 동안 교착 상태를 벗어나지 못하자, 드디어 1959년 3월 17일 라싸에서 대중 봉기가 일어나고 총알과 포탄이 쏟아지는 밤에 달라이 라마는 티베트 유격대의 호위를 받으며 인도로 탈출하기 위해 멀고도 험한 여정을 떠났다. 이후 몇 주 동안 8만 7천 명이 살해당하고 2만 5천 명이 투옥되었으며 10여만 명이 달라이 라마와 함께 망명길에 오른 것으로 추정되었다.

1960년 국제법률가협회의 보고서는 완전한 주권 국가로서의 티베트 지위를 확인해 주었다. 그리하여 중국의 대량 학살은 엄연한 범죄 행위였음이 드러났다. '중국의 침략은 한 민족과 인종과 종교를 전체적으로, 혹은 부분적으로 파괴하려는 의도가 명백히 드러난, 더없이 중대한 범죄 행위'였던 것이다. 그럼에도 달라이 라마는 이렇게 믿는다.

불교적인 시각으로 보면 이 모든 비극적 사태들은 자신이 이전에 행한 카르마가 본질적인 원인입니다. 중국군은 외면적인 원인이며 보다 근원적인 원인은 티베트의 악업인 것입니다. 상대가 당신을 해한다 하더라도 상대를 원수로 보지 마십시오. 상대도 당신이나 나처럼 행복을 바라는 인간으로 생각해 보십시오. 그렇게 함으로써 우리는 참다운 자비심을 닦을 수 있습니다.

문화 혁명이 끝나 갈 무렵, 새로 대두한 중국 체제는 티베트에서 6천 개의 사원 중에서 겨우 45개의 사원만이 남았다고 발표했다. 이후 사원의 수는 53개로 증가했다. 그러나 50만 명의 승려는 1,300명으로 줄어들었다. 문화 혁명 후 승려의 수는 증가하고 있겠지만 오늘날 티베트에서 승려가 될 수 있는 허가를 받으려면 먼저 사회주의 교육을 받아야 한다.

1959년 3월 31일 오후에 달라이 라마는 인도 국경을 넘어 망명을 요청했다. 달라이 라마가 망명을 요청하자 인도 정부는 당혹스러움을 감추지 못했다. 물론 인도와 티베트는 역사적으로 종교와 문화를 교류해 오고 있었지만 네루 수상은 당시 미묘해진 인도와 중국 간의 화해 무드를 고려하지 않을 수 없었기 때문이다. 그러나 결국 인도주의가 승리를 거두어 망명이 허가되었다. 그래서 달라이 라마는 붓다가 태어난 나라의 귀빈이 될 수 있었다. 티베트 난민들에 대한 동정 여론이 일고 물질적인 지원이 이어졌지만 세계 각국의 정치적 지원은 거의 찾아볼 수 없었다. 그동안의 고립으로 국제 외교가 없었기 때문에, 티베트를 정치적으로 돕겠다는 우방도 없었던 것이다.

달라이 라마는 인도 수도인 뉴델리에서 하루가 걸리는 북쪽의 다람살라에 자리를 잡았다. 인도 정부가 우호의 징표로 증여한 2,500평의 주거 지역이 현 티베트 망명 정부의 구역이 되었다. 달라이 라마는 티베트에서 누렸던 권력과 권위를 모두 잃어버렸다. 달라이 라마는 그런 상실을 내면세계에서 훨씬 더 거대한 나라를 건설하라는 하늘의 부름으로 받아들였다. 그리하여 달라이 라마에게는 내면세계에서 개발한 평화와 진실이이 미친 세상에서 쓸 수 있는 최상의 무기가 되었다.

달라이 라마가 망명 생활을 하는 동안, 중국은 티베트를 끊임없이 탄압하고 문화와 전통을 조직적으로 말살했다. 달라이 라마는 아직도 외국의 관대한 도움에 의지해 난민 여권으로 임시 체류하고 있는 실정이다.

1989년 12월, 달라이 라마에게 수여된 노벨 평화상은 티베트 독립이라는 목표와 그 목표를 성취하기 위한 종교적 노력에 대한 세계적인 공식 인정이었다. 노벨 위원회는 종교 지도자에게 노벨상을 수여하면서 달라이 라마의 공헌을 다음 세 가지로 요약했다. 첫째 비폭력 사상, 둘째 사회와 개인 간의 상호 연계성, 셋째 환경 재난을 예방하려는 노력. 종교 지도자에게 노벨 평화상을 수여하는 자리에서 환경 문제를 중요한 수상 요인으로 꼽은 것은 의미 있는 일이었다. 달라이 라마는 자연 재난이 가져올 거대한 도전에 대응하기 위해 합리성과 인도주의, 종교 사상을 통합하고자 했다. 노벨 위원회는 중국의 강력한 항의에도 불구하고 달라이 라마를 '티베트 국민의 정치적·종교적 지도자요, 티베트 독립 운동의 지도자'라고 주저 없이 선언했다.

오늘날 티베트의 상황은 비극이자 승리다. 변화를 거부하는 전통 사회를 옥박지르는 전체주의의 잔인한 전형이다. 1980년대 처음으로 달라이 라마의 대표단이 티베트를 방문하여 티베트 국민들에게 커다란 반향을 불러일으켰다. 1976년 마오쩌둥〔毛澤東〕이 사망하자 티베트 망명 정부와 중국 정부 사이에 최초로 민감하고도 실질적인 접촉이 이루어졌다. 이후 10년 동안 양자 간의 대화는 교착 상태에 빠졌으며 1989년 5월에는 중국 정부의 표현을 빌리자면 "반혁명 분자와 자본주의 첩자, 인민의 적들"이 선동한 학생 시위가 톈안먼(天安門) 광장에서 발생했다. 그리고 티베트에서도 시위와 데모가 계속되었다. 그래서 1년 넘게 계엄령이 시행되었으며 심사를 거친 단체 관광객들만 라싸에 들어갈 수 있었다. 중국 정부는 계속 수사적인 표현을 들먹이며 달라이 라마가 반중국적·반국가적인 감정을 선동한다고 비난했다. 티베트의 인권 문제를 거론하면서 티베트 주권 문제를 해결하라는 국제 사회의 압력과 달라이 라마에 대한 전 세계적인 지지가 증가함에 따라 중국의 불안한 고민은 깊어 갔다.

최근 중국은 좀 더 교묘한 전략을 쓰기 시작했다. 가난한 한인(漢人)들에게 매력적인 인센티브를 제공하여 가혹한 설역(雪域)에 대규모로 이주시키는 정책을 쓰기 시작한 것이다. 예를 들어, 달라이 라마가 태어난 티베트 북동부의 코코노르 지역의 인구를 살펴보면, 티베트인은 고작 50만 명인 데 반해 한인은 자그마치 350만 명이나 된다.

달라이 라마는 중국 정부와 직접 접촉을 하기도 하고 베이징에 대표단을 파견하기도 하는 등 항상 대화의 문을 열어 놓고 있다. 지금은 '신뢰 구축의 단계'로 표현하고 있지만 현재까지 티베트의 대중국 관계는 10여 년 전에 달라이 라마가 제안한 '5개조 평화안'의 시각을 견지하고 있다. 달라이 라마는 자신의 견해를 다음과 같이 피력한다.

본질적으로 티베트의 문제는 달라이 라마 제도의 문제가 아니라 6백만 영혼의 문제다. 여기서 달라이 라마는 중요하지 않다. 중요한 건 티베트의 존속 여부다. 미래에도 티베트는 존속할 것이다. 중요한 건 티베트인의 행복과 권리다. 달라이 라마 제도는…… 왔다가 갈 것이다. 현실 상황에 따라 변할 것이라는 말이다. 내가 죽고 난 뒤에도 티베트인들이 달라이 라마를 원하면 나는 다시 오겠다. 다시 환생하여 달라이 라마가 되겠다. 나는 중생이 고통을 받는 한, 그들을 위해 최선을 다하겠다고 서원했다. 이는 그리 대단한 일이 아니다. 모름지기 진실로 불법(佛法)을 닦는 사람이라면 모두 이렇게 생각할 것이다. 나는 미국인으로 태어날 수도 있고 캐나다인으로 태어날 수도 있으며 티베트인으로 태어날 수도 있고 인도인으로 태어날 수도 있다. 어느 나라 사람으로 태어날지는 모른다.

또한 달라이 라마는 인구 이주 정책을 폐기하고 티베트인의 기본 인권을 존중하고 환경을 보호하며 성실한 교섭을 시작하여 종국에는 티베트를 평화 지대로 만들자는 제안을 중국 측에 했다. 이어서 유럽 의회에서는 티베트의 독립을 포기하고 미래의 티베트에서 정치적 역할을 않겠다는 제의를 하기도 했다. 그렇지만 가까운 시일 내에 중국이 구체적인 반응을 보이지 않으면 자신의 입장을 재고할 수밖에 없다고 경고하기도 했다.

*

망명 생활이 시작되자 달라이 라마는 편안했던 고국산천을 잃고 먼지 많고 뜨거운 인도로 떠나온 티베트인들의 상처를 보듬고 망명 정부를 이끌면서 정신없이 바쁜 나날 속으로 빠져 들었다. 티베트인들은 '생성(生成)은 존재의 중요한 부분이며 인생은 끊임없이 변화한다는 불법'에 의지하여 새롭게 변화된 환경 속에서 살아남았을 뿐 아니라 망명지에서 번영을 이룩했다.

세계는 티베트를 신화와 전설의 영역에 되돌려 놓고 싶어 했으나 달라이 라마와 그 국민은 엄연한 현실과 시련 속으로 내몰렸다. 티베트인들에게 종교는 삶의 원천이자 모든 것이다. 그래서 티베트의 종교와 문화를 계승해서 발전시키는 길만이 티베트의 종교와 문화를 말살하려는 중국의 책략에 대응하는 본질적 방안이다. 티베트의 정신이 죽게 내버려 둘 수는 없다. 티베트인들은 티베트에서 파괴된 사원들을 인도에 작은 규모와 새로운 형태로 재건하여 티베트 불교의 전통과 법맥을 이어 가고 있다. 망명 티베트인들의 희망인 아이들은 승려가 되어 티베트 승가의 전통을 이어 가고 있으며 고승들도 망명지에서 환생하고 있다. 이런 상황에 대해 달라이 라마는 "제가 티베트 밖에 있기 때문에 티베트 문화가 순수한 형태로 지속되고 있어요. 오늘날 기이하게도 티베트 문화와 전통의 진수는 티베트 내에서가 아니라 티베트 밖에서 발견되고 있는 형편이지요"라고 말한다.

티베트 외부에 거주하는 티베트인들에게는 안전한 정착이 중요 과제다. 난민들은 별다른 소유 재산 없이 인도로 들어온다. 또한 난민들은 건조한 티베트에서는 볼 수 없었던 아열대 질병들에 노출된다. 그럼에도 생존자들은 서서히 작은 경제 기적들을 일구어 내고 있다. 발 빠르게 이전의 봉건적인 생활을 청산하고 불모지를 평등하게 배분하며 판매와 구입을 관리하는 조합을 결성하기도 한다. 티베트 의학과 예술, 공예, 교육이 장려되고 있다. 망명 생활을 하는 티베트인들은 고유의 정체성을 지키면서도 지역 주민들과 화합을 이루어 대단히 성공적인 난민 정착의 모범 사례가 되었다. 1990년대까지 정치적·경제적·종교적으로 밀접한 유대 관계를 갖는 44개의 정착촌에는 10만여 명의 망명자가 거주하고 있다. 이들은 다람살라를 정착촌들의 본부로 생각하며 활동하고 있다.

달라이 라마가 인도에서 처음으로 착수한 일 중 하나는 현대적인 교육을 도입하여 티베트의 전통적인 가치와 문화를 가르치는 교육 제도를 확립하는 것이었다. 최초의 티베트 학교는 고아 학교였으며 이내 학교 네트워크가 형성되어 티베트 아이들을 모두 받아들일 수 있게 되었다. 티베트의 중등 교육을 마친 상당수가 인도의 대학교로 진학하였으며 졸업한 학생들은 현재 망명 정부에서 활동하고 있다. 전근대적인 사회 체제를 현대화하려는 달라이 라마의 열의 덕분에 신세대는 티베트 운동을 충실하게 따르면서도 세계로 눈을 돌리고 있다.

인도로 망명하기 전에 달라이 라마는 티베트 구시대의 악습과 불의를 깨달았다. 그래서 항상 사회 하층민의 생활에 관심을 두었으며 '권력 분배 계획'에 하층민을 포함시켰다.

우리는 민주 제도의 기본 원리에 바탕을 둔 헌법 초안을 마련했습니다. 불교의 제도, 특히 승가 제도는 참으로 민주적입니다. 그래서 저는 헌법 초안에서 "우리는 불법의 원리에 맞춰 민주 헌법을 제정해 가고 있다"라고 언급했습니다. 우리는 타국에서 망명 생활을 하면서 우리가 할 수 있는 최대한 노력을 경주하고 있습니다. 이전에 종종 언급했던 대로 미래에 저는 티베트의 대변자로 남고 싶으며…… 최종 결정 권한은 티베트 내의 국민들에게로 돌아갈 것입니다.

티베트 헌법은 세계 인권 선언을 전범으로 삼은 가운데 티베트의 고유한 정신을 살리고 있다. 헌법 전문(前文)은 부처님이 설한 정의와 평등과 민주의 원리를 표방한다. 현재 망명 정부의 수장은 달라이 라마이며 직접 선거로 선출된 칼론 티파—사실상의 수상과 각료—가 달라이 라마를 보좌한다. 의회 의원들은 망명 사회의 직접 선거 및 달라이 라마의 지명에 의해 선출된다. 티베트인은 연례 총회에서 내각의 부서에 대한 이의 제기를 공개적으로 할 수 있다. 또한 헌법 초안의 제5장 36조는 의회 3분의 2 찬성에 의한 달라이 라마의 직무 정지를 규정하고 있기도 하다.

달라이 라마는 개인적으로 행정부의 초석을 다져 놓았다. 내각과 행정부, 인도 정부와의 관계를 처리하는 연락 사무소 등을 1959년에 확립했다. 현재 달라이 라마의 망명 정부를 공식적으로 인정하는 나라는 없지만 달라이 라마는 미국과 영국, 스위스, 프랑스, 남아프리카 공화국, 대만, 일본 등지에 대표부를 두고 있다. 이들 대표부는 달라이 라마의 정치적 입장을 대변하기보다는 티베트 문화 센터 역할을 하고 있다. 대표부들은 그런 역할과 더불어 티베트 문제를 국제 사회의 이슈로 만드는 일을 계속하고 있다.

*

불교 승려, 종교 지도자, 정치 수장, 자비로운 인간. 이것은 달라이 라마의 참모습을 비추는 단면들이다. 이 책에 실린 글들은 이런 단면들을 진솔하게 그려 낼 것이다.

달라이 라마를 믿고 따르는 6백만 티베트인들에게 달라이 라마는 성스러운 군주, 온유한 영광, 달변가, 자비의 화신, 석학, 신앙의 수호자, 지혜의 바다이다. 한마디로 말해 그는 티베트의 14대 달라이 라마 성하이다. 그는 티베트의 미래뿐 아니라 과거를 대변한다. 10여 년 동안 성하의 공식 통역가로 활동한 티베트 학자 제프리 홉킨스는 달라이 라마의 명칭 하나하나를 영어로 직역해 주었다.

승려인 마티외 리카르는 자신의 프로필에서 달라이 라마를 이렇게 묘사한다. "달라이 라마는 자신을 '평범한 불교 승려'라고 부른다. 하지만 여타의 작가들에게는 티베트의 법왕(法王), 중국인에게는 분리주의자, 대부분의 정치가들에게는 티베트의 수장, 불법을 공부하는 학생들에게는 위대한 교사이고 전 세계 인들에게는 노벨상 수상자, 위대한 정치가, 평화와 비폭력의 전도사, 불법의 대변자이며 보편적으로는 인류 미래의 희망이다."

피코 아이어는 달라이 라마를 달라이 라마답게 만드는 것은 그의 언변이 아니라 '그의 가슴과 침묵'이라고 말한다. 달라이 라마의 침묵은 엄중한 침묵이 아니라 기쁨이 넘쳐흐르는 침묵이다. 그의 침묵은 수시로 터져 나오는 웃음이요 전염성이 강한 웃음이며 우리의 무장을 해제시키고 찰나 쪽으로 한 걸음씩 나아가게 해주는 웃음이다.

작가인 메리 크레이그는 달라이 라마를 "대단히 인간적인 존재"로 표현하면서 "유쾌하게 환호할 수 있는 사람, 상대로 하여금 생명의 기쁨으로 호쾌하게 웃도록 하는 독특하고 밝은 사람"이라는 점을 강조한다. 크레이그는 달라이 라마와의 접견이 예기치 않게 오후까지 이어져 달라이 라마의 다양한 모습을 보게 되었는데, 어느 스위스 사람이 선물한 헬스용 자전거의 페달을 열심히 밟으면서 어린아이처럼 기뻐하던 모습이 인상에 남는다고 한다. 특히 크레이그는 무슨 일이 있더라도 중국인을 증오하지 않는 달라이 라마의 정신과 겸손은 세상에서 쉽게 찾아볼 수 없는 미덕이라고 생각한다. 언제나 지혜의 탐구를 좋아하는 달라이 라마는 중국과의 유대감을 찾기 위해 공산주의를 공부하기 시작했다.

불교에서는 사랑과 자비를 대단히 중요하게 생각합니다. 공
산주의 계급 투쟁은 증오를 바탕으로 합니다. 불교는 현생뿐
아니라 내생도 생각합니다. 불교와 공산주의는 운명을 개척할
수 있는 인간의 능력을 믿으며 창조주의 개념을 믿지 않습니다.
그런 면에서 나는 불교와 공산주의가 공존할 수 있다고 생각합
니다.

심리학자이자 작가인 다니엘 골먼은 감정 이입의 근원이 자
비에 있다고 밝힌다. 또한 골먼은 감정 이입과 윤리는 밀접하
게 연결되어 있기 때문에 감정 이입이 도덕적 판단과 행위의
밑바탕이 되어야 한다고 지적한다. 연기론(緣起論)이라는 심
오한 사상을 바탕으로 하는 달라이 라마의 보편책임 철학은
세계에 크나큰 반향을 불러일으켰다. 골먼은 이렇게 지적한
다. 현대의 과학과 기술은 대부분의 자연환경을 지배했지만
지혜가 없는 기술은 인류를 위험 속으로 몰아갈 뿐이다. 그러
므로 우리는 현대의 기술과 고대의 지혜를 조화시킬 필요가
있다. …… 성하는 이 시대가 가공할 위기의 시대이기 때문에
이 시대, 이 지구에서 사는 것은 더없는 영광이 될 수도 있다고
말한다. 우리 자신뿐 아니라 미래 세대를 위하여 이 지구를 보
살피고 도전에 직면하여 위기를 헤쳐 나가야 하는 이들은 바
로 우리이기 때문이다.

달라이 라마는 미래 세대가 어떻게 기억해 주기를 바랄까? "그냥 인간요, 가끔씩 잘 웃는 인간으로 기억해 주면 좋겠습니다." 이는 마하트마 간디의 손녀인 엘라 간디와 티베트 문제를 놓고 대담하던 중에 밝힌 말이다. 엘라 간디는 달라이 라마를 "웃기를 좋아하는 소박한 승려"라고 표현하며 이렇게 말한다. "달라이 라마의 힘은 도덕적인 생활과 진리의 힘에서 나온다. 그는 티베트어로 대단히 깊이 있는 진리와 영감, 유머 등을 진실하게 말함으로써 듣는 이의 직관을 일깨우고 불심을 자극한다."

달라이 라마는 티베트 독립 투쟁 및 문화유산의 보존 노력을 이끌어 왔다. 학자인 센틸 람은 "달라이 라마는 망명 생활을 시작한 이후로 한편에서는 티베트의 정체를 민주화하고, 다른 한편에서는 중국과의 대립을 비폭력적으로 해결하려는 노력을 하는 등 획기적인 개혁들을 단행했다"고 평가한다.

인도 외교관 출신인 달립 메흐타는 이렇게 지적한다. "달라이 라마는 티베트인들의 기대와 희망의 불씨를 간수하고 고유한 티베트 문화를 보존하는 데 성공했다. 그리고 자신의 원칙을 고수하면서도 고국을 위험에 빠뜨리지 않는 일을 성공적으로 수행했다. 인도는 물론 전 세계적으로 흩어져 있는 티베트 난민들이 소중한 전통의 뿌리를 간직하면서 현대 세계에서 적응하고 발전해 나갈 수 있도록 뒷받침을 아끼지 않았다. 인도라는 망명지에서 조국의 해방을 위해 노력하고 있는 달라이 라마가 티베트를 탈출하지 않아도 되는 운명이었다면 지금과 같은 놀라운 업적을 이루어 내지 못했을지도 모른다"

지금 달라이 라마의 공헌과 그 업적을 평가하기에는 이른 감이 없지 않으나, 달라이 라마의 통역사인 툽텐 진파의 말에 따르면 "달라이 라마의 생애는 티베트의 전통문화와 현대의 만남을 반영한다". 달라이 라마의 망명은 '달라이 라마가 티베트라는 울타리를 벗어나 보다 커다란 세상으로 나아갔으며, 세상은 그의 인격과 메시지를 흠모했다'는 데서 그 의의를 찾을 수 있다.

최초로 달라이 라마의 서양 학생이 되었던 로버트 서먼은 다음과 같이 기록하고 있다. "'영적인 발전'의 세계에서 성하는 분명 거인이다. 성하는 불교 승려의 살아 있는 전형이요 철학적이고 종교적인 보살도의 수행자이자 스승이며 격조 높고 정력적인 밀교의 달인이다"

달라이 라마의 가르침에서 끊이지 않고 나오는 주제는 "불자 생활의 본질은 끊임없이 마음을 정화하는 노력에 있다"는 것이다. 분노와 집착, 무지 등의 미망을 인내와 지혜, 평정 등으로 대체할 때 우리는 외부 상황에 관계없이 끊이지 않는 내면의 안락을 얻을 수 있다.

연습을 하지 않고서는 손가락 하나 제대로 움직일 수 없다. 마음을 제대로 닦으면 작은 손가락도 큰일을 해 낸다. 처음에는 어렵고 때로는 불가능해 보이지만 지속적으로 마음을 닦아 나가면 불가능해 보이던 일도 해낼 수 있다. 인간의 마음은 이래서 좋다. 마음은 주로 골치 아픈 일을 만들어 내지만 제대로 마음을 닦으면 보석처럼 아름답고 훌륭한 일을 해 낸다.

인간은 교육을 받으면 현대의 과학과 기술의 논리와 정밀성에 이끌리게 된다. 어린 시절부터 달라이 라마는 과학과 기술에 커다란 관심을 나타냈다. 사춘기 시절 달라이 라마는 시계와 영사기, 세 대의 자동차 등을 분해하곤 했다. 지금은 거의 전문가 수준에 도달했으며 기계 부품들을 조립하고 분해하는 것을 즐긴다. 저널리스트인 스와티 초프라는 이렇게 기술한다. "과학은 발견의 정신 속에서 자란다. 달라이 라마는 교리와 신앙의 영역을 벗어난 세계의 탐험을 좋아한다." 달라이 라마 자신은 다음과 같이 믿는다.

과학과 연구는 대단히 중요하다. 불교의 시각에서 볼 때 우리는 이성(理性)과 그 발견을 받아들여야 한다. 이성이 파악한 사실과 경전에 쓰여 있는 내용이 상충할 때 우리는 당연히 이성을 기초로 한 사실을 받아들여야 하는 것이다. 부처님도 "어떤 것도 맹목적인 믿음으로 받아들이지 말고 자신의 논리와 이성으로 탐구하여 받아들이라"고 말씀하신다.

달라이 라마는 어떻게 고귀한 윤리와 도덕의 가치가, 특히 정치 분야에서, 이기심이라는 그림자에 의해 흐려지는지를 말과 행동으로 보여 준다. 현대 정치의 정략적인 수단들은 복지의 발전을 주장하는 사상과 철학을 저해했다. 달라이 라마는 '정치의 영역에 종교와 윤리가 들어설 자리는 없으며 종교인이라면 세속의 정치를 피해야 한다'는 우리의 통념에 이의를 제기한다. 윤리는 수행자에게 중요한 만큼이나 정치가에게도 중요하다. 도덕과 자비, 예의, 지혜 등의 인성이 문화의 기초가 되어야 한다. 이 점에 대해 달라이 라마는 이렇게 말한다.

우리는 참된 인성을 개발해야 한다. 사상이 다르고 사는 곳이 다르다 할지라도 우리는 모두 같은 인간으로서 지구에서 공존해야 한다. 이런 시각에서 우리는 서로 교류해야 한다. 서로 의견이 다른 것도 자연스러운 인간의 일이다. 이런 시각을 토대로 우리는 서로를 이해할 수 있으며 상호 신뢰를 구축할 수 있다. 진정한 신뢰가 구축될 때 보다 자유로운 소통이 가능해질 것이다.

오늘날 달라이 라마는 다른 나라, 다른 불교 종파들 사이에서도 걸출한 불교 승려로 인정받고 있다. 유물론과 유심론 사이에서 대결의 조짐이 심화되고, 총의 힘과 자비의 힘 사이에서 대결 양상이 격화되는 가운데, 달라이 라마는 세상 속으로 뛰어들어 그의 인격과 가르침, 메시지 등으로 뜨거운 반응을 얻고 있다. 비록 정치 분야에서는 국제적인 지지를 얻고 있지 못하지만 말이다. 분열 일로로 치닫고 있는 세상에서 달라이 라마는 종교 간의 대화를 꾸준히 모색해 왔다. 웨인 티즈데일은 "우리 삶에 대해 진지하게 토론하는 종교 간 대화에 대한 성하의 노력은 학문적인 토론처럼 딱딱하거나 형식적인 것이 아니다"라고 말한다. 또한 "본질적으로 내가 성하에게서 느끼는 것은 수행을 통하여 고도로 성숙된 인본주의가 모든 중생으로 향한다는 점이다"라고 덧붙인다.

'만물은 상호 연결되어 있다'는 달라이 라마의 사상은 종교 간 대화의 참된 가능성과 환경 문제에 대한 우리의 정신을 일깨우는 데 적지 않은 기여를 했다. 달라이 라마는 단일 종교의 결성을 추구하지 않는다. 그 대신에 모든 종교에서 찾아볼 수 있는 공통 분모—행복의 추구—에 접근하고자 한다.

달라이 라마는 이렇게 말한다.

주요 종교들의 가르침이나 메시지는 대동소이하다. 나는 서로 다른 종교나 철학의 진정한 목적이 무엇인지 알아보았다. 그리고 그들 모두는 인류 전체를 위하는 것임을 알게 되었다. 모두는 같은 목적을 지향하고 있다. 그렇지만 사람들의 취향이 서로 다르기 때문에 한 종교가 모든 사람에게 맞을 수는 없다. 그러면서도 우리가 유념해야 될 것은 서로에게 다가가 상대를 이해하려는 노력이 중요하다는 점이다. 그렇게 해야 서로를 존중할 수 있는 것이다.

이 종교와 저 종교, 이 신앙과 저 신앙의 사소한 차이들은 그리 중요하지 않다. 보다 중요한 것은 궁극적으로 무엇을 지향하느냐이다. 사소한 차이들에 대해서는 잊어버리자. 보다 중요한 목표를 향해 함께 노력하자.

내가 생각하는 궁극의 목표는 전 사회적인 니르바나다. 서로를 증오하지 않고 완전한 평화와 조화를 이루는 것이다. 서로 차이가 있다 해도 우리는 이해를 통하여 얼마든지 풀 수 있다. 인종의 갈등이나 사상의 차이도 풀 수 있다. 사상은 개인적인 문제다. 보다 중요한 것은 행복을 얻는 것이다. 행복을 추구하는 것은 당신의 권리다. 다른 사람도 자신의 사상이나 신앙을 신봉할 권리가 있다. 자신이 신봉하는 사상이나 종교가 자신에게 맞는 것이라면 그 사상이나 종교를 따르면 되는 것이다. 서로를 간섭해서는 안 된다. 다른 사람들도 인간이요 인류의 가족이다. 다른 사람들도 행복을 원하지 고통을 원하지 않는다. 다른 사람들도 행복할 권리가 있다. 이런 맥락에서 우리 모두는 형제자매다. 우리 모두가 그렇게 사는 것이 나의 꿈이다.

상대를 무장 해제시키는 달라이 라마의 인격에서 우리는 삶의 기쁨과 환희를 읽을 수 있다. 미소 짓는 달라이 라마의 얼굴에서 우리는 불교의 참모습을 읽을 수 있다.

수행과 정치, 초월과 세속, 개인적인 명상과 대중적인 자비행 등을 절묘하게 조화시킨 한 인간이요 승려인 그에게서 다른 무엇을 더 바랄 수 있겠는가? 달라이 라마는 끊임없이 낡은 인습이나 전통에 의문을 제기하고 때로는 타파한다. 엄숙한 노벨상 수상식에서 강연을 하다가 낯익은 청중을 발견하자 천진하게 손을 흔들고는 아무 일도 없었다는 듯이 강연을 계속하거나, 바바 암테의 헌신적인 봉사에 감동을 받아 눈물을 흘리기도 하고, 영어로 자신의 견해를 피력하지 못하는 모습을 보며 참을 수 없는 웃음을 터뜨리기도 하고, 수없이 받는 질문들 중에서 대답할 수 없는 것들에는 진솔하게 "모르겠습니다"라고 시인하기도 한다. 달라이 라마는 뛰어난 식견과 직관의 소유자이면서도 동시에 편안하고 따뜻한 가슴의 소유자이다.

텐진 갸초는 평범한 불교 승려나 티베트 망명 정부의 지도자 이상의 존재다. 달라이 라마 성하는 이 고난의 시대에 정치가가 되어 자비와 이타, 평화의 메시지를 전했다. 세계 여러 나라의 정치가들은 성하를 정중히 환대하면서도 종종 중국 정부를 의식하여 종교 지도자로만 대우할 뿐 정치 활동에 대해서는 언급을 삼갔다.

티베트 운동은 순례자의 그것과 별반 다르지 않다. 이제 새로운 희망의 빛이 보이고 있다. 달라이 라마의 노벨상 수상은 성하의 대의와 방법에 대한 국제적인 지지와 공감대 형성을 반영하는 것이기 때문이다. 그간 미국 의회와 유럽 의회 등을 위시하여 세계 정계의 많은 단체들이 티베트에서 자행된 인권 유린과 환경 파괴, 그리고 티베트의 미래에 대한 관심을 표명해 주었다.

달라이 라마는 각 개인이 미망에서 벗어나 선업(善業)을 쌓으면 상황은 자연스럽게 호전될 것으로 믿는다. 성하는 매일 열리는 법문의 말미에 고통 받고 있는 형제들—친구와 압제자 모두—을 위해 기도하고 형제들의 고통이 빨리 소멸되도록 자신의 공덕을 회향한다. 기도 내용은 다음과 같다.

거친 사람들은 난폭한 행동으로 타인을 해치는 것은 물론 자신까지 해친다. 그들은 악의 미망에 취해 있다. 자비가 필요한 그들을 위해 우애로 하나 될 수 있는 길을 닦으라. 그들이 옳고 그름을 분별할 수 있는 지혜의 눈을 얻을 수 있도록 사랑과 애정으로 도와주라.

이타심을 닦는 것은 불교의 근원적이고 본질적인 목적이며 달라이 라마 가르침의 핵심이기도 하다.

불법의 핵심은 타인을 위해 불성을 성취하겠다는 보리심에 있다. 이 보리심이야말로 자비의 근간이다. 나는 지난 30여 년 동안 보리심을 닦아서 그 체험을 쌓아 가고 있다. 또 다른 불법의 핵심에는 공(空)의 지혜가 있다. 나는 이 공의 지혜를 수행해서 그 체험을 쌓아 가고 있다.

붓다의 가르침은 불완전한 세상에서 도피하지 말고 현실에서 자신의 욕망과 문제를 극복하라는 것이다. 현실에서 다양한 역할을 수행할 뿐 아니라 매일 개인적인 수행을 빠뜨리지 않는 달라이 라마는 붓다의 가르침을 몸소 실천하는 놀라운 귀감이며 신의 경지에 다가간 존재이다.

나는 평범한 불교 승려

로버트 서먼

달라이 라마 제도

달라이 라마의 환생 계보는 보드가야의 보리수 근처에서 석가모니 부처님을 만나 수정 염주를 바친 브라만 소년에게로 거슬러 올라간다. 이후 인도 쪽의 계보에 많은 환생들이 나왔으며 티베트 쪽에서는 돔된파가 그 맥을 이었다. 그는 벵골 출신 스승인 아티샤의 제자이고 라텡 사원과 카담파의 설립자이며 불교의 스승이었다.

진화론적인 카르마 이론은 일찍이 초기 불교 시대부터 존재했던바, 의도적이고 의식적인 환생—무의식적이고 본능에 이끌린 재생과 대비하여—사상은 초기 불교 시대부터 발달하게 되었다. 부처님의 전생을 다룬 『본생담(本生譚)』에는 부처님이 환생의 원리를 대중에게 설한 것으로 나온다. 역사 속에는 불교

가정에서 태어난 아이가 "나는 전생에 유명했던 고승"이라고 말함으로써 부모나 친척, 이웃을 놀라게 했다는 이야기들이 심심치 않게 등장한다. 그런데 유독 티베트에서만 종교 분야뿐 아니라 정치 분야에서 지도와 권위의 전통을 보전하는 방법으로 환생의 계보를 제도화했다는 것은 무척 흥미로운 사실이다.

환생 제도는 티베트에서 발생한 사원 제도와 밀접한 관련이 있는데, 다른 어느 나라에서도 국가적인 종교의 보호 아래 사원 제도를 이룩한 나라는 없다. 티베트에서는 승려들의 독신 생활로 혈연에 의한 승계가 가능하지 않았기 때문에 영적인 진화 과정에서 환생의 개념을 수용하게 되었다. 환생의 계보는 13세기에 태동하여 17세기에 확립되었다.

전해 오는 자료에 따르면, 카르마파가 환생 계보에 나타나는 최초의 인물이다. 첫 번째 카르마파인 두숨 켄파(1110~1193)는 죽기 전에 환생 지역을 예언하는 글을 남겼다. 두숨 켄파가 입적한 지 10년이 지난 뒤 두 번째 카르마파인 카르마 팍시(1203~1283)가 태어났으며 카르마 팍시는 두숨 켄파의 환생으로 인정되어 추르푸 사원에서 계속 가르침을 펴게 되었다. 그리하여 카르마파 환생은 제도로 확립되었으며 오늘날 카르마파는 티베트인들뿐 아니라 전 세계인들을 대상으로 많은 일을 하고 있다. 현재 17대 카르마파인 오겐 틴레 도르제는 중국령 티베트를 탈출하여 다람살라에서 살고 있으며 불법을 전하는 스승으로 성장하고 있다.

두 번째 환생 제도는 달라이 라마 제도다. 달라이 라마 제도

는 1475년 겐뒨 갸초가 탄생함으로써 시작되었다. 겐뒨 갸초는
자신이 겐뒨 둡파(1391~1474)의 환생이라고 선언한 뒤, 겐뒨
둡파가 25년에 걸쳐 완공한 타시룬포 사원으로 돌아가고 싶다
는 의사를 표명했다. 그리고 부모와 교사, 시자 등이 겐뒨 갸초
가 겐뒨 둡파의 환생이 맞다고 확인함으로써 겐뒨 갸초는 승려
들의 영접을 받으며 타시룬포 사원으로 들어갔다. 거대한 불교
학원이었던 타시룬포의 고위 승려들은 마지못해 어린 겐뒨 갸
초를 받아들이며 수장의 자리를 내주었다. 그 후 겐뒨 갸초는
환생 교육 과정에서 어느 시점에 이르자 변장을 하고 사원을 빠
져나가 칼라차크라 탄트라[2]의 위대한 스승이었던 케둡 노르장
갸초의 지도를 받으면서 여러 해 동안 은둔 수행을 했다.

이 기간 동안 젊은 겐뒨 갸초는 오데군겔 산(山) 인근의 성지
에 최고계 사원을 건립했다. 오데군겔 산은 겐뒨 갸초의 정신적
스승이라 할 수 있는 총카파(1357~1419)가 1390년대에 6년
동안 은거 수행을 했으며 그의 사나운 수호 여신인 슈리 데
비—이 여신의 호수가 인근에 숨어 있다—와 특별한 인연을
만든 장소이기도 하다. 그리하여 겐뒨 갸초의 환생은 더 이상
의문의 여지없이 확고해졌으며 겐뒨 갸초는 겔룩파의 최고 스

---

2) 칼라차크라 탄트라(Kalachakra Tantra) : 8~9세기 인도 대승 불교의
밀교화가 최절정에 달한 단계에서 성립된 탄트라. 반야모(般若母) 탄
트라와 방편부(方便父) 탄트라를 종합·지양하여 반야와 방편의 쌍입
무이(雙入無二)를 통한 지혜의 온전한 실현을 궁극적인 목적으로 삼
는다.

승이 되었으며 타시룬포 사원뿐 아니라 데풍 사원의 간덴 궁에서 주석하게 되었다.

3대 달라이 라마는 소남 갸초(1543~1588)였다. 그는 당시 몽골 지배자 중 한 명이었던 알탄 칸의 초청을 받아 티베트 북동쪽에 있던 알탄 칸의 야영지를 방문했다. 소남 갸초의 방문으로 13세기 쿠빌라이 칸이 중국 전역을 지배하던 시기에 일어났던 변화를 바탕으로 몽골이 불교로 개종하는 역사가 일어났다. 역사적인 개종의 축제 분위기 속에서 알탄 칸은 소남 갸초에게 바다와 같은 스승이란 뜻에서 '달라이 라마(Dalai Lama)'라는 칭호를 주었다. 이리하여 소남 갸초는 겐뒨 둡파와 겐뒨 갸초의 뒤를 잇는 3대 달라이 라마로 인정받게 되었다. 소남 갸초는 티베트 북동부의 암도와 몽골 지방에서 불법을 펴고 사원을 건립하는 등 위대한 업적을 남겼지만 티베트 중부 지역을 직접 통치하지는 못했다.

4대 달라이 라마는 욘텐 갸초(1589~1617)였다. 그는 티베트인이 아니라 알탄 칸의 손자로 환생을 했다. 욘텐 갸초는 티베트와 몽골의 유대 관계를 한층 강화하였으며 젊은 나이에 티베트 중부로 돌아와 데풍 사원에서 주석하였다.

5대 달라이 라마 로상 갸초(1617~1682)는 17세기 티베트의 역사적인 변화를 주도하여 티베트의 근대 사회 형성에 커다란 기여를 했다. 16세기 중반에 티베트 남부 지역과 중부 지역 사이에서 산발적인 충돌이 일어났는데, 역사가들은 이를 카르마파와 겔룩파의 종파적인 충돌로 평가한다. 하지만 당시 성장을 거듭하던 불교 사원 및 모든 종파 지도자들과 티베트의 봉건 군벌 사이에 일어난 갈등의 결과로 보는 것이 보다 정확할 것이다.

역사적으로 보면, 기독교 국가처럼 불교 국가에서도 사원과 군벌은 토지와 자원, 인력 등을 놓고 제도적으로 경쟁했다. 사원이 지배하던 시대와 지역에서는 군벌의 힘이 약화되었다. 군벌 혹은 황제가 지배하고 군사를 일으키던 시대에 사원은 재원을 몰수당하고 승려들은 병사로 징발되는 등 박해를 받았다. 15~16세기에 티베트의 사원 제도가 거대하게 팽창한 결과, 1600년 무렵 귀족 지배층은 이전에 누렸던 권력과 재원의 감소가 위험 수위에 도달했다고 판단하게 되었다. 귀족 계층의 적은 어느 종파나 수장이 아니라 새롭게 출현한 '대중 사원' — 당시 독특하게 출현한 티베트의 사회 발달 상황을 지칭하기 위해 내가 사용하는 용어 — 을 기반으로 하는 사회 제도 자체였다.

당시 가장 강력한 세속 군주는 창³⁾ 왕이었는데 그는 봉건 권력 투쟁에 등을 돌리고 종교적 관심 쪽으로 눈을 돌리던 사람들을 상대로 정통성을 확보하기 위해 종파의 수장들을 이용해야 했다. 창 왕은 나이가 어린 카르마파의 초잉 갸초(1604~1674) 성하를 선택하고 자신을 카르마파 성하의 제자로 선포하여 세속 권력의 정통성을 확보하고 대중 사원의 영향력을 분쇄하려고 했다.

---

3) 창(Tsang) : 티베트 북부 고원 지대.

이 당시까지만 해도 달라이 라마 체제는 정치 영역에 나서기를 꺼려하고 사원 학당의 확장에 온 힘을 쏟고 군벌과는 일정한 거리를 두었다. 하지만 군벌 연합의 공격을 받자, 티베트로 들어온 몽골 후원자에게 보호를 요청하여 군벌 연합의 공격을 막아 냈다. 1642년에 5대 달라이 라마는 전례 없는 개혁을 단행했다. 정치 권력을 전국으로 확대하였으며 세속 군벌을 무장 해제하여 관료 체제에 편입시키고 봉건 제도를 철폐하고 대중 사원제를 '불법국가제(佛法國家制)'라고 하는 사회 제도로 만들었다.

역사상 유례없는 개혁으로 나타난 티베트의 불법 국가 제도를 미국의 헌법에 의해 정교 분리로 수정된 유럽의 정교 일치와 혼동해서는 안 된다. 불법이란 개인적 해탈과 과학적 깨달음을 가리키는 부처님의 가르침이지 종교나 교회나 신앙을 뜻하지 않는다. 따라서 불법 국가란 모든 국민의 생활이 영혼의 진화를 위한 교육에 초점이 맞춰지는 것으로, 정치와 종교가 일치된 국가라기보다는 정치와 학교가 일치된 국가를 말한다.

또한 불교는 일신론적 사상이 아니기 때문에 티베트 통치자는 자신을 전지전능한 유일신의 대리자라고 생각하기보다는 이타적으로 중재 역할을 하는 보살로 생각한다. 티베트의 법왕은 온유와 무소유, 순결, 정직 등의 엄숙한 서약을 한다. 그리고 자비와 청빈, 개인의 자유와 교육 지원, 이타적인 봉사에 헌신한다. 그래서 티베트인들은 무력으로 백성의 노동력을 착취하고 세습 왕조의 야망을 강화하는 무력 통치자보다는 승려 통치자를 원했다. 새롭게 출현한 티베트 사회는 전 세계적으로 유일무이한 것이었으며 지금도 그러하다. 그러므로 티베트 사회를 '봉건제'라거나 '신정(神政) 사회', '전근대적 사회'로 치부하는 것은 정확한 해석이 아니라 하겠다.

5대 달라이 라마는 데풍 사원의 간덴 궁을 대체할 수 있는 청사로 포탈라 궁을 착공하였다. 그리하여 왕궁과 사원, 밀교 만달라, 극락의 세계를 절묘하게 융합한 건물을 탄생시켰다. 그는 겔룩파를 위시하여 모든 종파의 사원 건축을 장려하였으며 모든 종파의 사람들을 대변하고자 겔룩파의 수장 자리를 간덴 궁의 사원장에게 넘겨주었다. 봉건 군벌에게서 토지와 농노에 대한 권리 ― 봉건 군벌은 이 권리를 사병(私兵) 양성에 썼다 ― 를 박탈하고 군벌의 가족들을 관료로 채용하였다. 불교의 모든 종파에 토지를 하사하였고, 본교의 신도들을 보호하고 라싸에 거주하는 이슬람교인들에게는 모스크의 건축과 신앙의 자유를 허용했으며 기독교 선교사들에게는 선교를 허용하고 지원하기까지 했다. 대외적으로는 내륙 아시아의 평화를 위해 새로 태어난 청나라와 조약을 체결하였고 몽골에게는 제국의 부활을 꿈꾸기보다는 티베트처럼 불법의 길을 가라고 촉구하기도 했다.

5대 달라이 라마는 1682년에 입적했으나, 섭정은 비밀리에 발견된 환생에 대한 공식 확인 절차가 지연되는 바람에 입적 사실을 10여 년 동안 숨겼다. 새로 발견된 환생자는 가족과 함께 감옥과도 같은 시설에서 숨어 지냈다. 이런 폐쇄적인 환경에서 자란 탓인지 6대 달라이 라마는 승직을 버리고 국가 통치자가 되는 것을 거부했다. 그러자 티베트와 몽골 전체는 아연실색했으며, 급기야 6대는 폐위되어 추방당하는 신세를 면하지 못했다. 연이어 내전이 터지고 청나라가 내정에 개입하였다. 얼마 후 7대 달라이 라마는 국정의 정상(正常)을 회복하고 종교적인 가르침에 전념하였으며 내각에 일정한 권한을 부여하고 의회를 위한 초석을 놓기도 하였다.

8대부터 12대까지 이르는 시대에 비록 티베트 정치는 침체했으나, 중앙 정부의 보수 성향과는 달리 티베트 동부 지역과 몽골의 다양한 분야에서 이루어진 개혁들로 인해 나라는 비교적 안정적이고 평화로웠다. 몽골의 위협이 불교의 평화적인 가르침으로 인해 줄어들자 중국의 만주 정권은 티베트 지원을 줄여 나가기 시작했으며 유럽의 제국주의 시대가 도래하여 불교를 신비하게 바라보던 영국과 러시아가 티베트 무대에 등장하게 되었다.

13대 달라이 라마(1876~1933)는 7대 이후 최초로 티베트 정권을 완전히 장악했다. 평생 13대 달라이 라마는 내리막길을 걷던 청나라와 차르의 러시아, 대영 제국, 중국 국민당, 그리고 마침내는 러시아와 중국 공산당 등으로부터의 외부 압력과 싸워야 했다. 그리고 제국주의에 맞서기 위해 경제 발전을 이룩하고자 했다. 청나라의 보호에서 벗어나 완전한 독립을 선포했으며 국방력 강화를 위해 노력하기도 하고 국제 연맹의 가입 의사를 표명하기도 하고 세계에 티베트를 알리려는 노력도 했다. 이런 와중에 인도 식민지를 운영하던 영국 지도자들의 지지를 얻어 내기도 했지만, 청나라와 국민당을 전략적으로 대처해야 했던 영국 정부의 현실 정치와 그 정책으로 인해 티베트 독립에 대한 국제 사회의 인정을 받아 내려던 13대 달라이 라마의 노력은 모두 수포로 돌아가고 말았다.

내부로 눈을 돌려서 보면, 근대화된 교육 제도를 만들고 강건한 방위력을 건설하며 건실한 기간산업을 발전시키려던 13대 달라이 라마의 노력은 그의 보수적이고 사원적인 통치로 말미암아 좌절되었다. 13대 달라이 라마는 1930년대 초반 러시아 공산당의 수중에 떨어진 몽골 불교의 운명에 대한 상세한 보고를 들은 뒤, 앞으로 중국에서 공산당이 집권할 것이며 티베트는 중국 공산당의 수중에 떨어질 것으로 예언하고 미래의 티베트를 위해 예정보다 10년 먼저 입적할 것이라고 발표했다. 13대 달라이 라마는 1933년에 입적하였다.

14대 달라이 라마는 세상에 널리 알려져 있다. 가르침과 집필, 정치 지도력, 사회 참여 등의 분야에서 뛰어난 업적과 심오한 내면의 성찰을 보여 줌으로써 '위대한 14대'라는 칭호를 얻었다. 달라이 라마는 중국이 보다 유연하고 실용적인 자세를 취하여 대화가 재개되고 티베트 문제가 정당하고 합리적인 방법으로 풀리게 되면 모든 정치 권력을 포기하겠다고 결연하게 선언했다.

나는 달라이 라마와 대담하는 자리에서 '입헌 라마제'를 제안해 보았으나 그는 중국 점령이 끝나고 티베트가 독립을 성취한 뒤, 민주주의가 건실하게 시행되면 정치가로서의 임무는 끝날 것이라고 못박았다. 탐욕이 판치는 미국 민주주의를 따르기보다는 위대한 5대가 시작했던 고귀한 실험 정신을 이어받아 '종교적 민주주의'를 건설하는 편이 좋지 않을까? 여기서 '종교적 민주주의'라 함은 특정 종교나 종파를 내세워 '교회 국가'를 만드는 것이 아니라 국민들로 하여금 보다 차원 높은 윤리를 따르게 하고 정신 및 과학 분야에서 보다 차원 높은 종교 교육을 실시하며 물질과 영혼을 조화롭게 발전시킬 수 있는 제도를 가리킨다.

그런 제도를 정착시킬 때 티베트는 비폭력에 관한 연구, 사회 정의를 실현하기 위한 방법론, 환경 보호 연구, 대체 요법, 종교 교육 및 개발 등의 분야에서 세계 중심의 역할을 할 수 있다고 본다. 위대한 5대의 바람대로라면, 달라이 라마는 정치적인 책임을 벗고 종교적인 가르침을 펴는 스승으로 남을 수 있을 것이다. 그렇게 될 때 미래의 달라이 라마는 위대한 5대를 전범으로 삼아 종교적 불관용이나 사상적 맹신주의를 물리치고 불교인뿐 아니라 모든 종교인들에게 불교의 정수를 가르칠 수 있을 것이다.

위대한 14대, 개인적인 발전 과정

내가 위대한 14대를 만나 온 지 벌써 38년이 되었다. 나는 38년이라는 오랜 세월 동안 성하를 알고 지내는 소수의 외국인 중 한 명이었다. 그래서 초기 대담들 속에 나타난 성하의 모습을 그려 보면 성하의 개인적인 발전 과정이 자연스럽게 드러나리라고 생각한다.

'영적인 발전'의 세계에서 성하는 분명 거인이다. 성하는 불교 승려의 살아 있는 전형이요 철학적이고 종교적인 보살도의 수행자이자 스승이며 격조 높고 정력적인 밀교의 달인이다. 또한 자비로 중생을 교화하는 관세음보살의 화신이다. 현생에 그토록 위대하고 놀라운 성취와 활동을 보이는 것은 어쩌면 현생의 노력보다는 전생에 이룩한 수행의 결과일지 모른다.

이런 성하의 모습은 우리와 너무 멀리 떨어진 존재로 느껴지기 때문에 성하 앞에 엎드려서 그 가르침을 배우며 헌신하면 좋겠다고 생각할 수도 있으나, 막상 현실에서 성하의 모습을 닮으려는 노력을 해 보면 대단히 어렵게 느껴질 것이다. 사람들이 성하를 닮으려고 노력하면 성하는 좋아하지 않을 것이다. 성하에게 헌신하고 봉사하는 것도 중요하지만, 불교 도반의 관계 속에서 성하의 가르침을 실천하는 것이 보다 중요하다. 석가모니 부처님이 원래 신이었다거나 태어나자마자 부처가 된 게 아니라는 점을 불교에서는 강조한다. 부처님도 우리와 같은 인간이었고 전생에는 동물이었다. 우리가 늘 그러는 것처럼 정욕과 결점, 오해, 무력감 등으로 고난의 세월을 보냈다. 그리고 불법을 수행하여 모든 번뇌를 극복하고 마침내는 빛나는 부처가 되어 자유와 사랑과 행복에 이르는 길을 보여 주었다.

내가 성하를 개인 접견에서 처음 만났을 때 성하는 29세의 청년이었다. 우리는 인도 사르나트에 있던 어느 호텔의 접견실에서 만났는데, 성하는 1964년 사르나트에서 개최된 세계 불교도 우의회에 주빈으로 참석하고 있었다. 성하의 경호에는 긴장감이 감돌았고 성하는 사람들과 격리된 것처럼 보였다. 성하는 주변 상황으로 인해 긴장하는 기색이 역력했다. 성하는 나를 보고 친근감을 표시했는데, 내가 어느 정도 익숙한 티베트어로 말하는 것을 듣고는 더욱 친근하게 대했던 것으로 기억한다. 나는 성하에게 불교에 입문한 학생(당시 첫 도반이었던 몽골 게셰 아왕 왕곌의 도움을 받아 2년 정도 불교 공부를 한 상태였다)으로 소개되었다. 나는 성하의 지도 아래 공부를 계속하고 싶으며, 가능하다면 출가하고 싶다는 심정을 밝혔다. 그러자 성하는 회의가 끝난 뒤 다람살라로 찾아오면 나의 공부가 어느 정도인지 살펴보겠노라고 했다. 그리고 나서 성하는 가을의 햇살을 받으며 부처님의 초전법륜을 기념하는 스투파 근처에 마련된 연단으로 올라가 연설을 하기 시작했다.

성하가 통역을 통해 행한 연설의 구체적인 내용은 기억나지 않지만 조금 부자연스럽고 형식적인 것으로 들렸다. 성하 앞에는 험난한 일들이 기다리고 있었다. 당시 성하는 자신을 찾아오는 외국 불자들에게 티베트 불교를 소개하기 시작했는데, 외국 불자들은 '티베트 불교는 원래의 불교가 변질된 것이며 참된 불교는 대승 불교나 소승 불교'라고 생각했다. 지금도 그렇게 생각하는 불자들이 있으니 불행한 일이다. 소수의 일본 진언종만이 티베트 밀교를 높이 평가하는데, 이 진언종마저 티베트 불교의 정화(精華)라 할 수 있는 무상 요가 탄트라[4]를 버겁게 생각하는 경향이 있다. 티베트 불교에 대한 세인의 평가가 그러하지만 성하는 세상 사람들로부터 많은 존경을 받고 있다. 고통 받는 티베트인들의 헌신적인 대변자와 평범한 불교 승려 역할을 조화롭게 꾸려 나가는 성하의 모습은 사람들의 마음을 꾸준하게 움직이고 있다.

이듬해 내내 나는 성하를 거의 매주 만나 나의 학업 내용과 다른 문제들에 대해 담화를 나누게 되었다. 그러나 그 당시 나는 성하와의 만남이 얼마나 큰 행운이었는지 깨닫지 못했다. 나는 33세의 나이에 깨달음의 열망으로 불타올랐지만 '복되게도' 내 주위에서 일어나고 있던 일들을 자각하지 못하고 있었던 것이다. 당시 성하는 맥클라우드간지 위쪽의 스와르그 아슈람에서 거주했다. 우리는 만나면 언제나 같은 식으로 대화를 이끌어 갔다. 먼저 성하는 내가 선생님들(성하는 나를 성하의 개인 교사인 캬브예 링 린포체와 남곌 사원의 사원장에게 맡겼다)에게서 배운 바를 간단히 암송하게 했다. 그러고 나서 내가 성하에게 질문을 했다. 당시 중관파(中觀派)의 공(空)과 상대성에 대해 주로 물었던 기억이 난다. 성하는 어떤 주제에 대해서는 되묻기도 하고 몇 가지 점에 대해서는 자신의 의견을 피력하기

---

4) 무상 요가 탄트라(Anttarayoga Tantra) : 외적인 의례에 의지하지 않고 곧바로 본존(本尊) 요가의 수행에 임하며 몸과 마음의 정화와 제어를 위하여 인간의 생리 작용과 호흡, 차크라, 나디(기맥) 등 고도로 체계화된 요가 행법을 사용한다.

도 했다. 그런 다음 담당 선생님들과 열심히 공부할 것을 당부하고는 그동안 궁금했던 것들에 대해 이것저것 물어보았다. 다윈이나 프로이트, 아인슈타인, 토머스 제퍼슨 등 미국과 유럽의 인물들에 대해 물어보았다. 그러면 나는 최선을 다해 때로는 새로운 티베트어를 조어하여 무의식이나, 이드, 상대성, 자연도태 등의 낯선 단어를 설명하기도 하고 때로는 영어로 설명하기도 했다.

뛰어난 지성과 탐구심의 소유자인 성하에게 폭넓은 주제들에 대해 설명하는 일은 상당히 힘든 일이었다. 때문에 나는 맹목적으로 암기했던 지식들을 재고해 볼 수 있는 기회를 갖게 되었다. 나는 대학에서 영어를 전공했으며 철학과 심리학을 깊이 파고든 시인 지망생이었기 때문에 아마 자연 과학에 관한 질문들을 만족스럽게 설명해 주지 못했을 것이다. 그렇다 해도 우리는 무척이나 즐거운 시간을 보냈다. 때로 너무 많은 시간을 대담에 몰두하여 성하의 직무 시간을 걱정하는 개인 교사나 비서들에게 심려를 끼치기도 했다. 성하는 기본적으로 마음이 밝고 활력이 넘치는 사람이었지만 때로 스트레스가 쌓이거나 고독하거나 슬픈 모습을 내비칠 때도 있었다. 그 당시 나는 중국 공산 정권 하의 티베트와 그 국민의 고난과 시련을 거의 모른 채, 불교 철학과 명상에만 몰입해 있었기 때문에 성하의 상황을 깊이 이해하지 못했다. 그뿐 아니라 성화와의 대담이 나에게 얼마나 소중한 축복이었는지, 당시는 거의 깨닫지 못했다.

마침내 나는 비구계를 받았으며 얼마 후에는 미국으로 돌아와 뉴 저지의 사원에서 살았다. 1960년대가 반전 시위와 민권 운동으로 시끄러워지자 동료들을 통해 사회로 돌아왔으며 1967년 초에는 환속하게 되었다. 그 후 얼마 동안 성하는 내게 적지 않은 실망을 했으리라.

나는 대학원에 진학해서 불교학을 전공했고, 1970년에는 학위 논문을 써야 했다. 그래서 성하를 보러 다람살라를 찾아갔는데, 성하는 신축한 대전(大殿) 근처에 있는 숙소로 이사해서 살고 있었다. 나의 학위 주제는 총카파의 『선설심수(善說心髓)』의 번역 및 연구였다. 이는 내가 막 인도로 떠날 때 게셰 왕곌이 연구해 보라고 불쑥 추천한 책이었다. 나중에 알게 된 사실이지만, 이 책은 성하가 특히 좋아하는 논서였다. 나중에 성하는 1965년에 미리 앞을 내다보고 선물한 듯한 이 논서의 최신판을 책꾸러미에서 찾아내기도 했다. 성하를 다시 만났을 때, 결혼하여 두 아이와 함께 온 옛 제자의 어색함을 깨는 데는 몇 초밖에 걸리지 않았다. 성하는 아내와 아이들을 따뜻하게 축복해 준 뒤, 건실한 결혼 생활을 이어 가라고 진지한 충고를 해주었다. 성하는 나의 논문 내용을 듣고(나를 부추겨 그토록 어려운 작업을 시작하게 한 게셰 왕곌에 대한 불평을 늘어놓기도 했다) 예전에 그랬던 것처럼 선생님 한 명을 붙여 주었다. 그리고 매일같이 나를 불러서 『선설심수』와 이와 관련된 불교 철학적 문제들에 대해 일련의 토론을 했다.

1971년 일련의 토론에서 성하에게 놀라운 변화가 일어났다는 사실을 알 수 있었는데, 성하는 강력한 감화력을 지닌 사람으로 변모해 있었다. 철학적으로도 한층 성숙해졌다. 이제 더이상 다른 선생들에게 묻지 않아도 될 정도였다. 총카파의 저술 중 가장 어렵다고 하는 논서의 여러 항목들에 대해 명쾌한 해설을 내놓기도 했으며 그중 많은 구절들을 암송하기도 했다. 유명한 중관학파의 논증적 접근과 교리적 접근 사이의 중요한 차이를 위시하여 걸출한 사상의 영향과 갈래를 아주 명료하고 훌륭하게 해설했다. 달라이 라마이기 때문에 그 정도는 당연히 알아야 한다는 생각을 잠시 접어 두고 상대를 쉽게 감화시키는 놀라운 열정 속에서 퍼져 나오는 심원한 철학적 통찰을 지켜보고 있노라면 입이 딱 벌어졌다. 그해의 토론은 너무나 흥미로웠기 때문에 성하는 나와 함께 중도에 관한 책을 영어로 내볼 것을 제안했고 우리는 이를 실행에 옮기기 시작했다. 불행히도 나는 교직 때문에 번역을 완성하지 못한 채 미국으로 돌아가지 않을 수 없었다. 나머지 번역은 다른 사람이 맡아서 계속 진행했다.

그 후 8년 동안 대학 교수 직을 얻기 위해 고군분투해야 했다. 그래서 다람살라를 찾아갈 기회가 없었다. 한편 중국을 지나치게 신경 쓰는 키신저의 중국 정책 때문에 성하의 미국 비자 발급이 거부되었다. 희한하게도 1979년에 나는 교수 직을 따냈고 성하는 사이러스 밴스[5] 덕분에 미국 비자를 받게 되었

---

5) 사이러스 밴스(Cyrus Vance, 1917~2002) : 미국의 변호사이자 공무원. 지미 카터 대통령 행정부에서 국무장관을 지냈다(1977~1980).

다. 나는 인도에서 가족과 함께 안식년을 보냈다. 그리고 그해 가을 나는 운이 좋게도 성하가 애머스트와 하버드를 처음 방문하는 자리를 주최했다. 그리고 성하와 같은 비행기를 타고 인도로 날아가 델리와 다람살라에서 안식년을 마저 보냈다.

성하가 애머스트와 하버드를 방문하기 위해 뉴욕에 도착했을 당시 성하는 믿기 힘들 정도로 변해 있었다. 그날 새벽 꿈에서 나는 성하가 한 쌍의 칼라차크라 부처의 모습으로 월도프 아스토리아 호텔 정상에 서서 영광스럽게 파스텔 색조의 빛을 발하며 외교관과 정치가, 사업가, 고위 성직자 등 유명 인사들의 마음을 움직이는 모습을 보았다. 나는 성하가 하버드와 애머스트를 방문하는 기간 동안, 그리고 이듬해까지 성하의 강력한 카리스마에서 벗어날 수 없었다. 성하는 물론 공인으로서도 카리스마가 있지만 한 개인으로서의 카리스마는 10배 이상 강했다. 무상 요가 탄트라, 특히 칼라차크라를 공부하고 수행했기 때문일 것이다.

그해 겨울 인도에서 우리는 세 번째 일련의 대담을 나누었다. 당시 성하의 나이는 44세였으며 20년째 망명 생활을 하고 있었다. 중국 정부가 각국 정부에 압력을 행사하여 성하의 방문을 차단하던 1970년대, 성하는 넉넉한 시간을 선용하여 일련의 안거를 하기도 하고 30여 년 동안 집중적으로 공부해 온 부처님의 가르침을 정리하여 뚜렷한 성과물을 내보이기도 했다. 우리는 달라이 라마라면 원래부터 모든 지식과 능력과 자비를 갖추었을 것으로 생각하는 경향이 있다. 그러나 성하의 발전은 모두 놀라운 집중력과 지성, 지칠 줄 모르는 노력에서 기인한 것임을 나는 두 눈으로 확인했다.

일련의 대담에서 우리는 세상의 모든 주제들에 대해 토론했다. 나의 주된 관심사는 탄트라였는데, 성하는 탄트라의 심오한 부분들을 이해하기 쉽게 설명해 주었다. 아직도 성하는 역사와 정치, 사회학, 윤리학, 그리고 내가 '자비의 심리학'이라 부르는 것 등 모든 주제에 대해 관심을 가지고 있는 듯했다. 성하는 직접 많은 말들을 하기보다는 날카로운 질문 등으로 주로 내가 말을 하게 했기 때문에 우리의 대담은 책으로 출판하기 어려운 것이었다. 그렇다 해도 당시 대담에서 나온 성하의 말은 모두 세인의 관심을 끌 만한 것이었다.

그 후 23년 동안 성하는 여러 사상가와 작가들과 나눈 대담, 무수한 연설과 강연 등을 모아 여러 책으로 세상에 내놓았다. 성하를 처음 만난 뒤 17년 동안 나는 성하가 끊임없이 발전하는 모습을 지켜볼 수 있었다. 그런 발전이 지금도 놀라운 속도로 계속되고 있으며 때로는 괄목할 만한 성장을 보여 주기도 한다. 특히 1989년 노벨상을 수상한 시기부터 친절과 인류 종교, 비폭력, 무장 해제, 과학, 생태와 환경, 비교 종교 등에 관한 깊이와 열정이 전보다 훌륭하고 감동적이고 명료해졌다. 나는 성하가 정치가의 연설처럼 같은 말을 진부하게 반복하는 강연을 본 적이 없다. 자주 반복되는 주제를 건드릴 때도 최근에 읽고 있는 책이나 대화를 예로 들거나 보다 감동적인 방법으로 새롭고 독창적인 것을 끄집어낸다. 이런 모습을 보면서 해탈에 이르는 길에서 성하가 보여 주는 끊임없는 성장과 발전, 진보는 대대로 이어지는 성하의 환생에서 그 원인을 찾을 수 있을지 모른다는 생각을 하게 된다.

위대한 14대, 그 역할과 가르침

성하는 '평범한 불교 승려'라는 말을 자주 한다. 그러면 사람들은 보통 거대한 카리스마와 눈부신 유머 감각, 탁월한 지성 등을 과시하지 않는 성하의 겸손과 겸허한 마음을 생각하며 미소 짓는다. 너무 겸손을 떠는 건 아닐까? 하지만 성하는 스폴딩 그레이와 가진 인터뷰에서 '평범한 불교 승려'라는 말이 겸손한 표현이 아니라 문자 그대로라고 밝혔다.

그레이는 성하에게 성적(性的)인 꿈을 꾼 적이 있는지, 더러 세속적인 욕망의 유혹을 받는지에 대해서도 물었다. 성하는 조용히 생각에 잠겨 있다가 "그런 상상은 꿈꿀 때 나타날 수도 있겠으나 나 자신이 불교 승려라는 사실을 떠올리고 출가자의 확고한 믿음으로 욕망에 대한 통제력을 잃지 않는다"고 답했다. 때로 칼이나 총을 들고 적을 공격하는 꿈을 꾸기도 하지만 '평범한 불교 승려'의 신분을 떠올리고 적의에 불타는 마음을 내려놓는다는 성하의 말을 우리는 종종 들을 수 있다. 성하는 꿈속에서도 '나는 달라이 라마다'라는 생각을 하지 않는다. 이는 정말 대단한 일이라고 아니할 수 없다.

성하의 모습은 정말 다양하다. 성하는 한 인간이요 남성이다. 북으로 몽골과, 동으로 중국과, 서북으로 투르키스탄과 접경을 이루는 암도 지방에서 사는 억척스러운 여인과 농부(유목민)의 자손이다. 성하는 티베트 동부의 짙은 사투리와 중부 티베트어를 유창하게 구사하며 어린 시절부터 접해 온 중국 시닝〔西寧〕지방에서 쓰는 중국어도 구사할 줄 안다. 성하의 어머니는 아기가 태어났을 때 달라이 라마가 될 줄은 전혀 몰랐지만 성하가 남동쪽에서 찬란한 청룡의 모습으로 두 마리의 녹색 설사자(雪獅子)의 호위를 받으며 자신의 몸속으로 들어오는 태몽을 꾸었다고 말한다. 또한 성하는 그 설사자의 녹색을 가장 좋아한다고 말한다.

성하의 또 다른 모습은 불교 승려의 모습이다. 비폭력과 청빈, 독신, 정직 등을 서약한 승려의 모습이다. 자신을 위해서는 더없이 충만한 경지에 도달하며 타인을 위해서는 자비행으로 깨달음을 추구하는 데 모든 에너지를 쏟아 붓는 승려의 모습이다. 소박함이 승려의 중요 덕목이다. 소박한 삶을 통해서 마음의 산란함을 최소화하고 영적인 진화를 위해 생명력의 이용을 극대화할 수 있다. 승려로서 성하는 인간의 모습, 성적인 모습, 티베트인의 모습 등 자기중심적인 마음을 내려놓는다. 그리고 철두철미하게 살면서 우주적인 존재가 되기 위해 노력한다.

또한 성하는 완벽한 지혜와 해탈, 자비의 경지를 성취하여 중생을 고통의 바다에서 건져 내기 위해 자신의 삶을 바치는 보살로서의 모습을 끊임없이 창조―성하는 이를 '동기 형성'이라 부른다―해 낸다. 사람들은 성하를 자비 보살인 관세음보살의 화신으로 생각하고, 성하는 관세음보살의 숭고한 모습을 닮기 위해 성장해 온 것이 사실이다. 하지만 성하 자신은 "나는 관세음보살의 화신이다"라고 주장하지 않는다. 그 대신에 성하는 "나의 종교는 친절과 사랑, 자비, 보편책임의 길을 보여주는 보편 종교"라고 밝힌다. 한번은 이 세상에서 누구를 자신의 도반으로 생각하느냐는 질문을 받고 성하는 잠시 생각한 다음, 이 문제를 처음 접하기라도 하는 것처럼 성실하게 "세상 사람 모두가 저의 도반이지요"라고 답한 적이 있다. 반야경이 거듭 설파하는 것처럼 자신을 보살로 생각하는 사람은 진정한 보살이 아니다. 보살이라는 생각도 중생이라는 생각도 넘어선 사람이 중생을 향한 자비심을 지닌 참된 보살이다.

성하는 매일같이 티베트인들을 이끌고 티베트의 통치와 보존의 책임을 다하기 위한 노력을 아끼지 않는다. 티베트는 지난 반세기 동안 중국이 자행한 대량 학살로 민족 전체가 말살될 위험에 처해 있다. 이런 와중에 성하는 정치가요 외교관이며 인사 담당관이요 최고 경영자로서, 그리고 망명객의 한 사람으로서 망명 정부를 이끌고 있다.

성하는 티베트 문명의 철학·종교·심리 분야를 심도 있게 연구하는 것은 물론, 현대 과학까지 탐구하는 열성적인 학자이자 많은 책을 내놓은 작가이다. 성하는 다양한 개인 교사들과 함께 쉼 없이 연구하며 계속 증가하는 세계 구도자들뿐 아니라 티베트 일반인들, 티베트 불교를 전공하는 학생들을 가르치고 있다. 성하의 강연은 명료하고 진지하고 위트가 있으며 시종일관 낙관주의의 끈을 놓지 않는다.

또한 절정에 도달한 인도 불교를 받아들여 심화·발전시킨 종교 전통과 비의 의식의 스승이요 금강승의 대가이다. 성스러운 만달라 제작과 정교한 의식, 그 절차에 관한 정확한 지식, 우아한 몸짓, 장엄한 염불, 차원 높은 수행의 경지에 대한 명쾌한 해설 등에 대해서는 성하의 노숙한 제자들마저 입을 다물지 못한다.

마지막으로 성하는 노벨상 수상자요 세계 평화의 중재자다. 세계의 정치·종교 지도자들을 만나면 인습적이고 맹목적인 제도가 가져오는 해로운 열매를 탐하지 말고 가난하고 핍박받는 이들을 위해 노력하라고 권고하며, 절망과 냉소에 굴복하여 권력과 특권 뒤에 숨지 말고 선의와 양식을 사용하여 세계의 문제들을 해결해 줄 것을 주문하는 평화의 사도이다.

성하는 모든 이들의 친구가 되고자 한다. 심지어 자신이나 타인에게 해를 가하는 사람에게도 친구가 되고자 한다. 또한 폭력과 편견을 완화하기 위한 대안으로 건설적인 대화를 제시하기도 한다.

성하는 철학과 윤리 사상으로 세계 공동체의 비전을 제시하는 세계 지도자로 부상했다. 종교적·윤리적 혁명을 외치는 성하는 시대를 앞서가고 있다. '달라이 라마는 선진 사회와는 동떨어진 미개 사회 출신'이라고 믿는 사람들에게는 아이러니한 사실이 아닐 수 없다.

성하가 강조하는 핵심 주제는 '인간의 본성 상, 행복의 열쇠는 인정과 사랑, 이타심'이다. 자비는 감상적인 것이 아니다. 오히려 자비는 훌륭한 삶을 살고 진정한 행복을 얻는 지혜롭고도 효과적인 길이다. 자비는 영적인 양식일 뿐 아니라 생물학적인 양식이기도 하다. 이러한 인간의 본성이 사회 차원에서 자비와 보편책임의 윤리를 명령한다. 후기 산업 사회의 위기 상황에 대처하고 인류의 생존을 확보하기 위해서는 종교적이고 윤리적인 대책이 필요하다. 이에 대한 성하의 생각은 "좀 더 종교적으로 폭넓게 세상을 조망하며 생활 속에서 윤리를 실천할 때 인류의 생존은 확보되며 미래는 보다 밝아진다"는 것이다.

성하가 강연과 집필에서 강조하는 둘째 주제는 "영성은 맹목적인 신앙보다 넓은 개념으로 개인의 행복과 인류의 생존을 위해서 없어서는 안 될 것이다"이다. 성하는 사람들을 불교 신자로 만드는 일을 좋아하지 않으며 제도권 종교들의 경쟁에 대해서는 서슴없이 비판을 가한다. 이런 맥락에서 성하는 보편적 윤리가 개개의 종교보다 우선한다고 주장한다. 싸움이나 전쟁 등과 같은 인재(人災)에 대한 본질적인 해결책은 비폭력이기 때문에 모든 갈등은 대화로 풀어야 한다고 주장한다. 그러면서 이는 현대 학자나 사회가 주장하는 것처럼 현실성이 없는 이상주의는 아니라고 강조한다.

성하의 예언적인 목소리는 물질과 과학 만능주의를 강력하게 비판함으로써 시작하였다. 『오른손이 하는 일을 오른손도 모르게 하라』에서 성하는 다음과 같이 지적했다.

물질적인 부만으로 인간의 고통을 없애기는 힘들다고 생각하지만 현재 매우 가난한 티베트의 입장에서 서구 선진국들을 바라보면 좀 더 물질적인 번영을 누릴 필요가 있음을 인정하지 않을 수 없다. 우리가 좀 더 물질적인 번영을 누리게 될 때 선진국에서처럼 외적인 고통이 줄어들고 행복을 누릴 수 있는 가능성이 많아진다. 하지만 과학과 기술의 눈부신 발전은 직선적이고 양적인 발전에 지나지 않았다. 그런 발전은 호화로운 도시와 주택, 자동차의 양적인 증가 이상이 아니다. 물론 질병을 비롯한 일부 고통이 줄어드는 것은 사실이지만 모든 고통이 줄어드는 것은 아니다.

나아가서 종교적·윤리적 혁명을 열정적으로 외치는 가운데, 성하는 전쟁을 '사람들을 장작처럼 쌓아 놓고 불을 지르는 화톳불'에 비유하고 아우슈비츠와 히로시마의 방문을 매섭게 회상하고 완전한 전쟁 예방과 군수 산업 철폐를 향한 체계적인 로드맵을 그리면서 세계적인 무장 해제를 강직하게 주창한다. 위대한 불교 스승이었던 나가르주나의 법맥을 잇고 있는 성하는 가진 자와 없는 자 간의 엄청난 차이, 가진 자들의 엄청난 사치를 대담하게 비판하며 경제 정책에서 이타심과 보편책임을 반영해 줄 것을 각국 정부에 강력하게 요청한다. 성하는 세계화에 실용적이고 낙관적으로 접근하지만 빈익빈 부익부 현상 속에 갇힌 세계화를 바라지는 않는다.

성하는 인도 아쇼카 황제와 같은 입장에서 "종교는 무릇 제도적 확장보다는 개인적 수행에, 편협한 배타주의보다는 관용적 다원주의에 초점을 맞춰야 한다"고 주장한다. 성하는 교리의 순수성이나 의식의 형식성보다는 개인 수행의 영성과 윤리가 우선한다고 역설한다. 종교가 사람들에게 짐만을 안겨 준다면 차라리 종교 없이 사는 것이 낫다고 말한다. 종교를 진실로 실천했을 때 우리가 얻는 이익을 인정하면서, 우리에게는 개인 신앙의 일원론적 정신뿐 아니라 사회 실천의 다원론적 정신도 필요하다는 독창적인 제안을 한다.

요컨대, 세계 지도자들이 성하의 가르침을 보다 진지하게 받아들이면 21세기는 전쟁과 학살로 찌든 20세기를 되풀이하지 않고 인류를 위해서 평화와 화해, 자연 보호, 경제 성장, 영적 성장 등을 이룰 뿐 아니라 동물에게도 사랑의 마음을 키우는 시대가 될 수 있을 것이다. 성하를 보면서 놀라운 것은 세계 곳곳에서 폭력과 테러, 전쟁이 난무하고 있음에도 인간의 본성에 대한 믿음이 흔들리지 않고 비폭력과 대화의 의지가 꺾이지 않으며 항상 세상을 긍정적으로 본다는 점이다.

이런 불요불굴의 의지가 엄청난 학살과 파괴, 끊임없는 압제에 시달린 국가와 민족의 지도자에게서 나온다는 점이 달라이 라마를 보다 위대한 인류의 귀감으로 만든다. 이렇게 달라이 라마는 자신이 가르치는 평화와 이해, 대화의 정신을 실천할 뿐 아니라 인류의 이상을 현실에서 구현하고 있다!

부디 달라이 라마가 건강하게 중단 없이 자신의 임무를 수행할 수 있게 하소서. 티베트 국민의 해방을 바라는 간절한 소원이 기적적으로 이루어지는 날이 하루빨리 오게 하소서. 중국인을 비롯한 모든 사람들에게 쏟는 자비의 노력이 열매 맺게 하소서. 바다와 같은 스승으로 각 나라가 '자연과 하나 되어 살고 서로 평화롭게 지낼 수 있도록' 지도하며 각 개인이 '해탈의 길을 가면서 중생을 위해 지혜와 행복을 얻을 수 있도록' 인도하게 하소서.

로버트 서먼(Robert A. F. Thurman)

티베트 불교학의 대가로 컬럼비아 대학교 인도 티베트 불교학과 교수이다. 뉴욕 시에 티베트 하우스를 공동 설립하였으며 현재 이사로 재직 중이다. 전직 티베트 승려였으며 달라이 라마의 친구이자 강력한 후원자이기도 하다. 『티베트 사자의 서』를 번역했으며 『마음의 혁명』 등을 저술했다. 국내에서 『우리를 행복하게 하는 것들』, 『티베트의 영혼 카일라스』가 출간되었다.

판첸 라마를 찾아서

이사벨 힐턴

    지프가 마지막 굽이를 돌고 조그마한 마을 탁체가 나타나자 나는 잔잔한 성취감을 느꼈다. 탁체는 티베트의 암도 지방—지금은 중국 칭하이 성〔靑海省〕—에 있는 해발 3천여 미터 높이의 산중턱에 자리 잡고 있다. 바로 여기에서 달라이 라마가 태어났다. 중국 당국은 외국인의 탁체 방문을 탐탁하게 생각하지 않는다. 1994년 다람살라에서 달라이 라마를 처음 만났을 때부터 나는 달라이 라마의 비범한 삶에 끌리기 시작했다. 첫 만남 이후 내 인생은 예기치 않은 길로 접어들게 되었다. 그래서 달라이 라마가 태어난 곳에 가보고 싶어졌다.

    칭하이 성의 중국어 공식 가이드북에는 탁체 마을이 나오지만 칭하이 성의 성도인 시닝에서는 탁체 마을로 가는 정보를 입수하기 힘들었다. 칭하이 성 가이드북에는 달라이 라마의 탄생지는 "멀고도 아름다운 마을"로 묘사되어 있으며 칭하이 호〔靑海湖〕의 조류 보호 구역, 거대한 티베트 쿰붐 사원, 10대 판첸 라마의 탄생지(이 역시 중국 당국의 정책으로 인해 방문이 까다롭다) 등과 함께 관광 명소로 올라 있다. 나는 당국의 지령에 따라 탁체 마을로 향하는 관광객을 방해하는 현지 공무원들의 의심스러운 눈초리에서 나 자신을 보호하기 위해 가이드북을 부적처럼 가지고 다녔다.

탁체는 중국 정부가 티베트에서 일관된 정책을 펴면서 부딪칠 수밖에 없었던 어려움을 확연하게 보여 주는 곳이다. 한쪽에서 중국 정부는 티베트가 중화 인민 공화국의 여타 지역과 마찬가지로 종교의 자유를 누리고 있으며 모국(母國)의 일원이 되어 모국의 통치를 받는 티베트 국민은 행복하다고 주장한다.

반면에 티베트인들이 망명 생활을 하는 달라이 라마에게 보여 주는 중단 없는 애정과 믿음은 중국 정부에게는 당혹스러운 것이며 오랫동안 달라이 라마를 비난해 온 중국 정책과도 어긋나는 것이다. 중국 정부에 따르면 티베트 불교를 이끌고 있는 달라이 라마는 국가의 원수이고 분리주의자이며 "자격이 의심스러운 종교 지도자"이다. 달라이 라마의 탄생지가 성지가 되면 중국은 곤경에 빠질 것이다. 아마 세계인들에게 달라이 라마의 탄생지에 갈 수 있는 자유만 허용되었다면 이미 성지가 되었을 것이다. 중국의 정책으로 말미암아 달라이 라마의 탄생지는 공식적인 관광 명소로 자리 잡지 못하고 있다. 이런 상황을 개선하려면 가이드북에 탁체 마을을 올리되, 가는 길이 결코 쉽지 않음을 명시해 주어야 할 것이다. 칭하이 성의 전시(展示) 사원들—'관대한 정부의 보호 아래 티베트 불교가 번창하고 있다'는 착각과 지역 경제의 발전에 일조하는—을 여행하는 단체 관광객들에게 탁체는 여행 일정에 들어 있지 않다. 탁체에 가고 싶은 사람은 혼자 알아서 가야 하는 것이다.

예전에 나는 시닝에서 체류한 적이 있었다. 이전의 시닝은 서쪽 끝에 대상로가 나 있던 성곽 도시였으나 몇십 년간의 근대화 및 발전 덕분에 과거의 낭만은 모두 사라진 채 황량하고 먼지 많은 도시가 되었다. 시닝의 시내를 돌아다녀 보면 칭하이 성은 티베트인, 몽골인, 골록족, 투족 등 19세기부터 중국의 지배를 받던 여러 변방 민족들의 고장임을 확연히 알아볼 수 있다. 그러나 오늘날 이 지방 인구의 주류는 동화 정책의 일환으로 이주해 온 한족(漢族)이다. 예전에 칭하이 성의 서부는 티베트 민족과 문화의 동쪽 변방이었다. 이 지역이 바로 티베트의 암도 지방이며 14대 달라이 라마와 10대 판첸 라마가 태어난 곳이다. 티베트 불교의 개혁가이며 겔룩파의 창시자인 총카파도 몇백 년 전에 쿰붐 사원의 관할 지역에서 태어났다.

오늘날 인민 공화국에 의해 단조로운 회색 문화 지대가 된 칭하이 성에서 티베트인들은 소수 민족으로 전락했다. 하지만 이 지역의 종교 문화를 살펴보면 거듭 쓴 양피지 사본처럼 보인다. 즉, 그 이면을 자세히 들여다보면 완전히 지워지지 않고 희미하게 잔존해 있는 티베트 문화의 모습이 드러나는 것이다.

달라이 라마를 처음 만났을 때, 이 만남이 내 인생을 바꿔 놓

을 줄은 꿈에도 생각하지 못했다. 달라이 라마를 만나고 몇 년
이 지난 지금, 나는 중국 공안의 감시를 피해 달라이 라마의 탄
생지를 감상적으로 순례하고 있다. 느닷없이 개종을 한 것은 아
니었다. 나는 1994년 2월에 독일의 환경 운동가인 페트라 켈리
의 삶과 죽음을 다룬 BBC 텔레비전의 다큐멘터리 제작을 위해
달라이 라마를 인터뷰하려고 다람살라를 방문했다. 1970년대
에 중국에서 유학했지만 티베트에는 가본 적이 없었다. 런던에
서 열린 달라이 라마 강연에 한 번 참석해 본 적은 있으나 새로
운 종교나 정치 사상을 찾고 있던 것은 아니었다.

당시 다람살라를 방문한 뒤로 내가 다른 일들을 포기하고 티
베트 문제에 깊숙이 간여하게 된 것은 우연이었던 것 같다. 여
기서 말하는 티베트 문제란 입적한 판첸 라마의 환생을 찾는
일이었다. 그 문제에 강렬한 인상을 받은 나는 페트라 켈리의
다큐멘터리가 완성되기 무섭게 판첸 라마의 환생 문제를 샅샅
이 추적해 보겠다고 결심했다. 먼저 직장을 휴직하고 판첸 라
마에 관한 책과 영화를 기획하기 시작했다. 하지만 환생 문제
를 추적하기 위해서는 달라이 라마의 신임과 협조가 필요했다.
성하는 기꺼이 협조를 자청하였으며 끝까지 진실하게 도와주
었다.

나의 기획은 처음부터 끝까지 철저한 보안이 요구되는 민감
한 문제였다. 이런 민감한 사안에 대해 성하는 끝까지 진실한
협조를 아끼지 않았다. 판첸 라마를 추적하게 되면서 나는 판
첸 라마의 우여곡절을 파악하게 되었을 뿐만 아니라 판첸 라마

문제에 접근하는 달라이 라마의 지도력을 지켜볼 수 있었다. 달라이 라마의 지도력은 망명 정부의 빈약한 외교력과 더불어 시험대에 올랐던 것이다.

이 작업을 하기 위해서는 다람살라를 여러 번 방문하고 많은 인터뷰를 해야 했다. 또한 스위스와 독일, 런던 등지에서도 달라이 라마는 숨 가쁜 일정에서 짬을 내어 대담을 했다. 나는 한 사람이 어떻게 산적한 난제들을 처리해 나가는가를 지켜보며 새로운 세계에 눈을 뜨게 되었다. 불교 신자들의 요구, 티베트 안팎의 정국 운영, 중국 정부와 대화를 유지해야 하는 복잡한 외교 문제, 티베트 불교 신자뿐 아니라 세계인들의 기대를 충족시켜야 하는 책임감 등. 나는 이내 달라이 라마가 행정적인 뒷받침을 별로 받지 못한 가운데 모든 문제를 해결해 나가고 있음을 알게 되었다.

다큐멘터리 촬영이 정말로 빠듯한 일정을 소화해야 하는 달라이 라마에게 부담이 될 수 있다는 사실을 깨닫게 된 후로, 설사 달라이 라마가 인터뷰나 촬영을 귀찮게 생각해도 이상하게 생각하지 않았다. 그리고 성하는 몇 주 후에 대담을 재개해도 지난번 대담에서 끊긴 대화를 정확하게 이어 나가곤 했다.

우리가 대담하던 문제는 종종 달라이 라마가 힘들어하던 문제였다. 중국 정부가 시가체의 타시룬포 사원장인 차델 린포체가 이끄는 판첸 라마 탐사를 불허했기 때문에 그해는 참으로 힘들었다. 중국 당국은 달라이 라마의 간여를 인정하지 않았으며 판첸 라마의 문제를 티베트에 대한 중국의 역사적이고 실제적인 지배권을 정당화하려는 데 이용하려고 들었다. 차델 린포체는 종교적 양심과 정치적 현실 사이에서 고민했다. 즉, 중국 정부가 판첸 라마의 환생을 인정해 주기 전에는 달라이 라마의 최종 승인을 숨기려고 노력했다. 그리고 11대 판첸 라마가 타시룬포에서 성장해 주기를 희망했다.

달라이 라마는 자신이 외국에서 망명 생활을 하는 동안 판첸 라마는 티베트에서 거주했기 때문에 차델 린포체의 노력이 옳은 것이었다고 내게 밝혔다. 망명 사회의 많은 이들이 이런 생각을 들으면 실망하겠지만 달라이 라마는 티베트에 거주하는 판첸 라마의 신도들을 생각하지 않을 수 없었던 것이다. 1995년 1월 말에 환생 소년이 발견되자 달라이 라마는 티베트 내에서 벌어지는 절차를 기다려야 했다.

차델 린포체가 베이징으로 소환되고 그와 접촉하려는 노력이 모두 무산되자, 몇 달 동안 고통스러운 나날들이 계속되었다. 제비뽑기가 곧 시행될지 모른다는 소문 외에는 아무런 소식도 없이 여러 달이 지나갔다. 6월이 되자 달라이 라마는 마침내 판첸 라마의 최종 승인을 발표하기로 결정했다. 이 발표는 베이징과 티베트에서 위기를 몰고 왔다. 판첸 라마의 환생으로 발견된 게된 최키 니마가 사라지고 차델 린포체가 체포되었다. 중국 정부는 청나라 시대처럼 환생 후보를 금병(金瓶) 추첨으로 선택한 다음, 티베트 불교 당국에 이를 수용하라고 강요하기 시작했다.

달라이 라마의 최종 승인 발표는 좋지 못한 결과를 가져왔다. 그래서 요즘에도 달라이 라마가 최종 승인 발표를 굳이 해야 했었는지에 대한 의문이 제기되고 있다. 당시 나는 중국 정부의 반응이 불을 보듯 뻔했기 때문에 승인 발표를 반대하는 입장이었다. 하지만 지금 다시 생각해 보면 달라이 라마로서는 달리 선택의 여지가 없었던 것 같다. 만약 달라이 라마가 승인 발표를 하지 않았다면 당장 티베트에서 제비뽑기 의식이 거행되고 다른 환생 후보가 발표되었을지 모른다. 이런 일이 벌어지면 달라이 라마가 제동을 걸 수 있는 방법은 전무했을 것이다. 또한 중국 정부가 자의적으로 뽑은 환생에 대해 반발한다 해도 아무런 설득력이 없었을 것이다.

달라이 라마가 지목한 환생 후보가 아직도 티베트에서 중국의 보호를 받고 있다는 사실은 달라이 라마를 따르는 티베트 불자들에게 충격이었다. 환생 소년을 티베트 밖으로 몰래 빼돌릴 생각도 해 보았지만 그런 생각은 현실과 동떨어진 것이었다. 나는 달라이 라마가 가용 수단이 거의 없는 가운데서 자신에게 밀려오는 압박감에도 불구하고 얼마나 뛰어나게 대처했는지를 알게 되었다. 달라이 라마에게는 군사력이 없었다. 달라이 라마에게는 도덕적이고 종교적인 권위와 신자들의 헌신, 종교 지도자로 행사할 수 있는 영향력밖에 없었다. 물론 이런 것들도 무시할 만한 것은 아니지만 단기간에 정치적인 성공을 담보해 줄 수는 없었다.

1995년 10월 말경 판첸 라마의 선택 과정이 끝나가고 있었다. 몇 달간 계속된 중국 정부의 강요로 인해 티베트의 종교 지도자들은 중국의 압력에 굴복할 수밖에 없었으며 환생의 선택 과정에 종지부를 찍는 회의가 준비되었다. 나는 칭하이 성에서 10대 판첸 라마의 생애를 연구하면서 개인적인 이유로 탁체에 가보려고 했다. 시간이 흐르면서 달라이 라마의 생애에 대한 관심이 깊어졌다. 달라이 라마는 18세기부터 내려온 전통의 맥을 이었으며 망명지에서도 20세기 말의 도전에 탁월한 능력으로 대처해 왔다. 정치·종교의 지도자로 생존하는 데 성공했을 뿐 아니라 세계적인 추앙을 받으며 티베트 운동을 대변하는 데도 성공했다. 1930년대 달라이 라마 환생을 찾기 위해 탁체를 방문한 환생 조사대는 라모 라초 호수에 나타난 영상과 일치하는 기이한 홈통의 가옥을 발견했을 때 지금의 달라이 라마를 상상하지 못했을 것이다.

나는 시닝에서 덜컹거리는 버스를 잡아 타고 핑안[平安]으로 향했다. 핑안은 탁체로 가는 길목에 있는 소읍이었다.

핑안의 시장으로 들어서자 택시 운전사들은 나를 멍하게 보더니 고개를 가로저었다. 그들은 지프가 필요하다고 말했다. 지프 운전사도 고개를 흔들었다. 얼마든지 태워 줄 수는 있으나 탁체가 어딘지 모르겠다는 것이었다.

호기심 어린 눈빛으로 사람들이 모여들었다. 그중 한 노인이 끼어들었다. 자신은 그곳이 어딘지 안다고, 차를 태워 주면 안내를 해 주겠다고 했다.

아름다운 가을날이었다. 우리는 핑안을 벗어나 계곡의 강을 따라 이어진 자갈길을 달렸다. 계곡의 바닥은 초목이 무성하고 토지는 비옥해 보였으나 가을의 밭은 텅 비어 있었다. 작은 계단식 밭을 따라 은빛 자작나무와 포플러가 촘촘히 심어져 있고 밭은 새롭게 갈아엎은 듯 다갈색을 띠고 있었다. 양쪽으로는 산들이 가파르게 솟아 있었으며 높은 쪽 산의 경사면은 새빨간 바위를 배경으로 휑뎅그렁해 보였다. 티베트 가정을 상징하는 장식 대문과 기도 깃발의 흙벽돌 집들이 산재해 있는 마을들을 연달아 지나갔다.

우리는 어느 마을에선가 노인을 내려주고 노인이 가르쳐 준 방향으로 계속 달리기 시작했다. 계곡의 바닥을 지나고 산 위쪽으로 달리자, 굴곡이 부드러운 산들 너머로 솟아 있는 높은 산들이 꼭대기에 눈을 뒤집어쓴 채 엄숙하고 장엄한 모습을 드러냈다. 우리는 산 위쪽으로 급경사진 진창길을 올라갔다. 2시간을 달린 끝에 드디어 노인이 가르쳐 준 마을에 도착했다.

지프에서 내리자 마을 사람들이 몰려왔다. 그들은 내가 외계인이라도 되는 듯 뚫어지게 쳐다보았다. "달라이 라마의 생가는 어디 있어요?" 내가 물었다. 그들은 몸짓으로 마을 꼭대기에 서 있는 집을 가리켰다. 집은 회반죽으로 칠해 있었으며 길이 가팔랐다. 마을 사람들이 가리킨 대로 길을 따라 올라갔다. 집 앞에는 사나운 개가 다행히도 묶여 있었는데, 이 개를 피하며 장식 대문을 열고 들어가자 포장된 마당이 나타났다.

가옥은 새롭게 페인트칠을 했으며 깃대가 마당 중앙에 서 있고 깃대의 양옆에 두 개의 향로가 있었다. 아무런 인기척도 없었다. 목조 계단을 타고 2층으로 올라가 평평한 옥상에 서서

숨막히는 경관을 감상하다가 뒤돌아섰을 때, 나는 깜짝 놀라고 말았다. 한 남자가 소리도 없이 내 뒤에 서 있는 게 아닌가! 쉰 살쯤 되어 보이는 남자는 나를 조심스레 훑어보았다.

"누구세요?"

남자가 물었다.

"영국 사람이에요. 달라이 라마가 태어난 집을 보려고 왔어요."

"혼자 왔습니까?"

남자는 내가 허가증을 제대로 소지한 여행자인지 탐색하는 낯빛으로 물었다.

나는 혼자 왔다고 답해 주었다.

남자는 약간 당황하면서도 재미있다는 표정이었다. 남자는 관리인이라고 자신을 소개했다.

남자는 나를 쫓아 보내야 할지, 아니면 집 안내를 해 줘야 할지 고민하는 것 같았다.

잠시 후 그가 조용히 말을 꺼냈다.

"나는 달라이 라마의 친척입니다."

나는 그렇다면 달라이 라마를 만난 적이 있느냐고 물었다. 그러자 남자는 다람살라에 있는 달라이 라마의 집에서 만난 적이 있다고 대답했다. 그는 쓸쓸하게 지난 추억을 반추하며 미소 지었다.

집은 비어 있었지만 관리 상태는 좋은 것 같았다.

"다시 지은 거예요."

안내를 자청한 남자가 말했다.

"문화 혁명 때 완전히 부서졌지요."

관리인은 문화 혁명 당시 옆집에서 살았는데 문화 혁명으로 그의 집도 부서졌다고 설명했다.

"예전에는 지금 이 집과 같았어요. 근데 그들이 완전히 허물어 버린 겁니다."

그는 지붕이 사라지고 흙벽만 남은 집을 보여 주며 자신이 살던 옛집이라고 했다. 1970년대 중국 정부가 달라이 라마에게 유화적인 태도를 보이던 짧은 시기에 달라이 라마의 가옥을 재건했다.

"그자들이 집을 부숴 놓고는 다시 집을 지은 거예요."

관리인이 말했다.

홍위병들이 평화로운 마당을 날뛰는 장면과 군중이 관리인을 체포하여 굴욕적으로 바보 모자를 씌우고 마을 전체를 끌고 다닌 다음, 강제 노동을 시키는 장면을 떠올려 보았다. 관리인은 아픈 기억을 쫓아 내려는 듯 열쇠를 들어서 문을 열었다. 방 안에는 가족들을 위해 마련된 간소한 제단이 있었다. 관리인은 커다란 달라이 라마 액자를 가리켰다. 액자 위에는 티베트어가 쓰여 있었다. "성하의 친필입니다." 그가 번역을 해 주었다. "내 멀리 있어 함께할 수 없지만 홍나이는 언제나 나의 가슴속에 있다네." 액자 앞에는 하얀 카타가 놓여 있었다.

가옥 이곳저곳을 둘러보다가 새롭게 칠을 한 대들보 장식을 보고 감탄했다.

"정말 아름답네요."

우울해 보이는 관리인에게 말했다.

"아름답다고요? 그렇지 않은 것 같은데. 달라이 라마 액자라면 더욱 아름다워야지요. 성하가 여기 계신다면 훨씬 아름다웠을 겁니다."

관리인이 말했다.

중국의 지배만 받지 않았더라면 달라이 라마와 친척 관계라는 이유로 정치적 수모나 굴욕을 받기보다는 영예롭게 살 수 있었는데 그렇지 못한 현실을 떳떳하게 이야기하지 못하는 슬픔이 관리인의 얼굴에서 진하게 묻어났다. 그는 학교에서 교편을 잡고 있었다. 학교에는 15명의 학생이 있는데, 중국어로 수업을 한다고 했다.

달라이 라마를 기억하는지 물었다.

"그분이 티베트를 떠날 때 저는 태어나지도 않았어요. 그러나 아리 린포체와 같은 학교에서 공부를 했지요."

나는 달라이 라마의 동생인 아리 린포체를 알고 있다. 그는 지금 다람살라에서 게스트하우스를 운영하고 있다. 아리 린포체는 어쩌면 이렇게 외진 산촌에서 평생을 살아야 했을지도 모른다는 상상을 해 보았다.

우리는 버터 차를 앞에 놓고 마주앉았다.

관리인이 말했다.

"여기에 들어오려면 당연히 허가증이 있어야 한다는 것 아시죠? 공안이 알면 큰일 난다고 운전사에게 말했습니다."

이미 다 아는 일이었다. 운전사는 걱정스러운 미소를 지어 보였다.

"사람들이 많이 오나요?"

내가 물었다.

"별로 많이 안 와요."

"외국 사람들은 어때요?"

그러자 관리인은 소리 내어 웃고는 고개를 가로저었다. 운전사는 공안에 불려 다닐지 모른다는 생각을 하는 듯, 안절부절 못했다.

내가 몸을 일으켰다.

"언젠가는 달라이 라마가 돌아올 수 있을까요?"

관리인이 내게 물었다.

나는 상냥하게 모른다고, 그리 간단치 않은 일이라고 답해 주었다. 우리가 이야기를 나누는 동안 안개가 내려와 있었다. 관리인은 궂은 날씨를 미안하게 생각했다.

"날씨가 맑으면 달라이 라마의 고향이 얼마나 아름다운지 볼 수 있는데."

관리인이 한숨을 지었다.

"참 한적한 곳이네요."

내가 말했다.

그의 표정이 심각해졌다.

"산은 너무 높고 길은 너무 멀어요."

나는 지프에 올라타서 작별 인사를 하기 위해 뒤돌아봤다.

관리인은 슬픈 얼굴을 하고 집 앞에 서 있었다. 지프가 마을 어귀를 빠져나가는데, 무표정한 사람들이 호주머니에 손을 넣고 동네 어귀가 내려다보이는 언덕에 한 줄로 서 있는 모습이 나타났다. 우리가 핑안까지의 먼 여정을 시작하며 진창길로 접어드는 모습을 사람들은 하늘을 배경으로 실루엣이 되어 지켜보았다. 저들 중 몇 명이 문화 혁명 때 달라이 라마의 탄생지를 없애기 위해 날뛰었을까 생각해 보았다. 지금 내 호주머니에는 떠나는 순간에 충동적으로 퍼 담은 밝은 적색의 흙이 한 줌 있다. 다음에 다람살라에 가면 이 흙을 달라이 라마에게 드려야겠다고 마음먹었으나 이를 실행에 옮기지 못했다. 돌이켜 보건대, 달라이 라마에게는 그런 향수가 없으리라.

2주 후 베이징에 돌아왔을 때 판첸 라마의 위기는 절정으로 치닫고 있었다. 티베트 종교 지도자들은 베이징의 어느 호텔에 감금당한 채, 며칠 후에 라싸에서 벌어지는 금병 의식을 승인하고 참석하라는 강요를 받았다. 나는 이런 과정을 지켜볼 수밖에 없는 입장이었지만 북받치는 감정을 외면할 수는 없었다. 중국이라는 정치 세력이 티베트의 종교와 문화를 좌지우지하고 공산주의 신앙을 강요하는 것을 보면서 분노와 슬픔이 동시에 밀려왔다. 중국이 판첸 라마를 선출하는 과정은 다음 달라이 라마 선출의 리허설이었음이 분명해졌다.

중국의 관영 신화사 통신에 따르면 서장인민회의 상임위원회 의장인 라이디는 홍콩에서 온 기자단에게 이렇게 말했다고 한다. "14대 달라이 라마가 입적하면 수백 년 전부터 내려오는 역사와 전통에 따라 환생 아이를 찾을 것입니다."

이번 판첸 라마를 찾는 과정에서 변화를 겪은 환생 탐색의 전통은 금병첨제를 사용하자는 중국의 주장대로 결론이 날 성싶다. 중국이 금병첨제를 강행하고자 한다면 티베트에는 이를 중단시킬 방법이 없다. 그러나 판첸 라마에 관한 아픈 이야기가 끝나 가는 시점에서, 중국의 승리는 진정한 승리로 보이지 않았다. 중국은 종교 지도자를 자의적으로 선출해서 티베트인들에게 강요할 수는 있을지 모르나 인민 해방군의 무력으로도 티베트인들로 하여금 중국이 선택한 지도자를 믿게 할 수는 없는 것이다.

마오쩌둥의 공산주의는 이미 사멸했으며 후임자들은 마오쩌둥이 가장 아끼던 사상들마저 모두 폐기 처분해 버렸지만 마오쩌둥의 파괴적인 민족주의와 정복 야욕만큼은 예외였다. 달라이 라마에게 이번 판첸 라마의 탐색은 패배로 기록될지 모른다. 또한 개인적인 감정보다는 차분하게 대처했어야 하는 사건으로 기록될는지 모른다.

이번 판첸 라마의 탐색 과정에서 배운 것을 간단히 말하면, 장기적인 안목이 필요하다는 것이다. 지난 50여 년 동안 수많은 불자들이 참기 어려운 시련을 감내해야 했지만 불교는 결과적으로 공산주의보다 우위에 있음이 증명되었다. 14대 달라이 라마는 자신이 마지막 달라이 라마가 될지 모른다고 했다. 14대 달라이 라마가 달라이 라마 제도의 폐지를 조용하게 고려하고 있다면 아마 그것은 지난 50여 년간의 경험으로 비춰

보건대, '정치 이념은 덧없이 스러지지만 불교의 가르침은 영
원하다'는 진리를 깨달았기 때문이리라.

이사벨 힐턴(Isabel Hilton)
『뉴요커』의 기자이며 런던 주재 작가이자 방송인이다. 중국 전문가로서
판첸 라마를 다룬 다큐멘터리 「잃어버린 소년의 왕국」를 만들었으며 그
후속편으로 『판첸 라마를 찾아서』를 펴냈다.

달라이 라마와의 자서전 집필

알렉산더 노먼

영문학계를 살펴보면 일부 문호들이 초기에 다른 사람의 이름으로 집필하는 일이 없지 않으나 일반적으로 대필은 좋은 평가를 받지 못한다. 사실 인기 때문에 영화배우나 가수, 스포츠 스타들의 자서전 분야에서 대필이 과장된 면이 없지 않다.

알고 보면 정치 회고록 중 상당수가 대필된 것들이다. 로널드 레이건과 마거릿 대처, 골다 메이어 등의 회고록이 떠오른다. 하지만 부정적인 평가에도 일리가 있다. 스타의 회고록을 보면, 쉽사리 믿어 버리는 독자들에게서 돈을 끌어내기 위해 종종 있을 법하지 않은 일들을 세밀하게 그려 내기도 한다. 토머스 모어와 같은 유명 작가의 경우를 보면 모어가 친구이자 후원자였던 헨리 8세와 협잡하여 문학적 눈속임 행위를 했다는 사실을 부인하기 어렵다.

티베트 불교의 문헌들 중에서 실제 작가가 아니라 다른 사람이 자서전의 일부를 집필한 사례(밀라레파 시집에 나오는 '헤루카 시리즈')는 하나밖에 존재하지 않는다. 그러나 대승 불교의 문헌 전체가 위작이라고 주장하는 사람들도 있다. 대승 불교 학승들의 권위를 세울 요량으로 붓다나 타인의 이름으로 책을 저술했다는 것이다. 달라이 라마의 첫 번째 자서전인『티벳, 나의 조국이여』도 달라이 라마가 직접 집필한 것이 아니라 영국의 유명 작가인 데이비드 하워스가 대필한 것이 사실이다.

티베트 스승들의 저작물 대부분은 본인들이 직접 저술한 것이다. 측근 제자들의 윤색을 어느 정도 인정한다 해도 말이다. 나는 성하의 책 두 권을 대필한 사람으로 성하의 저술에 대해 언급하는 것을 주저할 수밖에 없는 처지다.

첫째로, 나는 성하의 측근 제자라고 할 수 없다. 나는 불교 신자가 아니다. 나아가 참된 제자라면 스승을 위해 일한 대가로 돈을 받지 않는다. 하지만 나는 전업 작가이기 때문에 성하와의 관계는 영리 목적을 바탕으로 하여 이루어지지 않을 수 없었다. 둘째로, 마이클 아리스 교수는 티베트의 생활과 사상을 제대로 이해하려면 티베트어를 할 줄 알아야 한다고 지적했지만 나는 티베트어를 말할 줄도 모르고 읽을 줄도 모른다. 이런 면을 고려한다면 성하를 위해 두 권의 책을 대필할 수 있는 자격이 나에게는 없다고 해도 과언이 아닐지 모르겠다. 특히 나는 문학 분야가 아니라 주로 언론 분야에 종사했기 때문이다.

이런 사실들로 인해 성하의 책을 대필하는 일을 선뜻 수락할 수 없었다. 하지만 장기간 달라이 라마와의 공동 작업을 만끽할 수 있었던 것은 내게 영광이요 더할 수 없는 행운이었음을 잘 알고 있다. 많은 사람이 부러워하는 영광을 누렸기 때문에 공동 작업의 내용과 성하에게서 배운 바를 독자들과 같이 나누고 싶은 것이 솔직한 심정이다.

나는 1988년 3월, 영국의 정치 저널인 『스펙테이터』의 달라이 라마 인터뷰를 위해 다람살라에 갔을 때 성하를 처음으로 만났다. 내가 접견실에 들어섰을 때 성하는 그곳에 없었다. 잠시 후 성하가 접견실로 들어오고 불쑥 내게 다가와 인사를 건넸을 때 약간 당황했던 걸로 기억한다. 첫인상은 그랬다. 두 번째로 받은 인상은 성하의 육체적인 현존이 강하게 느껴졌다는 것이다. 성하에게서는 신비한 성인의 모습이라든가, 천사 같은 모습은 없었다. 다른 생에 태어났더라면 쓸 만한 럭비 선수─아마 윙 플레이어 정도─를 하면 어울릴 법한 체격이었다. 성하는 잘 웃는다. 성하의 웃음은 한 번 터져 나오면 열정적이면서도 속되지 않으며 마지막 소프라노 톤으로 올라갈 때면 주위 사람을 놀라게 하면서도 자신감에 차 있다. 이런 성하의 웃음과 모습은 라파엘로가 자연주의적인 화법으로 그린 세속적인 천동(天童)의 모습을 떠올리게 한다.

이런 모습이 내가 성하를 처음 만났을 때 받은 인상이다. 그후로 16년의 세월이 흐르는 동안 성하를 수없이 만나게 되었다(일전에 성하와 만난 시간을 계산해 보니, 『달라이 라마 자서전』을 집필하기 위해 일대일로 만난 시간이 150시간, 통역들과 함께 만난 시간이 18개월이었다. 『오른손이 하는 일을 오른손도 모르게 하라』도 거의 같은 시간이 소요되었으나 기간은 좀 더 길었다).

첫 만남을 가진 지 9개월 후 다람살라로 돌아와서 자서전 집필을 시작했다. 집필 과정을 여기에서 상세히 설명할 필요는 없을 것 같다. 나의 관점에서 보면 당시의 집필은 성하를 관찰할수 있는 기회였다기보다는 하나의 행운이었다. 그 후 3개월 동안 내 집필 인생에서 가장 흥미롭고 재미난 시간이 이어졌다.

집필 과정에서 성하를 유심히 관찰해 본 결과, 사람들은 달라이 라마를 만나는 것만으로도 거역할 수 없는 사랑 속으로 빠져드는 것 같았다. 나도 예외가 아니었다. 어떤 면에서 보면 당시보다 지금이 더 객관적인 자세를 유지하기가 힘들다. 1980년대말 맥클라우드간지는, 식민 시대에 태어나 노쇠해진 산악 주둔지에서 오늘날의 국제적인 관광 명소로 막 발돋움하는 시점이었지만 그래도 우아하고 매력 있는 분위기가 있었다. 차량은 별로 볼 수 없었고 몇몇 호텔과 찻집만 눈에 띄었다. 국제 전화를할 수 있는 전화는 공중전화 한 대가 고작이었다. 인터넷이나 위성 방송 등은 아직 나타나지 않았다.

미래에 다가올 혁명적인 변화에 대한 조짐은 날로 성장하는 달라이 라마의 역량에서 찾아볼 수 있었다. 당시 서양 방문객들은 가족과 같은 대접을 받았다. 거리에서 만나는 티베트인들—그들 중 상당수가 승려였다—은 묵례를 하거나 인사를 하거나 미소를 지어 보였다. 지금은 이 모든 것이 변했다. 예나 지금이나 대다수의 티베트인들은 친절하지만 밀려드는 관광객들로 인해 아무나 보고 인사를 하지 않는다. 그러나 달라이 라마의 공관은 별로 변한 게 없다. 이곳 성지(공관)와 세상의 차이는 두드러지게 눈에 띄었다.

달라이 라마의 공관에 들어가려면 정문에서 소지품 검사 및 몸수색을 받아야 한다. 정문의 검사를 통과하면 당신은 부러움과 호기심을 숨기지 못하는 한두 명의 구경꾼들을 뿌듯한 마음으로 뒤돌아볼지도 모른다. 선택된 기쁨이란! 하지만 일단 안으로 들어가면 차분하고 정숙한 분위기 속에서 속세의 생각들을 깨끗이 잊어버린다. 그리고 안내를 받아 정문 바로 안쪽에 있는 대합실로 들어가서 잠시 기다리며 마음을 가라앉힌다.

몇 분 후 플란넬 옷 위에 티베트 전통 의상인 추바를 걸치고 번쩍이는 구두를 신고 산뜻하게 나타난 젊은 관리가 당신을 인도하여 마당을 지나고 계단을 오른다. 오른편에는 잔디밭에 ㄷ자 형으로 산뜻하게 정렬된 건물군의 반이 시야에 들어온다. 가운데에서 한 승려가 관리와 한담을 나누고 있다. 두 번째 짧은 계단을 오르면 균형이 잘 잡힌 식민지 양식의 건물이 나타난다. 그리고 이게 바로 달라이 라마의 접견실이라는 직감이 든다.

이제 대기실로 보이는 방에 들어간다. 창문은 다년생 패랭이 꽃 바구니들이 일렬로 걸려 있는 베란다 쪽으로 나 있다. 화분들은 벽의 바깥쪽에 죽 늘어서 있다. 방 안을 둘러보면 티베트 조상들과 달라이 라마에게 수여된 상장과 감사장 등이 가득한 진열장 세트가 눈에 들어온다.

그런 다음에는 침묵의 흐름이 눈에 들어온다. 침묵은 온종일 시끄럽게 지저귀는 새소리마저 몰아내려는 듯 깊게 흐른다. 그러다가 나뭇가지에서 건물의 옥상으로 뛰어내리는 원숭이의 요란한 소리에 깨지기도 한다. 그러면 인도 경비원 하나가 외치는 소리가 들리고 슬레이트 주름 모양의 철제 지붕 위를 굴러가는 돌 소리가 난다. 다시 사위가 고요해진다. 그런 다음 또다시 새들이 울기 시작한다. 그렇지만 대기실 안의 침묵은 새소리마저 압도한다.

별안간 문이 열리고 웃음소리가 들린다. 화사하게 차려입은 인도 가족이 대기실을 가로질러 문밖으로 나간다. 인도 가족의 아이들은 신이 나서 재잘거린다. 이제 당신 차례다. 자비의 화신, 사랑의 화신을 당신이 맞을 차례다! 그와 한 배를 타고 한 시간 동안, 아니 두 시간, 세 시간 동안, 어쩌면 하루 종일을 보낸다! 모두 넋이 나간 채로 말이다.

물론 모두가 이런 식으로 느끼는 것은 아니다. 아마 깨달음을 갈구하는 사람들 중 일부가 이런 식으로 느낄 것이다. 냉소적인 사람들은 이 모두를 겉치레에 불과한 것으로 치부하기도 하고 현실적인 사람들은 마음속에 의심을 품기도 할 것이다.

사람들마다 느낌이 제각각이었을 터이지만 어느 쪽으로든 과도해지는 법은 없었다. 접견은 격식을 따지지 않는 방식으로 진행되었지만 달라이 라마는 언제나 필요한 지식을 효과적으로 전달해 주려고 했다. 우리의 인터뷰는 짧게 끝났다.

나를 위하여 『달라이 라마 자서전』 집필을 위한 인터뷰는 거의 영어로 진행되었다. 성하는 영어로 서두를 꺼내다가 빈번히 티베트어로 몇 분씩 말을 하곤 했으며 달라이 라마의 통역 담당인 카수르 텐진 계체 테통이나 텐진 최갈이 인터뷰의 통역을 맡아 주었다. 둘은 서로의 통역에 수정을 가하거나 말을 보태기도 했다. 통역이 부족하다고 생각되면 성하는 직접 영어로 설명을 해 주기도 했다. 두 통역사는 인도에서 영어로 수업을 진행하는 학교에서 공부했기 때문에 영어의 이해력은 나무랄 데가 없었다. 그들은 식민 시대 말기의 영어 표현을 능수능란하게 구사했다.

나는 집필에 필요한 자료들을 수집하는 일련의 과정을 하나의 일관된 인터뷰로 생각했다. 먼저 수많은 일화들을 통해서 생애의 줄기를 잡고자 했다. 중간에 불쑥 튀어나오는 의문점들을 풀기 위해서 말이다. 너무 자극적으로 나가면 서술의 흐름이 빗나갈 것이므로 서술자는 전적으로 성하가 되어야 했다. 그래서 나는 성하가 구술하는 말을 가감 없이 그대로 옮겨 적고자 했다. 인터뷰 내용을 테이프에 녹음해서 받아 적거나 인터뷰 시에 메모를 했다. 그런 다음 이런 자료들을 취합하여 성하만의 고유한 어휘와 표현으로 기술해 나갔다.

달라이 라마의 영어를 들어 본 사람이라면 성하의 영어가 인상주의적임을, 그것도 점묘법과 같음을 알아차렸을 것이다. 그렇기 때문에 자료들을 디지털에서 아날로그로 변환하는 작업은 내게 가장 힘든 부분이었다. 시종일관 나 자신의 말을 보태지 않으려고 애썼다. 그렇다 해도 지금 생각해 보면 지나치게 끼어든 감이 없지 않다. 책의 서두에 1인칭을 남발한 듯 보이며 형용사를 무리하게 사용한 부분들도 곳곳에서 눈에 띄었던 것이다.

당시를 회상해 보면, 자리에 앉아서 자서전을 논의하던 첫 번째 만남이 떠오른다. 성하는 다시 자서전을 써야 할 필요가 꼭 있는지에 대해 물었다. 당시까지만 해도 이미 세 권 정도의 전기가 세상에 나와 있었다. 망명 정부의 출판 담당 부서가 이미 출판사와 계약을 완료한 상황이어서, 성하의 그런 질문은 적이 당황스러웠다. 나는 지금부터 쓸 책이 자서전이기 때문에 『티벳, 나의 조국이여』 이후 출간된 책들과는 완전히 다른 형식의 책이 될 것이라고 대답했다. 그리고 이튿날 첫 인터뷰에서도 이를 재차 확인하였다.

처음부터 성하는 붙임성 있게 대하는 태도는 말할 것도 없고 모든 면에서 협력적인 태도를 보여 주었다. 성하는 해학에 대한 감각이 잘 발달해 있었다. 특히 즐겁게 캐묻는 열정은 무한히 길게 이어지던 티베트 의식—성하가 젊은 시절에 종종 참여했던—만큼이나 놀라운 데가 있었다. 상대의 말을 참을성 있게 듣는 모습 또한 대단한 데가 있었다.

하지만 사람들이 말하는 성하의 놀라운 면들은 찾아볼 수 없었다. 어떤 사람들은 성하가 전지(全知)한 분이라 하고 다른 사람들은 성하가 법력이 높아서 상대의 마음을 읽을 수 있다고 한다. 또 위대한 스승들은 상대의 수준에 따라 법력을 보여 준다고 말하는 이들도 있다. 요즈음 티베트 불교에서는 "자신의 수준에 따라 스승의 진면목이 보인다"라는 말들을 하는데, 이 말은 서기 2세기에 활동했던 영지주의를 떠올리게 한다. "궁극적인 의미에서 그리스도는 인간의 몸으로 내려온 하느님이 아니었을 수도 있다"고 주장했던 영지주의는 "예수는 자신의 수준에 따라 다르게 보인다"고 믿었다. 어쩌면 영지주의의 믿음이 맞을지 모르겠다. 성하의 놀라운 모습을 딱 한 번 볼 수 있는 기회가 있기는 했으나, 성하와 가까워져도 성하에게서는 특별한 점을 발견할 수가 없었다.

대부분의 인터뷰는 성하의 가변적인 스케줄에 맞춰야 했기 때문에 나는 성하의 개인 생활을 잠깐씩 엿볼 수 있었다. 먼저 아는 사람들과 어울리는 시간이 없다는 사실이 눈에 띄었다. 티베트의 불교 사원은, 어느 면에서 기독교의 수도원처럼 엄격할지 모르나 여흥과 오락이 무시되는 것은 아니다. 그렇지만 여가 시간이라고는 거의 찾아볼 수 없는 모습이 인상적이었다. 대부분의 승려는 가족과 지내는 시간이 많지만 성하는 그렇지 않다. 집무실 직원들과 넉넉한 시간을 가지고 식사도 하지 못한다. 물론 측근들과는 한담을 나누겠지만 말이다. 아직도 살아 있는 형제들 중 한 명과 친하게 지낸다. 이따금 오래된 측근들의 사적인 방문을 받기도 하지만 이 역시 편안하고 여유로운 만남은 아닌 것 같다. 성하가 때로 외부와 차단된 상황에서 외로움을 느끼지 않는지 궁금하지만 성하만큼 사교적이면서 친근한 사람을 찾아보기란 쉽지 않다.

내가 지켜본 바로, 달라이 라마는 어떤 일을 하기 전에 기도부터 한다. 달라이 라마에게는 이 기도가 가장 중요한 부분이다. 어떤 면에서 성하는 모든 활동을 편안하게 받아들인다. 그래서 각양각색의 사람들을 만나고 여행을 하고 기자들과 인터뷰를 하면서 사람들을 사귀고 재미있는 시간을 보낸다. 하나의 행사를 마치면 곧바로 자리를 벗어나서 기도 수행을 한다. 티베트어로는 이를 곰(gom)이라 하는데, 이는 직역하면 '친밀화'라는 뜻이요 의역하면 '명상'이라는 뜻이다.

이러므로 성하는 해외를 방문할 때도 여느 사람들처럼 호텔에 돌아오기 무섭게 침대 위에 덜썩 눕거나 텔레비전을 켜거나 룸서비스를 시키지 않는다. 그 대신에 성하는 명상부터 한다. 다람살라에 있든 해외를 방문하든 깨어 있는 시간의 대부분을 이런 식으로 보낸다. 보통 아침 8시에 집무실로 와서 3시간 동안 기도를 하고 경전을 공부한다. 『달라이 라마 자서전』을 마무리하는 기간에도 성하는 새벽 3시에 일어나 특별 기도를 시작해서 자서전 작업을 시작하기 전에야 마치곤 했다. 평상시 성하는 새벽 4시에 기상을 한다.

그 당시 아메다바드를 여행하면서 약간 기이한 경험을 했던 일이 떠오른다. 당시 성하는 여행 도중 짬이 날 때마다 자서전 집필에 필요한 인터뷰를 위해 나에게 동행을 요청했다. 한번은 성하의 방으로 들어갈 일이 있었는데, 성하는 침대 위에서 가부좌를 틀고 명상을 하고 있었다. 그런데 돌연 성하의 모습이 제단 위의 불상처럼 작아져 보이는 게 아닌가! 그와 동시에 성하에게서 거대한 힘이 느껴졌다. 그 힘은 잠시 후 성하가 기도를 마치자 온데간데없이 사라졌다. 순간에 스쳐 지나가는 느낌이었다. 하지만 내가 가톨릭 부제였던 친구와 나눈 대화를 소개하면 이해가 좀 더 빨리 될지 모르겠다. 어느 날 그 친구가 보필하던 사제에게 그리스도 성흔이 나타났다. 친구의 표현을 빌리자면 친구가 사제의 방에 들어갔을 때 '거대한 힘'에 의해 바닥에 내동댕이쳐졌다고 한다. 이런 이유로 내가 느끼는 성하의 '영적인 에너지'가 원래는 거대한 힘이지만 성하가 제어를 하기 때문에 약하게 느껴지는 것 아닌가 하는 생각이 들 때가 있다.

성하의 인품을 알아볼 수 있는 단면들을 살펴보자. 한번은 성하가 스위트룸에서 기자 회견을 마친 뒤, 방금 사람이 떠난 의자를 반듯하게 펴는 모습을 보았다. 아마 성격이 까다로워서 의자를 반듯하게 펴둔 게 아니라 그냥 그렇게 해 두는 게 좋아서 그랬을 것이다. 사실 기자 회견 당시 주위에 있는 사람들에게 얼마든지 시킬 수도 있었다. 말할 것도 없이 유명 인사라고 의자 펴는 일을 하지 말라는 법은 없다. 하지만 그렇게 하는 유명 인사는 많지 않은 게 사실이다. 또한 둥지에 떨어진 어린 새를 구하기 위해 인터뷰 촬영을 중단시키는 사람도 그리 흔하지 않을 것이다. 숙소의 창가에 앉아 뜨거운 바람에 휩쓸려 죽은 벌레들을 보고 슬퍼하는 사람이 세상에 많이 있는지 의문이다.

『달라이 라마 자서전』에 필요한 인터뷰를 마친 뒤, 1년 동안 원고를 썼다. 나는 원고를 가지고 1989년 봄에 다람살라로 갔다. 성하 휘하의 직원들이 원고를 검토했다. 그 시점까지 90퍼센트의 작업이 진행되었기 때문에 나는 검토자들이 98퍼센트까지 끌어 올려줄 것이고 마지막으로 성하가 최종적인 검토를 해줄 것으로 생각했다. 하지만 그건 오산이었다.

까다롭지는 않았지만 다소 긴 듯한 수정과 교열 과정을 거치고 난 뒤, 나는 성하의 부름을 받았다. 성하는 작업이 어떻게 진행되고 있는지, 개인적인 어려움은 없는지, 10여 개국에서 출판사가 정해졌다는 말이 사실인지 등을 물었다. 나는 사실이라고 대답했다. 나의 대답에 성하는 다소 놀란 표정을 하며 기뻐했다. 작업 자체는 진행이 잘되고 있었지만 한두 가지의 미진한 점이 있었다. 지금은 한두 가지의 미진한 점이 무엇이었는지 기억나지 않지만 당시 성하에게 미진한 점들에 대해 물어보았던 것으로 기억한다. 성하는 고개를 끄덕이고 잠시 말이 없었다. 우리 둘뿐이었다. "그러면 내일 8시에 책을 가지고 다시 오세요." 성하는 쾌활하게 말했다.

성하의 말대로 나는 이튿날 성하를 찾아갔다. "자, 읽어 보시오." 나는 어안이 벙벙했다. "그래요, 소리 내어 읽어 보시오."

그리고 2주가 정신없이 지나갔다. 매일같이 나는 성하의 처소로 올라가 텐진 계체 테통과 텐진 최갈 등과 함께 8~9시간 동안, 한두 번은 무려 10시간 동안 원고 검토를 계속했다. 문장 하나하나를 음미해 보고 구절 하나하나를 검토해 보고 단어 하나하나를 살펴보았다. 이따금 나는 특정 어휘의 사용을 놓고 상당히 열띤 토론 속으로 빠져 들곤 했다. 주로 내가 양보하는 편이었지만 어떤 때는 양보하지 않았다. 내가 양보하지 않을 때는 내 의견이 채택되곤 했다. 예를 들어, 내가 어떤 문맥에서 '허위'라는 말을 사용하고자 했을 때도 그랬다. 성하는 '허위'라는 말을 잘 알지 못했지만 "특히 이런 문맥에서는 이런 표현이 필요합니다"라고 말하면 성하는 동의를 해 주었다. 지금 살펴봐도 당시의 표현이 적절했기를 바란다.

마침내 검토가 마무리되었을 때 수많은 추가와 보충, 수정 등으로 원고의 3분의 1이 바뀌게 되었다. 원고의 페이지마다 추가와 수정의 글들로 가득했다. 그렇다고 이게 전부가 아니었다. 석 달 후 원고가 인쇄소로 넘어가기 직전에 텐진 계체와 게셰 툽텐 진파가 다시 검토를 했다. 특히 진파는 불교적인 관점에서 원고를 점검했다. 그리고 6주 후에 책이 출간되었다.

『오른손이 하는 일을 오른손도 모르게 하라』를 출간할 때도 거의 비슷한 과정을 거쳤다. 이 책은 영국에서 '고대 지혜와 현대 세계'라는 제목으로 출간되었다. 제목의 선정은 나의 실수였다. 책의 내용으로 봐서 '윤리'라는 표현이 들어가야 마땅했다. 여하튼 이 책의 집필은 자서전보다 훨씬 더 어려웠다. 분량은 『달라이 라마 자서전』의 반밖에 되지 않았지만 원고를 완성하는 데 무려 3배나 더 시간이 소요되었다. 자서전을 집필할 때처럼 1차로 자료를 수집하고 초고를 집필한 다음, 팀을 이루어 원고를 꼼꼼히 검토하고 수정하는 퇴고 과정을 거쳤다.

이전 작업에 비해 한 가지 달라진 점이 있다면, 성하의 시간을 절약하기 위해 인터뷰 자리에서 성하의 말들을 일일이 영어로 옮기기보다는 먼저 인터뷰를 녹음하고 성하가 툽텐 진파에게 핵심을 정리해 주면 나와 진파가 옮겨 적는 방식을 택했다는 것이다. 그리고 나는 검토를 하기 위해 모인 자리에서 비판자의 입장으로 임했다. 서양 독자들의 눈에 거슬리는 면들을 피하기 위해서는 때로 악역을 할 필요가 있었던 것이다.

『오른손이 하는 일을 오른손도 모르게 하라』를 작업하면서 성하와의 친분이 한층 두터워진 것은 물론, 성하의 지성을 보다 깊이 이해할 수 있게 되었다. 성하의 지성은 나의 지성보다 깊었다. 나는 종종 성하가 지적한 문제를 설명하면서 더듬거렸다. 반면에 성하는 하나의 생각을 완숙된 형태로 내놓곤 했다. 그래서 성하는 가벼운 운동화를 신고 날렵하게 뛰는 데 반해, 나는 무거운 등산화를 신고 뒤뚱거리는 것 같은 느낌을 지울 수 없었다.

나는 『오른손이 하는 일을 오른손도 모르게 하라』 작업을 하면서 상대 논리의 허점을 간파하는 데 대단히 뛰어난 성하의 모습을 새롭게 발견할 수 있었다. 나는 검토 과정에서 성급하게 결론을 내리곤 했다. 이를테면 티베트인들이 유목 문화와 불교의 생명 존중 정신 덕분에 자연환경의 중요성에 눈뜬 사람들이라고 지적했다. 하지만 성하는 전혀 그렇지 않다고 일언지하에 부정해 버렸다. "티베트인들은 이 문제에 대해 전적으로 무지하다. 티베트의 거대한 자연환경 때문에 티베트인들은 공해가 무엇인지 모르고 산다. 그렇다고 티베트인들이 환경을 오염시키지 않는다는 말은 아니다. 광활한 공간, 건조한 날씨 등의 환경 조건으로 인해 티베트인들의 오염이 환경에 별다른 영향을 끼치지 않는다는 것뿐이다."

이와 비슷한 일을 기억한다. 한 과학 회의에서 성하는 패널들에게 "의학의 발전을 위해서라면 실험용 동물의 사용을 용인할 수 있는 상황들을 상정해 볼 수 있다"고 밝혀서 주위를 깜짝 놀라게 한 적이 있다. 회의의 내용을 기록한 원문에서 '상황들'이라고 나와 있는 것을 분명히 확인했는데 나중에 책으로 출간되었을 때는 '상황'이라고 바뀌어 있었다. 검열을 받아서인가?

성하의 매력적인 장점들 중 하나는 특별히 가치 판단의 요청을 받지 않으면 함부로 가치 판단을 하지 않는다는 점이다. 부득이 가치 판단을 하게 될 때는 매우 신중하게 한다. 여러 이유가 있을 터이지만 보다 중요한 이유는 달라이 라마라는 신분과 그 역할을 분명하게 인지하고 있기 때문일 것이다. 성하는 자신을 '평범한 사람'이라고 주장하지만 이를 액면 그대로 받아들이는 사람이 있는지는 의문이다. 그저 평범한 사람의 이야기를 들으려고 과연 그 많은 사람들이 수천 리를 날아오거나 몇 시간 동안 줄 서는 것을 마다하지 않을까! 이와 유사하게 성하는 자신이 종교 지도자가 아니라 "평범한 불교 승려"라고 주장한다. 이런 주장 또한 일반 사람들은 동의하지 않는다. 하여튼 이런 점들에서 자신을 내세우지 않는 성하의 모습을 여실히 살펴볼 수 있다.

성하가 특정 이슈에 대해 말을 아끼는 또 다른 이유는 전도(傳道)에 대한 불교관과 밀접한 관련이 있는 듯하다. 불교 승려는 사람들에게 요청을 받지 않으면 본인이 나서서 가르침을 주지 않는다. 상대가 가르침을 받고 싶다는 열망이 명확할 때라야 가르침을 주는 것이다. 이런 맥락에서 보면 몽골에서 복음주의 선교사들이 저지른 선교 행태는 달라이 라마를 비롯한 티베트인들에게 참으로 혐오스러운 것이었으리라.

서구인들은 모든 것을 '이것 아니면 저것'으로 결론을 내려야만 시원해하는 경향이 강하다. 이런 점에 있어 티베트인들은 다소 모호해 보이는 경향이 강하다. 토론이 걷잡을 수 없는 논쟁 속으로 휘말려 들어갈 소지가 있으면 성하는 그 상황에서 한발 물러나 초연하게 바라보곤 한다. 그렇다고 해서 성하에게 확고한 의견이나 시각이 없다는 말은 아니다. 확고한 주장이 필요할 때는 민첩하게 주장한다. 한번은 극단적인 환경주의자가 "전 세계 인구는 10억으로 감소해야 한다"고 주장하는 것을 듣자마자 성하는 "당신이 (인구를 줄이는 데) 솔선수범하라"고 맞받아치기도 했다.

나는 성하가 강연 도중 고통스러운 장면을 언급하다가 말을 잇지 못하는 경우를 여러 차례 목격했다. 그럴 때면 잠시 조용히 앉아 있거나(기도를 하는지 모르겠다) 때로는 안경을 벗고 눈가를 훔친 다음, 강연을 계속하곤 한다. 인간 배아를 복제하여 줄기 세포를 얻는 논란에 대한 성하의 시각 역시 같은 맥락에서 볼 수 있다.

이런 인간적인 모습으로 인해 또 다른 달라이 라마, 즉 종교 지도자가 아닌 대중 스타로서의 달라이 라마가 만들어지고 있는지도 모르겠다. 이는 멋진 달라이 라마요 만인의 친구인 달라이 라마요 사회 약자들에게 위안을 주는 달라이 라마다. 이는 연예와 산업 분야의 달라이 라마다. 무수히 쏟아지는 서적과 기사, 비디오, 텔레비전 출연, 그리고 두 편의 영화 출연에 이르기까지 '달라이 라마 산업'으로 자리 잡아 가고 있는 느낌이다. 이런 달라이 라마는 참회나 회개를 하지 않아도 언제든 위안을 주는 뉴에이지 우상으로서의 모습이다.

언뜻 보면 이는 무해한 감상(感傷)처럼 보이기도 한다. 하지만 정말로 무해할까? 달라이 라마를 대중 스타와도 같은 인물로 만들면 간과해서는 안 될 문제들을 간과해 버리는 결과를 낳게 되는 건 아닐까? 남북의 빈부 격차는 윤리적으로 옳지 않다는 달라이 라마의 주장에서 보는 것처럼 말이다. 우리는 입맛에 맞지 않는 달라이 라마의 말들을 외면해 버리고 있지는 않은가?

'달라이 라마는 원수도 미워하지 않고 축복하는 사람이야. 지위의 고하를 따지지 않고 모든 사람을 동등하게 대해 주는 사람이야'라고 추단해 버리면 그만일까? 달라이 라마의 말을 주의 깊게 들어 보면 '바로 여기에 최선을 다해 모든 사람들과 평화롭게 지내려는 사람이 있고, 참을성이 많고 마음이 따뜻하고 겸손한 사람이 있고, 자기 이익만을 탐하거나 무례하지 않은 사람이 있고, 여기에 쉽게 화를 내거나 원한을 쌓지 않는 사람이 있다'는 생각이 들 수도 있다. 달라이 라마가 사려 깊고 믿음직한 사람이며 역경 속에서도 희망을 잃지 않고 인고의 시간을 감내할 줄 아는 사람인 것만은 분명하다. 성 베드로의 말을 빌려서 달라이 라마를 그려 보자. "나는 종교의 본질을 그보다 낮게 표현하는 사람을 보지 못했다."

우리가 단순히 달라이 라마를 떠받든다면 '종교의 정수는 수행에서 나온다'는 사실을 간과하는 함정에 빠질 수 있다. 나아가서 '나는 보통 사람'이라는 놀라운 통찰을 놓치는 함정에 빠질 수 있다. 달라이 라마는 보통 사람이다. 바로 여기에 우리의 희망이 있다.

알렉산더 노먼(Alexander Norman)

전업 작가로, 달라이 라마와 공동으로 『달라이 라마 자서전』과 『오른손이 하는 일을 오른손도 모르게 하라』를 집필했다. 「파이낸셜타임스」 등과 같은 언론 매체에 수많은 티베트 기사를 기고했다.

이성을 넘어 가슴으로

피코 아이어

달라이 라마는 연사로서도 유명하지만 상대의 말을 잘 듣는 것으로도 유명하다. 오늘날 서구 사회에서 달라이 라마는 대형 콘서트를 유치할 수 있을 만큼 커다란 강연장에서 행하는 훌륭한 강연 실력으로 평판이 자자하지만, 그의 장기는 2만 명 — 할머니와 아이 등을 포함한 불교 신자들 — 을 상대로 하여 한 명 한 명에게 말하듯 알아듣기 쉬운 말로 연설하는 데 있다. 달라이 라마의 어록들은 책으로 나오기도 하고 달력이나 광고 문구에 쓰이기도 하지만 역시 달라이 라마의 진수는 그의 침묵에 있다고 할 것이다. 내면에서 본 달라이 라마는 매일 새벽 홀로 눈을 감고 앉아서 중국의 압제자들과 티베트인들, 그리고 중생을 위해 마음 깊이 기도하는 존재라고 할 것이다.

그러면서도 14대 달라이 라마의 생애 — 우화처럼 보이기도

하고 공안(公案)처럼 보이기도 하는데—에서 흥미로운 점은 지난 반세기 동안 세계 무대에서, 그리고 정치 무대에서 정치와 종교를 동시에 추구할 수밖에 없었던 그의 운명이다. 달라이 라마의 생애에서 '티베트의 보전이란 목적을 위해 어느 정도의 수단까지 허용할 것이냐'는 영원한 수수께끼처럼 보인다. 달라이 라마는 6백만 티베트인들을 보호하고 사멸의 위험에 처한 고유한 티베트 문화를 보전하기 위해 수없이 많은 모델들과 사진을 찍기도 하고 런던의 댄스 클럽에서 그의 강연이 흘러나오는 것을 허용하기도 했다. 달라이 라마는 자신에게 주어진 사명을 완수하기 위해 '명사의 시대'의 광기와 허영 속으로 들어가지 않으면 안 되었던 것이다. 달라이 라마가 가는 곳마다 따라다닌 의문은 '세계의 운명은 피할 수 없는 것이냐, 자신이 세계의 운명을 바꿔 놓기 전에 세계의 운명이 자신을 해치지는 않을 것이냐' 하는 문제였다. 지난 3백 년 동안 어떤 달라이 라마—지혜의 바다, 백련(白蓮)을 든 자, 설역의 보호자—도 프랑스 잡지인 『보그』의 객원 편집 일을 하지 않았다.

나는 10대 때부터 정기적으로 달라이 라마를 방문하러 다람살라를 찾곤 했다. 다람살라에 가려면 먼저 델리에서 낡아 빠진 인도항공을 타고 암리차르—시크교의 본사라 할 수 있는 황금사원이 있기 때문에 종종 제한 구역이 되었던 도시—까지 간 다음, 그곳에서 택시로 5시간 동안 히말라야 산기슭을 올라가야 한다. 작은 읍내 위쪽 산마루에 앉아 있는 티베트 정착촌이 가까워지면 스쿠터와 자전거, 소 떼가 넘쳐나는 도로 속에서 차는 힘겹게 앞으로 나아간다. 달라이 라마가 비행기를 타기 위해 같은 길을 갈 때면 안전상의 이유로 10시간이 소요된다. 다람살라가 이따금 시야에 들어왔다가 신기루처럼 사라진다. 산길에서 차가 고장 나면 마을 사람들을 불러모아 차를 밀게 한다. 밤이 내리고 산허리를 돌 때마다 불빛이 가까워지는 게 아니라 멀어져 가는 것처럼 보이면 목적지에 영원히 도달하지 못할 것 같은 생각이 들기도 한다.

누추하고 궁색한 마을에 들어서면 다람살라는 동화와는 거리가 먼, 고통과 죽음의 그림자가 드리워진 세계임을 즉각 알아볼 수 있다. 비가 많이 오는 작은 마을에 깨진 창문들, 반쯤밖에 포장이 안 된 길들. 달라이 라마는 그런 곳에 둥지를 틀고 인생의 대부분을 보냈다. 태양이 인근 산 뒤쪽으로 넘어가는 시각, 다람살라 한쪽에 자리 잡은 티베트 아동 마을에서 들려오는 고아들의 즐겁게 떠드는 소리와 노래가 약간 슬픈 그리움의 분위기를 자아낸다. 달라이 라마의 집무실에 전화를 하면 "통화 중입니다"라거나 "어제부로 다섯 자리 전화번호가 바뀌었습니다"라는 자동 응답기 소리를 듣게 된다. 내가 통화를 시도했을 때도 몇 번 중간에 끊기거나 「런던 브리지가 무너질 때」라는 노래를 들으며 한없이 기다리기도 했다.

그러므로 골디 혼이나 해리슨 포드 등이 찾아오지 않을 때면 이곳은 완전한 적막 속에 잠긴다. 티베트 경비원과 인도 경비원의 검사를 차례로 받은 다음, 달라이 라마의 응접실로 통하는 대기실에 들어서면 오렌지 카운티에서 받은 명예 시민증,

다람살라의 로터리 클럽에서 받은 상, 칼미크 국립 대학교에서 받은 명예 교수 증서 등이 눈에 들어온다. 의식용 가면과 힌두 신상들, 피에타 등도 한쪽 벽의 위쪽을 장식하고 있다. 다른 쪽 벽에는 티베트 수도인 라싸의 거대한 확대 사진이 걸려 있는데, 한때 달라이 라마가 거주했던 궁전은 디스코텍과 사창가, 신설된 중국 감옥, 옥상에 배치된 중국 군인들에 의해 둘러싸여 있는 모습이다.

달라이 라마는 모든 대상 속에서 아름다운 면을 바라보며 주위에서 온갖 소용돌이가 일어나도 동요하지 않고 차분함을 유지할 줄 안다. 언제나 인간적인 모습과 자기중심을 잃지 않는다. 이곳에서는 때로 달라이 라마의 새로운 친구인 독일산 셰퍼드도 볼 수 있다. 이 녀석은 강아지 같은 모습으로 항상 활기차다. 곧잘 응접실로 뛰어 들어와서는 진지하게 이야기를 주고받는 티베트 승려들 위로 폴짝 뛰어오르거나 불교 교사들의 얼굴을 핥다가는 다시 정원으로 뛰쳐나간다. 달라이 라마는 추레한 여행자도 티베트와 그 국민들의 상황을 잘 알 수 있다—그만큼 그의 인생은 신산했다—고 생각하기 때문에 어떤 사람들에게서나 충고를 받아들일 태세가 되어 있다. 그래서인지 때로는 영국 히피 커플도 달라이 라마 곁에 앉아 있을 때가 있다. 사진사가 안경을 벗고 이 모자를 쓰고 이런저런 자세를 취해 보라고 하면 달라이 라마는 오래전 라싸에서 일어난 봉기 장면을 찍을 때의 상황이 어떠했는지 물어보기도 한다.

사방의 벽들에 탕카가 걸려 있고 바깥쪽으로는 커다란 창문들이 난 응접실, 나는 달라이 라마 건너편에 앉아서 소나무로 뒤덮인 산기슭과 계곡 아래를 내려다보았다. 달라이 라마는 안락의자에 책상다리를 하고 편하게 앉은 다음, 나에게 차를 따라 주었다. 성하는 내 컵이 빈 것을 나보다 먼저 알아차렸다. 말을 할 때는 상체를 앞뒤로 가볍게 흔들었는데 이는 수십 년 동안 길고도 어려운 수행을 하면서, 특히 추위와 싸우면서 자연스럽게 몸에 밴 습관으로 보였다. 상대의 마음을 무장 해제시키는 힘—의심할 바 없이 그가 통달한 명상과 그 이론에서 나온—은 최악의 원수보다 자신을 더 강하게 비판한다.

어느 날 성하는 도쿄 지하철에서 치사적인 사린 가스 테러를 주모하게 되는 아사하라 쇼코를 처음 만났을 때 아사하라가 붓다를 대하는 헌신적인 태도를 보고 진짜 감동을 받았다고 내게 말해 주었다. 붓다에 대해 말하면서 아사하라의 눈에서는 눈물이 흘러내렸다고 한다. 그러면서 재빨리 이어 말했다. "내가 아사하라를 인정해 준 건 분명 실수였소. 내가 잘못 안 것이오. 이를 보면 나는 생불이 아닌 것이 분명하오!" 이 말을 하면서 성하는 큰 소리로 웃음을 터뜨렸다. 또 어떤 날에는 오늘날 티베트의 문제점들을 지적하면서 "너무 많은 사람들이 '오체투지(prostration)'를 한다고 말하고 싶었는데 너무 많은 사람들이 '매춘(prostitution)'을 한다는 말이 입에서 튀어나왔다"고 말하면서 예의 전염성이 강한 웃음을 터뜨렸다. 사실 성하는 너무나 많은 오체투지도 사회 문제가 될 수 있다고 지적한다. 성하는 "권력의 일부를 각료들에게 이양해 주고 싶지만 각료들이 대중 연설을 하면 아무도 오지 않는다"고 솔직하게 털어놓기도 한다.

그런 결과 모든 권력과 책임이 달라이 라마에게로 집중된다. 달라이 라마는 마음이 따뜻하고 낙관적이며 인내심이 강한 사람으로 잘 알려져 있다. 그래서 어느 언론인 친구는 그를 '세상에서 가장 행복한 사람'으로 표현하기도 했지만 달라이 라마의 생애를 살펴보면 그는 어느 누구보다 고난과 역경의 세월을 보낸 사람이다. 성하는 전 세계가 공인하는 12억의 중국에게 나라를 빼앗긴 6백만 티베트인의 권익을 대변하는 역할을 한다. 여러 강대국들이 성하를 귀빈으로 초청하지만 성하가 민감한 사안들에 대해서는 침묵해 주기를 바란다. 성하는 황색 난민 신분증을 지니고 계속 전 세계를 방문하고 있다. 대체로 성하는 머더 테레사나 교황 등과 동등한 지도자로 존경을 받지만 정치적으로는 가다피나 김정일 등과 같은 사람으로 취급을 받기도 한다. 어린 시절 성하는 런던 대공습 시 빈자들을 돌보던 여왕의 모후에 관한 뉴스를 들은 기억이 있어서, 영국 여왕의 모후를 접견했을 때 대단히 기뻐했다. 하지만 성하가 샤론 스톤을 접견했을 때는 성하 자신보다 세상 사람들이 더 흥분했다.

그래서 달라이 라마는 종교 지도자로서는 명사의 대접을 받고 형이상학 박사로서는 스승의 대접을 받는다. 특히 심각한 문제로 어려움을 겪는 사람들이나 사회로부터 스승의 대접을 받는다. 승려의 신분으로서는 자신이 할 수 있는 것을 사람들에게 전해 줄 때 기뻐한다. 하지만 이들 중 어떤 것도 그가 이끄는 티베트의 해방에 도움이 되지 못한다. 어느 날 내가 매스 미디어로 인해 티베트 문제가 왜곡되는 것에 대해 묻자, 성하는 기민하게 뒤돌아서 뚫어질 것 같은 눈으로 나를 바라보며 말했다.

"일각에서 자신의 목적을 위해 티베트와 티베트인을 이용한다 해도, 자신의 이익을 위해 미디어의 힘을 사용한다 해도 우리가 할 수 있는 일은 별로 없습니다. 우리가 할 수 있는 일이란 이런 미디어의 놀음에 명확한 거리를 두거나 미디어 권력으로 사욕만 채우려는 사람들과 어울리지 않는 것뿐입니다."

달라이 라마가 자신이 처한 어렵고 곤란한 문제에 대한 직접적인 해결 방안을 찾아내지 못하고 있는 현실을 인정한다 해도 그의 논리는 면도날과 같은 데가 있다. 그는 내면과 외면의 필요에 따라 끊임없이 세상과 관계를 갖지 않으면 안 된다. 후대가 어떤 사람으로 기억해 주기를 바라느냐는 기자의 질문에도 답을 해 줘야 한다. 불교의 눈으로 보면 이런 질문은 교황에게 "제니퍼 로페즈에 대해 어떻게 생각하느냐?"고 묻는 것이나 별로 다를 게 없다. 성하는 후에 "그 질문을 받고 화가 났지만 속으로 참았다"고 당시의 기분을 전했다. 또한 세계 곳곳의 티베트인이나 티베트 단체에 관한 좋지 않은 소문들에 대해 일일이 해명을 해야 할 때도 있다. 애플 컴퓨터가 그의 사진을 사용하거나 티베트의 젊은이들이 그를 "40년 동안 티베트의 해방을 위해 아무런 기여도 하지 못한 철 지난 평화 운동가"로 매도할 때 일어나는 논란을 참아 내거나 해명해야 할 때도 있는 것이다.

저 멀리 눈으로 덮인 산 정상들이 빛을 발하는 화창한 가을날,

달라이 라마 공관의 정문 앞에서는 젊은 승려들이 격식을 갖춘 토론을 하고 있었다. 젊은 승려들의 모습에서 티베트의 밝은 미래가 엿보였다. 그런 가운데 달라이 라마와의 대담은 계속되었다. 대담 도중 여러 해 동안 죄수처럼 완전히 고립된 상태에서 수도한 프랑스의 가톨릭 수사들을 이야기할 때면 달라이 라마의 얼굴이 환하게 밝아졌다. "정말 훌륭합니다!" 이런 달라이 라마의 표정에서 '자유로운 인간이 된다면 위의 가톨릭 수사들처럼 수행하면서 살고 싶은 간절한 마음'을 읽을 수 있었다.

농부의 아들로 태어나 네 살 때 사자좌에 올라 세상에서 더없이 신비한 나라를 다스리는 통치자가 되었다는 이야기는 속세의 시각으로 보면 거의 동화 같은 스토리다. 하지만 티베트 불교를 따르는 이들에게는 다른 의미를 띤다. 달라이 라마는 두 살 때 목석 가옥의 부엌에서 잠자던 평화를 상실했다. 네 살 때는 법왕이 되어서 고향과 평인의 자유를 상실했다. 그리고 이내 가정과 세계와의 관계를 대부분 상실하고 길고도 험난한 불교 공부를 시작하였으며 여섯 살의 나이에는 섭정을 선택해야 했다.

달라이 라마는 어느 책에서 수많은 방들이 가득한 포탈라 궁에서 보낸 신비로운 어린 시절을 따뜻하게 그려 냈다. 그는 포탈라 궁에서 청소부들과 놀이를 하고 수동식 영사기를 수리해서 「타잔」이나 「헨리 5세」 등과 같은 영화를 보았으며 유일한 놀이 친구이며 바로 위 형이었던 롭상 삼텐을 흠씬 두들겨 패기도 했다. 자비의 화신인 소년을 누가 감히 혼낼 수 있겠는가

하는 생각으로 그랬을 것이다. 하여튼 어린 시절은 외로움 속에서 대부분의 시간을 보냈다. 때로 포탈라 궁의 옥상에 올라가서 라싸의 골목에서 뛰어노는 어린아이들을 하염없이 지켜보곤 했다고 달라이 라마는 회상한다. 형이 함께 놀다가 포탈라 궁을 떠날 때마다 "창가에 서서 저 멀리 사라지는 형의 모습을 슬프디슬픈 마음으로 지켜보았다"고 회상하기도 한다.

달라이 라마는 자신에게 인간적인 모습이 없는 것처럼 가장하지 않는다. 자신에게 주어진 것들에 기뻐하는 것도 그의 인간적인 모습이요 때때로 슬퍼해야 할 때 슬퍼하는 것도 그의 인간적인 모습이다.

24세가 되던 해, 달라이 라마는 수천 명의 승려들이 예리한 시험관의 눈으로 지켜보는 가운데 구술 시험을 빼어난 성적으로 통과하여 불교 박사 과정을 마무리한 며칠 뒤 사랑하는 고향을 영원히 등져야 했다. 티베트인들이 소원 성취의 보석이라 부르는 달라이 라마는 군인으로 변장하고 잡종 야크에 올라타 중국의 감시망을 피하면서 그야말로 험준한 산악 지대를 넘었다. 이 상실의 드라마는 아직도 그의 내면에서 숨쉬고 있다. 어느 화창한 오후, 인생에서 가장 슬펐던 탈출의 순간에 대해 묻자, 달라이 라마는 "내가 붓다에 대해 말할 때나 자비에 대해 생각할 때, 혹은 나를 보러 몰래 티베트를 탈출한 사람들의 눈물겨운 사연들을 들을 때—그는 거의 매일같이 이런 사연들을 듣는다—가슴이 미어져 눈물만 나온다"고 털어놓았다.

달라이 라마는 확고하고도 신중한 자세로 "슬픔은 그런대로 견딜 만하다"고 말했다. 그리고 먼 데를 바라보다가 다음과 같이 회상의 말을 이어 갔다. "그날 늦은 밤, 가까운 지인들과 개한 마리를 남겨 두고 노르불링카 궁을 떠났습니다. 막 인도 국경을 넘어서면서 경호원들에게 마지막 작별을 고하던 순간이 떠오르는군요. 그들은 의도적으로 중국 쪽을 바라보고 있었습니다. 나에게 작별 인사를 하고는 다시 돌아가겠다고 했습니다." 그의 눈가가 흐려지기 시작했다. "그들이 티베트로 돌아가는 건 죽음을 각오해야 하는 것이었습니다." 그 후 40여 년동안 달라이 라마는 자신이 태어나서 통치했던 나라에 돌아가지 못했다.

나도 드라마와 같던 달라이 라마의 탈출을 기억한다. 당시 소년 달라이 라마가 '금단의 왕국'을 탈출한 동화와 같은 이야기는 성장기에 있던 나에게 강렬한 인상을 심어 준 최초의 세계적 사건이었다. 그리고 얼마 후, 나의 아버지가 티베트 국경을 넘어온 어느 티베트인을 만나러 인도에 갔다가 돌아오는 길에 어린 승려 사진을 한 장 가져온 일이 있었다. 그 사진은 아버지가 달라이 라마에게 옥스퍼드에 있는 세 살배기 아들에 대해 이야기하자 성하가 준 것이었다. 그 후로 하버드와 뉴욕, 말리부 언덕, 일본 등 나는 가는 곳마다 성하와 마주쳤다. 그리고 그와는 전혀 어울릴 것 같지 않은 세계에서까지 활동하는 모습을 보고 참으로 기이하다는 생각을 하였다. 내가 다니던 대학원에서 버지니아 울프를 가르치던 교수가 달라이 라마의 복음서 강의를 편집하던 모습을 보기도 했다. 나의 오랜 친구였던

「뉴욕 타임스」의 스포츠 기자는 1979년에 달라이 라마가 최초로 미국을 방문했을 때 달라이 라마를 취재했던 과정을 털어놓으며 참으로 겸손한 모습을 보고 보통 사람이 아니라고 생각했다고 말했다. 한번은 어느 친구에게 "달라이 라마, 그리고 달라이 라마처럼 개구쟁이 기질이 있는 당신 동생이 나에게 '피노키오'라는 별명을 붙여 주었다"고 얘기하자 그녀는 "그분은 사람들을 자기 가족처럼 대해 준다"며 자신의 느낌을 이야기했다. 정말 달라이 라마는 온 세상을 자기 가족처럼 여기는 인품을 지닌 위인처럼 보인다.

달라이 라마의 인품이 그렇다 해도 세계가 먼 나라 이야기처럼 들리는 티베트와 그 문화에 대해 항상 따뜻한 관심을 보여 준 것은 아니다. 티베트가 새로 출범한 국제 연합에 도움을 호소하자 겉으로 티베트를 돕는 것처럼 보이던 영국과 인도가 발의마저 거부하기도 했다. 1980년대 뉴욕에서 달라이 라마를 위해 마련된 기자 회견이 아무런 관심도 끌지 못하고 취소되었던 일이 기억난다. 당시 나는 달라이 라마를 위해 마련한 오찬에 신문 편집자들을 초대했다. 그런데 오찬이 있기 며칠 전 어느 편집자는 전화를 걸어 "티베트 승려와 한담이나 나누려고 월요일을 허비할 수 없다"는 이유로 오찬 약속을 취소하기도 했다. 1974년 처음으로 달라이 라마를 보기 위해 다람살라를 찾았을 때, 나는 중국이나 베트남의 폐위된 황제처럼 머나먼 타지에 와 있는 사람을 만나는 기분이었다. 당시 달라이 라마의 처소는 수수하면서도 그림 같았다. 우리가 함께 앉아 차를 마시는 동안 밖에는 비가 오고 있었으며 안개가 방 안으로 스멀스멀 기어들어 왔다. 커다란 창문 밖은 온통 안개와 회색빛이었다. 현실 세계가 저 아래로 보이는 가운데 마치 천상의 세계에 올라온 느낌이었다.

그러나 달라이 라마의 삶에서 볼 수 있는 역설—속세에 살면서 탈속의 의무를 다해야 하는 역설—중의 하나는, 달라이 라마가 속세에서 카리스마를 발휘하는 존재가 될 수 있었던 것은 불교의 공부와 수행 덕분이었다는 사실이다. 달라이 라마는 인도로 망명한 뒤 몇 년 동안 세상의 무관심을 망명 사회를 건설하고 티베트 헌법을 제정하는 기회로 삼았다. 이때 제정된 헌법은 제한적으로나마 달라이 라마도 탄핵할 수 있는 권한을 국민에게 부여했다. 달라이 라마는 망명이라는 최악의 상황마저 하나의 축복으로 받아들인 것이다. 그는 티베트 동포들에게 "망명 덕분에 나는 케케묵은 티베트의 인습에서 자유로워졌으며 서로 반목하고 다투던 여러 종파들이 하나의 대의 아래 뭉칠 수 있게 되었다"고 밝혔다. 또한 달라이 라마는 티베트에서 맛볼 수 없었던 자유 시간을 장시간 수행하는 데 사용했다.

컬럼비아 대학의 티베트학 교수이자 배우 우마 서먼의 아버지인 로버트 서먼은, 1964년 달라이 라마와의 최초 만남에서 불교의 '공 사상'에 대해 젊은 달라이 라마에게 질문을 퍼붓자 달라이 라마도 지지 않고 프로이트와 미국의 양원제 등에 대한 질문을 쏟아 냈다고 회상한다. "상당히 재미있었다. 우리 둘 다 한창때였으니까 말이다." 그와 동시에 서먼은, 난해한 불교학

문제들에 대한 젊은 달라이 라마의 답변은 나이 든 승려들의 답변에 비해 만족스러운 것은 아니었다고 당시를 회상한다.

그러나 서먼은 달라이 라마가 초기 은거 생활을 마치고 세상에 나온 모습을 보았을 때, 그러니까 1979년 최초의 미국 방문시 달라이 라마를 다시 보았을 때의 충격을 이렇게 표현한다. "거의 기절하는 줄 알았다. 그분의 따뜻한 인간미와 자력은 대단히 강력해져 있었다. 물론 이전에도 나름의 카리스마가 있었으며 매력적이고 재미있고 대단히 총명했다. 하지만 1979년에 다시 보았을 때 그분의 에너지와 집중력과 지성은 완전히 꽃피어난 느낌이었다. 그야말로 찬란했다."

'자비'라는 말과 더불어 '책임'이라는 말도 그의 곁을 떠나는 법이 없다. 노벨상을 수상한 다음 날, 마침 뉴포트 비치 근교의 목장 집에 머물고 있던 달라이 라마를 만나러 가던 때가 생각난다. 당시 인상적이었던 것은 나를 보자마자 작은 방으로 데려가서 내가 앉을 만한 의자를 몇 분 동안이나 찾아보는 달라이 라마의 모습이었다. 마치 내가 노벨상 수상자이고 그가 끈질긴 기자라도 되는 것처럼 말이다.

축하 전문이 쏟아지고 온 세상이 수상을 축하하기 바쁜 와중에도 달라이 라마는 흐트러진 모습을 보이지 않았다. 그는 이렇게 실토하기도 했다. "내가 하는 일이 과연 어떤 효과가 있을까 하는 생각이 들 때도 있어요. 티베트 운동을 대규모로 진행하지 않으면 굵직한 사안들이 풀릴 수 없겠다는 생각을 할 때도 있고요. 하지만 운동을 대규모로 하고 싶다고 해서 우리 맘

대로 될까요? 본질적으로 보면 변화는 우리 내부로부터 시작되어야 할 것 같아요."

그래서 달라이 라마는 "우선 분명한 목적을 세우고 이를 위해 진실하게, 끊임없이, 지칠 줄 모르고 노력을 기울이는 방법밖에는 없다"는 결론을 내린다. 그는 방을 나갈 때마다 불 끄는 것을 잊지 않는다. "어떻게 보면 아둔해 보일지도 모릅니다. 하지만 다른 사람이 내가 하는 모습을 따라서 하고, 그런 다음 많은 사람들이 따라서 한다면 분명 효과가 나타날 겁니다. 그 길밖에 없습니다. 이런 작은 노력들에 강대국들은 별다른 관심을 보이지 않을 거예요. 그래도 우리 힘없는 인간은 작은 노력들을 꾸준히 이어 가야 합니다."

달라이 라마는 예전에 비하면 현실적인 모습으로 바뀌었다. 물론 영어도 이전에 비하면 훨씬 잘한다. 텔레비전 인터뷰를 할라 치면 카메라의 위치 선정에 대해 조언을 하기도 한다. 나와 대담을 할 때는 카세트가 이상하게 빨리 도는 것을 지적해 내기도 한다. 밝은 모습은 예나 지금이나 한결같지만, 세월이 흐르면서 티베트 문제가 망각의 강으로 흘러가는 요즈음, 티베트 문제를 보다 결연한 자세로 전달한다. 전에는 나를 보면 합장을 하곤 했지만, 이제는 악수를 청한다. 보통의 악수를 한다기보다는 자신의 따뜻한 마음을 전달하고 싶은 것처럼 상대의 손을 따뜻하게 쥐어 준다.

매일 오후 2시, 나와 대담을 나누는 시간에 달라이 라마는 종종 안경을 벗고 눈가를 비비곤 했다. 측근들은 달라이 라마가 의자에 꼿꼿이 앉아 있다가 고개를 뒤쪽으로 떨구는 등 피곤해하는 모습을 최근에 처음 보았다고 말한다. 이전에 달라이 라마는 상대 쪽으로 상체를 기울인 상태에서 눈을 동그랗게 뜨고 정력적으로 집중해서 상대의 말을 듣곤 했다. 요즈음은 수행할 시간이 별로 많지 않은 모양이다. 고위 승려와 지도자로서의 업무가 증가함에 따라 요즈음은 하루 4시간밖에 수행을 하지 못한다. 그는 아직도 시계나 기계 수리를 좋아하며 꽃을 가꾸는 일도 애호한다. '네 마리 새끼 고양이'에 대해 묻자 그는 신이 나서 한동안 이야기를 이어 간 적도 있다. 하지만 근자에 와서는 BBC 월드 뉴스 시청만이 유일한 휴식 시간이 되었다. BBC 월드 뉴스는 거의 중독된 상태라고 내게 고백하기도 했다.

이는 아직도 소년다운 호기심과 순수함을 간직한 달라이 라마의 모습이다. 또한 한시도 세계의 뉴스를 놓쳐서는 안 될 만큼 바쁜 인간의 고백이기도 하다. 달라이 라마는 세속에 뿌리를 두고 있다. 그는 왜 티베트 운동이 팔레스타인 운동보다 약한지, 왜 세계주의는 기껏해야 재가 불교를 발전시킬 뿐인지에 대해 조목조목 짚어 낸다. 그것도 가장 최근의 뉴스를 인용하면서 짚어 낸다. 베를린 장벽의 붕괴에서부터 르완다 대학살에 이르기까지 거의 모든 뉴스를 섭렵하면서 불교의 이론이 현실에서 어떻게 일어나는지, 개개의 뉴스가 주는 교훈은 무엇인지를 헤아려 본다. 성하는 망명 생활로 인해 이전의 달라이 라마들이 볼 수 없었던 세계를 보고 배우게 되었다고 말한다. 이전의 달라이 라마들은 기껏해야 가마의 커튼 사이로 내비치는 작은 세계를 기웃거렸을 뿐이다. 또한 성하는 세계 여행을 통하여 다양한 과학자와 심리학자, 지도자 들을 만나면서 인식의 폭을 넓혔다. 불교는 가톨릭과 물리학, 심지어는 공산주의로부터도 뭔가를 배울 수 있고 또 배워야 한다. 달라이 라마는 자신을 따르는 사람들에게 주저없이 이렇게 말한다. 또한 달라이 라마의 말은 말할 것도 없고 나아가서 붓다의 말이라 할지라도 아무런 근거가 없다면 당장 던져 버려야 한다고 말한다.

이런 자세 때문에 달라이 라마는 답하는 것보다는 묻는 것을 더 좋아하며 가르치는 입장보다는 배우는 입장을 선호하는 듯싶다. 티베트 불교인으로 그는 일생 동안 배우는 입장을 견지해 왔다. 그래서 나는 달라이 라마의 생활 기조는 '깨어 있음'에 있다고 말하곤 했다. 사람들이 운집한 회의장에 들어오는 모습이라든가 여러 사람들이 졸고 있는 사원의 행사장에서 앉아 있는 모습을 보라. 예리하게 주위를 둘러보며 낯익은 사람에게 손을 흔들어 보이고 사소한 일들에 미소를 지어 보이는 달라이 라마를 발견하게 될 것이다. 그의 깨어 있음 속에서 장난기 어린 소년과 투철한 수행승이 만나 하나가 된다. 대체로 세상은 그의 가슴과 미소, 자비, 인품에 반응을 보이지만 그의 정수는 더없이 정교한 불교 철학에서 다져진 지성과 분석에서 나온다. 단단한 등산화 끈을 매면서도 수년 전에 언급했던 말을 기억하기도 하고 90분 전에 시작한 답변을 정확히 마무리하는 모습은 그리 드문 일이 아니다. 어떤 때는 대규모 회합에서 40년 전 라싸에서 만난 사람의 얼굴을 알아보기도 한다. 또 한번은 나와 대담을 나누다가 불현듯 20년 전 어느 영국인이 던진 "모르겠습니다"라는 말을 기억해 내고는 나를 물끄러미 바라보면서 그 말을 어떻게 생각하느냐고 물어보기도 한다.

혼자 은거 수행을 하면서, 그리고 냉혹할 정도로 엄격한 스승들 밑에서 공부하면서 터득한 깨어 있음은 세계 여행을 할 때 많은 도움이 되며 일생 동안 닦아 온 수행은 현실 세계에서 많은 힘이 되어 준다고 달라이 라마는 말한다. 성하는 주로 불교에 대해 모르는 사람, 혹은 불교에 대해 적대적인 감정을 지닌 사람들을 대상으로 강연을 한다. 그는 간명하고 보편적인 내용을 가슴으로 강연하는 데 대단히 뛰어나며 "특정 신앙을 넘어선 영성을 닦으면서 선한 존재, 가슴이 따뜻한 인간, 책임 있는 사람이 되라"고 가르친다. 승려들에게 법문할 때는 우리가 알아듣기 힘든 심오한 불교 철학을 가르친다. 일반 사람들에게 법문할 때는 "걷기도 전에 뛰려 하지 마라"라고 가르친다.

14대 달라이 라마는 이전의 달라이 라마들과는 달리 다른 나라의 종교를 배움으로써 험난한 시련을 훌륭한 기회로 반전시켰다. 그는 세계적으로 불교에 대한 관심이 증가하고 있는 현상에 대해 여러모로 신경을 쓰고 있다. 이런 현상을 지켜보면서 서양인들에게는 "막연히 불교로 개종하지 말고 불교의 좋은 점을 배우면서 자신의 원래 종교를 간직해야 인생관이 혼란에 빠지는 일을 방지할 수 있다"고 일러 준다. 상파울루에서 시카고에 이르기까지 달라이 라마를 쫓아다니며 강연을 들어온 필립 글래스는 이렇게 지적한다. "자비에 대해 이야기하고 바르게 사는 법에 대해 이야기하지 '붓다'라는 말은 한 번도 안 해요. 강연을 들으면 달라이 라마가 청중을 개종하려 들지 않는 사실을 금방 눈치 챌 수 있기 때문에 그의 강연이 보다 강한 호소력을 지니는 것 같아요."

간단히 말해 교조주의를 버리고 실용주의를 취하는 것이다. 맹신보다는 논리를 앞세우는 것이다. 어느 날 달라이 라마는 문답 의식에 몰두한 학승처럼 초롱초롱한 눈을 반짝이며 말했다. "570만의 티베트인 중 대다수는 맹신자가 아니라고 봐도 무방합니다. 티베트인들을 맹신자로 만드는 건 불가능합니다. 인류의 대다수가 특정 종교를 신봉하는 신자가 아니어도 문제는 없습니다. 진짜 문제는 자비와 책임감 등 진정한 인간의 가치를 상실하거나 무시하는 겁니다. 진정한 인간의 가치, 이것이 우리의 관심사입니다. 인간의 가치가 없는 사회에서는 어느 누구도 행복할 수 없기 때문입니다."

여러 분야에서 앞서 가면서도 계속 열정적으로 배우는 자세로 임하는 달라이 라마의 모습을 보기란 어렵지 않다. 그는 계속 이렇게 말한다. "동물조차 자기 새끼나 나아가서는 인간에게 친밀감을 보일 때가 있습니다. 개나 고양이를 따뜻한 마음으로 이뻐해 줘봐요. 그러면 따뜻한 반응을 보이잖아요. 하지만 동물들에게는 종교가 없으니까 믿음도 없지요." 달라이 라마는 당당하게 "그래서 따뜻한 마음이 믿음보다 본질적인 것입니다"라고 단언한다.

그렇게 환하고 축복받은 인생에서도 상실감을 느껴야 하는 때가 있다. 가장 크게 다가오는 상실감은 세계적으로 사귄 친구와 대통령과 수상 모두가, 그리고 자비와 책임의 원천인 불교 철학 모두가 일생의 노력—두 세대 동안 달라이 라마를 보지 못한 6백만 명의 티베트인들과 대부분 고국 땅을 밟아 보지 못한 14만 명의 티베트인들의 정체성을 보존하려는 노력—에 아무런 보탬도 되지 못했다는 사실이다. 해마다 5대양 6대주를 누비며 만원의 회의장에서 강연하는 달라이 라마를 보는 대부분의 사람들은 달라이 라마가 미시간 주의 워런 시보다 적은 인구에서 선출한 관리들과 망명을 떠나기 전에는 외부 세계를 듣지도 보지도 못했던 고문들과 일하고 있다는 사실을 알지 못한다.

피코 아이어(Pico Iyer)

저명한 저널리스트이자 작가, 수필가이다. 『타임』에서 『인터내셔널 헤럴드 트리뷴』에 이르기까지 유수한 언론 매체에 티베트를 비롯한 다양한 이슈들에 관한 글들을 기고했다. 현재 『불교평론, 트라이사이클』의 기고 편집자로 활동하고 있다.

소박한 승려

술락 시바락사

몇 년 전 호놀룰루의 다이아몬드 헤드에서 대규모 대중 집회
가 있을 때 집회장 밖에서 기독교인들이 '달라이 라마가 자신
을 소박한 승려로 지칭했다'는 점을 부각시킨 전단을 배포한
적이 있다. 그들은 전단에서 "그렇다면 달라이 라마의 능력은
무엇입니까? 왜 사람들이 그를 좋아하고 존경합니까? 여러분
은 마땅히 하느님의 독생자이자 구세주인 예수님에게 돌아와
야 합니다"라고 주장했다.

이와 반면에 달라이 라마는 사적인 장소에서나 공개적인 장
소에서 예수와 마호메트 등 모든 종교 지도자들을 종종 칭송하
곤 한다. 기독교인과 유대인에게는 열심히 자신의 종교를 믿으
라고 권한다. 그리고 자신의 종교를 경시하지 않는 한, 불교 명
상을 하는 것은 얼마든지 좋다고 지적한다.

또 한 사람의 소박한 승려가 생각나는데 그분은 나의 스승이신 고(故) 붓다다사 빅쿠로, 달라이 라마도 그분을 존경했다. 붓다다사는 세 가지 원칙을 지키라고 모든 제자들에게 당부했다. 첫째, 붓다의 본질적인 가르침을 이해해서 실천하라. 둘째, 다른 종교를 열등한 종교로 생각하지 말고 존경하라. 셋째, 지혜와 자비는 결여된 채 지식에만 몰두하는 현대 교육과 중앙집권, 소비주의 속에서 드러나는 탐욕과 증오, 미망 등을 극복할 수 있도록 다른 종교나 비불자(非佛子)들과 힘을 모으라.

붓다다사 빅쿠는 그의 이름처럼 붓다의 다사, 즉 붓다의 종으로 불교에 헌신했다. 사실 알고 보면 붓다 자신도 소박한 승려였다. 붓다는 왕자였을 때 세상의 고통과는 완전히 차단된 채, 모든 세속적 쾌락을 즐길 수 있었다. 하지만 어느 날 노인과 병자, 사자(死者), 승려를 만나고는 불현듯 질병과 죽음도 인생의 부분임을 깨닫는다. 그리고 인생의 고통에서 벗어나고자 한다. 붓다는 쾌락이나 가족을 버리고 탁발승이 되어야겠다고 느낀다. 붓다는 6년 동안 방랑하며 수행하다가 마침내 탐욕과 미움, 망상을 초월하였다. 한 점의 에고도 남지 않을 만큼 투철하게 깨달았다. 그 결과 붓다의 지혜는 자연스럽게 자비로 변형되었다. 그래서 우리는 그를 '완전히 깨달은 사람(無上正等覺者)' 혹은 '자비로운 붓다(慈悲佛)'라고 부른다.

고통에서 벗어나 참다운 행복에 이르려면 소박한 승려가 되어야 한다. 삶이 간소해지지 않고 외부 요인에 지나치게 의존하면 과학을 탐구하거나 명상을 실행하는 데 필요한 시간과 정력이 남아나지 않게 된다. 과학 지식을 통해서는 우주의 여러 측면을 이해할 수 있지만 한계가 있다. 이와 반면에 자아를 비우는 명상을 통해서는 진리를 전체적으로 깨달을 수 있다.

소박한 승려는 양날의 칼처럼 작용하는 쾌락에 집착하지 않기 때문에 가정에 매여 사는 속인보다 자아를 쉽게 비울 수 있다. 모든 것에는 음양이 있다. 얻음이 있으면 상실이 있고 명예가 있으면 치욕이 있고 쾌락이 있으면 고통이 있으며 칭찬이 있으면 비난이 있기 마련이다. 붓다는 이 여덟 가지를 팔풍(八風)이라 했다. 이들 중 어느 하나에라도 집착을 하면 생사의 수레바퀴에서 벗어날 수 없다.

불행하게도 세속을 떠나 불법을 공부하는 일부 승려들도 팔풍에 얽매여 있다. 부와 명성에 얽매여 소박한 생활을 잃어버린 승려는 이름만 승려일 뿐이다. 그런 승려는 독신의 계율을 어기고 승려다운 삶을 살지 않으며 타인뿐 아니라 자신마저 속이는 위선자다.

도덕과 윤리는 인간의 잠재력을 성공적으로 개발하는 데 필요한 초석이라고들 한다. 붓다의 가르침에 따라 살아 있는 생명을 죽이지 않으며 거짓말하지 않고 도둑질하지 않는 등 불교의 계율을 잘 지킬 때 공덕이 쌓이며 몸과 마음과 말에 좋은 습관을 붙일 수 있다.

계율은 도덕적인 억압이 아니라 생활을 위한 지침으로 생각해야 한다. 재가자를 위한 계율도 있지만 출가자를 위한 계율은 수행자를 바른 생활로 이끄는 지침이다. 예를 들어, 출가 비구는

227계를 받는다.

보다 많은 계율을 지킬수록 내면에 잠재되어 있는 사랑과 애정, 인내, 지혜를 개발하는 것이 보다 쉬워진다. 누구나 알고 있듯이, 안팎으로 보다 좋은 환경에서 보다 많은 시간을 들일 때 성공 확률은 높아지는 법이다.

승려의 생활은 성적(性的)인 문제에 있어 정숙과 순결, 자제 등을 특징으로 한다. 소비주의와 물질주의가 판치는 오늘날, 대부분의 사람들은 독신 수행의 열매를 알지 못한다.

영국의 승려 자야스로 빅쿠는 이 문제를 다음과 같이 훌륭하게 풀어냈다.

성욕의 본질을 이해하려면 이 흠 없는 태도를 취해야만 한다. 흠 없는 태도를 유지할 때라야 우리는 나타났다가 지나가는 성욕의 본질을 깨달을 수 있으며, 성욕 안에 숨어 있는 고통을 바라볼 수 있다. 성애의 동력이 무엇인지, 육체적인 감각에 국한된 것인지, 음식에서 나오는 것인지, 자제력의 부족에서 오는 것인지, 방만한 상상에서 기인하는 것인지 깨달을 수 있다. 그리고 성애가 조건화된 현상임을 알 수 있다. 우리는 신체적이거나 언어적인 성애 표현을 자제함으로써 일정한 거리를 둔 상태에서 성애를 관조하고 그 속성을 꿰뚫어 볼 수 있다.

우리는 성욕을 정신력으로 확실하게 지배해야 한다. 성욕을 정신력으로 확실하게 지배하려면 성욕을 의식적으로 자제하거

118

나 성욕을 육체적으로나 언어적으로 표현하려는 마음을 참아야한다. 여기에서 계·정·혜의 관계가 아주 명확해진다. 그러나 성욕을 육체적으로 표현하거나 음담패설에 빠지면 우리는 성욕을 절대로 고립시킬 수 없다. 성욕은 힘을 얻어서 활동을 계속할 것이다. 성욕에 힘을 주는 것은 다름 아닌 우리 자신이다. 우리가 성욕의 불꽃에 기름을 붓는 것이다. 그러므로 애욕의 흐름을 막아야 한다. 그러려면 우리는 먼저 성의 초월을 열망해야한다. 이런 열망이 있느냐 없느냐에 따라 우리는 사문(沙門)이냐 속인이냐를 가름할 수 있다.

그러므로 비구의 신분으로서 우리는 성적인 감정이나 여성을 완전히 새로운 시각으로 바라봐야 한다. 자신보다 나이가 많은 여성을 어머니로, 몇 살 위인 여성은 누나로, 몇 살 아래인 여성은 동생으로 바라보는 마음공부를 해야 한다. 여성을 성적으로보는 시각을 건전한 시각으로 바꿔야 한다. 건전한 시각은 여성에 대한 아름다운 예의다. 매력적인 여성이 사원에 들어오면 우리는 성적인 감정이나 생각 속으로 빠지는 것을 자제하고 그 여성을 자매로 보고 있는지, 그 여성이 고통으로부터 자유로워지기를 바라는지 건전한 시각으로 자신을 성찰할 수 있어야 한다. 그리고 그 여성이 잘되기를 바라는 '자비' 수행을 해야 한다.

여성의 육체나 외모에 빠지거나 본능적인 애욕을 따라가기보다는 여성을 인간으로 보는 건강한 시각이 필요하다. 건강한 마음으로 볼 때 맹목적인 본능의 차원에서 고귀한 인간의 차원으로 승화되는 체험을 할 수 있다. 그리고 야성의 차원에서 지성의 차원으로 이동하는 체험을 할 수 있다. 팔리어 '브라흐마카리야'는 독신으로 번역되는데, 문자 그대로 직역하면 '신의 길'이라는 뜻이다. 인간의 세계에서 자발적으로 만족스럽게 독신을 지키는 길은 가장 고귀하고 숭고하며 충만한 삶의 길이다.

소박한 승려는 풍요롭지만 폭력적인 세상에서는 찾아볼 수 없는 평정을 닦는다. 평정은 신성한 정서, 숭고한 마음을 뜻하는 사무량심[6]의 네 번째다. 타이의 대표적인 승려인 파유토 스님은 평정을 다음과 같이 설명한다. "평정은 저울대가 평형을 이루는 것처럼 차분하고 고요하며 확고한 마음으로 사물을 있는 그대로 보는 것이요 중생은 자신이 지은 업에 따라 업보를 받는다는 진리를 깨닫는 것이며 원칙과 이성과 평등에 따라 판단하고 행동하는 것이다."

또한 파유토 스님은 "평정이란 대상을 간섭하거나 지배하지 않는 초연함이다"라고 설파한다. 이런 평정은 말들이 바른 방향으로 매끄럽게 달리는 마차에 예민하면서도 고요하게 앉아 있는 마부의 마음에 비유될 수 있다. 이런 맥락에서 『청정도론(淸淨道論)』은 평정을 "타인이 스스로를 책임지며 그 책임과

---

6) 사무량심(四無量心, brahmavihara) : 중생에게 한없는 즐거움을 주고 고통과 미혹을 없애 주기 위해 자(慈)·비(悲)·희(喜)·사(捨)의 네 가지 무량한 마음을 일으키는 것을 말한다.

행동에 따라 열매 맺는 모습을 초연하게 지켜보는 것"이라고 보다 폭넓은 의미에서 규정한다.

여기서 평정이 세상을 등지는 일이나 냉담함, 무감각, 범죄적인 무관심 ─범죄 행위를 보고도 울타리 위에 서서 팔짱을 끼고 바라보는─ 을 뜻하지 않음을 분명히 해 두고 싶다. 평정은 깨어 있는 초연함으로 지혜를 닦아 가는 것이다. 타인을 제대로 도우려면 자비나 예지와 더불어 지혜가 필요하다.

소승 불교에는 수행의 완성에 도달하는 데 10단계가 있다고 한다. 불제자라면 이 과정을 거치면서 수행해야 한다. 평정은 이 과정에서 마지막 단계다. 평정 이전의 아홉 단계는 다음과 같다.

1. 보시(布施) : 자선, 관용, 관대
2. 지계(持戒) : 계율을 지킴, 선행, 자신 및 모든 중생을 존중하는 마음
3. 출리(出離) : 떠남, 쾌락을 극복하려는 노력
4. 지혜(智慧) : 직관, 통찰
5. 정진(精進) : 노력, 시도, 열심
6. 인욕(忍辱) : 참음, 인내
7. 진실(眞實) : 거짓 없이 진리를 따르는 마음
8. 결의(決意) : 결심, 확고한 마음
9. 자애(慈愛) : 사랑, 애정, 우정

위에서 언급한 10단계는 크게 3개의 차원으로 나눠 볼 수 있다. 첫째는 바라밀(波羅蜜), 즉 보통의 완성이다. 평정의 차원에서는 자신의 일에 대한 상대의 칭찬이나 비난에 무관심한다. 상대의 비난에 무관심한다는 것은 자신의 부정적인 업보에 무책임해도 된다는 말이 아니다. 둘째는 근바라밀(近波羅蜜), 즉 상위의 완성이다. 여기서는 신체적인 해를 입어도 무관심한다. 마지막으로는 대바라밀(大波羅蜜), 즉 지고의 완성이다. 이 차원에서는 죽음에 이를 만큼 고문을 당해도 무관심한다. 그리하여 자아의 경지에서 무아의 경지로 깨어난다. 이때 '나'는 존재의 중심에서 완전히 멀어진다.

앞에서 지적한 대로 평정은 항상 마지막에 온다. 평정의 단계에 이르려면 먼저 사랑과 자비의 마음을 닦아야 한다. 『필수자비경』은 이렇게 밝힌다.

평화를 얻고자 하는 사람은 먼저 정직하고 겸손해야 하며 바른 말을 할 줄 알아야 한다. 탐욕을 부리지 않고 여러 감정에 휩쓸리지도 않으며 감각들을 가라앉히고 간소하면서 행복하게 사는 법을 알아야 한다. 현자들이 경계하는 것들을 자제할 줄 알아야 한다. 이 점에 대해 명상해 보라.

모든 사람이 행복하고 안전하기를, 가슴이 기쁨으로 충만하기를! 강하든 약하든, 크든 작든, 보이든 보이지 않든, 가깝든 멀든, 태어났든 태어나지 않았든 관계없이 모든 생물이 평화와 안전

속에서 살 수 있기를! 그들 모두 평온 속에서 살 수 있기를! 다른 존재에 해를 가하지 말기를! 다른 존재의 생명에 위해를 가하지 말기를! 분노나 악의에 사로잡혀 타인의 불운을 바라지 않기를!

엄마가 생명을 무릅쓰고 아이를 보호하는 마음으로 우리는 무량 자비를 길러서 우주의 모든 중생에게 나눠 줄 수 있어야 한다. 무량 자비가 우주 구석구석에 미칠 수 있도록 해야 한다. 우리의 사랑은 장애를 모른다. 우리의 가슴은 미움이나 반목에서 완전히 자유롭다. 서 있을 때나 걸을 때도, 앉을 때나 누울 때도 깨어 있는 한 우리는 가슴에 사랑이 넘치도록 해야 한다. 이것이 가장 고귀한 삶의 길이다.

그릇된 견해와 탐욕, 성욕에서 벗어나 아름답게 살면서 무량 자비를 닦고 반야바라밀다를 성취하는 사람은 생과 사의 수레바퀴를 분명히 초월할 것이다.

이를 종합해 보면 소박한 승려란 항상 겸손하고 정숙하고 깨어 있으며 무량 자비를 닦는 사람이다. 그는 고귀한 삶, 독신의 삶을 산다. 자신의 안위에 대해서는 관심을 두지 않고 모든 시간과 정력을 다른 중생의 행복과 안녕을 위해 쓴다. 그는 다른 중생을 위해 생각하고 말하고 실천하는 데서 행복을 찾는다.
그의 삶은 육체적으로, 정신적으로, 영적으로 자신과 조화롭게 흘러간다. 그리하여 속인은 물론 다른 비구나 비구니와의 관계도 조화롭게 흘러간다. 그의 생활은 속인의 생활에도 영향을 줘서 승려의 소박한 삶과 수행하는 모습을 본받게 한다. 그의 생활은 주위 환경에도 영향을 줘서 조화롭고 건강한 쪽으로 흘러가게 한다. 새와 벌도 그의 영향을 받아 전보다 온순해진 삶을 산다.

승려의 소박한 생활은 사회 복지와 환경의 조화에 커다란 기여를 할 수 있다. 그뿐 아니라 소박한 승려는 인간을 비롯한 모든 중생이 고통을 극복할 수 있도록 도와줄 수 있는 현대 과학을 배우는 데도 관심을 둔다. 현대 과학은 긴밀하게 상호 연결되어 있으며 인간의 질병이나 사회적인 병리 현상을 치유할 수 있을 뿐 아니라 예방할 수도 있다. 달라이 라마 성하는 여러 해 동안 대표적인 과학자들과의 대화를 성공적으로 이끌어 오고 있다. 그런 결과 그들 과학자 중 일부는 내면이 한층 성숙해졌으며 '영적인 차원에서 과학 지식이 논리주의와 유물주의의 한계를 극복하는 데 유용할 수 있다'는 사실을 깨닫기도 했다. 성하가 과학자들과 나눈 일련의 대담이 여러 책으로 출간된 사실은 대단히 의미 있는 일이다. 성하의 책뿐 아니라 성하의 영향을 받은 사람들의 책도 모두 소중하다.

중국의 티베트 침략이나 폭압 등 인간의 병리 현상은 참으로 파괴적이고 끔찍한 데가 있다. 그럼에도 불구하고 성하와 그의 소박한 승려들은 "탐욕이나 증오는 물론 무지와 미망에 사로잡혀서 만행을 저지른 중국 정부를 용서하고 중국인들을 감싸

안을 수 있어야 한다"고 말하는데, 이는 분명 심오한 혜안이 아닐 수 없다.

소박한 승려는 신체적·정신적 고문을 받을 때도 깨어서 사랑과 자비의 수행을 한다. 비록 성하는 육체적 고문은 받지 않을지 모르나, 티베트의 속인과 승려가 무자비하게 고문당하는 사실들을 접할 때마다 가슴이 갈기갈기 찢기는 정신적 고문을 수없이 받는다. 그럼에도 성하는 넓은 가슴으로 이런 고통들을 감내하고 있다. 고통을 극복할 수 있는 유일한 길은 마음 밭에 평화의 씨앗을 심고 사랑과 인내로 기르는 것이라고 성하는 다시 한 번 진리의 길을 상기시킨다.

지난 40여 년 동안 소박한 승려로서 망명 생활을 해 오고 있는 성하는 진과 선과 미는 이론적으로 가능할 뿐 아니라 실천적으로도 가능하다는 점을 몸소 세상에 보여 주었다. 성하와 그 신도들의 삶을 보라. 성하의 가르침을 따르는 평범한 속인들도 자비와 비폭력의 삶을 살고 있다.

성하는 전 세계를 돌아다니며 각양각색의 사람들을 만나면서도, 소박한 승려의 한 사람으로서 수행을 게을리 하지 않으며 중요한 종교 행사를 주관하고 젊은 승려들에게는 붓다의 가르침을 가르친다.

성하가 세상에 많은 영향을 줄 수 있었던 것은 성하가 보살이라거나 망명 정부의 수장이라거나 거대한 불교 지도자이기 때문이라고 생각하지 않는다. 또한 특별한 신통력을 지녔기 때문이라고도 생각하지 않는다. 그렇기보다는 성하가 자신의 안위를 챙기지 않고 탐욕과 증오와 미망에 사로잡힌 세상 사람들을 돕는 데 대부분의 시간과 정력을 쏟는 소박한 승려이기 때문이라고 생각한다. 티베트와 그 국민에게 닥친 모진 고난을 견디어야 하는 와중에도 유머와 겸손을 잃지 않은 성하는 진리와 용서, 사랑, 자비가 더없이 강력한 힘임을 몸소 세상에 보여 주고 있다.

세계 여러 나라의 대통령이나 수상, 사회 각 분야의 지도급 인사들은 말할 것도 없고 나아가서는 다른 종교의 지도자들까지 성하에게 경의를 표한다. 성하는 다른 종교인들을 개종시키는 데 관심이 없고 모든 존재의 행복과 안녕만을 기도하며 진정한 행복은 소박함과 진실함, 자비심에 달려 있음을 몸소 실천한다. 성하처럼 내면에 평화가 가득한 소박한 승려는 세계 평화와 사회 정의, 환경 보호 등을 열망하는 사람들을 지도할 수 있는 훌륭한 위치에 있다고 하겠다.

술락 시바락사(Sulak Sivaraksa)

타이의 시바락사 사회참여 불교의 태두이자, 학자, 저술가, 사회 운동가이다. 정권에 저항하다 여러 차례 투옥, 미국에서 오랜 망명 생활을 했다. 버클리 대학, 코넬 대학 등에서 불교, 민주주의, 인권, 평화에 관한 강연을 했으며 NGO 활동가로 활약하며 '개발에 관한 아시아 문화 포럼' 등의 단체를 창설했다. 1993, 1994년 노벨 평화상 후보로 추천되기도 했다. 『사회 변혁을 위한 불교적 대안』 등 1백여 편이 넘는 논문과 도서를 저술했으며 국내에서 『평화의 씨앗』이 출간되었다.

인간적인, 너무나 인간적인

메리 크레이그

1989년 9월이었다. 달라이 라마를 처음으로 알현하기 위해 텍첸 최링으로 올라가는데 몬순의 소나기가 퍼붓자 다람살라의 도로들은 흙탕길로 변했다. 몇 달 전, 다음에 집필할 책을 기획하고 있는데, 한 친구가 티베트에 관한 책을 써 보라고 권유했다. 참으로 엉뚱한 아이디어라고 생각했다. 티베트는 지구상에서 오지 중의 오지이며 나는 그 나라의 언어와 문화, 종교에 대해 아무것도 모르는데 무엇을 쓴단 말인가. 물론 달라이 라마에 대해 들어 보기는 했으나 『잃어버린 지평선』의 흐릿한 기억 때문에 티베트에 대한 이미지는 혼란스러웠다. 나는 다람살라에 대해서도, 그곳에 많은 수의 난민이 거주하고 있다는 사실에 대해서도 들어 본 바가 없었다. 심지어 달라이 라마가 그곳에 사는지조차 알지 못했다.

그러다가 어느 시점부터인가 티베트에 관한 집필 아이디어가 마음속에 점점 뿌리를 내리기 시작했다. 특히 달라이 라마와의 접견을 예약한 뒤에는 다람살라에 가서 내 눈으로 직접 확인해 보고 싶다는 욕구가 일기 시작했다. 그래서 티베트 현대사를 벼락공부하면서 중국 점령으로 인해 발생한 가공할 티베트 현대사에 아연실색했다. 나는 직접 다람살라를 찾아가 난민들을 만났다. 난민들이 티베트에서 겪은 이야기를 들으면서 경악과 연민, 분노로 치를 떨며 울었다. 달라이 라마와의 접견 시간이 다가오자, 마치 접견이 티베트와 그 난민들의 참혹한 현실 속에서 하나의 사치처럼 느껴졌다. 달라이 라마와의 접견은 마음과 마음이 통하는 만남이라기보다는 의례적이고 공식적이고 딱딱한 만남일 것이라고 생각했다.

하지만 내 추측은 완전히 빗나갔다! 달라이 라마는 아주 따뜻하게 맞아 주었다. 대단히 인상적이었다. 그리고 '이분이야말로 내가 만나 본 사람 중에서 가장 밝고 환한 사람이구나'라는 생각을 했다. 현실 감각을 잃지 않으면서도 그의 내면에서는 깊은 평화와 고요의 빛이 우러나왔다. 이런 접견은 자칫하면 딱딱해지거나 형식적인 만남으로 끝나기 마련이지만 이번 접견은 뭔가 자극을 받으면서도 마음이 치유되는 인간적인 만남이었다. 나는 '이분은 책을 펴 놓고 읽듯이 내 마음을 읽는 것 같다. 그래도 상대를 있는 그대로 받아 준다'고 신기하게 생각했다.

달라이 라마는 내가 티베트 난민들에 관한 집필을 구상 중이라는 데 관심을 표명했다. 그리고 이내 질문들을 쏟아 냈다. 주로 티베트의 현재 상황과 중국의 폭압에 폭력으로 항거하려는 티베트 청년들의 위험성에 관한 것들이었다. 마침 그날 아침 폭력적인 항거에 동조하는 티베트 청년당의 격렬한 개회식에 참석했었다. 시간은 쏜살같이 지나가서 내게 할당된 20분은 반 시간이 되고 그런 다음 1시간이 되고 1시간 반이 되었어도 우리의 대담은 끝날 줄 몰랐다. 마침내 대담이 끝나자 우리는 기념사진을 찍고 사인을 한 책과 카타와 옛 기념주화를 선물로 받았다. 달라이 라마는 아주 친한 친구가 떠나는 것처럼 나의 손을 잡고 활기차게 흔들면서 다음에 다람살라에 오면 꼭 들르라는 말을 잊지 않았다. 다음에 다람살라에 오면? 달라이 라마와의 만남으로 티베트 집필에 대한 나의 고민은 완전히 사라졌다. 제대로 걸려든 것이었다.

이듬해 5월 나는 티베트 난민들과의 가슴 저미는 인터뷰를 하기 위해 다시 다람살라를 찾았다. 그리고 다시 달라이 라마를 만났을 때, 속으로 첫 번째 접견 때와 같은 대담이 진행되리라 기대했다. 하지만 막상 접견을 하고 나서는 '달라이 라마와의 만남은 언제나 다르다. 매번 만남이 새롭고 뭔가를 배울 수 있다'라는 사실을 깨달았다.

대기실에서는 최근에 성하의 개인 교사였던 링 린포체의 환생으로 발견된 네 살짜리 꼬마 라마가 자신의 차례가 오기만을 기다리고 있었다. 나이가 지긋한 스님이 꼬마 라마를 '난 어떻게 해야 하는지 다 알고 있다'는 표정으로 지분거렸다. 접견실로 들어가면서 꼬마 라마는 조심스럽게 나이가 지긋한 스님의 손을 잡았다.

얼마 후 아이는 달라이 라마의 손을 잡고 만면에 미소를 띤 채 대기실에 나타났다. 성하는 아이를 다정하게 껴안아 주고 상체를 숙여 아이의 신발 끈을 바로 잡아 주고 다정한 아빠처럼 아이의 키만큼 몸을 낮춘 채 아이가 시야에서 사라질 때까지 미소를 머금고 손을 흔들며 키스를 보냈다. 참으로 다정한 모습이었다. 나는 그 장면을 영원히 잊을 수 없을 것 같다! 그리고 일어나서 나와 내 친구를 따뜻하게 맞아 주었다. 성하의 따뜻한 환대에 상기된 나는 '여기에 단순히 살아 있음에 기뻐하며 웃는 사람이 있다'는 사실을 다시 한 번 깨달았다.

나와 같이 달라이 라마를 접견한 친구는 달라이 라마의 초상을 그리고 싶어서 온 미국 화가 브리지드 말린이었다. 초상화 작업은 보통 며칠이 걸리지만 달라이 라마의 집무실에서는 고작 40분만을 허락했기 때문에 브리지드는 긴장할 수밖에 없었다. 내가 성하와 대화를 하면서 성하의 얼굴을 밝게 하면 브리지드가 민첩하게 그리는 식으로 초상화 작업이 진행되었다. 나는 노벨상 수상에 대한 질문으로 말문을 열었다. 성하가 겸손하게 미소를 지으며 대답했다. "그래요. 어제 초저녁에 그런 소문을 들었을 때는 약간 흥분이 되었지요. 그런데 8시 반 뉴스를 들어 보니 수상에 대한 얘기가 없는 거예요. 그래서 '아, 소문이었구나'라고 단정하고 잠자리에 들었지요. 그리고 평상시처럼 이튿날 새벽 4시에 일어났더니 그게 소문이 아니라 사실이라는 거예요. 그때쯤에는 흥분감이 가시고 없더군요." 이것이 노벨상 수상에 대한 달라이 라마의 감상이었다.

그러고 나서 새로이 제정한 헌법 및 티베트-중국 관계에 대해 언급하고 마오쩌둥에 대한 기대가 어떻게 환멸로 바뀌었는지를 설명했다. 흥미진진한 내용들이 이어져 나는 성하의 이야기 속으로 빨려들었다. 그러다가 문득 40여 분 후 브리지드가 울상을 짓는 모습을 발견했다. 성하도 눈치를 챘다. 성하는 브리지드 쪽으로 걸어가 유화 스케치를 살펴보고는 왼쪽 눈을 너무 크게 그렸다고 브리지드를 놀렸다. "시간이 너무 부족해서요." 브리지드는 울먹이다가 드디어 울음을 터뜨리고 말았다. 그러자 성하는 그녀를 따뜻하게 안아 주고는 제자리로 돌아와 앉았다. 그러고는 접견실 직원을 통해 다음 내방객에게 '화가가 성하의 초상을 그리는 가운데 접견을 해도 괜찮은지' 묻도록 했다. 다음 내방객이 좋다고 했다는 전갈이 오자 브리지드의 마음이 한결 누그러지는 모습이었다. "오, 정말 사랑해요." 브리지드가 기쁨에 겨워 외쳤다. 성하는 유쾌하게 탄성을 지르고는 다음 내방객 맞을 준비를 했다.

나와 브리지드는 성하가 다음 내방객을 맞이하기 위해 잠시 자세를 바르게 한 다음, 내면으로 들어가 마음을 깨끗이 비우는 듯한 모습을 지켜보았다. 그리고 몇 시간 동안 브리지드는 초상을 계속 그렸고, 나는 관객처럼 성하가 각기 다른 사람들을 대하는 모습과 그들의 문제를 완전히 몰입해서 들어 주는 모습을 지켜보았다. 미국 아가씨가 티베트 내의 문제를 다루는 인터넷 소식지를 기획하고 있다는 말에 성하는 인터넷 소식지에 드는 비용과 세부 계획, 후원자 모집, 그리고 기획의 장단점 등에 대해 상세한 지식을 말해 주었다. 그런 다음 직원을 대기실로 보내 다음 내방객을 불러오게 하고 성하 자신은 차분하게 마음을 가다듬었다. 잠시 후 스위스 아가씨가 날렵한 헬스용 자전거를 가지고 들어왔다. 이 자전거는 스포츠 용품점 주인인 아가씨의 아버지가 잡지에서 아주 낡아 빠진 구형 자전거로 운동하는 성하의 사진을 보고 깜짝 놀라 성하에게 드리는 선물이라고 했다. 성하는 선물을 보기가 무섭게 복도로 달려 나가 승복을 걷어올리고는 한껏 신이 난 아이처럼 페달을 밟았다. 예기치 않게 내방이 길어지면서 우리는 달라이 라마의 여러 이면을 보게 되었다. 사랑스러운 아버지, 다정한 친구, 세상의 평판에도 흔들리지 않는 노벨상 수상자, 노련한 정치가, 뛰어난 사업가, 천진하게 뛰노는 아이 등 정말 다양한 모습이었다.

이듬해 『피눈물』이 거의 완성될 때를 즈음해서 다시 다람살라를 찾았다. 달라이 라마는 해외 순방 중이었으나 어느 순간이고 달라이 라마가 돌아올 것처럼 수많은 깃발들이 힘차게 나부꼈다. 달라이 라마가 없는 다람살라는 주인이 없어 휑뎅그렁해진 모습이었다. 곳곳에서 달라이 라마의 부재를 확연하게 느낄 수 있었다. 달라이 라마는 돌아온다 해도 다음 일정 때문에 곧바로 다람살라를 떠나야 하며, 그래서 접견 일정이 모두 취소되었다는 소식에 나는 실망을 하고 말았다.

그런데 다음 날 성하를 알현할 수 있다는 소식을 접하고는 너무 흥분한 나머지, 진창길에서 미끄러지고 말았다. 당시도 몬순 기간이었다. 나는 팔걸이 붕대를 하고 성하의 관저에 들어갔다. 그것도 문제가 되지 않았다. 나와 성하는 팔걸이 붕대에 대해 잠깐 농담을 하기도 했다. 하지만 인민 해방군에 의해 성 노리개로 이용당하고 동료 티베트인들이 병원에서 생체 실험을 당하는 모습을 목격했다는 어느 티베트 여성에 대한 생각이 떠나지 않았다. 나는 성하에게 이 이야기를 가감 없이 말했다. 성하도 그 여성을 알고 있었으며 내가 느낀 공포와 혐오에 공감했다. 그러고 나서 낙태 숫자를 채우기 위해 건강한 태아를 죽이고 태아의 어머니에게는 사산했다고 거짓말을 한 어느 중국인 의사에 관한 이야기도 해 주었다.

그 섬뜩함으로 인해 우리는 침묵 속으로 빠져 들었다. 달라이 라마가 티베트인들의 소름 끼치는 고난을 이야기하며 그렇게 침울해하는 모습은 처음 보았다. 내가 관저를 떠날 때 성하는 몇 분간이나 내 손을 붙잡으며 내가 티베트를 위해 한 일들에 대해 고마움을 표했다. 그리고 내 목에 카타를 걸어 주었다. "이걸 하는 게 좋을 거요." 성하는 껄껄 웃으며 말했다.

『피눈물』이 1993년에 출간되자 달라이 라마는 일종의 가족사를 다룬 두 번째 티베트 책 집필을 허가해 주었다. 1994년에 다시 돌아왔을 때 성하와 네 번씩이나 대담할 수 있는 영광을 누렸다. 네 번 모두 장시간 대담을 했다. 마지막 알현을 위해 텍첸 최링의 대기실에서 기다릴 때 젊은 여성을 소개받았다. 성하를 처음으로 알현한다는 그녀는 다소 초조한 눈빛이었다.

"걱정할 필요 없어요. 그분은 정말로 인간적이고 따뜻한 분이거든요."

내가 말을 건넸다.

그러자 여자는 휘둥그레진 눈으로 따지듯이 말했다.

"그분은 살아 있는 부처님이에요."

"결국 같은 말 아닌가요?"

내가 물었다.

나는 살아 있는 붓다란 어떤 사람이 참 인간인지 보여 주고 사람들에게 모범을 보이는 깨달은 존재라고 생각한다.

알현을 마치고 나온 그 여자는 완전히 딴사람이 되어 있었다. 우리는 복도에서 몇 마디 주고받다가 다시 만나기로 하고 헤어졌다. 그리고 문득 고개를 들어 보니 성하가 복도 맞은편에서 몸을 숙여 가며 웃고 있었다. 성하 앞에서 나의 행동이 무례한 것으로 생각되었다. 무안해진 나는 하얀 카타를 휘날리며 저돌적으로 성하를 향해 뛰어갔다. "성하, 참으로 죄송합니다." 구겨진 카타를 성하에게 바치며 말을 더듬거렸다. 성하는 계속 웃더니만 나의 팔에 자신의 팔을 끼고는 접견실로 들어갔다.

나는 그때 성하가 격의 없이 지내는 것을 좋아하며 실제로 그렇게 생활한다는 것을 깨달았다. 그날 오후 성하는 암도 지방에서 보낸 유년기에 대해 얘기해 주었다. 성하의 어머니는 가는 곳마다 어린 성하를 업고 다녔으며 성하는 방향을 바꾸고 싶을 때 어머니의 기다란 귀고리를 잡아당겼다는 일화를 말해 주었다. "어떤 때는 정말 세게 잡아당긴 적도 있었어요." 쾌활하게 말을 이었다. 성하는 자신의 몸을 앞쪽으로 기울여 내 귀고리를 잡아당기며 "바로 이렇게 말이죠"라고 했다. 그리고 둘은 웃음보를 터뜨렸다. 내가 알현을 마치고 떠날 때 성하는 나를 꼭 껴안아 주었다. 나도 성하를 꼭 껴안았다.

그 후로 몇 년 더 성하를 방문하게 되었는데 성하에게는 나를 기쁘게 하거나 놀라게 해 주는 재주가 있었다. 나는 어떠한 경우에도 중국인을 미워하지 않으며 진실하게 겸손한 성하의 모습 속에서 위대한 사람을 발견했다. 성하는 자신을 소박한 승려로 생각한다. 그리고 티베트의 깊은 산중에 있는 사원에서 삶을 마감할 수 있기를 고대한다. 한번은 자신이 만난 승려 얘기를 해 주었는데, 이 승려는 20여 년 동안 중국 감옥에 갇혀서 고문을 받았음에도 고문자를 향한 자비심을 상실하는 것을 최악으로 여긴다고 했다. "정말 대단하지 않습니까?" 성하가 격찬의 말을 아끼지 않았다. 나 역시 같은 느낌, 같은 생각이었다. "아마 내가 그의 자리에 있었다면 금방 이글거리는 분노에 휩싸이고 말았을 겁니다. 아니면 이내 단념하고 그들이 원하는 정보를 불어 버렸을 겁니다." 성하는 10대 판첸 라마에 대해 이야기할 때도 같은 겸손함을 보여 주었다. 판첸 라마는 "진정한 자유 투사"이며 판첸 라마의 용기는 자신이 범접할 수 없는 것이라고 했다. 성하는 이를 자신의 약점이라 생각할지 모르나 사람들은 성하의 그런 면을 더없이 편안하게 느낀다.

그리고 세 번째 책도 오래전에 출간되었다. 그 후로 다시는 다람살라에 가지 못했으며 런던에서 열린 리셉션의 기다란 줄

끝에서 성하를 잠깐 보았을 뿐 다시는 친견의 자리를 갖지 못했다. 아무 때나 성하의 관저를 들른다고 해서 성하를 만날 수 있는 것은 아니다. 성하의 일정은 언제나 빠듯하며 나보다 훨씬 중요한 사안으로 성하를 만나고 싶어 하는 사람들이 수두룩하다. 그러므로 내가 불평할 필요는 없다. 나는 성하의 파장 속에서 많은 시간을 보냈다. 거의 10년 가깝게 성하의 다양하고 특별한 모습을 목도하고 성하의 현존을 체험하면서 나 자신을 존귀한 인간으로 발견하는 놀라운 영광을 누렸다. 나는 이 점에 항상 감사하며 남은 인생을 살 것이다.

메리 크레이그(Mary Craig)

영국에서 저널리스트와 방송 기자로 활동했다. 티베트인의 실상을 파헤친 『피눈물』을 저술하면서 달라이 라마와 그의 가족들에 관심을 갖게 되었으며 이후 『태양을 기다리며』와 달라이 라마의 가족사를 조명한 『쿤둔』으로 티베트 3부작을 완성했다. 국내에서 『쿤둔』이 출간되었다.

달라이 라마의 하루[7)

마티외 리카르

　당당한 히말라야 봉우리의 어두운 기슭에 다람살라는 평화
롭게 잠들어 있다. 수풀이 무성한 산 정상에 몇 개의 불빛만이
반짝인다. 14대 달라이 라마가 잠자리에서 일어난다. 새벽 3시
30분이다. 이 시대가 낳은 위인의 하루는 이렇게 기도와 명상
으로 시작된다. 티베트인들의 종교적·세속적 수장인 달라이
라마는 세상 어디를 가든, 어떤 환경에 있든 매일 아침 4시간
동안 수행을 한다. 이 수행은 모든 중생들의 행복을 기원하는
기도요 명상이다.

　달라이 라마의 방은 티베트 사원에서 흔히 볼 수 있는 장식이

---

7) 이 글은 2002년 파리에서 마티외 리카르와 올리비에 폴미, 다니엘르
　폴미, 그리고 에디시옹 라 마르티니에르 등이 『부디스트 히말라야』에
　기고했던 글을 수정한 것이다.

없으며 니스 칠한 목재 판벽널로 마무리해 수수하다. 달라이 라마 스승의 사진, 불상, 경전 등이 작은 제단 위에 놓여 있다. 아침 6시가 되면 BBC 뉴스를 시청하면서 아침을 든든하게 먹고 다른 승려들처럼 저녁 식사는 하지 않는다. 아침 식사를 마치고 나서 오전 8시나 9시까지 수행을 계속한다.

무슨 일이 있더라도 달라이 라마는 아침 수행을 거르지 않는다. 이 아침 수행에서 티베트와 그 국민을 위해 일하는 데 필요한 힘을 얻기 때문이다. 1989년 노벨상 수상자로 결정되었다는 소식이 전해지고 기자들이 달라이 라마의 반응을 취재하기 위해 이른 아침에 들이닥쳤을 때도 30여 년 동안 달라이 라마의 시자 역할을 충실히 해온, 예의 바르고 사려 깊은 스님에게서 나온 대답은 "성하께서는 아직 뉴스를 듣지 못했습니다. 성하가 기도하실 때는 누구도 방해해선 안 됩니다"라는 반응뿐이었다.

달라이 라마는 아침 수행을 마치면 티베트에서 가져온 귀중한 유물들이 있는 방으로 자리를 옮긴다. 여러 유물 중에는 중국이 티베트를 침입할 당시, 신도들이 파괴의 불구덩이에서 구출해 와 달라이 라마에게 바친 실물 크기의 백단향 불상도 있다. 달라이 라마는 존귀한 불상을 실제 붓다로 생각하고 그 앞에 1백 배를 올린다. 신에게 예배를 드린다기보다는 깨달은 존재, 즉 반야지를 성취한 존재에게 예를 표하는 것이다.

이후의 일과를 달라이 라마는 다음과 같이 설명한다.

"만나야 할 사람이 있으면 9시경에 집무실로 자리를 옮깁니다. 그렇지 않은 경우에는 경전을 공부합니다. 예전에 공부했던 논저들을 다시 음미해 보거나 티베트 불교 여러 학파의 위대한 스승들이 남긴 논서들을 깊이 사색합니다. 다른 가르침들에 대해서도 명상을 합니다. 오후 2시쯤 되어 점심을 듭니다. 그러고 나서 5시까지 업무를 보지요. 이때 선출직 관리나 망명 정부의 장관과 공무원들을 만나거나 내방객들을 접견합니다. 6시경에는 차를 마시지요. 배가 고플 때면 부처님의 허락을 얻어 약간의 비스킷을 먹기도 합니다. (웃음) 마지막으로 저녁 기도를 하고 9시경에 잠자리에 듭니다. 이때가 하루 중 최고지요! 그리고 다음 날 새벽 3시 반까지 푹 잡니다."

하루의 일과를 마칠 때면 아래 기도를 하는데, 달라이 라마는 이 기도가 삶의 매 순간을 고양시킨다고 한다.

우주가 지속되는 한
중생이 존재하는 한
나 또한 남아서
세상의 고통을 물리칠 수 있기를.

티베트를 탈출하여 다람살라에 온 수많은 내방객들을 맞이할 때는 특히 드라마틱하다. 텐진의 경우를 보자. 그는 일생에 한 번은 달라이 라마를 알현해야겠다는 생각에 아내와 두 자녀를 데리고 국경을 철통같이 지키는 중국군의 감시를 피해 5천 미터가 넘는 눈 덮인 고개를 넘어 인도로 들어왔다. 텐진과 함께 국경을 넘은 동료 중에는 동상으로 발가락을 절단해야 하는 사람도 있었다. 하여튼 험난하고 위험했던 여정에도 불구하고 텐진과 그 일행은 다람살라에 무사히 도착했다. 그들의 두 눈에서 눈물이 하염없이 흘러내린다. 달라이 라마의 물음에 대답하기 위해 북받치는 감정을 억누른다. 달라이 라마는 예의 아름답고 낭랑한 목소리로 험난했던 여정과 티베트의 상황에 대해 묻는다. 그리고 20대에 감옥에서 수차례 고문을 당한 승려 게뒨에게는 감옥 생활이 무서웠냐고 묻는다. 그러자 게뒨은 고개를 숙이며 가장 힘든 무서움은 고문자를 향해 증오의 감정이 생기는 것이었다고 대답한다.

달라이 라마의 관저에서 창밖을 내다보면 광활한 인도 평야가 끝 간 데 없이 펼쳐진다. 북쪽으로는 장엄한 산봉우리들이 펼쳐져 있는데 웅장한 히말라야 산맥을 넘으면 수백 킬로미터 떨어진 곳에 세계의 지붕 티베트가 있다. 가깝고도 먼 설역 고원은 달라이 라마도, 티베트의 주민도 자유롭게 왕래할 수가 없다.

이곳 공관의 주위에는 차분하고 평화로운 분위기가 감돈다. 그래서 이곳 사람들은 매 순간 언어의 공허함이나 시간의 무상함을 체험하는 것 같다. 불필요한 몸짓이나 말은 아무도 하지 않는다. 이런 황금빛 침묵이 쿤둔의 잔잔하고 자혜로운 웃음소리로 환해진다. 쿤둔은 '현존'이라는 뜻이다. 티베트인들은 달라이 라마를 사랑과 존경의 마음을 담아 이렇게 부른다. 달라이 라마는 상대 앞에서 언제나 현존하는 사람, 상대가 멀리 떨어져 있어도 여전히 현존하는 사람이다. 이렇게 밝은 웃음은 달라이 라마가 1년에 한 번씩 한 달이나 몇 주씩 안거에 들어갈 때는 조용한 미소로 바뀐다. 안거에 들어가면 기도할 때만 의사를 소통하는데, 이때마저 몸짓이나 글로 할 뿐이다. 달라이 라마의 안거는 내면으로 향하여 마음을 바라보는 명상과 외부로 향하여 자연스럽게 빛을 발하는 자비의 풍요로운 이중주다.

달라이 라마가 관저에서 지내는 평일은 간소하고 평온하다. 하지만 이런 단조로운 일상은 연중 몇 달 동안 인도와 해외 곳곳을 누비며 많은 군중—군중의 숫자는 때로 수십만 명에 달할 때도 있다—에게 법문을 할 때 깨진다. 모든 사람의 열망에 부응하고 티베트 문제를 해결해야 하는 순례의 일정에서 달라이 라마가 편히 쉴 수 있는 시간은 그리 많지 않다. 이런 상황 속에서도 쿤둔은 변함없이 자신의 평정을 유지한다. 달라이 라마는 내방객을 맞이할 때든 공항에서 행인과 마주칠 때든 진심으로 상대를 대한다. 어떤 사람을 만나더라도 선한 마음으로 대하며 상대의 가슴속에 잔잔한 미소를 남기고는 차분히 가던 길로 발걸음을 옮긴다.

이런 선한 마음을 나약함으로 이해해선 곤란하다. 달라이 라마는 필요하다면 순식간에 웅변의 힘을 일깨워 포효할 줄도 안다. 한번은 자신을 따뜻하게 환대해 준 파리의 법조계 인사들에게 다음과 같이 당당하게 웅변했다. "제가 이끌고 있는 티베트 투쟁은 승자와 패자로 극명하게 엇갈리는, 아니 사실 양쪽다 패자가 되고야 마는 투쟁이 아닙니다. 제가 모든 힘을 다하여 이루어 내고자 하는 목표는 '진리의 승리'입니다."

달라이 라마는 세계 여러 나라들을 방문하는 목적이 인도주의의 가치를 향상시키고 종교 간의 화해를 증진시키려는 데 있다고 밝힌다. 달라이 라마는 학생들에게 과도한 지식을 주입하거나 지능을 높이는 교육은 참된 교육이 아니라고 말한다. "2001년 9·11테러를 자행한 사람들도 지능을 계발하는 데 급급했던 사람들입니다. 테러범들은 이와 같은 지능을 이용하여 탑승객들로 가득한 비행기로 수많은 사람들을 살육하는 잔인무도한 만행을 저질렀습니다." 그래서 달라이 라마는 지능을 지혜롭고 이타적으로 사용할 수 있도록 젊은이들의 인성을 교육해야 한다고 역설한다.

달라이 라마에 따르면 행복도 고통도 다 마음 안에 있는 것인데 마음 밖에서 행복을 찾고 있는 자신을 깨닫는 게 무엇보다 중요하다고 한다. 2001년 11월 포르투갈을 방문했을 때 매우 분주한 도심의 빌딩 지역을 지나다가 아파트를 예로 들면서 행복도 고통도 모두 마음 안에 있음을 설명하기도 했다. "100층에 있는 호화 아파트로 이사를 간다 해도 마음이 불행하다면 유일한 출구는 창문 밖으로 몸을 던지는 것밖에 없는지도 모릅니다." 그래서 내면에서 행복을 찾고 서로의 행복이 밀접하게 연결되어 있음을 깨닫는 일이 중요하다고 한다.

이런 가운데서도 달라이 라마를 생각하면 그만의 유머와 소박한 마음을 빼놓을 수 없다. 대통령이나 장관과 작별을 고한

다음 곧바로 호텔의 도어맨에게 다가가 악수를 청하는 모습이
나 유리창 안쪽의 전화 교환원에게 악수를 청하는 모습, 위압
적인 군복에 칼을 차고 굳은 표정으로 서 있는 공화국 수비대
원의 등을 장난스럽게 두드려서 놀라게 한 다음 따뜻한 미소를
짓게 만드는 모습을 우리는 얼마나 많이 보았는가! 전 프랑스
대통령의 부인 다니엘 미테랑 여사가 다람살라를 방문했을 때,
달라이 라마가 직접 여사를 안내했다. 사원 안에 있는 거대한
불상 앞에서 달라이 라마는 공손한 태도로 불상을 가리키며
"제 보스입니다"라고 붓다를 소개하기도 했다.

달라이 라마의 가르침은 한결같다. 그리고 그런 가르침을 듣
고자 하는 이에게는 싫증을 내지 않고 이렇게 가르친다. "설령
마음씨가 고약한 사람이라 할지라도 사람은 모두 고통을 피하
고 행복을 얻으려 합니다. 행복할 수 있는 권리는 모든 사람에
게 있습니다. 이런 사실을 마음속 깊이 새겨 보면, 상대가 친구
이든 적이든, 우리는 타인의 행복에 대해 관심을 가질 수밖에
없습니다. 이런 태도가 참된 자비의 바탕입니다."

달라이 라마가 발휘하는 불가해한 자비의 힘은 깜짝 방문에
서도 여실히 드러난다. 어느 날 밤 보르도 대학교에서 젊은 학
생들과 진행한 모임의 말미였던 것으로 기억한다. 달라이 라마
가 원형 극장에서 자리를 잡기 위해 몰려가는 빽빽한 사람들
틈을 비집고 나가는데 어느 노부부가 사람들 대열에 끼이지 못
하고 한쪽에 우두커니 있었다. 남편이 휠체어를 타고 있는 부
인 뒤에 서 있었다. 항상 깨어 있는 달라이 라마의 눈이 그들에

게로 향했다. 그들의 모습이 시야에 들어오자마자 달라이 라마는 사람들 틈을 비집고 들어가 노부인의 손을 잡고 아무 말 없이 미소를 지으며 무한한 사랑의 눈빛으로 내려다보았다. 마치 영원처럼 느껴지는 이 순간이 지나자 남편이 아내에게 "봐, 저분은 성자야"라고 말했다.

다른 일화를 살펴보면, 1999년 12월 베르시에서 벌어진 국제 앰네스티 콘서트에서 깜짝 게스트로 초대받은 달라이 라마가 록 음악이 공연되는 중간에 조명이 환한 무대 위로 올라가자 콘서트장에 운집한 1만 5천 명의 젊은이들이 일제히 일어나 평화의 사도에게 열렬한 기립 박수를 보냈다. 그곳에 모인 청중은 아무런 잡음도 내지 않고 달라이 라마의 따뜻한 말에 귀를 기울였다. 그런 장면은 록 콘서트장에서는 거의 볼 수 없는 것이었다. 달라이 라마의 말이 끝나자 다시 한 번 뜨거운 기립 박수가 터져 나왔다. 사전에 달라이 라마의 출현에 대해 아무것도 알지 못했던 청중이 어떻게 하나가 되어 그런 뜨거운 반응을 보였을까? 마하트마 간디와 마틴 루터 킹 목사가 떠오른다. 아마 콘서트장에 모인 청중 모두는 달라이 라마의 따뜻한 가슴을 느꼈으리라.

어떻게 매번 따뜻한 반응을 보일 수 있는지 물으면 달라이 라마는 이렇게 대답한다. "내게 특별한 게 있어서 그러는 건 아니고요, 아마 평생 온 힘을 바쳐 사랑과 자비를 수행해서 그런 것 같습니다."

우리는 달라이 라마가 법문할 때 달라이 라마와 사람들 사이에서 일어나는 뜨거운 교감을 느낄 수 있다. 그는 달변으로 법문을 하지 않는다. 그 대신에 보다 나은 인간이 되라는 불교 철학을 차분한 어조로 현실에 유용한 충고와 재미있는 유머를 섞어 가며 풀어 낸다. 그래서 달라이 라마의 법문은 심오한 깊이가 있으면서 동시에 현실에 유용하다. 일생 동안 직접 체험한바, 그리고 진실되게 수행한 바를 추려서 전달하기 때문에 일견 단순해 보이기도 하지만 결코 진부하지 않다. "따뜻한 가슴이야말로 당신이 키워 나가야 할 가장 소중한 것입니다"라는 말도 진부하게 들리지 않는다. 달라이 라마 자신이 그런 체험을 했고 그런 가슴을 지니고 있기 때문이다.

때로는 법문을 하다가 다음과 같은 기도문을 낭송하기도 한다.

제가 보호자 없는 사람에게 보호자가 되게 하시고
인생의 험한 길 가는 사람에게
인생의 험한 강을 건너는 사람에게
인도자가 되게 하소서.
제가 배가 되고 뗏목이 되고 다리가 되게 하소서.
바닷길을 잃은 뱃사람에게는 섬이 되게 하시고
빛을 찾는 이에게는 등불이 되게 하시고
잠자리가 필요한 이에게는 침대가 되게 하시며
하인이 필요한 사람에게는 하인이 되게 하소서.
대지와 사대(四大)
그리고 하늘이 지속하는 것처럼 지속하여

무한히 많은 중생들에게
땅과 양식이 되게 하소서.
살아 있는 모든 존재들이 고통의 속박에서 벗어날 때까지
하늘이 남아 있는 한, 남아서
생명의 양식과 생활의 양식을
줄 수 있게 하소서.

위 기도문을 소리 내어 읽을 때면 달라이 라마의 눈가에 이슬이 맺힌다. 그는 하던 말을 멈추고 태연하고 조용히 기다렸다가 법문을 이어 간다. 이런 달라이 라마의 모습에서 우리는 어떠한 쇼맨십도 찾아볼 수 없다.

어떤 때는 일화를 들어 자신이 집필한 논서를 설명하다가, 혹은 청중 사이에서 기이한 것을 발견하고는 세상을 초탈하여 무한한 자유를 누리는 사람처럼 시원한 웃음을 터뜨리기도 한다. 19세기 티베트 수행자인 샵카르의 시가 떠오른다.

내 환희의 웃음을 보라!
광대하고 자유로운 마음의 환희!
비좁은 협곡에서
높고 넓은 산으로 솟아오르는
이 존재의 가벼움!
사물을 실체로 보는 미망에서 벗어나
지복으로 충만한

그래서 지복이 흘러넘치며
의식이 성성한 경지를 누리는
나의 모습을 보라!

성하가 칼라차크라, 즉 시륜(時輪) 탄트라 입문식과 같이 대
규모 법회를 주관할 때는 성하의 법문을 듣기 위해 엄청난 인
파가 모인다. 1985년과 2002년 붓다가 깨달은 보드가야에서
성하가 칼라차크라를 주관했을 때 티베트 주요 종파의 고승들
과 더불어 20만 명이 넘는 인파가 몰려들었다. 수천 명의 사람
들이 티베트 국경을 넘어오기도 했다. 그들은 공산 정권의 무
자비한 탄압을 피하기 위해 눈으로 뒤덮인 험준한 산들을 넘은
다음, 국경 수비대의 감시를 따돌리고 인도 쪽으로 들어올 수
있었다. 하지만 불행하게도 몇몇은 험준한 산들을 넘다가 목숨
을 잃었다.

법회의 맨 앞줄에 앉아 꿈같은 행복을 맛보고 있는 티베트
탈출자들의 모습은 너무나도 인상적이었다. 사랑하는 법왕을
지근한 거리에서 볼 수 있을 뿐 아니라 꼬박 일주일 동안 법왕
앞에 앉아 있는 행복은 상상 이상의 것처럼 보였다! 따뜻한 날
씨에도 그들은 털장화를 신고 양가죽 외투를 입거나 탈출 과정
에서 살을 에는 듯한 추위를 거의 막아 주지 못했을 것 같은 해
진 중국 점퍼를 입고 있었다. 그들이 사물을 보는 모습은 인도
에서 30여 년 동안 난민 생활을 한 티베트인과 달랐다. 그들의
눈에는 모든 것이 신기해 보였다. 특히 '자유'가 그랬다. 법회에

참가한 청중 모두가 성하의 법문을 주의 깊게 듣는 모습이었지만, 특히 탈출자들의 모습은 놀랍도록 아름답고 기품이 있었으며 성하를 응시하는 시선은 가슴 깊은 곳에서 솟아오른 듯 하늘과 같이 투명했다.

마티외 리카르(Mattieu Ricard)

세포 유전학 분야의 촉망받는 과학자였으나 33세에 티베트 불교 승려가 되었다. 현재 세계적인 불교 전문가로서 달라이 라마의 프랑스어 통역가, 저명한 사진작가, 불교 경전 번역가로 활동하고 있다. 아버지이자 한림원의 정회원인 철학자 장 프랑스와 르벨과의 대담집『승려와 철학자』가 베스트셀러가 되면서 20여 개국에 번역되었다.『티베트의 정신』,『춤추는 티베트 승려』등을 집필했으며 국내에서『승려와 철학자』,『행복 요리법』,『손바닥 안의 우주』가 출간되었다.

통합을 위한 대화

웨인 티즈데일

달라이 라마에 대해서, 특히 텐진 갸초에 대해서 글을 쓰는 일은 쉽지 않다. 그는 참으로 독특하고 보기 드문 스승이다. 우리에게는 평범한 승려, 달라이 라마를 둘러싸고 있는 신성과 오라를 지나치게 과장하는 측면이 있는가 하면 지나치게 학문적이고 건조하며 회의적인 시각으로 보려는 측면이 있다. 여기서 나는 붓다와 같이 중도를 걷고자 한다. 나는 우리가 과장을 안 해도 성자나 보살들로 우뚝 빛나는 존재들이 있다고 생각한다. 그런 인물들 중에 마하트마 간디가 있고 트라피스트회의 성자인 토머스 머턴이 있으며 머더 테레사가 있다. 나는 텐진 갸초도 그런 인물들 중 한 명이라고 생각한다.

우리는 성인들에게서 훌륭한 인품과 감수성, 이기심의 초월, 상대에 대한 배려와 관심이 일반 사람에 비해 탁월한 점을 발견할 수 있다. 달라이 라마의 면모를 유감없이 드러내는 일화 한 토막을 소개하고 싶다. 몇 년 전 성하가 미국을 방문했을 때의 일이다. 하버드 대학교에서 많은 청중들 앞에서 촬영이 진행되는 가운데 성하와 서너 명의 교수 간에 특별 대담이 이루어졌다. 첫 번째로 나선 교수가 사람들의 시선을 끌기 위해 자기 말만 끝없이 계속했다. 자신에게 주어진 시간을 많이 초과했지만 멈출 기미가 보이지 않자 다른 교수들은 발언 기회가 없어질 것을 우려하여 초조해했다. 마침내는 표정이 일그러지고 화난 모습으로 변해 갔다.

하지만 성하는 시종일관 미소를 잃지 않으며 차분하고 주의 깊게 첫 번째 교수의 말을 경청했다. 성하는 대단히 민감해서 많은 사람들 앞에서 자신을 드러내고 싶어 하는 교수의 마음을 꿰뚫어 보았다. 그 교수는 자신의 지식을 과시해서 사람들의 관심과 칭찬을 받고 싶어 했던 것이다. 성하는 다른 참가자들처럼 짜증이나 화를 내는 대신, 자비롭게 교수의 내면을 들여다보았다. 이 일화는 깊은 인품을 소유한 성하의 전형적인 모습을 여실히 보여 준다.

다음으로는 종교 간의 대화에 쏟은 성하의 헌신적인 노력에 대해 생각해 보고자 한다. 이 종교 간의 대화는 학문적인 포럼에서 보는 것처럼 형식적이고 딱딱한 토론이 아니라 그야말로 삶 자체에 대해 대화하는 것이다. 이 글에서 나는 달라이 라마가 토머스 머턴과 비드 그리피스와 만나는 장면을 그려 보겠다. 그리고 나와 성하와의 만남, 머턴에 의해 개시된 명상과 발전의 계보에서 나타나는 만남을 소개하겠다. 그러고 나서 오랜 세월 보아 온 성하의 인상들을 밝히고 과학과 종교의 통합에 대한 성하의 관심을 '통합을 위한 대화'의 맥락에서 살펴보겠다.

그런 다음 불교 사원과 기독교 수도원의 대화로 옮겨 가서 양자의 소중한 관계를 예지적으로 성찰해 보고자 한다. 이 성찰을 통하여 불교와 기독교의 형이상학과 존재론의 통합을 구체화해 보고 싶다. 나는 이 통합의 방식을 '모체(母體)'라 명명했다. 그리고 티베트와 가톨릭의 문제점을 간단하게 짚어 본 다음, 마지막으로는 새 천년에 14대 달라이 라마가 어떤 의미를 갖는지 살펴보겠다.

토머스 머턴과 비드 그리피스

처음으로 티베트에 기독교가 전파된 것은 17세기 후반부 데시데리오 신부가 이끄는 예수회 선교단에 의해서다. 데시데리오 신부는 외부에 거의 알려지지 않은 난해한 티베트어를 배워서 책을 저술하기도 했다. 물론 예수회 수사들은 대부분 선교사이며 그들의 선교 방법은 혁명적이고 예지적이었다. 그들은 시대를 앞선 경향이 있었다. 그들은 선교 활동을 한 나라의 문화를 존중했으며 나아가서는 중국과 인도, 일본, 티베트에는 대단히 잘 발달된 종교가 있음을 깨닫고 선교 목적을 수정하기도 했다.

이런 깨달음이 켄터키 출신의 트라피스트 수사였던 토머스 머턴의 사유, 특히 말년 사유의 기조를 이룬다. 머턴은 1968년 가을 운명적인 아시아 여행을 하기 전까지 동양의 지혜를 대단히 깊이 있게 배웠다. 머턴은 1968년 11월, 다람살라에서 성하를 세 번 만났다. 머턴이 성하를 만난 건 그것이 전부였다. 후에 성하는 머턴을 만나기 전까지는 기독교인 중에도 깨달음의 세계를 추구하는 사람이 있다는 사실을 알지 못했다고 털어놓았다. 머턴은 성하가 만나 본 기독교인들과는 완전히 다른 사람이었다. 사람들을 개종시키는 데 골몰하는 대부분의 선교사들과는 완전히 달랐던 것이다.

성하는 머턴에게서 문화와 비교 종교, 영성의 분야에서 출중한 학자의 모습을 보았다. 다른 기독교인들에게서는 쉽사리 찾아볼 수 없는 '열린 자세'도 보았다. 토머스 머턴은 성하에게서 형제이자 동료 수사의 모습을 보았다. 자신처럼 열려 있는 모습, 가톨릭 수도원의 생활과 실천에 대단한 관심을 보여 주는 성하의 모습을 보았다. 둘은 서로를 진심으로 좋아했으며 진지한 우정이 영원히 이어지기를 희망했다.

루이스(머턴의 수도원 이름) 신부와 성하는 주제를 가리지 않고 이야기했다. 기독교의 수도원 생활과 불교의 사원 생활에서 체험한 바를 서로 나누었다. 그리고 다양한 수행, 교육, 수사와 수녀의 구성, 비구와 비구니의 구성, 각기 다른 기도와 명상 기법들, 경전 등에 대해서도 진지한 이야기를 나누었다. 불교와 기독교의 차이점과 공통점에 대해서도 서로 의견을 교환했다. 티베트인들의 참혹한 비극과 이산(離散), 인도에서 티베트의 전통과 문화를 보전하려는 노력 등에 관해서도 토론했다. 베트남 전쟁과 강대국의 경쟁, 미국의 시민권 운동, 유럽과 아메리카의 평화 운동에 대해서도 이야기를 나누었다.

성하와 머턴은 서로에게서 깊은 인상을 받았다. 머턴이 달라이 라마에게 준 영향도 상당했다. 지금도 성하는 미국 수사이자 문필의 천재였던 머턴에 대해 깊은 애정과 그리움을 느끼고 있다. 1980년대 초반 토머스 머턴의 생애를 다룬 다큐멘터리 제작 과정에서 성하는 제작자들과 인터뷰를 했다. 인터뷰에서 성하는 여전히 식지 않은 머턴에 대한 애정을 감추지 않았으며, 가슴속에서 우러나오는 높은 톤의 목소리로 "토머스 머턴이 죽지 않았다면 우리는 함께 평화를 위해 틀림없이 뭔가 했을 겁니다"라고 소회를 밝혔다.

달라이 라마는 토머스 머턴의 경우처럼 비드 그리피스를 세 번 만났다. 세 번의 만남에는 몇 년의 시차가 있다. 두 번은 인도에서 벌어진 회의에서 만났다. 하지만 가장 흥미로운 대담은 1990년대 초 호주에서 있었다. 상당히 의미심장한 만남이었다. 둘 다 정말 편안하고 열린 자세로 대화에 임했다. 여러 종교의 신학과 신비에 대해 토론했다. 나는 토머스 머턴에 대해서는 별로 아는 게 없지만 비드 그리피스에 대해서는 잘 안다. 나와 그리피스는 20년 지기다.

세 번째 만남에서 그리피스 신부는 족첸에 대해 깊은 관심을 표명했다. 그리피스 신부는 내게 달라이 라마와의 만남에 대해 소상히 얘기해 주었다. 달라이 라마는 내게 "비드 그리피스는 훌륭한 교사입니다"라고 신부를 칭찬했다. 그리피스 신부와 달라이 라마는 서로를 깊이 존경했다. 그리피스 신부가 좀 더 오래 살았더라면 함께 훌륭한 일들을 했을 것이다. 힌두교와 불교에 대한 그리피스 신부의 학식은 토머스 머턴보다 훨씬 뛰어났으며 그리피스와 머턴 모두 기독교 예언자로서 동양의 지혜를 마시고 서양의 사색을 심화시키는 데 많은 기여를 했다. 양자는 같은 선교 사업을 했지만 서로의 환경은 사뭇 달랐다.

첫 만남과 인상

나는 인도에서 장기간 체류한 뒤, 영국에서 한 달간의 휴식 여행을 하다가 처음으로 성하와 만났는데 이 만남은 나의 정신을 쏙 빼놓았다. 만남의 장소는 1988년 영국 성공회의 총대주교이자 웨스트민스터 대주교인 조지 흄의 관저였다. 나는 미국 뉴욕에서 포담 대학교 대학원에 다닐 때 성 패트릭 성당에서 성하를 보기는 했으나 직접 대면한 것은 이때가 처음이었다. 흄 대주교는 영국 총대주교로 임명되기 전에는 베네딕트 수도원의 대수도원장을 지냈다. 그는 달라이 라마와의 대화에 많은 관심을 표명했으며 가톨릭-티베트 불교 간의 사원 교류를 환영해 마지않았다.

이 역사적인 대화에 나도 초대를 받았다. 우리는 기독교 수사와 불교 승려, 그리고 소수의 수녀와 비구니 등 20명과 더불어 원탁 둘레에 앉았다. 달라이 라마가 들어오고 그리피스가 인도로 오기 전에 있었던 프링크나시 수도원의 원장이 달라이 라마를 사람들에게 소개했다. 이 모임은 화기애애한 분위기 속에서 진행됐으며 나와 성하 사이에는 처음부터 강한 친밀감이 오갔다. 70분간의 대화가 끝나자 성하는 양팔을 벌리고 내게로 다가왔다. 따뜻하고 가슴 뿌듯한 만남이었다.

그 후 나는 성하의 비서이자 친구 역할을 해온 텐진 계체에게 편지 한 통을 썼다. 그리고 1989년 1월 초에 다람살라로 찾아갔다. 두 번째 만남에서는 성하와 2시간 동안 대담을 했다. 여기서 우리는 대단히 의미 있는 결과를 도출해 냈다. '세계 비폭력 선언'의 선언문을 공동으로 채택했던 것이다. 이 선언은 1쪽의 단출한 문서로 되어 있다. 이 선언은 후에 수도자 종교 간 대화 위원회(이전에는 '동서 대화를 위한 북아메리카 위원회')를 대표한 나와 성하에 의해 비준되었으며 수도자 종교 간 대화 위원회로 넘겨졌다. 그래서 나는 몇몇 위원들과 더불어 선언문을 최종적으로 마무리하게 되었다.

나의 독특한 위치나 지위가 성하를 비롯한 티베트와의 관계─토머스 머턴이 1968년 역사적인 다람살라 방문을 함으로써 출범한─를 유지하는 데 도움이 된다는 사실을 종종 느끼곤 한다. 나는 항상 "평화를 위해 자신이 실제로 할 수 있는 일을 생각해 보라"는 성하의 말을 마음에 담아 두고 있었으며 성하의 기대에 부응할 수 있기를 희망한다. 동양에 대한 열린 자세, 불교와 힌두교, 도교, 수피즘에 대한 깊은 관심뿐 아니라 평화에 대한 지속적이고 정의로우면서 포괄적인 희망에 대해서 나는 머턴과 생각을 같이한다. 이 평화는 단순한 갈등의 부재 이상의 것이요, 성 아우구스티누스가 말한 '평온한 질서'가 살아 숨쉬는 평화요, 깨달은 인간에게서 퍼져 나오는 영적인 조화이며, 사랑과 자비에 기초한 인류의 문화를 말한다. 그런 평화는 우리의 내면에 잠자고 있기 때문에 영적인 힘을 계발하여 자기를 변화시키고 각성을 기초로 하여 사회를 변화시킬 수 있어야 한다.

나는 지난 몇 년 동안 성하를 해마다 수차례 만날 수 있었으며 성하의 동생인 아리 린포체와 성하의 가족, 그리고 여러 티베트인들과 교류하고 있다. 이들과의 만남은 그 심도와 우정 면에서 갈수록 깊어지고 있다. 나는 '자연인 달라이 라마는 누구인가' 생각해 왔다. 1993년 시카고에서 세계 종교 회의가 끝나고 성하를 방문했던 때를 기억한다. 같은 자리에서 성하는 2시간 동안 여러 사람들과 대화를 하기도 하고 인터뷰를 하기도 하고 나와 이야기를 주고받기도 했다. 당시 나는 성하에게서 그리스도와 같은 면모를 명확하게 인지할 수 있었다. 그래서 내가 성하에게 말했다. "다른 어떤 기독교인보다도 성하에게서 진실한 그리스도의 모습이 보입니다!" 이런 영적인 직관을 표현하는 데 다른 말을 쓸 수도 있었을 것이다. 내가 당시 성하에게서 인지한 것은 어떤 성스러움이요 사랑이요 자비였다.

내 마음 깊은 곳에 자리 잡은 또 다른 인상은 성하의 뛰어난 직관력이다. 이를 알기 쉽게 말한다면 우리가 잘 아는 투시력이나 텔레파시라고 생각해도 무방하다. 직관력은 사소한 것이 결코 아니다. 나는 성하의 직관력이 피나는 수행과 거기서 오는 깨달음의 부산물이라 생각한다. 성하의 현존과 마주 대하고 있을 때면 성하는 내가 어디서 오는 중인지, 무엇을 생각하고 있는지 등 '나'라는 사람을 완전히 꿰뚫어 보고 있는 듯한 인상을 수없이 받았다. 성하 앞에 있으면 나는 성하에게서 퍼져 나오는 커다란 각성의 장 속으로 들어가는 느낌을 받는다. 이럴 때면 아무것도 말할 필요가 없어진다. 침묵의 소통이 완벽해지는 상황에서 언어는 우리의 경험과 지혜를 흐리게 하고 혼란만 야기할 뿐이다.

다음으로 인상적이었던 것은 성하의 심오한 지성과 사물에 대한 출중한 이해력이었다. 성하의 지성은 관념적이고 추상적인 것이 아니라 사랑과 자비를 실천하는 도구다. 성하의 지식은 항상 자비와 지혜에 뿌리를 박고 있는데, 이런 자비와 지혜는 모든 종교의 성인들에게서 찾아볼 수 있는 실천적인 덕목이다. 성하의 능력과 자질은 이뿐이 아니다. 앞에서 언급한 자질들과 더불어 성하에게는 유머 감각과 유희성, 그리고 어떤 재난이나 고통에도 굴하지 않는 불요불굴의 정신력이 있다. 내가 바라보는 성하의 본질적인 모습은 휴머니즘에 있다고 하겠는데, 이 휴머니즘은 성하의 치열한 수행 결과이다.

지식의 통합에 대한 관심

성하는 오랫동안 과학과 다른 분야에도 관심을 보여 왔다. 그리고 여러 나라에서 개최된 회의에 참석하여 과학과 종교의 공통분모를 찾고자 노력했다. 하지만 이런저런 이유로 대부분의 회의는 실망스러운 모임으로 끝났으며 성하의 기대에 미치지 못했다. 성하의 표현을 빌리자면, 과학자들이 너무 '하드(hard)' 하거나 너무 '소프트(soft)'하기 때문이었다. 하드하다는 말은 과학자들이 영적인 차원의 가능성을 무시하고 과학적 합리주의—사실 이는 전혀 과학적이지 않다—에만 집착한다는 뜻이다. 소프트하다는 말은 과학자들이 너무 성급하게 종교적인 우주관을 받아들이거나 종교와 과학의 공통분모를 이끌어 낸다는 뜻이다. 너무 성급하게 접근하면, 설사 소프트한 과학자들이 하드한 과학자들보다 지혜롭다 해도 소프트한 과학은 의심스러운 것이 될 수밖에 없다.

성하는 통합의 개념에 많은 관심을 보이면서 모든 분야의 공통분모를 찾을 뿐 아니라 과학과 종교, 영성, 사회 정의, 평화, 환경 등을 하나로 아우르는 대패러다임을 모색하는 노력을 게을리 하지 않았다. 패러다임을 모색하는 노력은 1999년 9월, 다람살라에서 개최된 '다람살라의 회담', 즉 '통합 I'에서 처음으로 구체화되었다. 이 모임에는 성하를 비롯하여 총 110명이 참가했으며, 35명은 현실에서 활동하는 통합론자들이고 나머지는 입회인과 언론인들이었다. 통합론자들은 평화와 정의와 환경의 증진을 위해 노력하는 사회 운동가뿐 아니라 물리학자, 수학자, 생물학자, 천문학자, 종교 교사, 신학자, 정부와 외교에 종사하는 인물 등 사회와 학문의 각 분야를 망라한 대표들이었다.

통합 I은 비록 극적인 결과를 도출해 내는 데는 실패했지만 '영성을 기반으로 모든 과학을 통합하자'는 공통 인식을 끌어내는 등 여러 면에서 역사적인 만남으로 기록되었다. 이런 인식 속에는 과학은 중생과 인성의 발전을 위해 실천적으로 참여해야 한다는 통찰이 담겨 있다. 신비주의 영성은 과학을 하나로 통합하는 비전을 제공하며 과학과 종교가 보다 적극적이고 사이좋게 협력하는 길을 열어 놓을 수 있다는 데 통합 I에 참여한 사람들은 공감했다.

통합II는 2001년 6월 26일에서 7월 1일까지 이탈리아 트렌토에서 개최되었다. 약 30명의 통합론자들이 돌로미티케 산맥의 아름다운 광경 속에서 벌어진 회의에 참가했다. 트렌토 회의는 다람살라의 회의에서보다 주제를 깊이 파고들었다. 이 회의의 주요 목표는 구체적인 교감과 새로운 비전이 나타날 수 있도록 우호와 공동체의 정신 속에서 아집이나 고집을 내려놓고 가능한 한 많이 기탄없는 토론을 하자는 것이었다.

불교-기독교 간 수도자의 대화

성하의 또 다른 관심사는 수도자 간의 대화이다. 토머스 머턴이 인도를 방문하기 전에도 기독교 수도사 및 선불교와 남방 불교의 수행자 사이에 접촉이 있기는 하였으나 수도자 간의 대화에 대한 토론과 활동은 성하가 머턴을 만나면서부터 본격화되었다. 성하는 가톨릭 수도사들과의 관계를 매우 소중하게 생각했으며 또 많은 이들에게 그런 자신의 감정을 밝히기도 했다.

1993년 시카고에서 개최된 세계종교의회와 1996년 7월 켄터키의 머턴 수도원에서 개최된 겟세마네 엔카운터를 거치면서 수도자 간의 대화에 많은 진척이 있었다. 2002년 4월에는 겟세마네 II가 소집되면서 새로운 전기를 맞이했다. 이전에 두 회의에 참석했던 성하는 겟세마네 II에도 다시 참석했다. 세계종교의회의 대화는 '수냐타8)와 케노시스9), 영적인 행로에서 보편적 자비의 출현'이라는 주제에 모아졌다. 겟세마네 I 에서는 보다 보편적이고 다양한 주제와 상호 관심사들, 이를테면 사원 생활과 교사의 역할, 사원 교육, 신비 체험 및 명상 등을 토론했다. 겟세마네 II는 실천적이면서도 역사적인 모임이었으며 가톨릭-불교 관계의 분수령이 되었다. 겟세마네 II는 겟세마네 I 못지않게 중요한 모임이 되었던 것이다.

수도자 간의 관계와 종교 간의 대화가 증진됨에 따라 최초의 『사원백과사전』이 출간되었다. 두 권으로 출간된 『사원백과사전』은 힌두교와 불교, 기독교, 자이나교 등의 사원을 망라했으며 특히 당시까지 관심을 받지 못한 분야에도 역점을 두었다. 수도자 간에 오고간 뜨거운 토론이 종교 간 대화에 의해 촉발된 '수도사 우호 교류'로 배가되면서 미래에 대한 전망이 한층 밝아졌다.

가톨릭과 티베트 수도자 사이의 우호 교류는 1980년 이후 계

---

8) 수냐타(sunyata) : 공(空). 실체나 자성이 없는 만물의 상태.
9) 케노시스(Kenosis) : 예수가 인간의 모습을 취함에 따른 신성 포기, 혹은 자기 비하.

속되었다. 성하는 처음부터 지원을 아끼지 않았으며 지금도 그렇게 하고 있다. 우호 교류는 다음과 같이 계속되고 있다. 네다섯 명의 티베트 승려와 여승이 미국으로 건너가 6개월 동안 체류하면서 시터 수도회와 트라피스트 수도원과 수녀원, 베네딕트회 공동체를 방문한다. 그들은 한 장소에서 최대 3주에서 한달, 최소 일주일을 머무른다. 그리고 기독교 수사와 수녀 네다섯 명이 인도에 있는 티베트 사원에서 비슷한 일정을 소화한다. 가톨릭 단체들은 계속 달라이 라마를 방문한다. 티베트 승려들이 미국 수도원을 방문하든, 미국 수사들이 인도에 있는 티베트 사원을 방문하든 방문자는 모두 상대 사원의 생활과 규율을 따른다. 세계종교의회나 겟세마네 I의 풍성한 수확은 주로 장기간에 걸친 수도자들의 교류 덕분이었다.

성하는 기회가 있을 때마다 진정한 대화의 토대가 되는 우호 관계의 필요성을 지적한다. 진정한 대화와 우호 관계만이 상대의 종교 전통을 서로 인정하는 수준 높은 차원으로 승화할 수 있다. 성하는 힌두교인과 자이나교인은 물론 기독교인과 유대인 등과 상호 교류하면서 불법의 길을 걸어왔다.

나는 우리의 우정과 협력의 관계가 시작될 때부터 성하를 이렇게 느끼고 이렇게 배웠다. 우리는 서로에게 호의를 가지고 있기 때문에, 즉 서로에게 좋은 친구요 흉금을 털어놓을 수 있는 도반이며 아무리 민감한 종교 사안이라도 터놓고 이야기하는 사이이기 때문에 그렇게 배울 수 있었다. 인간의 궁극적인 목표인 해탈과 구원에 이르는 길에서 수행과 공부를 지속적으로 가능케

하는 것은 바로 이런 도반의 관계라고 생각한다.

불교-기독교 관계의 비전

불교-기독교 관계의 중요한 작업은 밀도 있는 대화의 과정을 통하여 각 종교의 관점에서뿐만 아니라 세계적이고 우주적인 관점에서 인류 의식을 상승시키려는 예지적 협력이다. 완전하게 열린 토론을 통하여 우리는 인류와 모든 중생을 위해 새로운 뭔가를 이끌어 낼 수 있다. 종교 간의 공통점을 찾는 작업이나 상대에 대해 보다 깊이 이해하려는 노력에서 새로운 각성과 탁견이 나오며 결국에는 각 종교가 하나 될 수 있는 길이 열린다. 이 일은 수백 년, 나아가서는 수천 년이 걸릴지도 모르나 기독교와 불교가 하나되어 세상에 새로운 비전을 던져 주는 날은 틀림없이 올 것이다.

다람살라에서 개최된 통합 I 의 말미에 나는 하나의 직관을 얻었다. 나는 이 직관을 '통합의 씨앗'이라 명명했다. 이 씨앗은 불교-기독교 간의 대화 및 협력과 밀접한 관련이 있다. 이 '씨앗'은 불교 연기 사상의 모체인 신성(神性)이다. 다람살라 회의에서 성하도 통합의 씨앗으로 참여했고 다른 참가자들도 통합의 씨앗으로 참여했다. 간략하게 설명하자면 신성과 연기의 통합은 하느님의 지혜를 구현하는 것이다.

연기의 모체로서의 신성은 각 종교의 본질을 서로 엮어서 하나로 통합한다. 연기라 함은 모든 중생이 서로 연결되어 있음을 뜻한다. 모든 중생의 상호 의존은 무한 의식의 모체 내에 존재하는데, 이 무한 의식이 곧 신이다. 신성한 모체는 모든 중생의 상호 연결을 정하며 그 내용을 모두 담고 있다. 기독교 신비주의 세계에서 신성이란 서로 더불어 생기는 모든 존재의 연결과 그 연결성을 말한다. 그것은 신의 사랑과 자비에서 나오는 무한 의식이다. 사랑과 자비가 충만한 의식과 지성은 모든 존재를 존재론적인 우주 공동체의 일원으로 연결한다. 이는 대단히 주의 깊게 바라봐야만 이해할 수 있는 통찰이다.

이 밖에도 불교와 기독교의 전통에 나타나는 공통점이 많이 있으며 수도자 간 대화와 불교-기독교 연구 협회의 포럼 및 전 세계적으로 수많은 학문 포럼에서 이들에 대한 토론이 활발하게 이루어지고 있다. 개인 수행자나 작가, 영성 분야의 개척자 등이 불교와 기독교의 공통된 부분들을 사색하며 깨달음과 보편 문화의 새로운 지평을 열어 가고 있다. 그리고 성하는 공통점들, 이를테면 기독교인을 만나 복음서의 의미를 새겨 볼 때 느끼는 공통점들을 향해 열린 마음과 자신만의 통찰로 앞장서서 나아가고 있다. 최고 수준의 종교 간 대화에 참여하고 있는 불교인과 기독교인은 자신의 종교보다 큰 목적을 위해 자신을 헌신하는 종이다. 통합을 가능하게 만들 수 있는 의식이 있기 때문에, 그들은 통합을 자신의 사명으로 받아들여야 한다. 의식이 있는 자에게는 피할 수 없는 책임이 따라온다. 보편책임에 대해 강의할 때 보면 성하는 이런 책임감을 느끼고 있는 것 같다.

티베트와 사원, 그리고 가톨릭 교회

지금까지 여러 해 동안 우리 수사들은 성하 및 티베트인들과 돈독한 유대 관계를 맺고 '도덕적 의무에 따라 티베트인의 투쟁을 지원해야 한다'고 가톨릭 교회를 일깨우려고 노력했으며 지금도 계속하고 있다. 가톨릭 신학과 문화에서는 도덕적으로 정의감을 일깨우는 운동을 '의식 향상 운동'이라고 일컫는다. 우리는 의식 향상 운동에 참여하고 있다. 우리는 이 운동을 기독교회 내에 국한시킬 것이 아니라 다른 모든 종교에게로, 나아가서 전 세계로 확산시켜 나아가야 한다.

성하는 뜨거운 관심과 현실 감각으로 이러한 종교 간 대화에 참여해 왔다. 현재까지 우리는 티베트 문제에 대한 교황청의 관심을 최대로 끌어올리는 데 성공하지 못했다. 1993년 세계 종교의회가 주관한 '불교-기독교 수도자 대화'에서 '수도자 종교 간 대화'는 티베트 결의안을 제출했다. 결의안을 먼저 낭독한 다음 성하에게 제출하는 과정을 밟았다. 성하는 결의안 제출을 대단히 기쁘게 생각했다.

나는 기독교계가 당당히 앞으로 나와 티베트인들을 지지해 줄 날이 오리라고 확신하지만 그렇게 되기까지는 시간이 걸릴 것이다. 그렇다 해도 다른 사람들이 생각하는 것만큼 오래 걸리지는 않을 것이다. 우리는 계속 밀고 나아가야 한다. 즉, 기회가 있을 때마다 티베트 문제를 제기하고 사람들과 대화를 해 나가야 한다. 우리가 굽힐 줄 모르고 정의를 추구해 나아가면 결국에는 풍성한 열매를 맺는 날이 오게 되어 있다. 나는 가톨릭계가 목소리를 낸다면 커다란 힘이 되어 티베트 비극에 대한 인류의 관심을 끌어낼 수 있다고 생각한다.

이 시대에 달라이 라마가 갖는 의미

내게 달라이 라마가 세계에 공헌한 바를 평가하거나 달라이 라마의 역사적 의미에 대해 논평할 자격이 있지 않다고 생각하는 데는 몇 가지 이유가 있다. 성하는 참으로 보기 드문, 독특하고 존귀한 인물이다. 그의 국민이 처한 상황으로 인해 더욱더 그러하다. 그리고 세계 종교 지도자로서의 역할을 탁월하게 수행하고 있다. 성하의 공헌은 다른 역량들로 인해 더욱 빛을 발하고 있으며 새 천년에는 더없이 소중한 존재가 될 것이다.

가장 먼저 떠오르는 성하의 역량은 종교가 있는 사람이든 없는 사람이든 관계없이 모든 사람들과 잘 어울리는 친화력이다. 나는 이를 '영적 휴머니즘'이라 부른다. 성하는 참으로 중요한 것이 무엇인지, 그리고 상대를 어떻게 대해야 하는지를 안다. 『오른손이 하는 일을 오른손도 모르게 하라』에서 성하는 '자연스러운 영성'이란 새로운 윤리의 비전을 제시하면서 우리가 도덕적으로 깨달을 때 인간의 본성 안에 있는 보편적인 성품들—윤리의 토대일 뿐 아니라 종교와 영성의 정수—이 깨어난다고 지적한다. 성하는 종교에 속한 사람이든 아니든 관계없이 일반 사람들에게는 자비와 사랑, 애정, 인정 등의 보편적인 인성에 바탕을 둔 윤리 생활을 가르치며 전 인류를 향해서는 충실한 권고를 하기도 한다.

달라이 라마가 영적으로나 인간적으로나 깊이 있는 인물이라는 면에서, 그리고 티베트인을 위한 정의와 정신의 변형을 부드럽고도 확고하게 요구하는 강력한 현존이라는 면에서 그의 중요성을 찾아볼 수 있다. 성하의 인간적이고 영적인 현존은 겸손하고 편안한 지도력으로 더욱 빛을 발하며 종종 유머와 웃음으로 우리에게 전달된다. 성하의 현존과 가르침의 면모는 법왕으로서의 달라이 라마보다 한 사람의 자연인으로서의 달라이 라마에게서 더 잘 드러난다. 스승으로서 성하의 넓은 가슴은 우리 모두에게 커다란 은혜요 많은 서구인들과 수백만의 티베트인들의 삶에 커다란 반향을 불러일으킨다. 보편 책임에 대한 성하의 깊은 가르침에는 새롭고도 신선한 데가 있으며 지역적인 편견이나 편협한 국수주의를 초월하여 우리 안에 있는 가장 심오하고 진실한 것을 일깨운다. 그리고 우리의 보편적이고 본질적인 인간성에 호소한다. 다른 종교 지도자들처럼 달라이 라마는 지구 환경의 보존을 강력하게 주장한다. 환경 문제에 대해 성하는 다른 어느 지도자보다 많은 기여를 했다.

간단히 말해, 성하는 세상을 멀리 내다볼 줄 아는 사람이다. 여러 해 전 내가 영국에서 처음으로 달라이 라마를 만났을 때를 회상해 본다. 당시 성하는 언제나 내 가슴에 남아 있는 말을 했다. "우리는 사소한 것들에 정신을 빼앗겨서는 안 됩니다. 우리는 정신과 결의를 확고히 하여 저 멀리 지평선을 바라보며 나아가야 합니다." 성하는 우리가 걸어가고 있는 운명을 훤히 내다보고 있다. 바로 여기에 성하의 중요성이 있다.

웨인 티즈데일(Wayne Teasdale)
산야사 전통의 베네딕트회 수사이다. 현재 시카고에 거주하면서 세계종교의회 이사회에서 일하고 있다. 1991년에는 달라이 라마와 함께 '세계 비폭력 선언'의 초안을 마련하고 학문 간 심포지엄인 '통합을 위한 대화' 에서 공동 노력을 했다.

자비의 붓다

니콜러스 리부시

    나는 1972년 말경 네팔 카트만두에 있는 코판 사원에서 티베트 불교를 처음으로 접했다. 당시 나는 툽텐 조파 린포체와 툽텐 예셰 라마를 스승으로 모셨는데, 이분들은 서구에 불법을 알리고 있었으며 지금까지 불법을 서양에 소개하는 일을 계속하고 있다. 나는 불교를 알기가 무섭게 빠져 들었으며 지금까지 불교 공부와 수행을 계속하고 있다.

    예셰 라마와 조파 린포체는 처음부터 달라이 라마 성하에게 무한한 존경과 헌신을 표시했는데, 나와 같이 유물론과 무신론이 판치는 교육 환경에서 자란 냉소적 서구인에게 그들의 태도는 처음에 충격적이었다.

    나는 15개월 후인 1974년 1월 달라이 라마가 주관하는 칼라차크라 입문식에 참석하기 위해 인도의 보드가야에 갔을 때 달라이 라마를 처음으로 만날 수 있었다. 나는 9명의 예비 서양 비구, 비구니와 더불어 비구계를 받을 계획이었다. 입문식에는 10만 명의 티베트인이 운집했으며 우리는 군중의 바다 속에서 길을 잃었다.

관례에 따라 예세 라마는 성하에게 정수리 부분에만 남은 머리카락을 잘라서 수계식의 마지막 부분을 수행해 달라고 정중히 요청했다. 그에 따라서 입문식의 마지막 날, 우리는 성하의 축복을 받고 만달라를 보기 위해 많은 사람들과 함께 길게 줄을 섰다.

우리 차례가 되자 조파 린포체는 가위를 꺼내 들고 성하에게 우리를 소개했다. 성하는 미소를 짓다가 크게 소리 내어 웃으며 외쳤다. "오래가기를 바랍니다!" (내 경우에는 평생 서원을 지키지 못하고 12년 동안 승려 생활을 했다.) 수많은 일들이 앞에서 기다리고 있음에도 성하가 개인적인 관심을 보여 준 따뜻한 대면이 성하의 놀라운 애정과 자비, 사랑, 관심을 맛볼 수 있었던 첫 만남이었다.

이후 몇 년 동안 예세 라마와 조파 린포체가 서구 사회에서의 포교에 대한 충고를 듣고 당시까지의 포교 활동에 대해 보고하려고 성하를 예방한 자리에 끼여 몇 번 더 성하를 볼 수 있었다. 1977년에는 어머니가 인도에 체류 중이던 나를 찾아왔다. 그래서 나는 어머니를 다람살라로 모시고 가서 성하의 교사들인 링 린포체와 티장 린포체, 그리고 성하를 뵙게 했다. 세 분 모두 대단히 친절했는데, 그중에서도 성하는 더욱 친절했다. 성하는 어머니와 45분 동안 개인 면담을 했는데(나도 참석할 수 있었다) 과거와 미래 생활에 대해 묻는 어머니의 물음에 차분하게 답변해 주고 육도윤회(六道輪廻)의 세계에 대해서도 설명해 주었다.

나는 여러 해 동안 성하가 자신을 어떤 사람으로 평가하는지 들을 수 있었다. 성하는 항상 자신을 평범한 승려로 지칭하지만 작가들에게는 티베트의 승왕(僧王)이요 중국인에게는 분리주의자요 대다수의 정치가에겐 티베트의 진짜 수장이며 불법을 공부하는 학생들에겐 위대한 스승이요 귀감이며 일반적인 세계인들에겐 노벨상 수상자이자 위대한 정치가, 평화와 비폭력의 사도, 불교의 대변자이며 우리 미래의 희망이다. 티베트인들에게 성하는 자비불인 관세음보살의 화신이다. 하지만 나는 관세음보살의 화신이라는 말이 무슨 뜻인지 궁금했다.

성하는 1989년 로스앤젤레스에서 개최된 칼라차크라 입문식에서 법문을 할 때 자신은 관세음보살의 화신이 아니라고 말하면서 "관세음보살은 신성이자 보살이며 부처다"라고 했다. 신성으로서 관세음보살은 개별적인 존재가 아니라 모든 붓다들의 자비의 현현이요 모든 깨달은 존재들의 속성이다. 수행자가 관세음보살의 방편으로 깨달음을 얻었다면 우리는 그를 관세음보살이라고 부를 수 있다. 특정 붓다, 이를테면 석가모니 붓다의 자비가 현현한 보살을 우리는 관세음보살이라 부를 수 있다.

뒤종 린포체의 설명에 따르면 역사적으로 티베트 민족은 관세음보살이 고대 남인도 보타락가(補陀落迦) 산에 있던 유명한 거주처에서 티베트로 건너와 원숭이로 변신한 다음, 바위의 나찰녀와 교접하여 낳은 민족이라고 한다. 처음으로 불교를 받아들인 티베트 왕인 송첸 감포(617~650)도 관세음보살의 화신으로 알려져 있다. 티베트 전역을 통치하였으며 최초의 인간 왕이었던 니아티 텐포, 천 년 전 티베트 불교를 부흥시켰으며 카담파를 창시한 아티샤의 제자였던 돔퇸파, 그리고 현재의 14대 달라이 라마 등도 모두 관세음보살의 화신이다.

또한 관세음보살 만트라인 '옴마니 반메훔'은 티베트의 공식 만트라이기도 하다. 티베트인들은 재가자, 출가자 할 것 없이 누구나 이 만트라를 복송한다. 티베트나 히말라야에 가면 바위나 석판에 새겨 놓은 '옴마니 반메훔' 만트라를 여기저기서 볼 수 있다.

관세음보살 수행은 티베트 불교의 중심을 차지하고 있으며 티베트인들은 그들의 승왕 달라이 라마를 관세음보살의 화신으로 믿고 있다.

석가모니 붓다는 모든 중생이 깨달음을 얻기를 바랐다. 깨달음을 얻으려면 중생은 깨달음으로 가는 길을 밟아야 한다. 우리는 스스로 노력을 해야 한다. 깨달은 붓다가 우리의 노력을 대신해 줄 수는 없다. 우리는 대승 불교의 방편을 수행해야 하며, 가능한 한 빨리 깨달음을 얻고 싶다면 대승 불교가 티베트로 들어가 그곳에서 토착화된 금강승(金剛乘)을 수행해야 한다.

성하는 붓다의 가르침 중에서 가장 중요한 것은 자비이며, 붓다의 성품 중에서 가장 좋은 것 역시 자비라고 지적한다. 붓다의 전지 능력도 자비에 달려 있다. 깨달은 사람이 궁극의 지혜를 얻을 수 있는 것은 자비의 힘으로써만 가능하다.

붓다는 어떤 일을 하는가? 붓다의 주된 일은 업에 따라 준비가 된 사람들에게 가르침을 펴서 깨달음으로 인도하는 것이다. 먼저 사람은 어떻게 붓다가 되는가? 사람은 어떻게 깨닫는가?

존경하는 스승 조파 린포체에게서 배운 바에 따르면 깨달음의 동인(動因)은 모든 중생을 위하여 깨달음을 성취하려는 보리심이다. 보리심은 모든 중생을 사랑하는 크나큰 자비심에서 나온다. 크나큰 자비심이 있을 때 우리는 모든 중생의 고통을 자신의 고통처럼 느낄 뿐 아니라 중생의 고통을 해결하기 위해 뭔가를 하고자 한다. 이 자비심은 깨달음이 다가올수록 계속 자라며 깨닫고 나서도 없어지지 않는다. 그렇기 때문에 깨달은 사람은 어떤 식으로든 중생을 도울 수밖에 없는 것이다.

붓다는 스스로 노력하는 중생에게 깨달음으로 가는 길을 보여 줘야 한다. 불법의 길을 보여 주고 그 길을 따르도록 도와주는 것이 붓다의 일이다. 그렇다면 붓다는 어떻게 중생에게 나타나는가?

붓다는 법신(法身)의 세계에만 살 수 없다. 법신의 세계에서만 살면 중생과 소통할 수 있는 길이 없기 때문이다. 깨달은 사람은 응신(應身)으로도 현현할 수 있지만 그런 차원까지 배운 상위의 보살들만 응신으로 현현하는 길을 안다. 그러므로 중생들과 소통할 수 있는 형상으로 현현해야 한다. 그러나 불법 수행에 대한 관심은 둘째 치고 불법 수행의 능력이 있는 중생이 매우 드문 형편이다. 그래서 깨달은 사람은 불법을 가르치려면 인간의 형상으로 내려오지 않으면 안 된다.

인간들 사이로 내려올 때 엄청난 도력을 지닌 모습으로 내려올 수도 있다. 하지만 그렇게 내려오면 사람들의 시선을 끌 수 있을지는 모르나 중생에게 많은 도움이 되지는 않는다. 중생으로 하여금 '나도 깨달을 수 있다'고 자각하게 하여 깨달음의 길을 가고 싶다는 열망을 불러일으키는 것이 중요하다. 그러므로 사람들에게서 깨달음의 열망을 불러일으키기 위해서는 사람들과 소통할 수 있는 형상으로 현현해야 한다. 깨달은 사람이 사람의 형상으로 현현하면 사람들은 '저기 깨달은 사람도 사람이고 나도 사람이다. 그렇다면 나도 저기 깨달은 사람과 같이 될 수 있다'고 생각할 수 있다. 이런 식으로 사람들은 불법에 마음의 문을 연다. 그렇다면 깨달은 사람은 인간의 형상으로 내려와 사람들을 가르쳐야 하는 것이다.

성하를 멀리서라도 지켜보면 성하가 깨달은 의식의 살아 있는 화신임을 쉽게 알아볼 수 있다. 성하는 사랑과 자비의 빛을 발한다. 그래서 모든 사람이 항상 성하 가까이 다가가고 싶어 한다. 성하의 지혜는 누구나 알아볼 수 있다. 성하는 초심자에서부터 식견이 높은 예셰에 이르기까지 다양한 학생들을 가르칠 수 있으며 경지가 높은 토굴 수행자에게도 도움말을 해줄 수 있다. 성하는 티베트의 국토와 국민은 물론 전 세계에 봉사와 헌신을 다하고 있으며 가능한 한 많은 사람들에게 평화와 이성과 깨우침의 가르침을 전달하려고 애쓰고 있다.

매일 성하는 자신의 영역을 넓혀 가고 있지만 모든 노력은 다른 사람들을 위한 일들뿐이다. 성하는 전 세계를 돌아다니며 불법을 가르치고 입문식을 주관하고 각계각층의 방문객을 접견하고 정치인을 만나고 강연과 기자 회견을 하고 이런저런 행사에 모습을 나타내며 각종 회의에 참석한다. 아침부터 저녁까지 다람살라에서, 그리고 해외에서 성하는 빈틈없는 일정을 소화하면서 인류를 위해 봉사한다. 지구에 있는 중생뿐 아니라 우주의 무수한 중생들의 행복과 안녕을 위해 봉사하고 지구의 평화를 위해 봉사하고 티베트 난민과 티베트 내에서 억압받는 티베트인들의 행복과 안녕을 위해, 그리고 티베트의 해방을 위해 봉사한다.

나는 성하를 그렇게 자주 보지 못하고 1년에 몇 번 정도 본다. 매번 성하의 바쁜 모습, 밀려드는 일정, 만나는 사람들에게 쏟는 에너지를 보고 있노라면 오히려 내가 지칠 지경이다.

성하는 일반 사람도 그냥 잊는 법이 없다. 일전에 나는 인디애나에서 성하가 형인 탁체르 린포체가 건축한 스투파를 봉헌하는 행사에 간 일이 있다. 사람들이 도로를 따라 세 줄로 죽 늘어서 있었다. 나는 뒷줄에 서 있었다. 당시 나는 1년 전에 환속했으며 그 후론 성하를 보지 못했다. 성하는 도로 위를 걸으면서 연도에 줄을 지어 서 있는 사람들을 앞뒤로 바라보다가 나를 알아보고는 허리를 내 쪽으로 약간 굽힌 다음 합장을 했다. "이제 스님 생활을 접기라도 한 거요?" 이런 유의 말을 하고는 계속 길을 갔다. 성하가 나를 알아보다니, 내가 누구인지 기억하다니, 만난 지가 벌써 1년도 넘었는데……. 나는 적이

놀랐다. 내가 사복을 입고 있지 않았는데도 성하는 환속한 사실을 알고 있었던 것이다.

그리고 10년 후 성하는 보스턴의 브랜다이스 대학교를 방문했다. 성하는 경호원들에 둘러싸인 채 이 회의 저 회의에 참석하느라 분주했다. 그러다가 한번은 한 무리의 사람들 곁을 지나면서 마주치는 사람들에게 미소를 짓다가 우연히 나를 발견했다. 20미터 정도 떨어진 곳에서 나를 보자마자 몸을 앞으로 굽히고는 "친구 양반!" 하고 부르며 자신 쪽으로 오라는 몸짓을 했다. "친구 양반!" 그렇게 바쁜 와중에도 사람을 알아보고 친절하게 대하는 모습에 나는 깊은 감동을 받았다. 물론 성하는 내게만 친절하게 대하는 게 아니다. 성하는 아는 사람이 참으로 많지만 아는 사람을 볼 때마다 그렇게 자상하게 대한다.

나는 달라이 라마 성하가 자비불이라고 확신한다. 성하만큼 지혜와 능력, 자비를 지닌 사람이 세상에 또 있을까? 하지만 성하가 사람들을 위해 하는 일에 대해 이러쿵저러쿵 떠들며 아는 체하고 싶지는 않다. 맑은 시각과 열린 마음으로 성하를 관찰해 보면 누구나 그 안에서 비범한 존재를 발견할 수 있기 때문이다.

니콜러스 리부시(Nicholas Ribush)

의학박사이다. 1972년 코판 사원에서 불교를 처음 접한 뒤로 예셰 라마와 조파 린포체 밑에서 수학했다. 뉴델리와 보스턴 소재 투시타 마하야나 명상 센터의 창립자이며 보스턴에서는 예셰 라마 지혜 보관소를 설립했다.

달라이 라마의 세계관에 나타난 보편책임

바라티 푸리[10]

권리와 책임의 문제를 놓고 벌이는 흥미롭고 끝이 없는 토론들 중에 달라이 라마의 주장이 이채를 띤다. 인권 및 환경권 분야에서 최고의 조정자로 알려진 달라이 라마는, 인간의 권리는 인간의 존엄성과 자비를 바탕으로 하는 불교 사상에 처음부터 존재했다고 주장하며 모든 인간의 권리와 책임의 상호 관계를 바탕으로 인권을 이론화한다. 그의 논제는 형식적인 성격은 결여되어 있지만 불교적 시각에서 나오는 것으로 권리와 책임 문제에 대해서 규범적인 인식의 틀을 제공한다.

상호성에 대한 불교의 인식은 권리의 이론을 잘 요약해 주고

---

10) 바라티 푸리가 쓴 박사 학위 논문의 제목은 '현대 세계의 참여 불교, 달라이 라마 세계관 연구'이다. 이 글은 그녀가 달라이 라마의 여러 저술들을 최초로 해체하여 분석한 박사 학위 논문에서 발췌한 것이다.

있다. 고전 불교에 인권이 내재한다고 믿는 학자들은 다음과 같이 주장한다.

불법 아래서는 남편과 아내, 왕과 신민(臣民), 교사와 학생 등 모두에게 상호 책임, 즉 권리와 의무가 있다. 우리는 달라이 라마가 인권에 대한 이슈에서 권리보다는 의무를 더 강조하고 있다는 점에 주목하여 그의 신념을 재평가해야 한다. 따라서 불법이 가리키는 개인의 참다운 권리가 완전히 인정되기 전까지는 권리의 현대적 개념이 존재한다고 말하기 어렵다.

서구의 오랜 철학사에 나타나는 개념인 권리가 불교학에서 분명하게 구별되어 언급되지 않았다고 해서 불교가 인권론의 실체를 인정하지 않는 것으로 해석할 수는 없다.

피터 하비는 다음과 같이 설명한다.

인권이라는 단어를 공격적이고 자아 중심적으로 해석하고 권리만을 요구하는 사람들 때문에 불교에서는 인권이라는 단어를 쓰기 싫어한다. 그리고 누구도 빼앗을 수 없는 권리가 참 자아가 아니라 거짓 자아를 존중하는 것은 아닌지 회의한다.

그렇지만 의무는 의무를 의미하므로 불교에서는 '보편 의무'라는 말을 애용하며 '보편 권리'보다는 달라이 라마가 사용하는 '보편책임'이란 용어를 선호한다.

어원적으로 '책임(responsibility)'이라는 단어는 '대응하다 (respond)'라는 동사에서 왔다. 따라서 책임은 어떤 상황에 대응할 수 있는 능력과 관련된 것이며 사회 안에서의 개인, 혹은 하나의 사회로서의 개인이 하는 일을 가리키는 것이다. 이는 『법구경』의 말과 일치하는 것으로, '개인은 다른 모든 사람과 모두 연계되어 있다'는 하나의 세계에 대한 이론적인 깨달음이다. 『법구경』은 다음과 같이 말한다.

세계는 크고 작음에 상관없이 두 개인과의 관계로 이루어진다. 상대가 눈에 들어올 때 세계라는 관념이 생긴다. 그러므로 상대 안에는 상대 자신과 세계 전체가 담겨 있다.

이 존재론적인 가정은 모든 존재는 자기 자신 안에서 하나의 세계로 존재한다는 것을 본질적으로 묘사한다. 개인은 세상 사람들과 연결되어 있지 않다 하더라도 그 관계를 형성하는 근본 원리와 연결되어 있는 것은 분명하다. 현대의 문헌들에서 볼 수 있는 것처럼 이 가정은 대소 조직들의 정책과 프로그램, 상품 등의 영역에서, 그리고 정보화 시대에 나타나는 언어와 상징 조작의 영역에서 개인적 행위와 사회적 행위가 타자에게 끼치는 영향이 적지 않다는 점을 강조한다. 여기서 '타자'는 한 개인일 뿐만 아니라 가족이나 이웃, 직장 부서, 그리고 사회·경제 단체와 종족, 국민과 세계인, 나아가서는 생물학적 종 및 생태계로까지 확대해서 해석할 수 있다.

'전 세계를 하나의 가족으로 여김'—공익의 이상을 주창한 공리주의 철학자들의 관심 주제였을 뿐 아니라 도덕 의지의 격률(格率)을 보편화하려던 칸트의 주장이기도 했던—을 뜻하는 산스크리트어 '바수다이바 쿠툼바캄(vasudhaiva kutum-bakam)'의 개념은 사상사에서 '보편책임'이라는 개념이 넓은 의미의 윤리적 속성으로 이해되었음을 시사한다. 달라이 라마가 주창하는 보편책임의 참된 의미는 경제적 세계관에서 배양된 개인주의에서는 나올 수 없다. 달라이 라마는 보편책임을 통하여 인류의 '보편적 연결성'을 강조하고 '도덕적인 비전'을 제시하고자 한다. 이렇게 인류를 통합하려는 사상 속에서 달라이 라마는 만인과 연결되는 보편적 느낌과 만인을 향한 보편적 책임을 강조한다. 달라이 라마가 사용하는 '보편책임'이라는 용어는 언어적 수사의 한계를 넘어 사회 실천으로 나아가는 모토이자 제도를 형성하는 기본 원리가 되었다. 보편책임의 개념을 정의하면서 그는 다음과 같이 말한다. "참된 자비란 보편적인 것이어야 한다. 참된 자비에는 항상 보편책임의 의식이 뒤따르게 되어 있다. 이기적이거나 은밀한 동기 없이 타인의 행복을 위해 이타적으로 사는 것이 보편책임의 의식을 키우는 길이다." 티베트어로 보편책임에 가장 가까운 말은 치셈(chisem)이다. '치'는 우주를, '셈'은 의식을 뜻하므로 치셈은 우주 의식을 뜻한다. 달라이 라마는 1992년 6월 7일, 브라질의 리우데자네이루에서 뉴엔 환경 개발 회의의 후원 아래 개최된 지구 정상 회담 연설에서 "보편책임이야말로 인류 생존의 열쇠다"라고 역설했다. "보편책임은 세계 평화를 다지는 바탕이며 천연자원을 동등하게 개발하고 미래 세대를 위해 환경을 보전하는 노력이다." 각성의 관점에서 보자면 보편책임을 하나의 개념으로만 파악해서는 안 된다. 보편책임은 모든 사람의 가장 깊은 존재에 본래적으로 잠재되어 있는 의식이다. "보편책임의 원리는 인간의 본성, 우리가 태어날 때 가지고 나온 것이다."

불교의 관점에서 바라보자면 인간의 존엄성은 선한 일을 하려는 인간 본성의 힘, 인간 본성의 무한한 잠재력에서 나온다. 불교 철학에서 우러나온 달라이 라마의 세계관은 '본질적으로 모든 인간은 동일하다'는 것이다. 바로 이런 시각에서 달라이 라마는 '모든 인간 안에는 불성이 있다'고 믿는다. 그는 불교 사상과 세계 인권 선언 사이의 유사점을 파악하려는 논의를 천착하면서 "세계 인권 선언은 인간이 불교의 궁극적 목표를 향해 나아갈 수 있는 토대를 다져 놓았다"고 해석했다. 불교와 세계 인권 선언의 권리론에 대한 여타의 비교 연구들도 유사한 패러다임을 내놓고 있다.

세계 인권 선언에 반대하는 사람들은 세계 인권 선언이 서구 개인주의를 바탕으로 하는 선언이며 제국주의적인 방식으로 서양이 설정한 국제 인권의 기준을 모든 국가에 강요하려는 시도라고 주장한다. 이 주장은 여러 이유로 비판을 받았다. 사무엘 헌팅턴은 왜 문명의 충돌이 세계 평화에 더없이 큰 위협인지, 왜 문명을 바탕으로 한 세계 질서가 전쟁을 막는 최고의 보호막인지 등의 논란을 불러일으킨 문명 충돌론에서 위의 주장을 분석했다.

헌팅턴은 개인주의와 자유주의, 입헌 제도, 인권, 평등, 자유, 법치, 민주주의, 자유 시장, 정교 분리 등의 서구 사상을 분석하면서 그런 서구 사상이 이슬람과 유교 문화, 일본 문화, 힌두이즘, 불교 등의 문화에서는 별다른 공감을 불러일으키지 못한다고 해석했다. "그런 사상을 전파하려는 서구의 노력은 '인권 제국주의'니 '토착 문화의 재확인'이니 하는 반동을 불러일으킬 뿐이다." 그러나 헌팅턴의 주장은 아무런 설득력이 없다는 비판을 받았다. "헌팅턴은 서양 문화, 이슬람 문화, 아시아 문화 등이 각기 단일 문화로 존재하는 것으로 가정한다. 그러나 헌팅턴이 제시한 유교, 일본 문화, 힌두교, 불교 등은 하나의 동일한 '아시아 문화'로 규정하기 힘들다. 왜냐하면 아시아에는 서로 마찰을 빚거나 충돌하는 문화와 종교가 다수 존재하기 때문이다." 아시아의 관점에서 인권을 바라보는 이들은 세계 인권 선언의 기준은 본질적으로 서양이 주창한 것이고 문화적 차이뿐 아니라 경제적 차이로 인해 아시아와 제3세계에서는 통용될 수 없으며, 특히 제3세계의 균등한 경제 발전을 충분히 고려하지 않은 것이라고 주장한다.

달라이 라마는 그런 견해에 반대하면서 "기본 인권은 유럽이나 미국인에게 중요한 만큼 아시아인에게도 중요하다"고 주장한다. 이런 주장은 인간의 필요와 관심사는 어디서나 같기 때문에 인종이나 종교, 성, 정치적 지위에 관계없이 인간은 모두 동일하다는 사실에 입각한 것이다. 달라이 라마는 이런 이유를 바탕으로 인권 존중의 논리적 당위성을 강조할 뿐 아니라 인권의 정의를 대단히 중요하게 생각한다. 또한 모든 인간은 자유와 평등, 존엄성을 원한다는 사실을 빼놓지 않고 강조한다. 그래서 달라이 라마는 세계 인권 선언이 밝힌 자유와 평등과 존엄성을 지지한다. 여기에서 우리는 달라이 라마의 인권 의식이 불교적 사유에서 출발하고 있음을 엿볼 수 있다. 그의 입장은 인류의 통합을 강화하려는 것으로 해석될 수 있는 여지가 있지만 말이다.

이런 달라이 라마의 입장은 세계적으로 인정을 받고 있는 티베트 학자들이 정치 경제를 바라보는 시각으로, 즉 국가의 위신보다는 경제적 이득을 먼저 고려하는 티베트 학자들의 동향을 바탕으로 평가해 볼 수 있다. 달라이 라마는 이런 동향이 상징하는 바를 잘 알고 있다. 아시아 인권 주창자들의 우려에 반대하여 달라이 라마는 인권 보호가 경제 발전의 장애가 될 수 있다는 점을 비판하며 인권은 경제 발전에 의해 얼마든지 보호받을 수도 있다고 주장한다. 끝으로 달라이 라마는 "모든 인간은 평등하다는 보편 원리가 우선되어야 한다"고 결론을 내린다.

달라이 라마는 개인과 국가는 스스로의 힘으로 모든 문제를 풀 수 없기 때문에 이제는 상호 의존할 수밖에 없다고 말한다. 상호 의존의 원리는 개인으로서 져야 될 책임, 상대에게 져야 될 책임, 삶의 터전인 지구에 져야 될 책임에 대한 사람들의 각성을 깨우는 원리다. 이와 같은 달라이 라마의 사유는 모든 붓다들의 기본 가르침이며 존재의 모든 분리를 초월하는 교리—연기, 즉 상호 의존의 불교 사상—에서 영향을 받았다. 연기론의 맥락에서 달라이 라마는 다음과 같이 말한다. "자아 안에 모든 진리가 담겨 있다고 말하는 것은 근본적인 인간의 착각이다." 이 점을 볼 때 불교에서는 자아의 존엄성이나 성장, 진화를 크게 생각하지 않는 것을 알 수 있다. 인간 붓다가 보여 준 것처럼 불교에서 말하는 인간의 존엄성은 인간 본성 안에 있는 씨앗이 꽃피어 나는 데서 찾을 수 있다. 붓다는 인간 완성의 살아 있는 구현이다. 인간의 완성 속에서 심오한 지혜와 자비가 나오며 지혜와 자비 속에서 인간의 존엄성이 나오는 것이다.

불교 형이상학의 이론과 그 실천을 융합하려고 노력하는 달라이 라마는 카르마 이론을 재해석하여 행위의 주체로서 인간의 역할을 주창하였다. 이런 점, 특히 카르마와 인권의 맥락에서 볼 때 달라이 라마의 방식은 간디의 방식과 다르다. 간디는 인간의 삶이 카르마의 법칙에 형성되는 것으로 본 반면, 달라이 라마는 인간이 카르마의 법칙을 넘어설 수 있다고 본다.

카르마의 개념은 불교 사상의 바탕을 형성한다. 불교에서는 자연스럽게 일어나든 돌발적으로 일어나든 고통은 모두 카르마의 결과라고 한다. 그러나 달라이 라마의 관점에서 보면 개인은 카르마에서 자신의 책임을 회피할 수 없다. 달라이 라마는 "불운은 모두 카르마의 결과라고 말하는 것은 나는 인생에서 아무것도 할 수 없다는 말과 같다"고 말한다. 달라이 라마는 카르마의 어원에서 능동적인 힘, 즉 미래의 결과는 자신의 행위에 달려 있다는 능동적인 힘을 발견한다. 또한 카르마를 우리 인생의 진로 전체를 결정하는 독립적인 에너지로 파악한다면 잘못된 생각이라고 지적한다. 그는 "누가 카르마를 만드는가?"라고 묻고는 다음과 같이 자답한다.

우리 자신이다. 우리가 생각하고 말하고 행위하고 바라는 것이 모두 카르마를 만든다. 우리가 하는 것에는 모두 원인과 결과가 있다. 일상생활에서 우리가 먹는 음식, 하는 작업, 휴식하는 일 등 모든 것이 행위다. 이 행위가 바로 카르마다. 그러므로 우리가 피할 수 없는 고통에 직면했을 때마다 두 손을 들면 안된다. 만약 두 손을 들면 미래의 희망을 여는 원인이 생기지 않기 때문이다.

이런 자세는 전통문화의 보존과 경제 발전의 필요성 사이에서 왜 달라이 라마는 중도를 택해야 했는지 그 어려움을 예시한다.

달라이 라마가 그러는 것처럼(그리고 카르마는 미래를 미리 결정하지 않는 것처럼) 모든 인간은 본질적으로 평등하며 경제적인 조건이나 교육, 종교에 상관없이 개개인에게는 인생과 자유, 행복을 누릴 평등한 권리가 있다고 인간과 그 세계를 파악하는 것은, 개개의 인간은 인간 자체로서 평등하다는 불교의 관점을 생각하면 당연한 논리적 추론의 결과라 하겠다. 그러나 권리론의 합리적이고 진실한 힘은 '정확한' 적용에 있다고 하겠다. 므리날 미리는 자신이 밝힌 권리론에서 이 점을 간결하게 분석하여 지적한다. 그리고 불합리한 유명론에서 인권론을 구하고 행위의 주체로서 인간의 자유와 권리 사이에서 균형을 잡으려고 노력한다. "인권이란 이성으로 자유를 행사할 수 있는 인간적인 존재로서의 인간에게 속한 권리를 말한다. 따라서 그런 권리는 인간에게만 있는 것이므로 모든 인간에게 보편적으로 적용되어야 한다."

이런 의미에서 달라이 라마는 인간 개개인은 자유로운 의사 표현이 보장되고 노력하면 성공할 수 있는 사회를 추구할 수 있다고 주장한다. 그러면서도 달라이 라마는 "다른 사람을 희생시키면서 자신의 행복을 추구하면 사회는 혼란과 무정부 상태에 빠질 수 있다. 그러므로 개인의 추구가 전체 공동체의 행복과 조화를 이룰 수 있는 체제가 필요하다"고 역설한다. 균형을 잡으려는 노력이 없으면 그 안에서는 폭력이 자랄 수 있다. 달라이 라마는 보편책임이 균형을 잡아 주는 원리라고 생각한다.

달라이 라마가 주장하는 보편책임은 비폭력을 토대로 한다. 불교는 비폭력 및 평화와 밀접하게 연결되어 있으며 비폭력과 평화는 불교의 가치 체계에서 중요한 역할을 한다. 불교에서는 인간을 고통의 세계에서 사는 중생계의 일원으로 보며, 다른 존재를 해치거나 죽이는 것은 타인의 행복에 대한 기대나 인간적인 나약함을 짓밟는 짓으로 생각한다. 또한 무상(無常)한 현상의 본질을 깨달을 때 인간은 폭력을 행사하지 않는다고 가르친다.

불교에서 말하는 '무상'은 폭력과는 근본적으로 다르다. 무상의 철학은 덧없는 현상—영원한 것은 아무것도 없으므로 폭력을 행사한다 해도 거리낄 게 없다는—을 강조하며 본질적으로 현상의 본성을 토대로 하지만, 폭력은 행위의 주체로서의 인간이 인위적으로 현상의 변화를 유도하는 것이므로 자연스러운 변화의 법을 해치는 것이라는 결론이 나온다. 불교는 "폭력의 무법이 아니라 무상의 유법이 개인과 종, 문화, 지구 전체 등 모든 존재의 생명을 결정한다"고 생각한다. 무상의 불교 법칙은 비폭력을 가르친다. 달라이 라마는 "비폭력은 행동하는 자비다"라고 말한다. 그래서 인류를 향해 자비로운 관심을 갖는 것을 달라이 라마의 사상에서는 보편책임이라고 한다. 보편책임은 한 개인과 가족, 국가뿐 아니라 인류 모두를 위하여 일하는 책임의 발전된 형태로 규정될 수 있다. 개인의 세계에 중점을 두는 불교적 사유는 "개인의 삶은 사회와 밀접하게 연계되어 있다"는 당연한 논리적 귀결을 지적한다. 반복되는 말이 될지 모르겠으나 달라이 라마는 세계화와 상호 의존의 맥락에서 개인과 국민과 국가의 권리와 책임을 재평가하는 노력이 중요하다고 지적한다.

달라이 라마는 상호 의존에 대한 믿음이 있어야만 타인의 권리를 존중하는 것은 물론 타인의 권리를 자신의 권리보다 우선 생각할 수 있다고 믿는다. 그러면서 상호 의존의 진리는 자비의 도움이 있어야만 깊이 깨달을 수 있다고 지적한다. 달라이 라마에게 있어 "자비행은 이상적인 관념이 아니며 자신뿐 아니라 타인을 위하는 최고의 길이다." 참된 자비를 경험하려면 타인의 행복을 위하려는 마음과 더불어 타인을 향한 친근감을 개발해야 한다. 모든 권리론의 기본이 되는 것으로 자유와 평등과 자비에 대한 불교의 믿음을 열거하면서, 달라이 라마는 개인에게 가장 필요하고 중요하다고 생각되는 도덕적 성품은 바로 자비라고 생각한다.

일부 철학자들은 의무를 공적인 영역에만 제한하여 개인의 신성한 영역을 확보하지만, 자비의 권리론에서 가장 중요한 사실은 개인의 영역에서 도덕적인 생활을 가능하게 하는 힘이 자비 속에 있다는 것이다. 달라이 라마가 주창하는 자비의 권리론은 "행복은 자기만 생각하는 데서 오는 게 아니라 모든 중생을 위한 사랑과 자비를 개발하는 데서 온다"고 본다. 모든 중생이 행복과 자비를 발견하는 것이 달라이 라마의 진정한 바람이다. 즉, 모든 중생이 고통에서 자유로워지는 상태를 바라는 것이다. 이러한 정신은 "위대한 이들의 마음은 타인의 이익과 행복을 먼저 생각한다"는 총카파의 말이나 "사람과 사람 사이의 구별이 사라지는" 상태를 설명하는 쇼펜하우어의 말과 진실하게 공명한다. 달라이 라마에게 자비란 타인을 가슴으로 받아들이는 것 또는 그런 동기를 가지고 타인을 위해 일하는 것이다. 그는 자비에 새로운 모습을 부여한다. 자비를 개인으로부터 사회로 확대하며 쇼펜하우어가 언명한 것처럼 개인 간의 차이는 참된 것이 아니라고 지적한다. 쇼펜하우어는 "경험에 비추어 볼 때 나(I)라는 인간과 상대라는 인간의 차이는 절대인 것으로 보인다. 나와 상대를 갈라놓은 차이는 상대의 행복이나 고통과 나는 분리되어 있다는 생각을 낳는다"고 지적함으로써 인간 사이에서 벌어지는 외면상의 차이를 통찰한다. 그리고 "내 안에 있는 참된 존재가 의식 속에서 내게만 알려지는 것처럼 그 존재는 다른 생명체 모두에도 그렇게 존재한다. 모든 참된 가치의 근원인 자비를 통해 밖으로 표현되어 나오는 것은 바로 내 안의 참된 존재인 것이다"라고 간파하는데, 이는 불이론(不二論)의 철학, 아드바이타(advaita)와 공명하는 예지라 할 것이다.

달라이 라마는 이렇게 설파한다.

각기 다른 철학과 문화는 사랑과 자비의 의미를 각기 다르게 해석한다. 그런데 불교는 참된 자비란 '타인도 자신처럼 행복을 원하고 고통을 극복할 수 있는 권리가 있다'는 점을 명확히 받아들이고 인정하는 데서 나온다고 본다. 이런 자비 사상 위에서 우리는 자신의 행복에 대한 관심은 물론 타인의 행복에 대한 관심도 키워 나갈 수 있다. 이런 관심이 곧 자비가 된다.

달라이 라마는 특정 상대나 상황과의 지리적인 원근에 관계 없이 자비심을 가질 수 있다고 믿는다. 이와 같은 통찰은 티베트 불교 철학에서 나온다. 티베트 불교 철학에서는 모든 중생을 자신의 어머니로 바라보는 방편이 일반적인 연민을 우주적인 자비로 확장시키는 길이라고 한다.

권리는 권리인 동시에 의무이며 권리와 의무는 상보적인 관계에 있다는 달라이 라마의 입장을 지지하는 사람들은 작금의 현대 사회를 통합할 수 있는 이론이 존재하지 않으며 마땅한 대안적 사상도 없다고 지적했다. 그래서 일부 학자들은 '문화의 상호 발전'의 필요성을 주장했다. 하나의 사상이 보편적인 타당성을 얻으려면 '그 사상은 인간의 존엄성에 관한 문제에 대해 보편적인 판단 기준이 될 수 있어야 한다'. 위의 학자들은 기존의 관점들을 비판하면서 "세계 인권 사상을 낳은 문화가 세계 문화로 자리 잡을 수 있도록 노력해야 한다"고 주장한다. 어떤 학자들은 "현재의 인권 사상은 서구 사상에 불과하다"고 깎아내리면서도 세계는 그와 다른 인권을 선포하고 실행하는 것을 포기해서는 안 된다고 단언한다. 권리는 인간에게 불가결한 요소이며 권리 보장이 없는 첨단 문명은 대단히 비인간적인 문명이 될 것이다. 그러나 비서양 문화들은 서양의 권리론을 받아들이든 배척하든 자신의 고유한 권리론을 개발하고 발전시킬 수 있어야 한다. 그렇지 않으면 비서양 문화들은 생존 자체가 불가능할 수 있기 때문이다. 비교 문화가 중요한 이유는 바로 여기에 있다. '인간적 다원주의'를 인정하고 실천해야 하며 '문화의 상호 발전'을 위해 벌어지는 상호 비판의 세계에는 중간 지대가 있어야 한다. 파니카르는 "그러한 문화 교류가 일어나면 새로운 신화가 태어날 것이며 나아가서는 보다 인간적인 문명이 태어날 것이다. 그러기 위해서는 먼저 상호 대화가 있어야 한다"고 관측한다. 그런 점에서 달라이 라마는 상호 이해 및 화합을 위해 대화가 절실하다는 점을 누누이 강조해 왔다. 내부 비판에 새로운 관점을 제시하고 인권의 정당성이 지니는 한계를 설정하려는 비교 문화의 비평도 있다. 이 비평은 "인권 영역의 확장, 인간과 실재에 대한 사상의 교류" 두 가지를 동시에 제안한다.

그러나 인권 선언에서 보는 바와 같이 정형화된 형태로 인권의 보편적 타당성을 주장하는 것은 다음과 같은 점을 시사한다는 견해도 있다.

오늘날 세계 대부분의 국민들은 서구 국가들이 봉건 왕국이나 자치 도시, 길드, 지방 사회, 부족 사회 등과 같은 전통 사회에서 합리적이고 계약적으로 조직된 현대 사회로 변모했던 것과 같은 방식으로 변화하고 있다고 믿는다.

이러한 주장은 또한 "다른 물질적·문화적 배경 속에서 출발하여 현대 서구 문명과는 완전히 다른 삶의 양식을 보여 온 전통 사회들의 진화(혹은 종국적인 해체)는 예견할 수 없다"는 점을 시사하기도 한다.

달라이 라마는 이런 다양한 논의에 대한 대책과 비전을 제시하고 모든 사회에 적용될 수 있는 토대가 될 수 있는 이상으로 인류의 존엄성을 보전할 것을 요청하는 방향에서 권리와 책임을 해석한다. 그가 밝히는 권리와 책임의 관계는 '개인은 자신의 사회적 책임에 태만하지 않으며 사회 또한 개인의 인간성을 침범하지 않는다'는 참여 불교의 윤리 속에서 발견할 수 있다.

바라티 푸리(Bharati Puri)

저널리스트이자 학자이다. 뉴델리 소재 개발사회연구소와 '참여 불교 윤리의 해체' 문제를 연구하는 연구원이다. 2001년 뉴델리 소재의 자와할랄 네루 대학교에서 「현대 세계의 참여 불교, 달라이 라마의 세계관 연구」 논문으로 박사 학위를 받았다.

감정 이입과 자비의 근원

다니엘 골먼

 과학에 대한 달라이 라마의 개인적 열정이 어느 정도인지는 알려진 바가 거의 없다. 그는 출가를 하지 않았다면 아마 엔지니어가 되었을 것이라고 털어놓은 바 있다. 청년 시절 라싸의 포탈라 궁전에서 거주할 당시, 시계나 자동차 등이 고장 나면 사람들은 그에게 달려가 수리를 요청하곤 했다. 젊은 시절부터 보여 준 과학에 대한 관심과 열정은 지금도 식을 줄 모른다. 달라이 라마의 관심은 '과학의 진리는 보편책임 등과 같은 근본적인 원리를 받쳐 주는 기둥이다'라는 직관에서 기인하는 듯하다.

 지난 10여 년 동안 나는 성하와 과학자, 학자 들과 일련의 '대화' 연찬회에 참여하는 영광을 누렸다. 우리는 이들 연찬회에서 보편책임의 철학을 뒷받침하기 위하여 과학과 종교의 일치된 견해를 다양하게 이끌어 낼 수 있었다. 연찬회에서는 물리적 실체의 철학적 기초, 신경 생리학과 의식 상태, 고통의 본질 등과 같이 매우 폭넓은 주제를 다루었다. 그러면서도 일련의 주제를 관통하는 사상이 있었으니, 그것은 현상의 상호 연계성, 특히 모든 생명을 하나로 묶는 망상 조직에 관한 것이었다.

나는 논의를 거듭하면서 성하가 보여 준 열린 자세, 탐구에 대한 열정, 날카로운 직관, 높은 과학 수준 등에 커다란 감명을 받았다. 일례로 과학자들이 신경 과학이나 양자 물리학 등의 실험과 결과를 설명하고 성하가 이러저러한 방식이나 가능성 등에 대해서도 연구해 보았는가 물어보면 과학자는 "성하, 그게 바로 저희가 기획하고 있는 다음 실험입니다"라는 대답을 하곤 했다. 이러고 보면 성하도 거의 자연 과학자가 되었다 해도 과언이 아니다.

성하가 진리를 탐구하는 태도는 '착상과 믿음은 탐구와 검증을 거쳐야 하는 가설'이라는 과학자의 태도와 같다. 증거가 충분할 때 진리를 발견할 수 있는 가능성이 커지는 것이다. 성하의 열린 자세는 자신의 종교인 불교에까지 확장된다. 불교의 믿음이라 해도 과학적인 검증을 거쳐 완전한 거짓임이 드러나면 수정을 가해야 한다고 성하는 말한다. 객관적인 진리 탐구를 불교의 생명으로 간주하는 것이다. 어느 과학자는 "불교의 관점에서 보면 설명과 직관은 많으면 많을수록 좋다"고 말하기도 했다.

과학과 영혼의 세계는 상호 보완적이라는 성하의 견해는 하버드 의과대학에서 열린 신경 과학자들과의 대화에서 발표한 성하의 개회사에서 잘 드러난다.

과학은 물질을 개발하는 데 커다란 진보를 이룩했습니다. 그리고 불교는 심오한 철학을 발전시켰으며 지난 수백 년 동안 체계적인 방법론을 수립하여 인간의 정신을 높은 수준으로 끌어올렸습니다. 과학자이든 수행자이든 우리의 본질적인 필요와 기대는 같습니다. 과학자는 주로 물질을 연구하나 인간의 정신이나 의식을 부정하지 못합니다. 수행자는 주로 마음을 닦으나 물질적 필요를 완전히 도외시할 수 없습니다. 바로 이런 이유 때문에 저는 인류의 행복을 증진시키는 데 물질과 정신의 통합이 중요하다고 역설해 왔습니다.

감정 이입의 근원

나는 전공인 심리학을 토대로 하여 과학과 정신의 상보적 관계를 파악하고자 한다. 특히 아이가 타자와의 관계 속에서 어떻게 인간관계와 감정 이입, 자비심을 키우는지 들여다봄으로써 보편책임의 근원을 천착하고자 한다. 신생아의 경우 감정 이입의 느낌은 엄마와 아기의 관계, 접촉, 촉각 등과 관련이 있다. 유아는 사람과의 접촉을 상실하면 제대로 자라지 못한다. 조산아를 치료하려면 하루에 몇 번씩 조산아를 들어서 부드럽게 쓰다듬어 주면 된다. 그렇게 하면 신체와 뇌의 발육이 눈에 띄게 좋아지는데 성하는 접촉의 필요성을 이야기할 때 이런 과학 지식을 자주 인용하곤 한다.

유아와 보육자의 유대는 접촉을 바탕으로 하여 깊어진다. 유아가 미소를 짓거나 웃거나 소리를 내고 보육자가 따뜻한 반응을 보이면 보육자와의 감정적인 유대가 쌓인다. 그리하여 유아는 상대와의 소통이 무의미한 것이 아니라 유의미한 것임을 느끼게 된다.

이런 정신적 유대 관계 속에서 이타심을 상징하는 최초의 징후가 나타난다. 이 시기에 심리학에서 '동정적 아픔'이라고 하는 지각 능력이 나타난다. 걸음마 단계의 유아는 다른 아기가 넘어지는 걸 보고는 마치 자신이 넘어져 다치기라도 한 양 앙앙 운다. 동정적 아픔을 보여 주는 전형적인 사례는 15개월 된 아이가 다쳐서 울자 친구 아이가 자신이 아끼는 곰 인형을 주면서 달래는 모습에서 볼 수 있다. 이렇게 친구 아이를 위하는 작은 행동이 감정 이입의 전조요 자비의 시작이라 할 수 있다.

발달 심리학은 유아가 자신이 다른 사람들과 분리된 존재라는 점을 완전히 깨닫기 전에 동정적 아픔을 느낀다는 사실을 발견했다. 세상에 태어나 몇 개월이 지날 때까지도 유아는 주위에서 일어나는 소란을 자신의 일처럼 반응한다. 1년이 지날 무렵에야 유아는 아픔이 자신에게 일어나는 것이 아니라 다른 사람에게 일어나는 것임을 깨닫기 시작하며 그 아픔을 어떻게 해야 할지 갈피를 잡지 못한다. 예를 들면, 뉴욕 대학교의 마틴 호프먼이 진행한 연구 조사에서 한 살짜리 아기는 우는 친구를 달래기 위해 친구의 엄마는 놔두고 자기 엄마를 우는 친구에게

데리고 갔다. 한 살짜리 아기가 친구의 아픈 모습을 따라 하면서 친구의 느낌을 이해하려고 노력했기 때문에 이런 착각을 하는 것으로 보인다. 예를 들면, 어느 한 살짜리 아기는 친구가 손가락을 다치자 친구가 진짜 아파하는지 보기 위해 자신의 손가락을 친구의 입 속에 넣었다. 그리고 또 다른 아기는 엄마가 우는 모습을 보고는 자신의 눈을 훔치기도 했다.

그런 '운동성 모방'은 감정 이입의 심리학적 의미라고 볼 수 있는데, 감정 이입이라는 말은 1920년대 미국의 심리학자인 티치너가 최초로 사용했다. 감정 이입(empathy)이라는 말은 그리스어 '엠파테이아(empatheia)'에서 왔는데, 영어에 처음 들어올 때 의미가 약간 달라졌다. 엠파테이아는 처음에 미학에서 '다른 사람의 주관적인 경험을 지각하는 능력'을 지칭하는 용어로 쓰였다. 티치너의 이론에 따르면 감정 이입은 타인의 고통을 신체적으로 모방하여 자신도 그런 고통을 느끼는 것에서 유래했다고 한다. 감정 이입이라는 단어를 발견하기 직전에 티치너는 상대의 구체적인 어려움이 아니라 일반적인 어려움을 느끼는 '공감(sympathy)'과 다른 낱말을 찾고 있었다.

걸음마 단계의 유아가 두 살 반쯤 될 무렵이면 운동성 모방은 서서히 사라지는데, 이 시점에 유아는 친구의 고통은 자신의 고통이 아니라는 사실을 깨달으며 친구의 아픔을 자신의 아픔으로 느끼기보다는 친구를 달래 주는 쪽으로 나아간다. 이 부분의 전형적인 사례는 어느 엄마의 다음 일기 속에서 찾아볼 수 있다.

이웃집 아기가 운다. 제니가 우는 아기에게 다가가 쿠키 몇 개를 건넨다. 그러다가 제니는 우는 아기를 따라다니며 훌쩍이기 시작한다. 제니가 우는 아기의 머리를 쓰다듬어 주지만 그 아기는 피한다. 아기가 울음을 그친 후에도 제니는 아기를 걱정하는 눈빛이다. 계속 아기에게 장난감을 주기도 하고 머리와 어깨를 토닥거려 주기도 한다.

이 시점에서 제니와 같은 아기들은 재빠르게 상대를 직시하고 다른 아기들은 상대에 대한 관심을 꺼 버림으로써 상대의 슬픔이나 고통을 자신의 것으로 느끼는 상태에서 벗어나기 시작한다. 미국 국립 정신건강연구소의 마리안 라드케 야로와 캐롤린 잔-왁슬러는 일련의 연구를 진행하여 감정 이입의 차이는 대체적으로 부모가 아이를 교육하는 방법과 많은 관련이 있음을 밝혀냈다. 야로와 잔-왁슬러는 "너 정말 나쁜 애구나"라고 말하기보다는 "네가 쟤를 얼마나 아프게 했는지 봐라"라고 말해 주는 등 교육을 통해 아이가 상대를 얼마나 아프게 만들었는지 깨닫게 할 때 아이는 보다 깊이 감정 이입을 느끼게 된다고 주장한다. 그리고 아이의 감정 이입은 한 사람이 고통스러워하는 모습에 다른 사람들이 어떻게 반응하는가를 보면서 형성된다는 사실도 밝혀냈다. 또한 아이는 자신이 본 것을 모방함으로써 감정 이입의 반응을 발전시켜 나가는데, 특히 고통스러워하는 사람을 도와주며 감정 이입의 반응을 발전시켜 나간다고 한다.

조율이 잘된 아이

사라는 25세에 남자 쌍둥이 마크와 프레드를 낳았다. 사라는 마크가 자신을 많이 닮았고 프레드는 아빠를 닮았다고 생각했다. 그래서 사라는 두 아이를 대하는 방식에 미묘하면서도 확연한 차이를 두고 지켜보고자 했다. 아이들이 3개월이 되자 사라는 프레드와 눈을 맞추었으며 프레드가 눈길을 피하면 프레드의 눈을 다시 들여다보려고 했다. 그러면 프레드는 더욱 강하게 얼굴을 돌려 버렸다. 그러나 엄마가 눈길을 돌리면 프레드가 다시 엄마를 보는 등 숨바꼭질 같은 일이 반복되었으며 그런 와중에 프레드는 종종 울음을 터뜨리곤 했다. 하지만 마크와는 시선을 마주치려는 노력을 하지 않았다. 그래서 마크는 엄마의 시선을 피하고 싶을 때는 언제든 피할 수 있었다.

이 이야기는 아주 작은 사례이지만 시사하는 바가 적지 않다. 1년 후, 프레드는 마크보다 눈에 띄게 두려움이 많고 의존심이 강해졌다. 프레드는 세 살 때 엄마와 그랬던 것처럼 고개를 떨구거나 옆으로 돌려 상대와 눈 마주치는 일을 피함으로써 자신의 두려운 감정을 드러냈다. 그와 반면에 마크는 사람들의 눈을 정면으로 바라보았다. 상대의 시선을 피하고 싶을 때는 미소를 지으며 고개를 살며시 위나 옆으로 돌려 버렸다.

코넬 의과대학의 정신과 의사였던 다니엘 스턴은 여러 쌍의 쌍둥이와 엄마를 면밀하게 관찰했다. 스턴은 부모와 아이 사이에서 반복적으로 일어나는 작은 교류를 집중적으로 연구했다. 스턴은 심리 교육의 가장 기본적인 틀은 유아기에 형성된다고 믿는다. 이 시기에 가장 중요한 점은 아이에게 자신의 감정이 상대에게 받아들여지고 상호 간에 소통이 일어난다는 점을 알려 주는 것이다. 위에서 사례로 언급한 쌍둥이 엄마 사라는 마크와는 '조율'이 자연스럽게 이루어졌고 프레드와는 조율이 일어나지 않았다. 스턴은 부모와 아이 사이에서 무수하게 반복되는 조율과 비조율이 '성인이 가까운 관계에 갖는 기대감'을 형성한다고 본다. 그리고 이런 조율과 비조율은 유아기에 일어난 커다란 사건들보다 인간의 정신에 훨씬 더 많은 영향을 미칠 수 있다고 한다.

조율은 관계의 자연스러운 리듬의 일부로 조용히 일어난다. 스턴은 엄마와 유아가 같이 지내는 모습을 장시간 비디오 촬영하여 조율을 대단히 자세하게 연구했다. 엄마는 조율을 통해, 아기가 느끼는 감각이 엄마에게도 있음을 아기에게 전달한다는 사실을 알아냈다. 예를 들어, 아기가 기뻐서 비명을 지르면 엄마는 아기의 손을 잡고 부드럽게 흔들어 주어 아기의 기쁨을 동조해 주거나 아기의 비명 소리에 맞춰 같이 비명을 질러 준다. 혹은 아기가 딸랑이를 흔들면 엄마가 민첩하게 시미(재즈 춤)를 추어 보인다. 이런 상호 작용 속에서, 아기의 흥분 수준에 맞춰 주는 엄마에게서 아이에게로 긍정의 메시지가 전달된다. 이런 작은 조율이 유아에게 심리적인 유대감을 확인시켜 주는데, 스턴은 '엄마와 아이가 함께 있을 때 엄마가 1분에 한 번씩 보내는 메시지'를 통해 조율이 일어난다고 밝혔다.

조율은 단순한 모방과는 매우 다르다. 스턴은 내게 이렇게 전했다. "당신이 아기를 모방한다면 그건 당신이 아기의 행위를 안 것이지 아기의 느낌을 안 것은 아니지요. 당신이 아기의 느낌을 감지했음을 아기에게 알리려면 아기의 느낌을 당신의 몸으로 표현해 주어야 합니다. 그래야 아기는 당신이 자신의 느낌을 이해했음을 알게 됩니다."

비조율의 대가

스턴은 유아가 반복되는 조율로부터 '다른 사람들은 나의 느낌을 공유할 수 있거나 앞으로 공유할 것이다'라는 느낌을 발전시킨다고 말한다. 이런 느낌은 유아가 자신은 타인과 분리된 존재라는 사실을 깨닫기 시작하는 생후 8개월 전후에 나타나며 일생 동안 친밀한 관계에 의해 형성되어 나간다. 부모와 아이 사이의 조율이 깨지면 깊은 상처로 남는다. 스턴은 엄마가 의도적으로 유아에게 반응을 과민하게 보이거나 소심하게 보이는 실험을 했는데, 이 실험에서 유아는 즉각적으로 당황하거나 놀라는 반응을 보였다.

부모와 아이 사이의 조율이 지속적으로 상실되면 아이는 감정적으로 깊은 상처를 받는다. 부모가 아이의 기쁨이나 슬픔, 엄마에게 안기고 싶은 욕구 등의 특정 감정들에 대해 지속적으로 감정 이입을 보여 주지 않으면 아이는 그런 감정을 표현하거나 나아가서는 느끼는 것조차 피하기 시작한다. 아마 이런 식으로 대부분의 감정들은 친밀한 관계 속에서 사라져 갈 것이다. 특히 어린 시절 내내 의식적이든 무의식적이든 그런 느낌들이 계속 거부당하게 되면 말이다.

그와 같은 식으로 유아는 엄마의 분위기를 보고 부정적인 감정들을 표출하기도 한다. 유아는 엄마의 기분을 상당히 잘 알아차린다. 일례로 엄마가 우울한 3개월짜리 아기는 엄마가 우울하지 않은 유아에 비해 분노와 슬픔의 감정을 자주 표현하고 호기심이나 관심은 보이지 않으면서 엄마의 우울한 기분을 그대로 느끼는 모습을 보인다.

스턴은 한 엄마로 하여금 아기의 행위에 지속적으로 시큰둥한 반응을 보이도록 실험을 했다. 그랬더니 아기는 결국 수동적인 모습으로 변해 버렸다. "그런 식으로 취급을 받은 유아는 '내가 기뻐해도 엄마가 나처럼 기뻐하지 않는다면 기뻐하려고 할 필요가 없다'고 생각하게 된다"고 스턴은 밝힌다. 그렇지만 관계를 회복할 수 있는 희망이 없는 건 아니다. "일생 동안 관계—친구나 친척과의 관계든 심리 요법 상의 관계든—는 끊임없이 실용 모형을 재형성해 간다. 어느 부분에서 균형을 상실한 관계는 후에 그 부분의 균형을 회복할 수 있다. 관계의 균형 상실 및 회복은 일생 동안 지속된다."

몇몇의 정신 분석 이론은 심리 치료 상의 관계를 감정의 개선이나 조율의 복구를 처방하는 관계로 본다. 일부 정신 분석가들은 엄마가 아기와 조율하는 것처럼 심리 요법가가 환자로 하여금 본래의 내면 상태를 자각하게 하는 방법을 '미러링(mirroring)'이라고 한다. 감정의 공시 상태는 환자가 '상대가 나를 깊이 인정하고 이해한다'는 느낌을 받아도 언어로 표현되지 않고 의식으로 인지되지도 않는다.

어린 시절의 조율 상실로 인하여 일생 동안 치러야 할 심리적인 대가는 거대하며 이는 아이에게만 국한된 것이 아니다. 잔악무도한 범죄를 저지른 범죄자들을 연구한 결과, 여타의 범죄자들과 구별되는 두드러진 특성은 그들이 어린 시절 여러 고아원을 전전하며 관심을 받지 못하고 양육자와 조율 관계를 형성할 수 있는 기회를 상실했다는 것이다.

부모와 조율 관계를 형성하지 못한 아이가 어른이 되면 정신병자가 될 수도 있고 감정 이입이나 자비, 양심의 가책 등을 전혀 느끼지 못할 수도 있다. 브리티시 컬럼비아 대학교의 로버트 헤어는 범죄를 저지른 정신병질자가 보이는 무감각은 부분적으로 "일반인이라면 고통을 호소하는 전기 충격에도 아무런 두려움의 징후를 보이지 않는" 심리적 패턴에서 기인한다고 밝혔다. 예상된 고통이 심리적 두려움을 야기하지 않기 때문에 정신병질자는 자신이 저지른 범죄 행위에 대한 처벌을 두려워하지 않는다는 것이다. 그런 식으로 두려움을 느끼지 않기 때문에 피해자가 당할 불안과 고통에 대해 감정 이입을 하지도 못하고 자비심을 느끼지도 못한다는 것이다.

불행하게도, 그리고 전형적으로 감정 이입은 잔악한 범죄를 저지른 사람들에게서는 찾아볼 수 없다. 범죄자들이 피해자에게 고통을 가하는 요인 중 하나인 감정 이입의 결핍은 계속 잔인한 행위를 하게 만드는 감정 사이클의 일부분이다. 폭력 범죄자를 치료하는 프로그램에서는 피해자의 입장을 생각하지 못하는 감정 이입의 결핍을 중요하게 다룬다. 대단히 유망한 치료 프로그램 중의 하나에서는 범죄자가 참혹한 범죄 내용을 자신이 당한 것처럼 읽고 피해자의 입장에서 말한다. 또한 피해자가 피해 내용을 고통스럽게 기술하는 모습을 비디오로 시청한다. 피해자의 경험이 어떠했을지 생각하며 가해 내용을 피해자의 관점에서 서술한다. 그리고 심리 요법 모임에서 자신이 기술한 내용을 읽고 참가자들이 폭행에 대해 물으면 피해자의 입장에서 대답한다.

마지막으로 가해자는 범죄를 재구성한 시뮬레이션에서 피해자가 되어 범죄를 경험한다. 이런 과정을 통해 얻은 감정 이입은 가해자가 자신이 저지른 범죄에 대해 책임을 지고 새롭게 변화하려는 원동력이 된다. 이리하여 냉혹하게 굳어진 가슴에서도 감정 이입이 싹트며 이 감정 이입에서 자비심이 일어날 가능성이 생긴다.

감정 이입의 신경학

신경학에서 종종 발생하듯이, 뇌와 감정 이입의 상관 관계를 연구한 결과들 중에서 기이한 사례들이 보고되었다. 예를 들어, 1975년 보고서는 전두엽의 우측 부위가 손상된 환자들은 사람들의 말을 이해하는 데는 아무런 지장이 없으나 어조로 전달되는 심리적 메시지를 이해하지 못하는 사례들을 보고했다. 빈정거리는 말투의 '감사합니다'와 정말로 고마워하는 '감사합니다', 분노의 감정을 담은 '감사합니다'를 전혀 구별하지 못하는 것이었다. 이와 대비되는 연구로, 1979년 보고서는 우반구의 몇몇 부위들—감정적 지각에서 서로 많은 차이를 보이는—이 손상된 환자들에 대해 보고했다. 이 환자들은 어조나 몸짓으로 자신의 미세한 감정을 표현하지 못하는 사람들이었다. 자신이 느끼는 바를 소상하게 알고 있으나 이를 상대에게 전달하지 못하는 것이었다. 이 분야의 여러 전문가들은 대뇌 피질이 뇌의 감정 센터인 대뇌 변연계와 밀접한 관계가 있음을 지적했다.

캘리포니아 공과대학에서 감정 이입을 생물학적인 관점에서 연구하는 정신과 의사 레슬리 브러더스는 어느 논문의 배경 설명에서 위의 연구들을 비평하였다. 브러더스는 신경학의 연구 결과 및 동물과의 비교 연구를 개관하면서 편도체와 시각 피질과의 관계를 논한다. 편도체는 대뇌 변연계에서 감정의 기억을 저장하는 부위요 시각 피질은 감정 이입의 기초가 되는 대뇌 회로의 부분이다.

이 분야와 관련된 신경학은 동물, 그중에서도 특히 영장류를 대상으로 연구한다. 영장류가 감정 이입—브러더스는 '감정의 소통'이라는 표현을 선호한다—을 나타내는 것은 사람들이 전하는 예화에서 나타날 뿐 아니라 다음과 같은 연구 실험에서도 명확히 드러난다. 먼저 붉은털원숭이들에게 어떤 소리를 들려주면서 동시에 약한 전기 충격을 주어 그 소리를 두려워하도록 훈련시킨다. 그리고 나서 그 소리를 들을 때마다 전기 충격을 피하려면 레버를 밀어야 한다는 사실을 터득하게 한다. 다음으로 이들 원숭이 중 몇 쌍을 각기 다른 우리에 넣고 폐쇄 회로 TV로 상대 원숭이의 얼굴을 보면서 서로 소통할 수 있게 한다. 첫째 원숭이가 훈련된 소리를 듣자 두려움으로 질린 표정을 한다. 그 순간 둘째 원숭이는 첫째 원숭이의 얼굴에 나타난 두려움을 읽고 전기 충격을 예방하기 위해 레버를 민다. 이런 행위는 이타심의 발로까지는 아닐지 몰라도 감정 이입의 행위로 해석할 수 있다.

붉은털원숭이가 동료의 얼굴에 나타난 감정을 읽을 수 있다는 사실을 밝혀낸 과학자들은 길고 끝이 뾰족한 전극을 원숭이의 뇌에 삽입하는 실험을 했다. 이 전극은 단일 뉴런의 움직임을 기록하는 기능을 했다. 시각 피질과 편도체에 삽입된 전극은 한 원숭이가 다른 원숭이의 얼굴을 보았을 때 들어온 정보는 시각 피질의 뉴런으로, 다음에는 편도체의 뉴런으로 전달되는 것을 보여 주었다. 이 경로는 감정을 일깨우는 가장 보편적인 정보 전달의 순서다. 이런 연구 결과들 중에서 놀라운 것은 입을 벌리고 위협적인 표정을 짓거나, 아니면 험악한 표정을 짓거나 굽실거리는 자세를 보이는 등 특정 표정이나 몸짓 등에만 반응하여 정보를 전달하는 것으로 보이는 시각 피질의 뉴런을 확인하였다는 점이다. 이들 뉴런은 친숙한 표정을 알아보는 시각 피질의 다른 뉴런과 구별된다. 이런 사실에서 애초에 뇌의 각 부분은 특정 감정 표현에 반응을 하도록 설계된 것임을 알 수 있다. 즉, 감정 이입도 생물학적으로 반응하는 것임을 유추해 낼 수 있다는 것이다.

부부 간의 논쟁이 가열되면 상대의 감정이 어떻게 바뀌는지를 연구하기 위해 기혼 부부들을 관찰한 캘리포니아 대학교의 로버트 레벤슨은 감정 이입의 심리적 토대가 되는 방법론을 제시했다. 그가 제시한 방법론은 간단하다. 부부가 아이 교육이나 가계 지출 등의 예민한 문제들을 토론하는 동안 부부의 모습을 촬영하고 둘의 심리적 반응을 측정한다. 그리고 부부는 비디오를 통해 당시의 내용을 다시 검토하고 어떻게 느꼈는지를 서술한다. 그러고 나서 부부는 다시 비디오의 내용을 재검토하고 상대의 느낌을 음미한다.

여기서 가장 확실한 감정 이입은 남편이 비디오에 나오는 아내의 생리 현상을 시청하면서 공명할 때 일어난다. 비디오에서 열띤 반응을 보이는 아내의 모습을 보면서 남편도 열띤 반응을 보인다. 아내의 심박수가 떨어지면 남편의 심박수도 떨어진다. 간단히 말해 남편의 신체가 순간순간 아내의 미묘한 신체 반응을 따라 하는 것이다. 부부가 함께 비디오를 보면서 상대의 생리 현상에 반응을 보이지 않고 자신의 생리 현상만을 그대로 되풀이한다면 상대의 느낌을 감지하는 데 매우 둔한 사람들이라고 봐도 무방하다. 이렇게 볼 때 감정 이입은 남편과 아내의 생리 현상이 공명할 때 일어나는 것이다.

이는 감정의 뇌가 신체로 하여금 강렬한 부정적 반응을 하도록 지시하면, 즉 분노를 폭발하거나 하면 감정 이입은 거의 혹은 전혀 일어나지 않을 수 있음을 시사한다. 타인에게서 오는 느낌의 미세한 신호를 받아서 감정의 뇌가 모사할 수 있도록 우리에게는 차분한 마음과 민감한 감성이 필요하다. 자신의 걱정이나 근심, 생각, 일상의 사소한 일들에 빠져 있지 않으면 타인의 필요와 느낌을 보다 민감하게 지각할 수 있다는 것이다. 그런 민감한 지각 속에서 보편책임의 에너지가 나온다.

감정 이입과 윤리, 이타심의 근원

누구나 다 아는 영시 구절, "누구를 위하여 종이 울리나 묻지 마라. 종은 바로 그대를 위해 울린다"는 보편책임의 원리를 표현한 시구이다.

위 시구를 노래한 존 던은 인간의 가슴에 '타인의 고통은 바로 나의 고통이다'라고 호소한다. 타인과 같이 느끼는 것은 곧 타인을 배려하는 것이다. 이런 의미에서 감정 이입의 반대말은 반감이다. 우리는 도덕적 판단을 내려야 할 때마다 감정 이입의 자세를 떠올린다. 도덕적 판단이 타인에게 피해를 주게 될 때는 어떻게 한단 말인가? 친구에게 상처를 주지 않기 위해 거짓말을 해야 하는가? 문병 약속을 지켜야 하는가, 아니면 디너 파티의 마지막 초대에 응해야 하는가? 생명 유지 장치로 겨우 연명하는 환자의 경우, 언제까지 그렇게 생명을 유지하게 할 것인가?

감정 이입을 전문적으로 연구한 마틴 호프먼은 위의 도덕적인 문제들을 제기한다. 호프먼은 감정 이입을 할 때 피해를 당할지도 모르는 사람의 아픔과 위험, 손실 등의 감정과 공명하고 고통을 함께 나누기 때문에 감정 이입은 도덕의 원천이 될수 있다고 주장한다. 개인적인 만남에서 나타나는 감정 이입과 이타심의 직접적인 관계를 넘어서 상대의 입장이 되어 보는 감정 이입을 할 때 우리는 도덕을 자연스럽게 따를 수 있게 된다고 호프먼은 말한다.

호프먼은 감정 이입은 유아기부터 계속 자연스럽게 발전하는 것으로 본다. 우리는 앞에서 한 살짜리 유아는 다른 친구가 넘어져서 울면 자신도 친구의 아픔을 느끼는 것을 보았다. 이 아기의 공명은 대단히 강하고 즉각적이었기 때문에 마치 자신이 다치기라도 한 것처럼 자신의 엄지손가락을 다친 아기의 입속에 넣고 다친 아기를 자신의 엄마 품속에 안기도록 했다. 생후 1년이 지나면 유아는 자신이 타자와 분리된 존재이며 우는 아기에게 자신의 곰 인형을 주어서 적극적으로 우는 아이를 달래려고 한다. 두 살이 되면 아이는 타자의 느낌과 자신의 느낌이 다르다는 사실을 깨닫기 시작하여 타자의 느낌을 전해 주는 신호에 민감하게 반응한다. 이 시점에서 지나친 관심을 보이면 상대 아기의 자존심이 상하며 친구가 울면 그냥 내버려 두는 것이 좋다는 사실을 깨닫기도 한다.

학동기의 아이는 눈앞에 보이는 상대의 아픔을 이해하는 것은 물론 나아가서 사회적 신분이나 상황이 사람들의 만성적인 아픔의 근원이 될 수도 있다는 사실을 이해하는 등 높은 차원의 감정 이입을 보인다. 또한 빈곤층과 소외 계층 등의 어려운 상황을 이해할 수 있게 된다. 이런 인식은 사춘기가 되면 사회에서 불의와 불운을 몰아내려는 도덕적 신념 등으로 발전한다.

감정 이입은 다양한 도덕적인 판단과 실천이 이루어지는 토대라 할 수 있다. 그중 하나는 존 스튜어트 밀이 말한 감정 이입의 분노인데 이는 "다른 사람들에게 상처를 줌으로써 우리에게 상처를 주는 사람들을 향해 식자층 등의 마음에 솟아나는 자연스러운 복수심"이며 존 스튜어트 밀은 이런 식자층을 "정의의 수호자"로 명명했다. 감정 이입이 실천으로 이어지는 다른 사례는 방관자가 피해자의 현장에 끼어드는 데서 볼 수 있다. 연구 결과에 따르면 피해자를 향한 방관자의 감정 이입이 높아질수록 피해 현장에 끼어드는 가능성이 많아진다고 한다.

사람들이 느끼는 감정 이입의 수준에 따라 도덕적 판단이 달라진다는 연구 결과도 있다. 일례로 독일과 미국의 연구 결과에 따르면 사람들의 감정 이입 수준이 높아지면 사회 분배는 사회구성원 각자가 필요로 하는 만큼 이루어져야 한다고 생각하며, 감정 이입의 수준이 낮아지면 각자가 노력한 만큼 보수를 받아야 한다고 생각한다. 이렇게 볼 때 감정 이입은 어려운 사람들을 위해 책임을 다하려는 이타심의 근원이라고 할 수 있다.

맺음말

달라이 라마는 고전 시대에서 현대 사회에 이르기까지 유구한 전통을 이어 왔으며 불교의 지혜를 바탕으로 성립한 위대한 티베트 문화를 대표하는 인물이다. 그러나 티베트의 전통문화가 망명 생활 속에서 살아남아야 한다는 엄연한 현실은 우리시대의 황량한 모습을 여실히 보여 준다. 티베트는 현대 세계가 보존해야 할 일종의 타임 캡슐로서, 삶의 중심이 종교에 모아지고 존재의 예술이라 할 수 있는 내면의 과학이 최고조에 발달했던 시대의 메시지를 오늘날의 세계에 던진다. 인류와 세계가 위기 속에서 표류하는 요즈음, 인류 생존의 문제에 대처하기 위하여 티베트의 지혜를 배워야 할 필요성이 그 어느 때보다 절실히 요구되고 있다.

현대의 과학과 기술은 대부분의 자연환경을 지배했지만 지혜가 없는 기술은 인류를 위험 속으로 몰아갈 뿐이다. 그러므로 우리는 현대의 기술과 고대의 지혜를 조화시킬 필요가 있다. 달라이 라마 성하는 종종 모든 존재는 상호 연결되어 있으므로 우리 모두에게 보편책임이 있다고 역설한다. 성하의 말은 곧 우리 모두는 하나로 연결되어 있다는 뜻일 것이다. 또한 성하는 이 시대가 가공할 위기의 시대이기 때문에 이 시대, 이 지구에서 사는 것은 더없는 영광이 될 수도 있다고 말한다. 우리 자신뿐 아니라 미래 세대를 위하여 이 지구를 보살피고 도전에 직면하여 위기를 헤쳐 나가야 하는 이들은 바로 우리이기 때문이다.

다니엘 골먼(Daniel Goleman)

세계적인 베스트셀러를 저술한 심리학자이자 저널리스트이며 '감성 지능 서비스'의 경영자이다. 하버드 대학 객원교수를 역임했으며 러트커스 대학원에서 '노동 현장에서의 사회적 감성적 학습에 관한 컨소시엄'을 맡고 있다. 『타임』지에 기고한 글로 두 번에 걸쳐 퓰리처 상 후보에 올랐으며 미국 심리학회가 수여하는 공로상을 받았다. 『감성 지능』과 『감성 지능으로 일하기』 등을 비롯한 다수의 책을 저술했으며 국내에서는 『감성의 리더십』 등이 출간되었다.

기독교적 사유를 통해 본 보편책임

R. 파니카

달라이 라마는 보편책임의 원리에 대해 명상하라고 모든 사람들에게 요구해 왔다. 사실 모든 전통문화의 성자들이 보편책임의 원리를 가르쳤고 몸소 실천했다. 중국의 속담에 따르면 성자란 모든 사람들에게 편재하는 영혼의 소유자를 가리킨다. 인도 전통에서는 그런 사람을 마하트마라고 부르며 서양의 전통에서는 도량이 넓은 성인을 뜻하는 마그나니미타스라고 불렀다. 이들은 한 개인의 좁은 세계를 넘어서 인류 전체를 생각하는 위대한 영혼을 말한다.

인류에게 보편책임의 원리를 외치는 달라이 라마의 사상은 더없이 중요하지만 그의 사상은 하나의 주제만을 전문적으로 연구하라는 보통 사람들의 생각과 상충한다. 존재론적으로 달라이 라마의 사상은 우리에게 보편 세계의 인식을 요구함으로써 인간 책임의 외연을 확장했다. 보편책임을 연구하는 사상 대부분은 인간이 인식하지 못하는 영역은 인간에게 책임이 없다고 주장한다. 즉, 우리가 특정 상황을 인식할 수 있고 그 상황에 대처할 수 있는 능력이 있을 때라야 그 상황에 책임이 있다는 것이다. 그런 연유로 보편책임의 사상은 윤리학의 분야에만 국한되었다.

달라이 라마의 사상은 이 분야의 지평을 넓혔다. 그는 인간의 의식을 육안으로 보이는 세계에만 국한할 것이 아니라 이성으로 파악할 수 있는 세계, 인공 위성과 대중 매체의 수단으로 관찰할 수 있는 세계로 확장해야 한다고 생각한다. 우리의 의식과 책임은 제3의 눈과 신앙, 직관의 영역으로 확장되어야 한다는 것이다. 이렇게 함으로써 달라이 라마는 우리의 책임을 현대인의 관심 밖에 있던 영역으로까지 확장한다. 많은 사람들은 개인의 영역 밖을 보지 않기 때문에 개인사에만 매달리고 있는 실정인 상황에서 말이다.

라너가 편찬한 『신학사전』에서 몰린스키는 "타인이 제기한 의문을 자각하고 이 문제에 답할 수 있을 때라야 우리는 책임을 의식하게 된다"고 지적했다. 달라이 라마는 우리에게 의문을 제기해 보라고 촉구한다. 물론 보편책임의 부름에 달라이 라마는 혼자가 아니다. 다른 모든 종교들이 참여하고 있는 것이다.

불교의 우주론을 바탕에 깔고 있는 티베트 불교의 수장인 달라이 라마는 인간의 책임을 모든 중생의 영역으로까지 확장한다. 작금 생태계의 문제가 증가하는 가운데, 성하는 현대 세계의 일원으로 책임의 영역을 지구 생태계 전반과 나아가서 태양계로까지 확대해야 한다고 지적한다. 인간의 책임이 축소된 것은 개인의 이익만을 추구하는 개인주의 성향 때문이라는 것이다.

권력 계층 및 타성에 젖어 사는 사람들은 달라이 라마와 같은 주장을 듣기 싫어하지만 그와 같은 지적에 세계 지식인과 종교인들은 한목소리를 내고 있다. 인류는 자신의 운명을 스스로 책임져야 한다. 작금 인류사는 인류 전체의 변혁이냐 아니면 인류 전체의 자멸이냐라는 딜레마에 직면해 있다. 인류의 자멸에도 불구하고 살아남는 사람이 있다면 그들은 적자생존의 적자가 아니라 가장 파렴치한 사람들일 것이다. 설사 살아남았다 해도 그들은 서로를 죽이지 못해 안달할 것이다. 그리고 인간의 의식은 역사가 존재하지 않는 다른 세계로 윤회를 할지도 모르겠다. 그런 희망이 남아 있을지 모르나 인류는 완전히 파멸할 것이다. 이런 중차대한 문제의 해결을 위해 우리는 기독교적 사유를 고찰해 볼 필요가 있다. 이는 다른 종교의 독자들에게도 유익할 것으로 본다. 나는 보편책임론을 놓고 힌두교나 불교적 비평을 할 수도 있다. 보편책임론은 다양한 시각으로 비교 연구할 만한 주제다. 하지만 다른 문화의 유사한 문제들을 도외시한 채, 책임이라는 개념에만 모든 논의를 집중하지 않도록 주의할 필요가 있다. 이를테면 불교의 연기 사상—서로 의지하여 일어난다는 상호 의존론—은 상황에 대처하는 능력(책임)보다는 공동의 연대감을 강조하는 측면이 강하다. 세계의 문제를 바라보는 데는 다양한 시각이 필요하다. 다양한 시각을 용인하는 자세가 문제 해결의 건강한 접근법이라고 생각한다.

성하는 기독교의 원형을 거의 망각―현대 기독교는 이 망각을 복원하기 위해 많은 기여를 했다―한 일반 기독교인들과 많은 활동을 했다. 이런 이유 때문에 나는 현대인들을 위해 다소 어렵게 느껴지는 기존의 기독교 사유를 쉬운 표현으로 해석하여 참다운 기독교의 원형을 드러내고자 한다.

사유는 하늘에 떠 있는 수많은 별들을 모아서 하나의 성좌로 엮어 내는 노력을 말한다. 여기에서 나는 복음서에서 샤르댕에 이르기까지, 그리스와 동방과 라틴 사제와 중세, 르네상스, 현대 기독교 사상가들을 인용하여 보편책임에 관한 기독교 사상을 실체적으로 접근하고자 한다. 그러면서 망원경으로 거대한 별들을 응시하기보다는 육안으로 기독교 사유를 들여다보고자 한다.

보편책임의 사상은 인간의 자유, 만물의 보편적 연계성, 사물이나 사건이 인간과 대응하는 능력 등 크게 세 가지로 그 본질적 측면을 나누어 볼 수 있다.

인간의 자유

인간이 신이나 사회 혹은 거대 조직에 의해 조종당하는 로봇이나 꼭두각시라면 인간에게는 아무런 책임이 없다. 나를 책임 있는 존재로 만드는 부름에 대응할 수 있는 능력이 있을 때라야 내게 책임이 뒤따른다. 즉 인간의 자유야말로 책임의 핵심적 요소인 것이다.

보편적 연계성

인간의 행위 밖에 있는 것, 인간 존재의 영역 밖에 있는 것에 대해서 인간의 책임은 없다. 책임이라는 개념 속에는 불교에서 말하는 카르마나 존재의 일체성, 불신(佛身), 연기론 등의 보편적 연계성이 내재되어 있는 것이다.

대화론적 우주론

통상 인간에게 책임이 있다고 추정되는 대상이 인간의 간섭에도 아무런 영향을 받지 않고 숙명론의 지배를 받는 기계와 같은 것이라면 인간에게는 아무런 책임이 없다. 어떤 식으로든 내가 영향을 줄 수 없는 대상이라면 나는 그 대상에 아무런 책임이 없는 것이다. 즉, 내가 대상에 대응을 하면 그 대상이 변화하는 것이라야 내게 책임이 따라오는 것이다. 이를테면 뉴턴의 우주관 속에서 인간은 일식에 아무런 책임이 없다. 일식의 현상조차 인간과 어떤 식으로 관련이 있다고 해석하는 점성술의 시각은 완전히 다르다. 기계론적인 우주관으로 보면 책임이라는 개념은 무의미해진다.

*

대화론적 우주론이 '현대 과학의 우주론'이라는 뜨거운 이슈와 관련이 있기 때문에 이 부분에 대해서도 언급하겠지만, 주로 두 번째 측면인 보편적 연계성에 국한해서 본 논의를 진행하고자 한다.

대부분의 종교는 세계가 창조된 것이든 그렇지 않은 것이든 세계의 통합을 강조해 왔다. 기독교를 비롯한 여러 종교들은 창조의 단일성에 대한 논의를 피한 채 인류의 통합 문제를 파고들었다. 하지만 불행하게도 어디까지를 인류로 보느냐에 대해 일부 종교들은 편협한 시각을 드러냈었다. 일부 종교들은 '인류'를 자신의 종교에 속한 사람들로 제한해 온 것이다. 이교도들을 완전히 망각하지 않았다 해도 인류의 통합을 외치는 교리에서 이교도를 의도적으로 제외시킨 것은 분명한 사실이다.

애초부터 기독교의 역사는 선민 사상과 보편 사상으로 갈라졌다. 유태인의 선민 사상은 보편성에 대해 이야기하지 않는다. 그리스의 보편 사상은 선택받은 사람만의 특권을 말하지 않는다. 양쪽의 긴장 관계는 현대에도 풀리지 않는 숙제로 남아 있다. 2천 년이 지난 오늘날에는 선민성을 인정하면서 보편성을 재해석하는 경향으로 기울어졌다. 한 가지 예로 가톨릭교는 현대의 지리적 보편주의나 자신만이 진리를 안다는 배타주의로 인식되는 게 아니라 전 세계를 아우르는 보편성에 가까운 것으로 인식되고 있다. 사실 '가톨릭'이라는 말은 성 아우구스티누스 시대 전후까지 그런 의미를 내포하고 있었다.

*

"제가 아우를 지키는 사람입니까?" 성경에 나타난 최초의 인간은 이렇게 물었다(아담과 이브는 분명 평범한 인간은 아니었다). "그렇다!" 대답은 빠르고 명확했다. 이런 보편책임으로부터 달아나기 위해 인류는 '형제'의 개념이 확장되는 것을 막고자 부단히 노력했다. 그래서 형제는 가까운 이웃으로만 제한했다. 율법 교사에 나자렛 출신의 랍비(예수)에게 "누가 제 이웃입니까?"라고 묻자 랍비는 과감하게 "이방인과 이교도가 그대의 이웃"이라고 대답했다. 우리의 책임은 모든 사람을 향해 있다. 예수는 '구원'을 짓밟힌 백성의 행복을 위해 적극적으로 책임을 지는 것, 헐벗고 굶주리고 고통 받는 이들과 함께하는 것이라고 규정한다.

보다 근본적인 시각에서 이 문제를 다시 살펴보기로 하자. 생면부지의 친구가 머나먼 섬에서 전혀 알 수 없는 이유로 저지른 살인에 대해 나는 과연 무슨 책임을 져야 하는가? 여기서 '친구'라는 말은 전혀 어울리지 않는다. 생면부지의 사람을 친구라 말하면 나와 그 사람 사이에 어떤 관계가 있는 것처럼 비춰지기 때문이다. 전혀 듣지도 보지도 못한 사람이 나의 친구가 될 수 있는가? 친구의 관계는 가족이나 사회, 계급, 국가, 종교, 문화 속에서만 존재하는 것인가? 알든 모르든, 의식을 하고 있든 못하고 있든 우리는 지구에서 함께 존재하고 있으므로 분리된 개인이 아니라고 볼 수는 없는가?

보편책임이라는 말속에는 우리 모두가 보편적으로 연결되어 있다는 뜻이 내재되어 있다. 사람들은 공동의 이익 등과 같은 외부의 끈으로 서로 연결되어 있다. 공동의 목표에서 오는 도덕적 책임은 그 목표의 성취를 위해 사용하는 수단으로 제한된다. 이는 책임의 법률적인 개념이다.

브래들리는 "현실적인 목적을 위해 처벌에 대한 책임과 책무를 구별할 필요가 없다"고 기술했다. 경제가 지배하는 세계에서는 책임을 이런 식으로 이해한다. 나는 나의 이해관계 밖에 있는 것에 대해서는 책임질 필요가 없다. 따라서 존재론적으로 인류에게 단일한 통일성이 부재한다면 보편책임은 성립할 수 없다. 사람들은 자신이 시간과 정력을 투자한 대상에만 책임이 뒤따른다고 생각한다. 이런 개인주의는 나의 이해관계 안에서 존재한다. 이런 개인주의 때문에 현대의 시민은 다음과 같이 강력하게 이의를 제기한다. "권력이 국민에게 있고 나는 국민의 한 사람이며 내가 헌법에 찬성표를 던지지 않았는데, 나는 왜 헌법을 신성불가침의 법으로 따라야 하는가?" 민족주의나 지역주의 등의 공동 목적이 있을 때라야, 혹은 법이나 경찰, 군대 등의 집단으로부터 위협을 받을 때라야 개인들은 통합 의식을 느낀다. 지구상에 4천만의 군대가 존재한다는 것은 별로 놀라운 일이 아니다. 군대는 우리가 말하는 책임 의식이 없기 때문에 법과 질서를 기계적으로 '집행한다'.

법적인 책임은 사회 계약, 혹은 사회적인 묵계를 의미한다. 윤리적 책임은 암묵적으로 인정된 도덕률을 의미한다. 우리에게는 법적으로 타인에게 책임이 있으며 윤리적으로 자신에게 책임이 있다. 하지만 이들 중 어느 하나만으로는 보편책임의 토대가 성립하지 않는다. 여기에서 종교의 본분과 역할이 있다. 종교는 수직적인 차원을 적극적으로 받아들여서 '인간' 이상의 것과 인간을 연계시킨다. 여기에 기독교 하느님의 본분과 역할이 있다. 우리가 이 하나의 하느님과 대응할 때 우리는 사회나 자아에 대한 책임의 경계를 넘어설 수 있다. 하느님은 인간을 차별하는 분이 아니라고 성경은 말한다. 하느님 앞에서 타자는 나와 동등한 권리를 갖는다고 스콜라 철학은 일관되게 주장한다.

보편책임을 단일한 보편 도덕률로 이해해서는 안 된다. 문화마다 그 관습이 상이하듯 사고방식 또한 상이하다. 각각의 세계관은 단일한 보편책임의 가능성을 제시하나 각각의 문화는 다양한 세계관에 따라 보편책임을 다양한 형태로 해석한다. 현대의 상황이 인간의 문제를 해결하는 데 국가 간의 정치적 합의 도출을 요구하는 것은 사실이지만 다른 문화에 자신의 문화와 그 시각을 강요해서는 안 될 것이다.

세계 문제들을 해결하기 위해 정치적인 대화가 절실히 요구되는 것이 사실이지만, 그렇다고 해서 신성—여러 종교에서 중심이 되는—이 오늘날의 정치 문화 속에서는 아무런 의미가 없다고 보고 신성의 역할을 부정하는 세계 윤리를 주창해도 되는 것은 아니다. 정치 행위에 요구되는 현실 규칙은 세계 윤리와는 다른 것이요 나아가 우리 자신의 문제와는 더더욱 다른 것이다.

존재론적으로 인류에게 보편적 연계성이 존재한다면 보편책임은 존재하는 것이 된다. 지금부터 신비체에 관한 기독교 교리를 예로 들어 설명해 보겠다. 히브리 성경은 첫 줄부터 창조의 통일성을 역설한다. 전 우주는 유일신의 피조물이며 전 세계는 조물주의 영광을 노래한다. 그러므로 세계는 통일된 단일체라고 한다.

기독교 성경은 이런 단일체를 주장하면서 인류의 단일성을 강조한다. 만물의 '발생 반복'은 우주체의 머리가 되는 한 사람에 의해 이루어진다. 그리스도는 우주적인 그리스도지만 인류의 머리일 뿐 아니라 그리스 교부들이 마크란트로포스(makranthropos, 인도 베다에 나오는 푸루사와 다르다)라고 지칭한 온 우주의 머리이기도 하다. 이교인 에비온파는 예수가 마리아의 아들임을 부정하지 않았으나 '그리스도가 마리아 이전에 존재했다'는 성 제롬의 주장은 부정했다.

예수와 그리스도의 혼동은 기독교사에서 엄청난 결과를 불러왔다. "예수는 그리스도다"라는 말은 기독교의 고백이요 범아일여(梵我一如)의 사상이다. 하지만 기독교의 신비체는 마리아의 아들인 예수가 아니라 그리스도다. 이 그리스도는 '인류의 어둠을 밝히는 빛', '신성의 광채이자 형상', '말로 만물을 떠받치는 자', '모든 천사 위에 있는 자', '알파이자 오메가', '아브

라함 이전에 존재한 하느님의 독생자', '만물의 안식처' 등으로 표현된다. 기독교는 '태초부터 하느님 안에 감춰진 신비'인 그리스도를 나자렛 예수 안에서 보기도 하며 나자렛 예수를 통하여 보기도 한다.

기독교에 나타난 인간의 통일성에는 두 개의 기둥과 하나의 토대가 있다. 두 개의 기둥은 하느님의 형상대로 지어진 첫 번째 아담과 인간 안에 신성의 형상을 다시 불어넣으려고 역사 속에서 인간의 몸으로 내려온 두 번째 아담, 예수 그리스도를 가리킨다. 하나의 토대는 '새 하늘 새 땅'의 종말론적 기대, 즉 성 아우구스티누스가 "자신을 사랑하는 하나의 그리스도가 올 것이다"라고 언명한 '만유 회복'의 시간을 가리킨다.

아담이라는 말은 '인간'을 뜻하지 개인을 뜻하지 않는다. 이 첫 번째 인간 아담과 나머지 모든 인간 사이에 보편적 연계성이 존재하기 때문에 모든 인간은 원죄 아래 있다. 아담과 인간 사이에 보편적 연계성이 존재하지 않는다면 우리가 이브의 책임을 함께 떠맡을 이유는 없는 것이다. 그리고 신학적인 차이나 철학적인 문제에도 불구하고 두 번째 아담과 나머지 모든 인류 사이의 연계성이 존재하기 때문에 모든 인간은 변질되지 않은 원래의 신성한 형상으로 회복되었다.

이는 사도 바울의 명확한 가르침으로, 대부분의 공의회에서도 확증된 바 있다. 궁극적으로 '하느님은 만물을 포함하는 존재가 되어야' 하므로, 만물은 원래 나왔던 근원으로 되돌아갈 것이다. '악은 존재가 없는 것'이라는 아우구스티누스의 사상을 이어받은 토마스 아퀴나스는 대범하게도 죄인은 존재하지 않는다고 선언하였다. 이런 기독교의 연계성은 보편적이고도 완전하다고 하겠다.

언어와 사상 모두는, 시대를 반영하는 세계관을 바탕으로, 문화 속에서 표현되는 것이 분명하다. '아담'이라는 이름이 천지 창조 이야기에 나오는 인물을 지칭하기 위한 보통 명사이듯이, 그리스도 역시 마리아의 아들을 지칭하는 보통 명사다. 첫 번째 아담의 행위는 사람이 태어날 때 일어나며 두 번째 아담의 행위는 사람이 재생(再生)할 때 일어난다. 후세에 어느 기독교 신학이 재생을 아주 특별한 방식으로 해석하였으며 기독교에서는 침례라고 하는 영생의 입문을 부정할 만큼 배타적이지 않았지만 첫 번째 아담과 두 번째 아담의 존재는 역사적이면서 동시에 초역사적인 일이었다.

이와 유사하게 전통적인 기독교는 존재의 실체를 성부, 성자, 성령의 본질적인 삼위일체로 이해하기 위해 인류사와 우주의 궁극적인 단일성을 믿었다. 성자(聖子)의 그리스도에게는 '신성한 신비'에 어우러져 있는 실체의 무상(無常)과 우주의 역사가 담겨 있다. 본질적인 삼위일체는 참된 '융합의 신비'요 '삼위의 융합'이다.

이런 식으로 기독교는 인류의 완전한 연계성을 믿으며, 나아가서는 많은 성전들이 확인하고 이후의 전통이 상술한 것처럼 인류의 연계성을 전 우주로 확대한다. '새 하늘 새 땅'으로의 완전한 우주 변형을 학수고대하는 주체는 천지 창조 자체다. 창조가 하나가 아니라면 하나의 창조주를 믿을 필요가 없다. '같은 인생을 사는 우리 모두는 서로 연계되어 있다.' 이것이 종교의 본질이다. 이것은 모호하게나마 기독교 교회의 선교 사명을 불러일으킨 일종의 보편책임 사상이었다. 옳게든 그르게든 기독교 교회는 전 세계를 향해 책임감을 느꼈던 것이다.

우리는 이제 기독교의 태양계에서 찬연히 빛나는 행성을 인용함으로써 '모든 별을 불러모으고자' 한다. 우리가 동방이나 그리스, 현대인을 선택하지 않고 유력한 기독교 종파들의 자각에 결정적인 영향을 끼친(그것이 축복이었든 아니든) 인간, 성 아우구스티누스를 선택한 데는 현대 서구 세계에 각별한 의미를 지닌다고 하겠다.

성 아우구스티누스의 핵심 사상은 성 바울의 사상과 복음서를 바탕으로 한다.

그리스도의 일원은 세계 어디에서나 존재하므로 그리스도를 사랑하려거든 그대의 사랑을 전 세계로 확장하라. 그리스도의 부분만을 사랑하면 그대의 존재는 분리되며, 그대의 존재가 분리되면 그대는 그리스도의 몸이 될 수 없으며, 그리스도의 몸이 되지 못하면 그대는 그리스도의 머리와 더불어 존재할 수 없다.

혹은,

모든 인간은 그리스도 안에서 한 사람이요 기독교인은 모두 통합되어 이 한 사람이 된다.

그리고

그가 머리면 우리는 수족이고 그와 우리는 함께 '전인간'이
된다.

이외에도 이와 같은 표현은 많이 있다. 성 아우구스티누스에
따르면 우리는 그리스도를 하느님 아버지와 같은 신, 대인간, 인
간애가 충만한 완전한 그리스도 등 세 가지로 바라볼 수 있다.
논의의 간결성을 위해 신비체에 관한 기독교 중심 사상 전체
에 대해서는 언급하지 않겠다. 좀 더 진지한 연구를 하고 싶은
독자는 에밀 메르시가 제2차 세계 대전 이전에 집필한 걸작
『완전한 그리스도』를 참고하면 좋을 것이다.

*

책임의 문제를 논하는 필자들은 행위에 대한 인간의 도덕적
책임을 강조한다. 우리는 자신의 행위에 책임이 있으며 그 행
위에 따라 주위의 평가를 받는다고들 말한다. 우리는 모리스
블롱델의 기술에서 더없이 명확한 책임에 관한 정의를 발견할
수 있다. "책임은 인간과 그 행위의 연계성에서 나온다." 이미
1백 년 전에 블롱델이 인간의 존재와 행위의 일치를 주장하지

않고 인간과 그 행위의 연계성을 언급했다는 사실은 무척이나 흥미롭게 다가온다. 책임이란 사상의 논리적 귀결이라기보다는(키르케고르가 변호하려고 했던 것처럼) 인간 존재의 발현 자체이다. 즉, 우리의 책임은 삼단 논법의 결론이나 법칙의 응용이 아니라 존재계가 부여하는 도전에 대한 우리 존재의 자유로운 대응이다.

우리는 사도행전에 나오는 아나니아와 삽피라의 유명한 일화에서 볼 수 있듯이 행위뿐 아니라 사상에도 책임이 있다. "당신은 사람을 속인 것이 아니라 하느님을 속인 것이다." 우리는 자신에게 책임을 져야 할 뿐 아니라 우리 안에 거주하는 성령에게도 책임을 져야 한다. 이런 연유로 예수는 입에서 나온 모든 말에는 설사 그 말이 아무런 결과를 가져오지 않아도 우리가 책임을 져야 한다고 말했다.

앞에서 언급한 예화에서처럼 나는 그렇게 멀리 떨어진 섬에서 사는 생면부지의 사람이 왜 그런 일을 저질렀는지에 대해서 아무것도 알 수 없다. 나 자신의 행위가 어떤 결과를 가져올지에 대해서도 예측할 수 없으며 내가 선한 의도로 한 말이 어떤 결과를 가져올지에 대해서도 예견할 수 없다. 책임은 우리의 행위나 그 결과에 있는 게 아니라 우리 존재에 있다. 즉, 책임의 소재는 우리 자신 안에 있는 것이다. 책임이란 단순한 조심성도 아니요 자신의 언행이 가져올 영향을 정확하게 예측한 결과도 아니다. 또한 책임은 약삭빠른 계산도 아니요 좋은 평가를 받으려는 방책도 아니다.

인간 존재는 대화론적이기 때문에 책임은 존재론적인 가치이며 인간은 유아론적인 모나드도 아니요 변증법적인 개인도 아니다. 조직적으로 우리 존재는 다른 존재와 관계를 맺고 있기 때문에 우리의 책임은 자신과, 자신의 존재와 끊임없이 대응하는 것이다. 이런 상관성은 자신의 로고스를 모든 존재와 대화론적으로 나누는 인간관계다. 전통적인 기독교 사유에 따르면 "우리가 멀리 떨어진 사람을 알기 때문에 우리와 다른 존재는 연결되어 있는 것이 아니라 우리 모두는 '존재 혹은 하느님의 대지' 속에서 동등하게 맺어져 있기 때문에 우리는 다른 존재들과 연결되어 있다"고 볼 수 있다. 하느님은 보편적 연계성을 보증하는 존재다. 내가 진리대로 존재하지 않으면, 내가 자신과 반하는 삶을 살면, 하느님의 부름에 따라 살지 않으면 전 우주가 나의 배교 행위로 인해 고통을 받으며 '멀리 떨어진 사람'이 잔인한 행위를 할 수도 있다는 것이다. 즉, 나의 배교 행위는 멀리 떨어진 사람의 잔인한 행위에 어떤 식으로 기여한 꼴이 될 것이라는 말이다.

그러나 이를 기계적으로 해석하여 멀리 떨어진 사람의 잔인한 행위에 대한 나의 책임은 60억분의 1에 불과하다고 결론을 내린다면 이는 부적절한 추론이 될 것이다. 나의 '영혼'이 커짐에 비례하여 나의 책임도 커진다. 성인(聖人)의 존재는 사회 전체를 신성하게 만든다. "적게 받은 사람에게는 적은 것이 요구되고 많이 받은 사람에게는 많은 것이 요구된다." 모든 존재는 독특하기 때문에 우리는 타인을 정죄할 수 없다. 상호 연결성은 양적인 차원이나 기계론적인 관계를 가리키지 않는다.

역설적이게도 우주 안에서 갖는 보편책임을 자각하는 것은 우리를 고요하고 평화로운 상태로 인도한다. 그리하여 세상의 구세주가 되고 싶어 하다가 그런 임무를 수행하기에 역부족인 자신을 발견하고 절망에 빠지거나 무관심 쪽으로 선회하는 메시아 신드롬에서 벗어날 수 있게 해 준다. 이것은 의무를 등한시하거나 책임을 회피하여 방종해진다는 뜻이 아니다. 오히려, 우리 안에 내재된 본질적인 책임을 자각하면 외적 수단을 통해 다른 사람들을 강요하거나 개종시키려는 광적인 시도는 저절로 중단된다. 그런 시도가 없어도 우리 가슴의 순수성과 삶의 투명성이 다른 사람들에게 영향을 미치게 된다. 오른손이 행한 선한 일을 왼손에게 알릴 필요조차 없는 것이다.

말할 필요도 없이, 하느님이 보편책임의 토대라는 전통적 기독교 사상과 유사한 사상들이 다른 종교에서도 다른 형태로 존재한다. 불교의 카르마와 연기 사상 역시 보편책임의 토대가 된다는 사실은 이미 앞에서 언급한 바와 같다.

실체에 접근하려는 어떤 종교나 교리를 막론하고, 인간의 공통적 문제에 대한 자각을 나누어 가지려는 경향이 늘고 있는 것은 우리 시대의 흥미있는 특징이라 하겠다. '하느님이 있다. 그러므로 나는 이런저런 식으로 살아야 한다', '부처님이 그렇게 말했다. 그러므로 나는 그렇게 살아야 한다', '베다는 어찌어찌 말했으니 나는 어찌어찌 살아야 한다' 등 연역적으로 이끌어 낸 도덕률에 현대인의 의식은 동의하지 않는다. 현대인의 의식이 접근하는 방법은 그 반대다. 현대인의 의식은 지구의 황폐화와 인간 착취의 증가, 인간이 만든 부정과 불의, 기아 등을 자각하면서 어떠한 방법과 믿음이 효과적인지 연구하여 문제 해결의 해법을 모색한다.

이러한 현대의 현상을 기술하는 데는 한 가지 중요한 조건이 필요하다. 종교가 수단으로 전락하고 사람이 우주의 주인으로 나선다면 그것은 종교를 타락시키고 인간의 품위를 떨어뜨리게 된다는 점이다. 인간은 천상에서든 지상에서든 궁극적인 주인이 아니요 인간의 연계성은 우리가 창조한 것이 아니라 위로부터 주어진 것이며 우리의 책임 의식은 요구하는 능력이 아니라 대응하는 능력임을 모든 종교에서 확인할 수 있다. 책임 의식에는 본질적으로 우리 스스로 만들지 않은 문제에 대응하는 직관적인 요소가 있다. 따라서 보편책임이란 진리를 지배하는 힘을 의미하는 게 아니라 진리의 신비에 자유롭게 대응하며 진리의 운명을 개척해 나가는 인간의 힘을 가리킨다. 기독교는 이런 사명이 기독교인만의 것이 아니라 우리 모두의 것이라고 믿는다.

R. 파니카(R. Panikkar)

철학자이자 힌두교를 전공한 신학자로 현재 캘리포니아 대학교의 종교학과 명예 교수, 스페인 종교과학협회 회장이다. 가톨릭 어머니와 힌두교 아버지 사이에서 태어나 스페인에서 자랐으며 종교 간 대화의 전문가로 국내에서 『종교 간의 대화』, 『지혜의 보금자리』가 출간되었다.

온화한 가교자와 황금 씨앗

– 달라이 라마와 과학자의 대화

스와티 초프라[11]

    나는 10차 '삶과 정신 회의'를 취재하기 위해 다람살라로 가고 있다. 삶과 정신 회의는 저명한 과학자들과 달라이 라마의 일련의 대담 형식으로 진행한다. 나는 델리에서 덜컹거리는 야간 버스를 타고 다람살라로 가고 있다. 나는 달라이 라마를 친견할 수 있다는 사실에, 그리고 물질 과학자들과 정신 과학자(달라이 라마) 간의 대화를 지켜볼 수 있다는 사실에 한껏 고무된다.

    하지만 나의 머릿속은 혼란하다. 편집부장은 산악 도시인 다람살라에 오는 리처드 기어나 골디 혼 등 할리우드 스타들의

---

11) 스와티 초프라는 2002년 10월 달라이 라마의 관저에서 개최된 10차
    '삶과 정신 회의'에 참석했다.

취재를 승낙해 주었다. 하지만 할리우드 스타를 취재하는 것은 내 목적이 아니다. 기자로서 나는 열림과 각성과 나눔 등의 삼보(三寶)를 믿는다. 어두운 밤에 나는 열림과 각성, 나눔의 요소가 우리에게 갖춰질 때 과학과 불교는 열린 자세로 막연한 믿음의 한계를 넘어서 사실과 경험에 입각한 진리를 끌어낼 수 있지 않을까 곰곰이 생각해 본다.

편집자와 나눈 대화가 떠오른다.

"과학과 불교? 달라이 라마와 과학자?"

나는 알고 있는 바를 소상히 설명했다.

삶과 정신 회의는 성하의 적극적인 후원 아래 1987년 과학자인 프랜시스코 바렐라와 사업가인 애덤 엥글이 출범시킨 '현대 과학과 불교의 대화'의 일환으로 시작한 것이었다.

왜 과학과 불교는 대화를 해야 하는가?

불교는 고래로부터 내려오는 정신과학이기 때문이다. 이제야 양자 물리학이 서서히 접근해 가고 있는 진리를 불교는 이미 2,500년 전에 발견했기 때문이다. 불교의 수준 높은 윤리학에서 유전학자와 생물공학자는 과학의 딜레마를 풀 수 있는 비전을 얻을 수 있기 때문이다. 지구와 우리 자신을 위해서 '존재는 서로 연결되어 있다'는 불교의 가르침을 보다 깊이 이해해야 하기 때문이다. 삶과 정신의 이야기를 하다 보면 과학과 불교 사이에 진정으로 소통할 수 있는 길이 열리기 때문이다. 그리고 달라이 라마는 "인간의 삶에서 과학이 차지하는 비중이 증가하는 상황에서 종교와 영성은 인간성 회복이라는 커다란 역할을 할 수 있다"라고 말하기 때문이다.

낡아 빠진 버스가 안개 옷을 입은 맥클라우드간지로 조금씩 접근하면서 돌라다르 산맥 위로 희미하게 동이 트기 시작한다. 10차 회의는 틀림없이 열림과 배움의 자리가 될 것이다.

쌀쌀한 아침이다. 나는 9시 정각까지 꼭 도착해야 한다는 담당 라마의 말을 떠올리며 정신없이 시내 거리와 시장을 내달린다. 다급하게 서두르는 나의 모습을 보고 낄낄거리는 어린 학승들 사이를 누비듯이 나아가 드디어 사원 양식의 달라이 라마 공관에 도착한다. 정문에서 형식적인 보안 검사를 마친 후 '삶과 정신 연구소, 다람살라 2002'라는 표찰이 미소와 함께 나의 목에 걸린다. 표찰에는 여러 사람의 머리 실루엣이 하나의 원을 형성하고 있다. 이 로고는 지난 15년 동안 티베트와 과학계의 우수한 지성인들을 한자리에 모이게 한 연구소의 상징으로 적절해 보인다.

9시를 알리는 징소리가 울린다. 그리고 모든 참가자들이 모인다.

사람들은 삼삼오오 떼를 지어 달라이 라마의 공관으로 난 길을 걷는다. 이중 나선형으로 가파르게 올라가는 자갈길이다. 여기저기서 '유전자 발현의 불법'이라든가 '인지와 의식', '물질적 실재와 본질적 실재' 등과 같이 불교와 과학이 만나 태어난 신종 용어들이 귀에 들려온다. 한 라마가 수호 천사처럼 내 곁에 나타나 민첩하게 나를 여러 과학자들과 프랑스 승려 마티외 리카르에게 소개하자, 리카르는 "안녕하세요"라고 살갑게 인사를 해 온다. 다른 사람들의 반응은 대체로 무뚝뚝했으며 약간 쌀쌀하다는 느낌마저 준다.

첫 회의 때부터 토론의 내용은 외부에 발설하지 않는 것으로 약속된 모양이다. 삶과 정신 회의는 언론에 공개하지 않는 모임이며 아마 일반 과학계에서 회의에 참가한 과학자들이 종교계와 지나치게 친하게 지내는 사실을 안다면 탐탁하게 여기지 않을 것이다. 그런 고로 회의에서 기자의 존재는 별로 환영받지 못한다.

후에 나는 인도 신문들이 '인물 동정' 기사에서 회의를 가십 정도로 취급함으로써 과학자들의 분노를 샀다는 말을 듣는다. 그래서 회의에 참석한 과학자들은 언론에 대해 아무런 관심이 없으며 특히 인도 언론은 더욱 그렇다. 나는 성하에게 특별 요청을 하여 회의에 참관할 수 있게 되었다.

회의는 돌라다르 산맥이 내려다보이는 회의실에서 열린다. 널따란 창문을 통해 햇빛이 쏟아져 들어와 윤기가 흐르는 목조 바닥을 덮힌다. 붓다의 현재와 과거, 미래의 모습을 묘사한 탕카가 일렬로 벽을 장식하고 있다. 노벨상 수상자인 스티븐 추, 물리학자인 미셸 비트볼과 아서 자욘츠, 생물학자인 어슐러 구디너프, 유전학자인 에릭 랜더, 화학자인 피에르 루이지 루이시 등 참가 과학자들이 회의실 중앙에 반원형으로 앉고 달라이 라마는 회의실 중앙에 앉아 있다. 옵서버들은 성하의 오른편에, 승려들은 왼편에 앉아 있다. 달라이 라마는 눈을 반쯤 감고 깊은 선정에 든 금불상의 그림자 속에 앉는 걸 좋아한다.

최신 선글라스를 낀 젊은 스님이 걸어 들어와 자의식을 느끼는 듯, 약간 부끄러운 모양새로 과학자들 사이에 자리를 잡는다. 17대 카르마파인 우겐 틴레 도르제도 눈에 띈다. 지금까지의 삶과 정신 회의 중 이번 회의가 승려의 참석 규모 면에서 가장 크다. 티베트 승려들은 달라이 라마의 격려 아래 사원에서 서양 과학을 배우고 있다. 네팔에서 온 촉니 린포체는 불교가 미래에도 살아남으려면 끊임없이 변화하고 발전해야 한다는 것이 성하의 생각이라고 설명한다. 그런 의미에서 이 시대에는 과학을 배우고 과학자들과 대화를 해야 한다. 이는 타지에서 새로운 삶을 개척하고 있는 티베트 망명 사회에 적절한 하임리히 구명법, 즉 일종의 생존 전략일 것이다!

갑자기 좌중이 찬물을 끼얹은 듯 조용해진다. 침묵, 그리고…… 호탕한 웃음! 성하가 걸어 들어온 것이다. 들어오면서 여러 사람들과 악수를 나눈다. 성하가 좌정을 하고 성하 양옆으로는 통역가인 게셰 툽텐 진파와 앨런 월리스가 자리를 잡는다. 황금 불상이 생생히 지켜보는 가운데 회의가 시작된다.

5일간에 걸쳐 아침저녁으로 한 번씩, 총 10회의 회의를 통해 삶과 정신 회의는 '물질의 본질, 삶의 본질'에 대해 토론할 것이다. 아침 회의에서는 각각의 과학자들이 전문 분야에 대해 발표를 하고 오후 회의에서는 달라이 라마가 관련 주제를 불교 관점에서 풀어 나간다. 토론은 1943년 에르빈 슈뢰딩거가 제기한 '살아 있는 유기체 내에서 일어나는 현상을 물리학이나 화학이 규명해 낼 수 있는가'라는 문제에서 시작한다. 여러 가지 면에서 이 문제는 생명체의 신비한 현상과 생명체만큼이나 수수께끼처럼 여겨지는 물질의 본성을 이해하는 데 있어 과학계의 영원한 숙제로 남아 있다.

루이지 루이시와 어슐러 구디너프는 발표를 하면서 지구에서 생명의 기원과 그 진화에 대해 이야기한다. 어떻게 매우 단순한 분자에서 복잡하고 미묘한 생명체가 나오는가? 분자는 유기체를 형성하고 의식을 가진 세포가 된다. 원래 분자에는 없던 요소, 즉 의식이 나타나는 것이다. 의식은 어디에서 어떤 방식으로 나타나는가? 의식의 본성은 무엇인가?

성하는 활기 넘치는 발표들을 듣다가 이따금 지성이 번뜩이는 질문을 내놓는다. 삶과 정신 회의에 여러 차례 참석한 마티외 리카르가 오전 휴식 시간에 도넛을 먹으며 내게 이렇게 설명을 한다. "지난번 회의와 이번 회의에서 느낀 것인데, 과학계의 내로라하는 석학들이 토론의 질이나 수준을 잘 모르고 왔다가 불교 철학과 사상을 접하고는 그 깊이와 방대함에 놀라죠. 그래서 처음 예상과는 달리 회의가 아주 빠른 속도로 자리를 잡았어요. 성하는 항상 배우는 데 열심입니다. 과학자들은 성하를 초보자로 생각하지 않습니다. 그리고 윤리학이나 자연계의 주제들에 대해 성하와 심도 깊은 토론을 하기도 합니다."

리카르의 말을 들으면서 '달라이 라마는 불교적인 시각은 물론 과학적인 시각으로도 사물을 바라볼 수 있는 힘이 있구나. 그래서 과학과 종교가 서로 소통할 수 있도록 훌륭한 다리를 놓고 있구나' 하는 생각이 든다. 토론이 진행되면서 우리는 불교의 관점을 확고히 유지하면서도 불교와 과학 사이의 소통을 모색하는 참으로 현대적인 지성(달라이 라마)과 대화하고 있음을 깨닫는다.

서로 미묘한 균형을 탐색한다. 겔룩파의 수장이기도 한 달라이 라마 개인 속에는 새로운 대상이나 사상을 경이의 눈으로 바라보는 탐험가의 정신이 존재하는 듯하다. 달라이 라마는 종종 "나는 승려가 되지 않았다면 엔지니어가 되었을 겁니다"라고 말한다.

토론은 식사나 휴식을 위해 중단되지만 토론의 내용은 끊이지 않고 자연스럽게 이어진다. 운전하는 중에도, 혹은 게스트하우스에서도, 땅거미가 내리는 맥클라우드간지의 북적거리는 골목길에서도 10차 삶과 정신 회의는 계속 심도를 더해 간다. 5시에 하루 일정이 끝나면 여러 과학자들은 달라이 라마와 더욱 심도 있는 토론을 하기 위해 개인 대담을 신청한다.

삶과 정신 회의를 여섯 차례나 연속적으로 참가하고 있는 작가이자 심리학자인 다니엘 골먼은 달라이 라마와 일대일로 대담을 나누다 보면 친분이 두터워지는 것을 느낄 수 있다고 귀띔해 준다. "여기에 오는 과학자들 대부분은 불교 신자도 아니고 그럴 필요도 없습니다." 서산으로 내려앉는 태양이 돌라다르 산맥에 황토색 빛줄기를 던지는 황혼녘에 골먼이 말을 건넨다. 우리는 과학자와 옵서버가 머무는 게스트하우스의 베란다에 앉아 있다. 골먼이 말을 계속 이어 간다. "어떤 사람들은 불교의 관점에 대해 상당히 회의적인데, 이해가 가죠. 또 우리가 기대하는 것만큼 대화 속으로 깊이 들어오려고 하지 않는 사람도 있습니다. 이 회의는 서로 다른 견해들을 교류하고 협력하는 측면이 강한데, 때로는 달라이 라마를 가르치려고 오는 사람들도 있어요."

삶과 정신 회의의 소식통에 의하면 놀라운 영적 변화를 체험한 사례가 있다고 한다. 2000년 삶과 정신 회의에서 성하와 개인 면담을 하던 폴 에크먼은 갑자기 뜨거운 기운에 사로잡혔다. 후에 에크먼은 그 순간에 자신의 마음을 완전히 바꿔 놓은 뭔가가 일어났다고 말했다. 그전에 에크먼은 적어도 일주일에 한 번은 분노가 폭발하곤 했다. 그런데 이 분노 폭발이 성하와 개인 면담을 한 후로 말끔히 없어졌다는 것이다. 성하와의 면담에서 얻은 깨우침이 어찌나 강렬했던지 에크먼은 30년 동안 집필해 오던 심리학 책의 상당 부분을 다시 써야 했다.

우리 마음의 문은 얼마나 열릴 수 있을까? 우리의 회의에서 열린 자세는 얼마나 중요할까, 나는 빠르게 어둠이 밀려오는 언덕을 터벅터벅 오르며 생각한다.

삶과 정신 회의에서 벌어지는 토론은 종종 명상적인 분위기로 바뀐다. 불교적인 관점에서 보면 의식은 진화하지 않는다. 사실 물질도 의식도 진화하지 않는다. 진화란 끊임없는 연속성의 부분일 뿐이다. 성하는 이렇게 설명한다.

과학은 빅뱅에서 물질이 형성되고 생명이 태어났다고 말합니다. 하지만 이게 전부일까요? 과연 빅뱅만으로 인간의 전부를 설명할 수 있을까요? 불교에는 '우주의 시작'이라는 개념이 없습니다. 무에서 유가 나왔다는 주장을 받아들이기란 사실 불가능합니다. 불교의 관점에서 보면 물질이나 의식에는 시작이 없으며 영원한 빅뱅으로 탄생하고 있습니다. 우주에 시작이 없다는 것을 상상하기는 물론 쉽지 않지만 잘 생각해 보면 시작이 있다는 것보다 논리적입니다.

이런 열띤 토론이 오가는 가운데, 불교와 과학은 같은 패러다임이나 사유의 방식을 공유하고 있지 않기 때문에 같은 차원에서 대화를 한다는 것이 얼마나 어려운 일일까 생각해 본다. 가끔은 서로 간의 대화가 팽팽히 맞설 때도 있다. 그러면 달라이 라마나 과학자는 자신의 의견을 견지하면서도 상대를 몰아세우지 않는다. 토론에서는 쌍방 간에 경쟁심을 찾아볼 수 없는데, 이는 과학자들이 과학계의 눈치를 보지 않아도 되기 때문이거나 아니면 상대의 의견을 존중하자는 묵계가 있기 때문인지 모르겠다. 토론의 분위기가 어색해지면 달라이 라마가 나서서 조정 역할을 하는데, 성하의 웃음은 분위기를 누그러뜨리는 데 일조를 하곤 한다.

보수적인 성향의 사람들과는 달리 달라이 라마는 상대의 의견을 아주 주의 깊게 듣고 자신과 반대되는 의견에도 열린 자세로 임하는데, 상대방의 말에 충분히 일리가 있다고 생각되면 자신의 의견을 수정하는 데 주저함이 없다. 성하는 독단주의를 싫어하는 탁월한 지성인이다. 적절한 의심이나 추론의 과정 없이는 아무것도, 나아가서는 자신의 가르침마저 받아들이지 말라고 했던 석가모니 붓다의 정신을 그대로 따르고 있는 것이다. 의심과 추론의 과정을 통해 검증된 것만 받아들이고 나머지는 버리는 방법인데, 이는 현대 과학의 연구 방법과 별다른 차이가 없다고 하겠다.

과학이나 불교나 진리를 추구하는 점에서는 같다. 그래서 토론은 격해졌다가도 이내 차분한 분위기로 돌아온다.

아침 토론을 시작하기 전에 식사를 하면서 스티븐 추를 둘러싸고 부산한 얘기가 오간다. "스티븐 추 박사는 중국계입니다." 달라이 라마가 정치인의 낮은 목소리로 내게 말한다. 정치적인 수사를 펴는 게 아니라 삶과 정신 회의에 아시아 과학자의 참석이 갖는 의미를 강조하는 것이다. 노벨상 수상자인 스티븐 추 박사의 참석은 과학계에서의 신뢰도를 향상시킬 수 있는 계기로 보인다.

스티븐 추 박사는 물질 차원에 대한 물리학자의 견해를 대변한다. 추 박사는 양자 이론에 대한 개론적인 설명으로 발표를 시작한다. 원자는 전자와 양자, 중성자로 이루어져 있으며 양자와 중성자는 다시 쿼크라는 입자로 분리될 수 있다고 한다. "전자와 쿼크가 물질의 기본 구성 단위입니다. 현재까지의 연구 결과를 종합해 보면 전자나 쿼크는 크기가 없으며 '장(場)'이라고 부릅니다." 추 박사가 설명을 한다. 그리고 소립자를 관찰하면 소립자가 어떻게 그 행동을 바꾸는지에 대해 설명을 이어 간다.

달라이 라마는 전자와 쿼크 및 그 행동을 불교가 실재를 인식하는 방식으로 다음과 같이 설명한다.

중도학파에 따르면 실재에는 두 가지 차원이 있는데, 일반적인 차원의 실재와 궁극적인 차원의 실재가 그들입니다. 궁극적인 차원에서는 아무것도 존재하지 않고 수냐타, 즉 무(無)만 존재하지만 일반적인 차원에서는 우리가 감각으로 지각하는 것들만 존재합니다. 하지만 여기서도 사물은 탈구축적 분석의 검증을 통하면 본질적으로 존재하지 않음이 드러납니다. 사물을 향한 집착이 사물을 밝게 볼 수 있는 눈을 흐리게 합니다. 그래서 불교는 우리가 인식하는 사물의 속성을 해체합니다. 결국 우리가 겪는 모든 것은 인간적인 경험과 관계있습니다. 그러므로 우리는 윤리를 연구해야만 합니다.

에릭 랜더는 인간 게놈 프로젝트의 관점에서 현대 유전학과 그 선택에 관한 발표를 하면서 윤리와 과학의 문제를 보다 깊이 파고든다. 인간에게 유전 물질을 인위적으로 통제할 수 있는 능력이 생기면, 즉 인간이 생명을 인위적으로 다루게 되면 특정 선택을 강요당할지도 모른다. 이를테면 게놈의 신비가 풀리면서 알츠하이머병 등과 같은 병이 어느 한 유전자에 의해 발생된다는 사실이 밝혀졌는데 알츠하이머병을 일으키는 유전자를 교체하는 것이 올바른가? 태아에 유전자 이상이 발견되면 낙태를 하는 것이 올바른 일인가?

동기가 카르마의 속성을 결정하는 열쇠라고 달라이 라마는 말한다. 그리고 고통의 정도와 장단기적인 결과 등 다양한 요인들이 카르마의 형성에 작용한다고 한다. 성하는 절대자에 대해서는 언급하지 않고 "저는 불교도입니다. 그래서 폭력은 모두 좋지 않은 것으로 생각을 하지요"라고 말한다. 그러면서도 모든 의문은 스스로 생각해 보고 스스로 터득하라고 역설한다. "모든 선택의 중심에는 어떤 동기가 있는데, 이 동기가 행위를 윤리적이거나 비윤리적인 것으로 만듭니다." 아서 자욘츠가 지적하는 것처럼 성하의 지적은 과학 연구의 동기가 순수하지 않은, 즉 다른 요인들과 섞여 있는 회사의 후원을 받고 있는 과학 현실에 대해 생각해 볼 수 있는 기회를 제공한다.

이타주의적인 동기는 자비심에서 나와야 한다. 이는 일상의 선택과 결정에 대한 달라이 라마의 판단 기준이다. 달라이 라마가 참여하는 토론에서는 불교의 연기론에 기반을 둔, 중생을 향한 자비와 사랑이란 말이 계속해서 흘러나온다. 성하가 말하는 자비와 사랑은 어쩌면 만물은 상호 의존하여 발생한다는 불교 연기론의 당연한 귀결이다. 세상에 독립적인 존재는 없다. 우리 모두는 거대한 생명의 부분들이다. 자비의 정신은 환경과 생태계 운동을 하는 데서도 중요한 역할을 할 뿐 아니라 과학자와 대화를 하는 데서도 훌륭한 판단의 도구가 되어 준다. 어슐러 구디너프가 지성과 각성의 문제를 발표할 때도 자비의 문제는 다시 제기된다.

"생물학적 진화 과정에 따라 자비도 진화하는 것일까요? 자비는 어디서 나온다고 생각합니까?"

성하가 구디너프에게 묻는다.

"예, 아마 부분적으로는 생존의 문제라고 생각을 해요. 인간은 사회적 동물이잖아요. 감정 이입의 경우를 예로 들어 보면, 두 마리의 침팬지가 싸우다가 나이가 많은 침팬지가 상대의 기분을 헤아리며 손을 내밀어 화해를 청하는 경우가 있습니다."

구디너프의 말에 성하는 이렇게 말한다.

"그냥 생존만을 위해 함께 일하는 것은 진짜 자비가 아닙니다. 꿀벌들은 불법을 전혀 모르지만 대단히 훌륭하게 공동의 일을 합니다. 동물에게서 보이는 이타주의는 결국 생존의 필요에 의해 본능적으로 나오는 것이기 때문에 제한적인 것일 수밖에 없습니다. 오직 인간만이 고도의 지성을 소유하고 있기 때문에 무한한 이타주의를 개발할 수 있습니다."

모든 중생이 깨달을 때까지 자신의 깨달음을 연기하는 보살의 서원이 달라이 라마의 대승 불교에서 중심을 이루고 있다는 사실이 떠오른다. 이전의 삶과 정신의 대화를 뒤돌아보면 성하는 종종 대화의 중심을 자비 및 자비가 인간 생활에서 차지하는 역할 쪽으로 이끌어 간다. 이론이나 관념을 위해 현실이나 실천을 놓칠 수는 없는 법이다. 예를 들어, 삶과 정신Ⅲ에서 달라이 라마는 막연히 자비와 종교를 연계시키고자 하거나 자비를 '신뢰할 수 없는' 인간의 속성으로 속단하는 참가자들을 지적하면서도 보편 윤리는 이성주의나 개인주의만큼이나 자비에 그 기반을 두어야 한다고 역설했다. "지난 수백만 년간의 인간

역사를 돌아보면 파괴보다는 건설이 많았다고 생각됩니다. 우리의 본성은 자비롭기 때문에 보통 파괴적인 일이 발생하면 충격을 받습니다."

그러면서도 자비만 있으면 모든 것이 된다거나 자비는 세상의 질병을 모두 고칠 수 있는 만병통치약이라는 생각을 지적하는 성하는 고통의 냉혹한 현실과 그 고통을 초월할 수 있는 가능성에 대해서도 잘 알고 있다. 지혜와 실천은 함께 가야 한다. "배고픈 자에게 그냥 먹을 것을 주어 허기만 면하게 해줄 것이냐, 아니면 그에게 돈 벌 수 있는 방법을 가르쳐 줄 것이냐"를 예로 들면서 성하는 다음과 같이 말을 이어 간다. "지혜를 발휘할 때 우리는 이 사람이 미래에도 배고픔의 고통을 받지 않을 수 있는 환경을 마련해 주려면 어떻게 해야 할지에 대해 생각해 보게 되죠. 사람들은 문제 해결을 위해 스스로 노력하지 않으면 아무것도 변하지 않습니다. 그러므로 막연한 동정이 아니라 지혜가 필요한 것입니다."

나는 이번 대화의 대부분을 차지하는 자연 과학과 관련된 발표, 그러니까 어렵지만 관심을 끄는 발표에 귀를 기울이려 노력한다. 이 대화는 인간의 상태나 윤리를 다루는 행동 과학과 보다 밀접한 관계가 있는 것으로 보인다. 이는 과학과 불교 사이에 밀접한 공통점이 있기 때문인지 모른다. 예를 들어, 불교의 방편들은 심리학과 신경 과학의 분야에 적용될 수 있는 것들이다. 그래서 삶과 정신 회의는 보다 의미 있는 회의가 된다.

이제 마지막 날이다. 모두가 마지막 회의에 참가하기 위해 모인다. 회의에서 얻은 시너지 효과에 대해 모두 만족하는 눈치다. 루이지 루이시가 "예전에는 (과학과 불교가) 연애만 하고 지냈는데 이제는 진짜 결혼을 하게 된 것 같습니다"라고 농담을 한다. 하지만 그런 말은 너무 이른 감이 없지 않다.

앨런 윌리스는 마무리 발언을 하는 자리에서 불교의 윤회 사상을 예로 들어 창발적 현상의 입증 가능성에 대해 말한다. "영혼이 한 번 죽으면 영원히 지옥이나 천국으로 간다고 믿는 기독교나 이슬람교와는 달리 불교는 내세에 다시 태어난다고 믿기 때문에 불교만이 검증 가능하다고 하겠습니다."

"과연 과학계가 그렇게 빨리 윤회 개념을 받아들일 수 있을까요?" 에릭 랜더가 불쑥 끼어든다. "회의 중에 윤회는 서로 의견이 명확히 갈라지는 주제였습니다. 서로 철조망으로 갈라진 것처럼 말이죠. 그러면서도 대화의 문은 열려 있었고요. 윌리스와 리카르만이 윤회 사상을 옹호하고 지지하는 주장을 하며 윤회 사상에 대한 문화적 거부감을 줄여 나가야 한다고 역설했지만 나머지 과학자들은 강한 거부의 목소리를 냈던 것이 사실입니다."

앨런 윌리스가 말한다.

"어느 신경 과학자는 요기가 다음 생에서는 어디서 어떻게 태어날지 상세한 기록을 남기고 나서 자신의 영혼을 그 장소로 인도해 주면 윤회를 믿겠다고 말한 적이 있습니다. 그래서 저는 그런 일이 티베트에서 17번이나 일어났다고 말해 주었습니다. 카르마파 계보에서 카르마파는 다음 환생의 장소와 시기에 대한 정보를 상세하게 남기고 세상을 떠나거든요."

난상 토론이 벌어지는 와중에도 달라이 라마는 조용히 앉아서 토론을 경청한다. 상대의 의견에 찬성을 하지도, 반대를 하지도 않는다. 붓다 시절 존재의 문제나 신의 존재 여부 등을 놓고 논쟁하던 학자들에게 침묵으로 답하던 붓다가 생각난다. 관념의 세계에서 벌어지는 토론에 관여하고 싶지 않으며 사람들의 현실 생활에 초연해 있던 붓다는 침묵을 지키곤 했다. 마치 그런 붓다처럼 달라이 라마도 침묵 속에서 토론을 지켜본다.

얼마 후, 논쟁의 열기가 가라앉고 토론자들이 평상심으로 돌아오자 성하가 과학자들에게 말한다. "나는 늙었습니다. 환생이란 존재하지 않는다고 말씀들 해 주세요. 그래야 좀 편히 쉴 것 같습니다. 환생이 있다고 한다면 다음 생을 위해 열심히 준비해야 되잖아요!" 성하가 호탕하게 웃는다. 그리고 분위기가 한결 부드러워진다. 고요한 각성의 빛만 빛날 뿐, 상대를 평가하려는 생각을 하지 않는다.

하루해가 저물자 모든 사람이 달라이 라마가 축복의 의미로 주는 카타를 받기 위해 줄을 선다.

버스는 끊임없이 꼬불꼬불 이어진 산길을 따라 달리고 나는 다람살라 소나무 향이 물씬 풍기는 산에서 자꾸만 멀어져 간다. 다시 편집부장의 얼굴이 떠오르고, 할리우드 스타들을 취재한 특종이 아니라 고대와 현대의 어우러짐, 온화한 가교자와 황금 씨앗, 진솔한 대화와 열린 마음 등을 취재한 특종을 얻었다는 생각이 든다. 지난 15년 동안 끊이지 않고 대화를 이어 온 노력에 감탄사가 절로 나온다. 모든 종교와 영성에 대한 편견과 질시에도 불구하고 현대 과학은 종교와 영성에 마음의 문을 여는 듯 보인다. 다니엘 골먼의 말이 떠오른다. "우리가 15년 전에 시작할 때는 달라이 라마와 대화하려는 사람이 드물었지요. 과학자라면 그렇게 해서는 안 된다고 생각한 모양이에요. 해가 갈수록 토론에 참석한 과학자들의 수준이 향상되었습니다. 그러자 과학계에서는 우리의 대화를 진지하게 받아들이기 시작했어요."

아직도 과학과 불교 간에는 차이가 존재하지만 지난 여러 해 동안 성하가 뿌리고 가꾼 지혜의 황금 씨앗도 존재한다. 과거와 현재를 잇는 다리 위에서 대화는 성실과 헌신, 각성, 나눔의 자세로 계속될 것이다.

스와티 초프라(Swati Chopra)

델리의 저널리스트로 영성과 종교 분야의 전문가이다. 달라이 라마와 17대 카르마파를 인터뷰한 내용이 『불교 평론, 트라이사이클』에 소개되었으며 『리서전스』에 글을 기고해 왔다. 『말하는 나무의 최고』를 편집했으며 『라이프 포지티브 플러스』의 편집자로 활동하고 있다.

달라이 라마의 정치 철학
- 비폭력 평화주의

센틸 람

"자신의 고문들보다 훨씬 더 명석하고 세계의 흐름을 더 잘 파악하고 있으며 티베트 내의 사회 분야 등 다양한 국가 개혁의 필요성을 절실하게 인식하고 있는 젊은이……." 1951년 인도 주재 미국 대사였던 로이 헨더슨은 달라이 라마를 이렇게 평가했다. 1950년 중국이 티베트를 점령한 이후 격동의 시대에 라싸에서 다람살라까지의 달라이 라마 정치는 현실주의적인 불교 사상, 다시 말해 실용주의 노선을 반영한다. 이 글에서나는 수백만 티베트인들이 추앙하는 달라이 라마의 정치 철학을 분석하고자 한다. 달라이 라마는 여전히 티베트의 세속 수장으로서 최고 권력자의 위치에 있으나 티베트 수상에 칼론 티파를 임명함으로써 티베트의 정치적 해방을 위해 투쟁하는 망명 정부의 민주 체제 속에서는 적어도 이론적으로나마 뒷자리로 물러나 앉을 수 있게 되었다. 그러므로 차제에 달라이 라마의 정치적 기여에 대해 평가해 보는 것은 현재의 티베트 정체를 이해하는 데 대단히 중요하다고 하겠다. 종교와 정치를 분리해서 평가하는 일이 만만치 않기 때문에 이 글은 티베트 불교의 영향을 과소평가하지 않는 범위 내에서 달라이 라마의 정치적 역할에 초점을 맞춰 보고자 한다.

티베트 문제의 배경

20세기는 주로 중화 인민 공화국과 티베트 망명 정부 양자 간에 지난 수백 년간 쌓인, 깊고 기나긴 역사 관계에 뿌리를 둔 티베트 갈등, 즉 '티베트 문제'의 전환기였다. 1903년과 1904년 영국의 영허즈번드가 티베트를 침입하여 정복한 사건은 티베트 고립의 종말을 알리는 서막이었다. 그러자 당시 티베트에 서장 대신을 두고 티베트를 정치적 속국으로 간주하던 중국의 청나라는 위 사건을 제국주의의 침략 행위로 인식하고 티베트에 대한 지배권을 강화하려고 시도했다. 그런데 갑자기 1911년 청나라가 멸망하자 13대 달라이 라마는 티베트의 독립을 선언했다. 1911년부터 1951년까지 티베트는 사실상 독립국의 지위를 누렸으며 중국을 비롯한 다른 나라들로부터 어떤 간섭도 받지 않고 국제적인 외교 관계를 유지했다. 그런데 1950년 중국의 공산 정권은 미국과 영국이 티베트에 대한 중국의 종주권을 인정하고 티베트의 독립적인 지위를 부인하자 티베트를 침략해서 정복해 버렸다.

중국의 의향이 티베트를 해방시키고 점령하는 것이었든, 점령하고 해방시키는 것이었든 마오쩌둥은 '평화' 전략을 써서 보잘것없는 군사 장비로 무장한 1만 명 정도의 티베트 군을 격파하고 역사상 최초로 티베트 주권을 강탈했다. 그리고 17개조 협약을 맺어 달라이 라마의 정치·종교적 지위를 허용하고 티베트가 원하기 전까지는 정치·경제적 개혁을 착수하지 않는다는 보장을 했다. 그러나 중국이 티베트 동부 지방에서 종교·경제적 개혁을 착수하자 시위가 잇달아 터져 나오고, 마침내 이런 시위가 티베트로 확신되자 티베트 내에 불신과 불안의 기운이 확산되었다. 결과적으로 중국과 14대 달라이 라마는 협약을 존중할 수 없게 되었다. 이런 상황 속에서 라싸에서 대규모 시위가 벌어지자, 달라이 라마는 1959년 티베트를 탈출하였으며 이후 8만 명의 티베트인들이 인도로 탈출을 감행하였다. 인도에 정착한 달라이 라마는 망명 정부를 세웠으며 17개조 협약을 비난하고 티베트의 자결권과 독립을 주장하였다. 그러자 중화 인민 공화국도 협약을 포기하고 티베트에 인민 정부를 세웠다. 바로 이것이 티베트의 정치적 지위를 놓고 티베트와 중국이 갈등을 빚게 된 근본 원인이다. 이후 여러 해가 지나면서 티베트 문화의 생존, 정체성, 통치, 인권, 환경, 경제 개발 등 여러 분야에서 갈등의 골은 깊어져 갔다.

달라이 라마는 망명 생활을 시작한 이후로 한편에서는 티베트의 정체를 민주화하고, 다른 한편에서는 중국과의 대립을 비폭력적으로 해결하려는 노력을 하는 등 획기적인 개혁들을 단행했다. 그의 민주화 개혁안은 경제 불안, 유목민적인 기질, 교육 부족 등의 현실적 이유로 인해 여러 제약이 따랐으나 각 종파와 지방을 대우하는 달라이 라마의 공평성과 티베트인들의 충성심으로 인해 티베트 정체로 채택되기에 이르렀다. 민주화 투쟁이나 인명 손실의 과정 없이 지도자가 확립하여 대중에게 가르친 티베트 민주주의는 '달라이 라마식 민주주의' 혹은 '1인 민주주의'라고 불린다. 달라이 라마 1인의 민주화 노력으로 티베트의 위창과 캄, 암도 지역을 통합하고, 지난 50여 년간 지역 갈등을 성공적으로 관리해 온 것은 대단히 의미심장한 일임에 틀림없다.

티베트인들의 비폭력 정신이나 불교 문화와 전통을 고려해 볼 때 비폭력이 티베트의 정책과 전략으로서 자연스러운 것으로 들리기는 하나, 비폭력을 과도하게 부풀려서는 안 된다. 첫째, 티베트인들에게도 폭력을 행사할 수 있는 가능성이 있음을 우리는 알아야 한다. 13세기에 불교를 국교로 채택한 이후로 폭력성이 줄어들기는 했으나 티베트인들도 여타의 민족들처럼 무기를 들고 전쟁을 했으며 국토와 민족을 위해 타민족을 살상하기도 했다. 티베트 역사를 보면 무력적이지 않은 정권에서, 특히 1904년 영국의 침입 등 외침을 받았을 때 방어적인 폭력을 행사한 사례가 몇 차례 있었다. 1950년 인민 해방군이 쳐들어왔을 때도 티베트인들은 용감하게 싸웠다. 심지어 승려들도 영토를 지키기 위해 중국전에 참여하고 티베트 다른 종파의 승려와 싸우기도 했다. 1959년 라싸 봉기에서 많은 수의 승려들이 캄파와 더불어 총을 들고 일어났다. 캄파는 미국 CIA의 도움을 받아 치고 빠지는 게릴라 전술을 썼으며 1974년까지 활동과 중단을 반복했다. 둘째, 불교 국가들 중에서 민주주의를 비폭력적인 방법으로 성취한 나라는 없었다. 예를 들어 타이나 미얀마, 스리랑카 등지에서 불교는 민주화 운동의 폭력을 정당화하는 데 사용되었으며 지금도 사정은 변하지 않았다. 그러므로 정치적인 차원에서 티베트 비폭력은 티베트인들의 천성이라기보다는 의도적인 선택으로 보는 게 적절할 것이다.

여기서 나는 티베트가 의도적으로 선택한 비폭력 정신이 고난의 시기에 정치적인 수단이 되었으며 달라이 라마가 실용주의 중도 정책이라고 불리는 정치 철학에 기여했다는 점을 강조하고 싶다. 특히 1980년대 이후부터는 달라이 라마의 정책이 티베트 망명 정부의 중도 정책에서 중추 역할을 담당했으며 티베트 민족을 위협하는 한인 이주 정책을 막기 위한 티베트 비폭력 운동의 원동력이 되었다.

달라이 라마의 중도 정책

사실 중도 정책은 티베트 운동의 최종 목적이 아니다. 협상 테이블에 내놓은 평화 제의 또한 아니다. 툽텐 삼펠에 따르면 달라이 라마가 생각하는 중도는 티베트의 자유와 정의를 목표로 투쟁하기 위한 방편이다. 따라서 중도는 티베트인의 신앙 체계를 대표하거나 대변하지 않는다. 하나의 신앙 체계라기보다는 달라이 라마가 주장한 비폭력 전술이며 대체로 간디의 사티아그라하와 비견될 수 있다. 중도의 본질은 양극단을 피하는 것이다. 양극단의 한 면에는 티베트 종교와 문화의 생존에 위협적인 공산 중국의 정책에 불복종하는 방법이 있으며, 다른 한 면에는 티베트의 종교와 문화를 지키고 궁극적으로는 티베트의 해방을 찾기 위해 폭력의 악순환도 개의치 않는 극단적 방법이 있다. 그래서 중도 정책을 취하는 것은 양쪽 당사자들로부터 공통된 관심을 끌어낼 수 있는 적절한 태도다. 티베트의 중도 정책이 성공할 때 티베트인들은 종교와 문화를 보호할 수 있고 중국인들은 모국의 영토를 보호할 수 있으며 인접 국가들은 평화 관계를 유지할 수 있다. 본질적으로 중도 정책은 중국과의 관계를 평화적으로 처리하여 티베트의 목적을 성취할 수 있는 실용적인 정책 수단이라고 봐야 한다. 달라이 라마에 따르면 티베트 투쟁의 목적은 티베트인들이 중화 인민 공화국의 서장자치구에서 고유한 내면의 과학과 찬란한 문화 전통을 보존하고 유지하고 전파하는 보편책임을 수행하기 위해 영적 · 종교적 · 문화적 자유를 획득하는 것이다.

많은 전문가들이 티베트 갈등을 '다루기 힘든 민족주의 갈등' 혹은 '비폭력적인 갈등', '민족 정체성과 자치의 문제' 등으로 규정하지만 달라이 라마에게는 정치적인 목적이 없다. 달라이 라마의 말을 빌려 보자. "중국과 티베트의 문제는 전통과 현대의 충돌에서 기인하는 문제라거나 사회 제도 혹은 이데올로기의 차이에서 오는 문제도 아니다. 인권 유린의 문제라거나 민족주의에 관한 문제 또한 아니다. 티베트 문제의 뿌리는 티베트의 장구한 역사, 고대로부터 내려오는 고유의 문화, 특유한 정체성 등의 보존에 있다."

달라이 라마의 지도력 아래 진행되고 있는 티베트 운동에서 우리는 자비와 비폭력의 티베트 종교 전통을 보호하고 인류를 위해 중대한 사명을 수행하려는 정신을 읽을 수 있다. 티베트 인들은 티베트 운동을 종종 정치적인 문제로 강조하지만 현 망명 정부 수상은 달라이 라마의 말을 이렇게 인용한다.

티베트 국민들은 수백 년 동안 모든 중생들의 이익을 위해 고유의 문화와 종교를 보존하고 발전시키고 널리 알리는 소명을 계속 실행해 왔다. 티베트 국민이 이런 소명을 완수하기 위해서는 사회적, 정치적, 경제적, 환경적인 여건이 요구된다. 압제와 공포의 분위기 속에서는 인간의 지성이 완전하게 성장할 수 없다. 완전히 뿌리 뽑힌 문화유산은 다시 이식한다 해도 제대로 자라지 않는다. 그러므로 정치적 자유는 티베트인들이 소명을 완수할 수 있는 수단인 것이다.

달라이 라마에게 정치적인 자유와 종교적인 자유는 서로 떼려야 뗄 수 없는 불가분의 관계이지만 티베트의 비폭력 운동에서는 종교적 자유가 중심이고 정치적 자유는 부수적이다. 그는 적절한 정치적 자유가 현재 티베트의 고난을 풀 수 있는 해결책이라고 굳게 믿는다. 그런 이유로 달라이 라마는 중화 인민 공화국 내에서의 티베트 자치를 해결책으로 제안했다.

나는 티베트의 독립을 추구하지 않는다. 나는 양국 사이에 교섭이 재개되어 사회경제적 발전뿐 아니라 문화적, 종교적, 언어적 정체성의 보전을 위해, 그리고 티베트인들을 위해 진정한 자치가 보장되기를 희망한다. 내가 추구하는 '중도주의적 접근 방식'이 중화 인민 공화국의 안정과 통합에 기여하며 티베트인들이 자유와 평화, 존엄성을 누리며 살 수 있는 권리를 보장해 줄 것으로 확신한다. (1999년 3월 10일 성명에서)

덩샤오핑이 티베트의 독립을 제외하고는 어떤 것이라도 논의할 준비가 되어 있다면서 티베트인들을 초청했던 1979년부터—공식적인 초청은 1989년부터 이루어진다—달라이 라마는 교섭을 통한 문제 해결의 현실적인 방법으로 '스트라스부르 제의'를 구상하는 등 비공식적으로 티베트 자치를 요구해 왔다. 달라이 라마가 주창한 '광의의 자치'는 여러 나라들로부터 티베트 갈등을 푸는 합리적인 방안으로 평가받았다. 나아가 갈등 해결 전문가들은 그의 방안을 갈등 관리 프로그램에 포함시키기도 했다. 특히 에드워드 아자르는 티베트와 유사하게 고유한 문화적 정체성을 보호하고 적절한 형태의 통치 구조를 찾는 국가들에게 색다른 형태의 정치 구조를 제시하기도 했다. 테드 거와 디파 코슬라는 한발 더 나아가 티베트 문제에 대한 현실적인 해결책으로서 나름의 자치 방안을 제시했다.

비폭력 운동의 가장 중요한 요소는 목적을 명확히 하고 합의를 이끌어 내는 것이다. 운동의 향로를 결정하는 데 온건파와 과격파 사이에서 딜레마에 빠졌던 간디 운동에서부터 밀로셰비치를 상대로 2000년 선거를 준비하면서 선거일 몇 달 전까지도 일치된 합의를 이끌어 내지 못하던 세르비아의 민주 야당에 이르기까지 역사가 보여 주는 것처럼 목적 설정은 쉬운 일이 아니다. 집안에 시련이 닥치면 목적을 위해 세부적인 의사를 결정할 때 집안이 종종 나뉜다. 이와 유사하게 티베트인들 사이에는 달라이 라마와는 달리 정치적인 독립과 민주화를 요구하는 그룹들도 있다. 그들은 망명 정부가 거의 20년 동안 독립을 포기하면서까지 교섭을 하는 과정에서 말을 듣지 않는 중국을 설득하는 데 처절하게 실패했다고 주장한다. 그래서 티베트 청년 회의는 티베트 주권 포기를 반대하며 위창과 캄, 암도 등을 아우르는 전 티베트 지역의 완전한 독립을 요구한다. 이러한 의견 차이는 견해를 밝힐 때보다 의사를 결정할 때 보다 명확하게 드러난다. 그럼에도 불구하고 자치를 요구하며 교섭의 문을 열어 두고 있는 망명 정부의 중도적 자세는 티베트와 중국의 기본적인 필요를 충족시키기 때문에 적어도 이론적으로는 실용적인 자세인 것 같다. 망명 정부의 중도적 자세는 티베트에게 고유한 문화 전통과 기본 인권을 보장하며 중국에게는 영토 보전 및 안정되고 강력한 모국의 유지를 보장한다. 그러므로 티베트의 중도 정책은 티베트와 중국의 국가적 관심사를 충족해 주기 때문에 정치적으로 실현 가능한 것으로 봐야 할 것이다.

중도의 본질

간디의 사티아그라하는 진리와 비폭력(아힘사), 자기 고통을 바탕으로 하는 반면, 달라이 라마의 중도는 비폭력과 대화를 바탕으로 한다.

......이를 성취하려면 그리고 충돌과 유혈을 피하려면 비폭력의 사상을 따르고 대화를 유지하는 것이 중요하다. ......우리가 자비와 비폭력의 정신으로 투쟁을 성공시키면 문제와 갈등을 풀어서 전 인류의 이로움을 위해 헌신할 수 있을 것이다.

위의 말에서도 드러나듯이 달라이 라마는 비폭력과 대화만이 대립을 평화적으로 해결하는 길이라고 가르친다. 비폭력과 대화는 오랫동안 달라이 라마의 중도 정책에서 핵심을 차지했다. 두말할 필요도 없이 여기서 대화란 중국과의 교섭을 가리킨다. 그래서 그는 중국과의 유연한 협상의 토대를 마련하기 위해 5개조 평화안이나 스트라스부르 제의 등과 같은 평화 전략을 구상했다. 달라이 라마는 중도 정책에서 비폭력이 무엇을 의미하는지 명백히 밝히지 않았지만 본질적으로 비폭력은 어떤 폭력도 행사하지 않고 평화적인 방법으로 중국과 문제를 풀어 나가려는 정신을 뜻한다.

대화는 티베트 불교와 중도 정책의 핵심 요소다. 정치 면에서 달라이 라마는 티베트 문제를 해결하는 실질적인 방안으로 대화를 강력하게 주창한다. 그는 두 가지 수준에서 진행하는 대화를 이야기한다. 하나는 티베트 망명 정부와 중화 인민 공화국 간의 대화이고, 다른 하나는 티베트 국민과 중국 국민 간의 대화다.

그는 다음과 같이 말했다.

반세기가 지났지만 티베트 문제는 아직도 풀리지 않은 숙제로 남아 있다. 이렇게 풀리지 않은 채로 진행되는 상황은 티베트나 중국 누구에게도 이롭지 않다. 이런 식으로 계속 가면 티베트인들의 고통을 해결할 수도 없고 중국의 안정과 통합을 다질 수도 없으며 중국의 국제적인 이미지와 지위를 향상시키는 데도 도움이 되지 않는다. 이 문제를 사려 깊고 책임감 있게 처리하는 길은 대화하는 방법밖에 없다. 대화 외에 다른 현실적인 방안은 없는 것이다. (1998년 3월 10일 성명에서)

달라이 라마는 연설이나 성명에서 대화의 중요성을 강조한다. 그에 따르면 양자 간의 불신은 얼굴을 맞대면서 회담을 하고 열린 마음으로 대화하면 해소할 수 있는 것이다. 그는 자신의 의견을 이렇게 피력한다. "적어도 나의 경우, 티베트 문제를 해결하기 위해 대화를 지속적으로 추진하고 있다. 나는 티베트의 독립을 추구하지 않는다. 교섭이 시작되어 중국 측이 티베트의 사회경제적 발전뿐 아니라 문화적·종교적·언어적 정체성의 보존과 발전을 위해, 그리고 티베트인들을 위해 진정한 자치를 보장하기를 바란다." 1996년 3월 10일의 성명에서 달라이 라마는 "상호 이해를 증진시키기 위해" 티베트와 중국 사이의 대화를 장려하기도 했다. 이렇게 달라이 라마는 티베트 문제는 중국과 티베트가 직접 만나 대화를 함으로써 풀릴 수 있다고 확고하게 믿는다.

티베트 비폭력 정치의 설계사인 달라이 라마는 마하트마 간디의 길을 대단히 사랑한다. 달라이 라마가 "모든 형태의 폭력은, 특히 전쟁은 국가와 집단과 개인 간의 분쟁을 해결하는 수단으로 절대 받아들일 수 없다"고 언명한 세계 비폭력 선언을 비준하자 여타 종교 및 정치 지도자들은 그를 지나친 급진주의자로 생각하였다. 또한 달라이 라마는 "비폭력 저항은 의지가 강한 사람을 위한 것이요 자신의 선한 폭력으로 적의 악한 폭력을 잠재우겠다는 비뚤어진 논리를 생각하지 않는 소신이 분명한 사람의 것이다"라고 확신한다. 달라이 라마는 폭력적인 방법에서 궁극적인 해결책을 찾을 수 있다고 믿는 것은 근시안적인 사고라고 말한다. 우리는 그가 비폭력의 길에 대한 확고한 신념을 표현하는 것을 자주 들을 수 있다. 그에 따르면 폭력이나 대결은 일시적인 이익만을 가져올 뿐이다. 그런 이유에서 달라이 라마는 티베트 내에서 비폭력 저항을 독려한다. 티베트인들이 비폭력적인 방법으로 자신들이 느끼는 고통을 표현하는 것이 올바른 길이라고 받아들인다고 해서 티베트 비폭력 저항의 역동성이나 진행에 대해 아무렇게나 생각하지는 않는다. 이런 점으로 인하여 마하트마 간디나 마틴 루터 킹이 주도하던 운동과는 달리 현재 진행되고 있는 티베트의 비폭력 운동에 대한 전체적인 이해가 쉽지 않다. 그러므로 나는 여기서 잘 알려진 불교나 간디의 영향보다는 좀 덜 알려진 티베트 비폭력의 실용적인 요소들에 초점을 맞추고자 한다.

첫째, 달라이 라마에게 비폭력은 대립을 해결하는 데 가장 효과적이고 적절한 방법이다. 그에게는 정치적인 수단으로서의 비폭력에 대한 확고한 신념이 있다. 그는 "소련의 붕괴, 필리핀의 마르코스나 칠레의 피노체트 독재 정권의 몰락과 같은 사건들은 혁명적인 변화가 비폭력 운동의 열매라는 점을 적나라하게 보여 준다"고 지적한다. 나아가 그는 선린 관계를 위한 비폭력의 중요성을 인지하고 있다. 역사적으로 살펴보면 중국과 티베트는 이웃 나라였기 때문에 지금도 서로 평화롭고 좋은 관계를 유지할 수 있어야 한다고 주장한다. 따라서 양국을 갈라놓는 문제를 비폭력적인 방법으로 해결하지 않으면 안 된다. 이웃 나라끼리 폭력을 사용하면 양 국민은 대대로 경멸과 반목의 관계 속으로 빠져 들고 더 심한 폭력을 불러올 뿐이다. 그는 이스라엘과 팔레스타인의 끊임없는 반목, 폭력이 폭력을 부른 보스니아 사태를 예로 든다. 그뿐 아니라 비폭력적인 방법으로 민주화를 획득한 구소련, 필리핀과 칠레 등을 예로 든다.

둘째, 투쟁의 수단이 사회의 목표나 목적과 모순되어서는 안된다는 인식의 바탕에서 비폭력은 정치 분야에서 사용될 수 있다. 자치나 풀뿌리 민주주의에 바탕을 둔 정치 제도를 만들거나 갈등을 해소하는 데 폭력을 사용할 수 없음은 매우 자명하다. 비폭력적인 결과는 오직 비폭력적인 수단으로써만 획득할 수 있는 것이다. 달라이 라마가 확립한 비폭력과 민주주의의 관계를 주목하는 것 또한 중요하다. 실용주의적인 비폭력 접근법에서 또 하나 중요한 요소는 양자가 갈등의 해소를 필요로 한다는 점을 인식하는 것이다. 그래서 양자에게 이로운 해결책을 모색하기 위해 5개조 평화안과 같은 평화 전략의 예에서 보는 바와 같이 달라이 라마는 교섭과 대화에 혼신의 노력을 경주한다.

셋째, 작금의 티베트 상황에서 중국을 상대로 한 폭력은 현실과 동떨어진 이야기이며 티베트의 원래 목적에 역효과만 불러올 뿐이다. '티베트 청년 회의' 등과 같은 비정부 기구들이 폭력 투쟁을 주장하지만, 달라이 라마는 현재 상황에서는 비폭력이 중국과 상대하는 데 가장 효과적인 수단이라고 확신한다. 중국과 같은 강대국을 상대로 한 폭력 투쟁은 무모한 짓임을 달라이 라마는 잘 알고 있다. 달라이 라마의 말을 직접 들어 보자. "나는 성미 급한 사람에게 이걸 한번 생각해 보라고 하고 싶어요. 우리가 폭력적인 방법을 쓴다고 할 때 몇백 자루의 총만 있으면 되겠습니까? 아닙니다, 적어도 수만 자루의 총…… 한 10만 자루의 총이 있어야 할 겁니다. 그런 무기들을 대체 어디서 구입한단 말입니까? 우리에게 그런 무기를 공급해 주려는 나라가 있기나 할까요?" 달라이 라마는 다른 곳에서 티베트에 무기 공급을 해줄 나라는 없으며 설사 있다 해도 티베트로 무기를 반입하는 일은 결코 쉽지 않다고 여러 차례 지적한 바 있다. "50만 명의 티베트인들이 중국과 싸우기 위해 무기를 든다면 그건 순전히 자살 행위입니다." 무장 봉기는 중국이 티베트인을 말살할 수 있는 기회만 줄 뿐이라는 것이다. 나아가 티베트의 인구 감소로 인해 폭력 투쟁보다는 비폭력 투쟁이 보다 많은 사람들의 관심을 받고 있으며 비폭력 투쟁을 전개해야만 인명의 살상을 방지할 수 있다는 것이다.

마지막으로, 티베트의 비폭력 운동은 중국 국민들을 비롯하여 여러 곳에서 지지를 받고 있다. 달라이 라마는 "우리의 비폭력적인 자세로 인해 중국뿐 아니라 세계에 퍼져 있는 중국인들이 티베트 운동에 대한 공감과 관심을 표명하며 그 결과 공개적으로 티베트의 독립 운동을 지지한다"고 말했다. 그는 비폭력을 통해서만 중국과 티베트 양쪽에 좋은 해결책을 끌어낼 수 있다고 확고히 믿는다. 달라이 라마에 따르면 티베트에게 쏟아지는 엄청난 국제적 지지는 티베트 운동의 비폭력적인 성향에서 기인하는 것이다. 달라이 라마는 티베트 운동 및 문제에서 비폭력 운동의 중요성에 대해 공감을 표시하는 미디어에 종종 감사를 표시한다. "미디어가 티베트 문제에 관심을 가지면 전 세계의 많은 사람들이 티베트 운동에 관심을 갖게 된다. 세계인의 이목을 끄는 수단으로 미디어의 역할은 대단히 중요하다. 우리의 운동이 세계로부터 인정을 받으면 중국 당국도 억압적인 통치를 재고하고 티베트인들에게 필요한 정책을 시행할 것이다." 이렇게 티베트의 비폭력 투쟁은 중국과 티베트 모두에게 좋은 해결책을 도출하는 데 현실적이고 실용적인 대안이라고 하겠다.

티베트 비폭력 투쟁의 전략

달라이 라마는 1956년 인도를 방문해서 많은 간디주의자를 만나고 티베트 상황에 대해 상의했다. 간디주의자들은 달라이 라마에게 티베트로 돌아가서 독립 투쟁을 하라고 권고했다. 달라이 라마는 그들의 권고를 받아들여 티베트로 돌아가 독립 투쟁을 했다. 하지만 아무런 결과가 없었다. 그러다가 1959년 마침내 더 이상의 대안이 없자 그는 인도로 망명을 했다. 망명 생활을 하면서도 그는 티베트 문제를 풀기 위해 중국 정부와 직접 접촉하여 교섭을 하고자 했다. 직접적인 접촉과 교섭이 난관에 봉착하고 한인 이주 정책으로 말미암아 티베트 문화가 심각하게 위협을 받자 달라이 라마는 티베트 비폭력 운동을 다른 차원으로 끌고 갈 수밖에 없었다. 즉, 중국 측이 협상 테이블로 나오기를 희망하면서 티베트 문제를 국제적인 이슈로 만들고자 했다. 달라이 라마는 1996년 6월 독일에서 개최된 2차 '티베트 지원 그룹' 회의 연설에서 중국−티베트 교섭의 교착 상태로 인해 티베트 문제를 국제적인 이슈로 만들 수밖에 없는 상황을 다음과 같이 토로했다.

중국 측의 무반응으로 인해 우리는 5개조 평화안을 발표할 수밖에 없습니다. 이는 전적으로 중국 측의 무반응의 결과입니다. 따라서 우리는 국제 사회의 지지를 이끌어 내는 것 외에는 다른 대안이 없습니다.

여기서 달라이 라마는 '교섭을 원하는 티베트 측의 요청에 중국 측이 아무런 반응도 보이지 않는다'는 사실과 '티베트 문제를 국제 이슈로 만들면서 중국 측을 상대할 수 있는 대안도 없다'는 사실을 역설했다. 달라이 라마는 직접적인 목적이 티베트 문화를 보호하기 위해 중국과 대화하는 것이었기 때문에 국제적인 윤리적·정치적·경제적 압력이 티베트에게 남은 유일한 선택이라고 판단했다. 이런 이유로 달라이 라마는 종종 공개적으로 "중국 측이 협상 테이블로 나올 수 있도록 국제 사회가 즉각적인 압력을 행사해 주기"를 요청하곤 했다.

티베트의 중도 정책은 비폭력과 대화를 핵심 요소로 하고 국제 사회의 압력을 이용하여 중국 측이 티베트 문제의 정치적 해결에 동의하게 만드는 것이다. 티베트는 세계 각국의 입법부를 통한 노력, 즉 티베트 문제를 각국 입법부의 의안으로 만들고 티베트 정책의 변화를 끌어내어 중국에 압력을 가하게 했다. 이런 전략은 1987년 이후부터 티베트 내의 비폭력 저항과 중화 인민 공화국과의 대화, 티베트 문화와 종교를 보호하기 위한 '망명 정부의 건설적 프로그램', 티베트 문제의 국제화 및 미디어 활용 등 4개 분야에서 발전을 거듭해 왔다. 티베트인들은 티베트 내의 비폭력 저항을 통해 티베트가 진정으로 원하는 사항들을 중국과 외부 세계에 전하였으며 평화 전략을 통한 대화 정책은 중국 정부와의 교섭에 토대가 되었다. 티베트 망명 정부의 건설적 프로그램은 티베트 종교와 문화를 보호하여 발전시키고 티베트의 자유와 민주화를 실현하는 데 그 목적이 있다. 마지막으로 티베트 이슈의 국제화는 국제 사회와 미디어를 활용하여 중국 측이 평화적 해결 방안을 받아들이도록 압력을 가하는 것이다.

현실주의 학파에 속한 학자들은 국제화 전략을 비판하지만 정치적 이상주의와 다원주의 계통의 학자들은 티베트 이슈의 국제화를 높이 평가한다. 양쪽 학자 진영은 티베트가 중국의 전략적 관심사요 티베트 문화가 그 생존을 위협받고 있다는 데 의견을 같이하지만 제시하는 해법은 서로 다르다. 현실주의 계통의 학자들은 티베트의 대중국 입장에 구조적 변화를 주지 않는 가운데 티베트인들의 생명을 담보할 수 있도록 달라이 라마의 복귀와 화해를 위한 3자간(특히 미국을 포함하여) 대화를 추천한다. 협상 테이블로 나오도록 중국에 압력을 가하는 수단으로 국제적인 경제·사회 봉쇄를 하자는 이상주의 계통의 학자들은 티베트 국민과 문화를 파괴로부터 보호하려면 중국 측과 적극적인 비폭력 협상을 해야 한다고 제안한다. 양자의 요구에 부합하는 갈등 해소 방안을 연구하는 양 진영의 학자들은 불균형 상태가 심한 갈등 구조를 푸는 데, 즉 장기적으로 유지 가능한 평화 구조를 위해 티베트 망명 정부와 중화 인민 공화국 사이의 힘의 균형을 맞추는 데 있어 중대한 요소를 간과했다. 그들은 중국-티베트의 사회정치적 관계에 평화적인 변화를 이끌어 내고 힘의 균형을 맞추는 데 필요한 핵심 요소로 비폭력 운동과 3자 대화를 들었다. 이론적으로 보면 이 두 요소는 불균형 상태의 갈등을 관리하는 데 많은 기여를 할 수 있다. 즉,

비폭력적인 활동은 양자 간의 갈등을 수면 위로 드러내 놓을 것이고 3자간 대화는 힘의 균형을 맞추는 데 도움이 될 것이다. 이들 두 요소가 달라이 라마 중도 정책의 핵심을 이루고 있다. 그러므로 중도는 종교적 원칙이나 윤리적 원칙 이상의 것이다. 중도는 정치적이면서 동시에 실리적인 것이다.

비록 이 4차원적 전략이 중국을 협상 테이블로 끌어내는 데는 실패했으나 국제적인 지지와 결속, 관련 경비 등을 얻은 정치적 성공을 고려할 때 비폭력 전략은 아시아에서 일어난 폭력 전략 이상으로 많은 성공을 거두었다고 할 수 있다. 특히 티베트 내에서 일어날 수 있는 폭력 충돌을 미연에 방지하는 데 성공했다. 중화 인민 공화국 내의 여타 소수 민족과 티베트의 저항을 고려하면 티베트의 폭력은 모든 당사자들 간에 엄청난 인적 · 물적 희생과 참사를 야기할 수 있다. 세계적인 차원에서 보면 티베트 내의 폭력은 망명 정부와 중국 간에 벌어지고 있는 갈등의 현상(現狀)에 좋지 않은 영향을 줄 것이며 국지적으로는 약 8만 명의 티베트 난민이 살고 있는 인도의 간섭을, 국제적으로는 티베트 로비가 활발한 미국의 간섭을 불러올 것이다.

그럼에도 불구하고 강력한 중화 인민 공화국과 무력한 티베트 망명 정부 사이의 정치사회적인 관계에서 얽혀 있는 불균형적 갈등 상황은 해결의 방향으로 가는 데 험난한 여정을 예고한다. 현재의 갈등 구조 속에서는 강한 지배자가 승리하고 약한 피지배자가 패배할 수밖에 없기 때문에 먼저 갈등의 구조를 변화시키고 수면 위로 부각시킨 다음, 갈등 해소를 위해 노력해야 한다. 비폭력 운동만이 이런 일을 효과적으로 수행할 수 있다. 티베트의 비폭력 운동은 지금까지 티베트 내의 잠재적 폭력과 갈등을 완전히 해소하지 못했지만 갈등을 수면 위로 드러내고 갈등 구조를 변화시키고 티베트 내의 폭력을 예방하여 평화를 정착시키는 길만이 티베트-중국 갈등 관계를 풀 수 있는 유일한 열쇠다.

결론

앞에서 논증한 바와 같이 이 글의 목적은 정치와 종교의 불가분 관계를 바라보는 간디 사상을 이어받은 달라이 라마의 사상에 이의를 제기하거나 그의 사상을 해체하려는 데 있지 않다. 그보다는 불교의 정신적 가치를 토대로 한 달라이 라마 정치의 현실주의적인 측면을 조명해 보려는 데 있었다. 이 글이 시도한 달라이 라마의 중도 정책에 대한 비판적 분석은 현재 진행 중인 비폭력 운동과 민주화 발전에 매우 중요하다고 생각한다. 반면에 티베트 사례는 독재 정권에 대항하여 싸우는 여타의 나라들에게 갈등 해소의 새롭고 효과적이며 비폭력적인 방법을 제시한다. 톨스토이와 간디, 킹 등과 같은 평화주의자들의 사상을 이어받은 달라이 라마는 마키아벨리식의 폭력 사상을 비판하고 세계 평화를 증진시키기 위해 노력했다. 그는, 현실 정치의 인습을 깨려는 바람에는 다분히 이상주의적인 데가 있는 것이 사실이지만 중국과의 갈등을 평화적으로 처리하고 티베트 민주화를 이룩함으로써 자신의 비전을 이 땅에서 실천하고 있다는 점에서 현실주의적이다. 정책을 보면 다분히 낙관주의적인 경향이 있지만, 그는 상처 속에서가 아니라 희망 속에서 영감을 끌어낸다. 그리고 관념이 아니라 대안을 끌어낸다. 그가 티베트 문제를 처리하는 모습이나 티베트 정치를 혁신하는 모습에서 우리는 티베트와 중국, 그리고 인접 국가들이 함께 잘살 수 있는 길을 모색하려는 그의 마음을 읽을 수 있다. 그래서 그의 정치 철학, 특히 중도 정책은 불교와 간디의 사티아그라하에 그 뿌리를 두고 있으며 국제 정치에 대한 현실 감각은 평화 연구의 건실한 자원이 되고 있다.

센틸 람(Senthil Ram)

뉴델리 소재 자와할랄 네루 대학교에서 중앙아시아학 박사 과정을 이수했다. 스웨덴 예테보리 대학교의 평화·개발 연구학과에서 객원 연구원으로 재직 중이며 노르웨이 트롬쇠 대학교의 평화학 센터를 위해 「갈등 해결을 위한 비폭력적 접근, 티베트의 사례」 논문을 집필하고 있다.

봉건 군주냐, 사회주의자냐

엘라 간디

　망명 생활 내내 달라이 라마는 티베트 문제의 평화적 해결을 위해 중국과 교섭해 왔다. 적들이 언젠가는 빛을 볼 수 있도록 적들을 위해 기도하고 적들을 사랑하고 모진 세월을 감내하며 비폭력 저항이라는 간디 사상을 따라 티베트와 티베트인들을 위해 투쟁하고 있다. 비동맹 운동의 주도적 회원국인 인도는 성하에게 망명처를 제공했다. 그뿐 아니라 수많은 티베트 난민들이 다람살라에 티베트 마을을 건설할 수 있도록 부지를 제공하기도 했다. 서구 사회는 여러 모로 티베트의 독립 운동을 지원했다. 세계가 티베트 운동을 얼마나 지원하고 있고 마지막 남은 공산 국가들과 얼마나 대항하고 있는지에 대해서는 많은 이견이 있다. 성하는 아직도 제3세계의 지원을 끌어내기 위해 정지 작업을 하고 있다. 유엔에서는 티베트 문제의 의안 상정이 부결되었다.

신생 국가들의 지지 부족으로 인해 세계 곳곳에서 민중 혁명으로 전복된 왕정 체제의 역사적 기원에 의해 생성된 문제가 제기되었다. 티베트의 정치 체제는 붓다의 화신이라고 하는 사람이 통치하는 왕정인가?

현대 과학이나 대중문화, 비불교도 등은 붓다의 화신 사상을 받아들이지 않는다. 붓다의 화신은 사이비 종교요 착취적인 사상이며 사람들의 공감을 끌어낼 수 없는 것이라고 생각하는 것이다.

달라이 라마의 반대자들이 각기 다른 것처럼 티베트 운동을 지지하는 사람들 역시 각기 다르다. 티베트 운동을 지지하는 사람들은 중국의 학자에서부터 중국의 평범한 노동자에 이르기까지, 좌파 운동을 하는 여러 나라 사람들에서부터 극우파의 사람들까지 다양하다. 티베트 운동을 지지하는 동기도 다양하고 티베트 운동을 반대하는 동기 또한 다양하다.

참혹한 인권 유린에 깊은 관심을 가지고 티베트인들이 받고 있는 억압과 그 고통에 대해 분개하는 사람들도 많은 반면, 자신의 욕망만을 쫓는 사람들도 많다. 이들은 자본주의에 매달리려는 사람에서부터 사리사욕을 취하려는 속 좁은 사람, 전략적 위치를 점하려는 거대한 야망의 소유자까지 다양하다. 세계화와 반세계화 운동이 우리에게 가르쳐 주는 진리는 그런 사리사욕을 추구하는 사람에게는 강한 유대 관계가 있어서 그 규모는 비록 작으나 종종 다방면에서 권력을 휘두른다는 것이다.

우리 현대인들은 하나의 지구촌에 살고 있다. 하지만 이 세계는 서로 다른 종교, 사상, 풍요와 빈곤, 흑백, 도시와 시골, 현대와 전통 등 수없이 다양한 차이로 인해 분열되어 있다. 이런 다양성을 생산적인 풍요로움으로 만드는 대신, 인간은 서로를 죽이고 살육한다. 이런 와중에서도 수많은 사람들이 평화를 갈망한다. 필사적으로 평화를 갈망한다. 성하는 인류가 스스로 정한 길의 방향을 바꾸려고 필사적으로 노력하는 지도자들 중한 사람이다. 성하의 노력은 성공을 거둘 수 있을까?

우리는 중국사에서 압제적·봉건적 사회 질서가 사회주의 혁명에 의해 무너지는 장면을 볼 수 있다. 나는 여기서 사회주의 운동의 장단점을 말하려는 게 아니다. 대신에 중국의 민중 운동은 사치스러운 귀족 정권을 무너뜨리는 데 성공했다고만 말해 두기로 하자.

중국 농민들은 마오쩌둥을 위시한 사회주의 지도자들의 지도 아래 궐기하여 중국 제국을 붕괴시켰다. 제국이 무너진 자리에 인민 공화국이 들어섰다. 그리고 새로운 사회 질서가 확립되었다. 가난에 찌들고 압제 아래 신음하던 농민들이 역사상 처음으로 자긍심을 갖고 살게 되었다. 그리하여 마침내 무수한 중국인들을 고통으로 몰아넣었던 가난이 끝났다.

하지만 종종 참혹하게 민중을 억압했던 사람들은 자신이 한일에 대해 별다른 가책을 받지 않았다고 역사는 기록한다. 어떻게 이런 일이 있을 수 있을까, 우리 마음으로는 헤아리기 힘들다. 하지만 역사 속에는 민중을 혹독하게 탄압하고 훗날에는 자신이 저지른 탄압을 잊어버리는 사람들이 수없이 나타난다. 그런 식으로 중국은 티베트를 정복하고 탄압했다. 외견상 중국은 봉건제 아래 살던 티베트인들의 삶을 향상시킨 것처럼 보인다. 그러나 현실을 보면 중국은 티베트를 점령하고 싶어 했다. 성하는 이 점을 분명하게 인식하고 있지만 중국을 비난하지는 않는다. 여기에 성하의 도량과 겸손이 있다.

성하와 그의 삶, 티베트인에 관한 책들을 읽어 보면 예지자, 자비로운 영혼, 해탈한 영혼의 이미지가 떠오른다. 예를 들어, 『본질적인 가르침』에서 성하는 이렇게 말한다. "우리 주위의 세상을 둘러보십시오. 우리는 이런 세상을 문명사회라 합니다. 2천 년 넘게 사기와 타락, 증오, 남용, 착취 등으로 행복을 찾으려는 사회가 과연 문명사회일까요?"

성하는 웃기를 좋아하는 소박한 승려요 중국의 비인간적인 공격에도 평정심을 잃지 않는 차분한 승려다. 성하가 사랑하는 조국의 파괴와 거의 1백만 명에 달하는 사망자, 수없는 투옥과 고문 등을 이야기할 때면 성하의 상처와 고통이 고스란히 드러난다. 그럼에도 불구하고 성하는 속 좁게 자신이나 티베트인만을 생각하지 않는다. 그 대신에 세계를 생각하고 우주를 생각한다. 맑은 계곡 물의 오염과 원시림의 무분별한 벌목으로 인한 산림의 황폐화, 다이너마이트 등으로 산을 깎아 내리는 행위, 살육과 고문과 감금 등은 성하와 티베트인들뿐 아니라 세계 생태계 전체에 심각한 영향을 주고 있다. 언제나 웃는 얼굴에 쾌활한 성격 때문에 티베트의 깊은 고통과 상처가 겉으로 드러나지 않지만 때로 얼굴에 깊게 파인 주름에서 도움을 청하는 외침과 자연의 경고를 들으라는 주장을 들을 수 있다.

어떤 이에게 성하는 한 명의 승려요 다른 이들에게는 티베트의 수장이요 또 많은 이들에게는 고유한 인격을 소유한 붓다의 화신이다. 하지만 성하 자신은 이런 생각들에 동의하지 않는다. 이 글에서 나는 성하가 봉건 군주라는 신화를 일소하고 싶다. 그는『본질적인 가르침』에서 이렇게 말한다. "인도나 아프리카 등지에서 기근과 고통이 지배하는 것은 천연자원이 부족하거나 경제 발전의 수단이 없기 때문이 아니라 각자가 자신의 이익을 위해서 타인에게 피해를 주는 이기심 때문이다."

성하는 달라이 라마에게 주어진 고유한 권한으로 달라이 라마의 지위를 개혁했다. 1963년 티베트의 민주주의를 위해 자신의 권력 중 많은 부분을 내놓았다. 망명지에서 일인일표제가 도입되고 민주 의회가 선출되었다. 성하의 지도 아래 티베트인들은 민주주의 원리에 입각한 헌법을 제정했다. 또한 성하는 티베트가 해방되면 임시 정부와 제헌 의회를 구성하여 새로운 헌법을 제정하겠다고 선언했다. 나아가서 이런 임수를 완수한 후에는 모든 권력을 새로 선출된 정부에 이양하고 자신은 은퇴하여 평범한 승려로 살겠다고 말했다.

성하가 제시한 5개조 평화안은 다음과 같다.

1. 티베트 전역을 평화 지대로 지정
2. 티베트 민족의 근간을 위협하는 한인 이주 정책 포기

3. 티베트 국민의 기본 인권 및 민주 자유 보장
4. 티베트 자연환경 복구 및 티베트를 핵무기 생산지와 핵폐
   기물 처리장으로 이용하는 중국 정책 포기
5. 티베트의 미래 지위 및 티베트-중국 관계를 위한 교섭 착수

성하는 여기에 '석유와 광물 자원의 개발 중지'를 추가했다.

이 평화안은 티베트 민족에 대한 장기적이고 무자비한 침략 행위에 종지부를 찍으려는 성하의 합리적인 의지를 담고 있다. 성하는 중국인들을 형제자매로 생각하며 그들에게 우정의 손길을 내민다. 중국인과 티베트인은 같은 종교와 역사를 공유하고 있으며 서로 도움을 주고받던 선린이었다고 생각한다. 많은 중국인들이 성하를 진실하게 존경한다. 현재 티베트인들이 겪고 있는 탄압과 고통에도 불구하고 성하는 양국이 사이좋은 이웃으로 살 수 있다고 믿는다.

성하는 저술 활동을 통해 자비, 소박한 생활의 나눔, 대지와 친밀한 삶, 환경 보호, 건강한 삶 등을 주창한다. 티베트의 전통적인 믿음을 유지하면서도 현대 생활을 깊이 이해한다. 마하트마 간디처럼 성하도 훌륭한 전통의 가치는 계승·발전시키고 발전을 저해하거나 압제적인 인습은 과감히 타파한다.

『달라이 라마의 행복론』에서 성하는 인간에 대해 이렇게 기술했다.

일반적으로 보면 세상에는 두 종류의 인간이 있다. 첫째 유형

의 사람은 친척들에 둘러싸여 부와 출세가도를 누리는 사람이다. 그런 사람이 삶의 가치를 모두 물질에 둔다면 재산이 있는한 안정된 삶을 누릴 수 있다. 하지만 재산이 줄어들기 시작하면 달리 기댈 데가 없기 때문에 불행해지기 시작한다. 그와 달리 둘째 유형의 사람이 있으니, 그는 경제적인 부와 성공을 누리면서도 동시에 마음이 따뜻하고 깊으며 자비심이 있는 사람이다. 그는 삶의 가치와 행복을 정신적인 것에 두기 때문에 재산이 없어진다 해도 불행해지지 않는다. 이렇게 두 가지 유형의인간을 생각해 보면 따뜻함과 애정이라는 내면의 부가 진정한가치임을 어렵지 않게 깨달을 수 있다.

위에서 보는 바와 같이 성하는 현대의 물질주의를 파괴의 근원으로 본다. 진정한 행복은 물질을 얻는 데서 오는 게 아니라내면에서 온다고, 자족하는 데서 온다고 말한다. 성하의 이상은 봉건주의적인 것이 아니라 사회주의에 가깝다. 성하가 전통사회에 속해 있으면서도 티베트 헌법이 보장하는 여성의 권리를 주장하고 있다는 점은 특기할 만하다.

사회의 모든 분야에서 여성의 참여를 지원하고 여성의 지위를 향상시키려는 노력이 진행되고 있다. 티베트 여성들은 독립운동에서 지도력을 발휘하고 있으며 상당수의 여성들은 독립투쟁을 하다가 투옥되었다. 왜 중국이 티베트를 점령했는지, 왜 어떤 사람들은 티베트의 투쟁을 지지하고 다른 사람들은 지지하지 않는지, 왜 사람들이 마하트마 간디를 추앙했던 것처럼 성하를 추앙하는지 이해하고 싶으면 불교를 보다 깊이 이해해야 한다. 성하 자신이 불교 철학의 뛰어난 학자이며 집필 활동을 통해 불교 철학의 정수를 간명한 언어로 밝혀 준다. 이 불교 철학을 이해하기 시작할 때라야 우리는 예리하면서도 자비로운 마음, 미래를 계획하면서도 현재에 자족할 줄 아는 마음, 활발히 움직이면서도 고요히 침묵할 줄 아는 마음을 일견할 수 있다. 그런 마음을 소유한 존재는 봉건 군주의 역할을 하기에 적합하지 않다. 본질적으로 성하의 사상은 사회주의에 가까우며 그의 삶과 사상은 후세에도 밝은 귀감으로 빛날 것이다.

엘라 간디(Ela Gandhi)
마하트마 간디의 손녀로 인도의 평화운동가이다. 남아프리카 공화국에 거주하며 정치 운동가, 사회 복지사로 활동하고 있다. 아프리카 민족 회의의 회원이며 평화 문제를 다루는 국제 기구 및 티베트 지원 단체들과 긴밀한 관계를 맺고 있다.

달라이 라마의 영적 고향

달립 메흐타

인도는 지난 44년 동안 달라이 라마라는 귀중한 영혼이 인도 땅에 거주하는 축복을 누렸다. 역사적으로 인도는 위대한 종교 지도자들이 출현한 나라로 유명하다. 또한 박해받는 사람들이 피난처를 마련하고 마침내는 영원히 거주하며 다문화 사회 모자이크를 더욱 풍요롭게 만들었던 나라로 유명하다. 1959년 3월 달라이 라마가 수만 명의 티베트인과 함께 인도로 망명한 역사적인 사건에서 우리는 인도의 전통이 살아 있음을 확인할 수 있었다.

달라이 라마는 고국에서 법왕으로 추앙받았지만 나라 밖에서는 거의 알려지지 않은 존재였다. 오랜 세월 인도에서 망명 생활을 하면서 달라이 라마는 세계인의 사랑과 존경을 한 몸에 받는 지도자로 성장했다. 또한 티베트인들의 기대와 희망의 불씨를 간수하고 고유한 티베트 문화를 보존하는 데 성공했다. 그리고 자신의 원칙을 고수하면서도 고국을 위험에 빠뜨리지 않는 일을 성공적으로 수행했다. 인도는 물론 전 세계적으로 흩어져 있는 티베트 난민들이 소중한 전통의 뿌리를 간직하면서 현대 세계에서 적응하고 발전해 나갈 수 있도록 뒷받침을 아끼지 않았다. 인도라는 망명지에서 조국의 해방을 위해 노력하고 있는 달라이 라마가 티베트를 탈출하지 않아도 되는 운명이었다면 지금과 같은 놀라운 업적을 이루어 내지 못했을지도 모른다.

1950년 중국의 침략과 점령, 그리고 1959년에 일어난 거국적인 라싸 봉기에 대한 잔인한 진압으로 인해 달라이 라마는 인도에 망명을 요청할 수밖에 없었다. 이후 펼쳐진 격동의 시대에 중국은 티베트 지역이 정체성을 상실하고 인민 공화국에 완전히 편입되기를 기대하며 티베트의 문화와 문명을 체계적으로 말살했다.

티베트의 국제법적인 지위를 놓고 의견이 분분하다. 달라이 라마를 비롯한 여러 사람들은 티베트가 다른 나라들처럼 외국의 침입을 받기도 하고 외국을 침입하기도 했지만 티베트는 엄연한 독립국으로서 타국의 영토로 전락한 적이 없었다고 주장한다. 그런 이유 때문에, 1954년 인도가 중국과 협정을 맺어 "티베트는 중국의 일부다"라는 중국 측의 주장에 손을 들어 준 것은 참으로 실망스러운 일이 아닐 수 없었다. 그렇게 함으로써 인도는 티베트의 정치적 · 역사적 정체성을 변질시키는 역할을 해 버렸다. 공식 협정에서 티베트를 "중국의 티베트 지방"으로 기술함으로써 티베트에 대한 중국의 주권에 정당성을 부여한 꼴이 되어 버린 것이다.

그런 상황에서도 네루 정부는 곧바로 달라이 라마의 망명을 허용하고 1959년 3월 말 인도에 도착한 달라이 라마 일행을 환대했다. 달라이 라마는 곧바로 인도에서 삶의 터전을 마련하고 티베트 내외에 있는 티베트인들이 자유의 정신을 잃지 않도록 용기를 북돋우었다. 인도-중국 관계가 아시아 평화에 지대한 영향을 미칠 수 있다는 사실을 알고 있던 네루가 달라이 라마의 망명을 허용한 것은 대단히 용기 있는 결단이었다. 달라이 라마의 망명 허용은 중인(中印) 관계의 마찰 및 악화의 원인이 되었을 뿐 아니라 중국이 인도를 용서하지 못하는 원인이 되었다. 달라이 라마를 신이자 왕으로, 난국에는 유일한 희망이자 구세주로 모시는 6백만 티베트 동포를 내버려 두고 떠난다는 것은 결코 쉬운 결정이 아니었다. 그래서 달라이 라마는 망명을 놓고 고문들이 격론을 벌이는 가운데, 마지못해 고국을 떠나야 했다. 달라이 라마는 중국이 그와 티베트인을 탄압하는 환경에서보다는 인도의 자유로운 환경 속에서 티베트와 티베트인들을 위해 더 많은 일을 할 수 있을 것으로 내다본 것이다.

달라이 라마는 24세라는 젊은 나이에 은둔의 나라에서 쫓겨나와 네루와 마오쩌둥, 저우언라이 등과 같은 거물들이 휘젓고 다니는 국제 무대 속으로 떠밀려 들어왔다. 이런 국제 무대에서 경험이 일천한 달라이 라마는 티베트의 독립 및 티베트 종교와 문화의 계승·발전이라는 두 가지 목표를 성취하고자 했다. 본격적인 정치 생활에 뛰어들면서 달라이 라마는 폭력으로는 거대한 중국과 싸워 승리할 수 없음을 깨달았다. 그는 자신이 존경하는 마하트마 간디로부터 "비폭력은 결코 나약한 대응이 아니며 지배자의 마음을 돌려놓을 수 있는 유일한 길이요 도의적인 용기요 폭력보다 효과적인 길임"을 배웠다.

달라이 라마는 인도에 도착하고 나서 곧바로 망명 정부를 세웠으며 인도 정부로부터 공식적인 인정을 받지는 못했으나 아무런 방해를 받지 않고 지금까지 활동해 오고 있다. 달라이 라마가 성명을 발표하면 인도 정부는 곧 격렬하게 그의 견해를 반대하고 나섰지만 원천적으로 성명을 발표하지 못하게 하거나 방해하는 일은 거의 없었다. 달라이 라마와 티베트인들이 사는 방식에 대해서도 인도 정부는 아무런 간섭을 하지 않았다. 네루가 달라이 라마에게 말했던 것처럼 인도는 자유 국가이기 때문에 달라이 라마에게는 "자신의 양심에 따라 행동할 수 있는 자유가 완전히 보장되어" 있었다. 오늘날 티베트 중앙 행정부로 알려진 달라이 라마 정부는 10여 개국에 흩어져 사는 10여 만 티베트 난민들의 운명을 짊어진 기구로서 모든 기능을 수행하고 있다.

망명 정부를 세운 후 줄곧 달라이 라마는 인도 수상들과 교류했다. 어떤 수상들과는 긴밀한 관계를 유지했고 또 어떤 수상들과는 형식적이며 적절한 관계를 유지했다. 그러면서도 인도 수상들 모두는 달라이 라마를 대단히 존경했다. 달라이 라마는 인도의 정치 인사들 중에서 라자고팔라차리와 라젠드라 프라사드, 자야 프라카시 나라얀, 아차리아 크리팔라니 등과의 관계를 각별하게 생각한다. 네루와의 관계는 종종 정치적으로 어쩔 수 없는 환경에 의해서 좌절과 실망으로 이어지기도 했으나 위대한 인간성과 관용과 자유주의의 진면목을 보여 준 인간에 대한 존경에는 언제나 변함이 없었다. 또한 종종 국사에 관한 문제들을 털어놓았던 인디라 간디와도 개인적으로 밀접한 관계를 유지했다.

달라이 라마는 인도의 지도 인사들과 교류하면서 망명 정부의 목적을 추구해야 할 때도 항상 인도의 정책과 국익을 먼저 생각했으며 인도로 망명했을 때 인도 정부와 국민이 보여 준 따뜻한 환대에 대해 언제나 잊지 않고 감사했다. 도덕적인 문제나 윤리적인 문제가 국가 안보 등과 같은 첨예한 문제를 만났을 때 도외시될 수밖에 없는 냉혹한 현실 정치의 세계를 최초로 경험한 것은 네루와 교류하던 초창기였다. 달라이 라마는 네루가 보여 준 티베트인의 안녕에 대한 깊은 관심과 인도주의를 높이 평가하면서도 네루 역시 중국과의 관계를 우선시한다는 사실을 깨달았다. 그러면서 중국 측이 어떻게 나올지 번연히 알면서도 자신에게 망명을 허용하고 인도 국경을 넘어온 8만여 명의 티베트인들에게는 정착을 허용하는 중대하고도 어려운 결단을 내린 사람이 다름 아닌 네루였음을 한시도 잊지 않았다.

지난 세월 달라이 라마는 티베트의 정당한 권익을 보호하기 위해 중국 정부가 받아들일 수 있을 정도로 현실적이라고 생각되는 범위 내에서 다양한 제안들을 했다. 이를테면 1987년 9월 미국 의회 연설에서 달라이 라마는 티베트 문제의 본질적인 해결의 토대라고 믿는 5개조 평화안을 제시했다. 여기에서 그는 티베트 전역의 평화와 비폭력 지역화, 티베트의 인구 분포를 변화시키는 한인 이주 정책의 포기, 티베트인의 기본 인권 및 민주적 자유 보장, 티베트 환경 보호 및 티베트 내의 모든 핵 활동 중지, 티베트의 미래 지위 및 중국과 티베트 인민 간의 관계를 위한 교섭 착수 등 5개조 평화안을 밝혔다. 모두 합리적인 방안이었지만 중국 측은 달라이 라마가 조국의 분리를 선동한다고 비난하면서 이 평화안을 일축해 버렸다.

중국 측의 비타협적인 태도로 인해 2002년 9월 달라이 라마의 특사단이 베이징을 방문할 때까지 10년 동안 대화는 꽁꽁 얼어붙었다. 특사단은 중국 지도부에 '본질적으로 중화 인민 공화국 내에서 티베트의 자치를 요구하는 달라이 라마의 중도 정책'을 설명했다. 달라이 라마는 완전한 독립은 실현 불가능하다는 사실을 깨달았기 때문에 특유의 실용주의 노선 하에서 해방과 독립의 차이를 명확히 했다. 달라이 라마의 중도 정책은 중국이 티베트의 외교와 국방을 맡고 티베트가 내치와 문화, 종교, 경제를 책임지는 것을 골자로 한다. 바꿔 말하면 달라이 라마는 완전한 독립이나 중국으로부터의 분리 정책을 포기하고 티베트인들이 고유한 문화와 종교를 보존할 수 있도록 6백만 티베트인에게 진정한 자치를 허용해야 한다고 주장한다.

연례적으로 발표되는 3월 10일 성명에서 달라이 라마는 대화만이 "양자 간의 차이를 극복하고 슬픔과 불신과 증오의 세월을 청산하며 평등과 우애와 상호주의에 바탕을 둔 새로운 관계를 형성할 수 있는 지혜롭고 인도적인 길"이라고 천명했다. 또한 그는 "세계를 둘러보면 민족 간 갈등에 주의를 기울이지 않으면 그 갈등이 어떻게 폭발하며 더 이상 손을 쓸 수 없을 정도로 악화되는지 어렵지 않게 볼 수 있다"고 지적했다. 그러면서 중국의 새로운 지도부가 중도 정책에서 드러난 티베트의 기대를 보다 인간적이고 탄력 있게 고려해 주기를 기대한다. 그러나 중국 측의 의향은 누구도 예측할 수 없다. 일각에서는 중국이 현 달라이 라마가 세상을 떠나고 자신들의 구미에 맞는 후계자를 앉힐 날만 기다리며 시간을 벌고 있다는 관측이 나오기도 한다.

달라이 라마는 티베트와 그 국민의 고통에 대해 세계인의 양심을 일깨우는 데 놀라운 성과를 거두고 있다. 비록 각국의 정부는 공개적인 지지를 꺼리지만 티베트 문제는 이미 세계 각국의 외교 의제로 올라와 있는 실정이다. 그간 티베트의 정당한 기대에 부응할 수 있도록 각국의 정부 정책을 움직여 온 '티베트를 위한 국제 캠페인' 등과 같이 티베트 운동을 지지하고 후원하는 비정부 기구들이 우후죽순처럼 생겨났다. 달라이 라마가 도발적인 언행을 삼가며 차분하고 지속적인 노력을 한 결과, 많은 세계인들이 티베트를 지지하고 사랑하게 되었다. 그는 지칠 줄 모르는 정력으로 전 세계의 수많은 나라들을 돌아다니며 어떠한 증오나 비난의 감정 없이 티베트 운동을 설명하고 그것에 대한 이해와 지지를 이끌어 내려고 노력했다. 참으로 다루기 힘든 티베트 문제를 해결하는 데 있어 평화적이고도 비폭력적인 노력을 수행한 공로를 인정받아 노벨 평화상을 수상하게 되었는데, 이 수상은 그가 주장해 온 심오한 영적 가치를 국제 사회가 인정해 준 사건이었다. 노벨상 위원회는 달라이 라마를 이렇게 평가했다. "달라이 라마는 자연과 인류를 껴안으며 모든 생명체를 한없이 존중하는 마음과 보편책임의 개념을 바탕으로 평화의 철학을 발전시켰다."

달라이 라마는 종종 자신의 보편책임 사상이 고대 인도의 전통에서 발전한 것이며 자신이 받은 승려 교육은 모두 인도 문화에 뿌리를 두고 있다고 언급했다. 그에게 인도는 여러 면에서 영적인 고향이다. 그가 언급하는 것처럼 티베트 불교는 문화와 함께 인도에서 전래되었다. 그는 "티베트의 종주권을 주장할 수 있는 나라가 있다면 그것은 영향이 미미했던 중국이 아니라 인도여야 한다"고 말하기도 했다. 그러면서 인도와 티베트의 관계를 선생과 제자의 관계에 비유하기도 했다.

달라이 라마의 정치 철학은 "사랑과 자비, 용서만이 평화로운 변화를 이끌어 낼 수 있으며 비현실적으로 보이는 비폭력 운동은 진정으로 가능하다"는 믿음에 기초한다. 그는 많은 티베트인들이 중국의 탄압에서 벗어나기 위해서는 무력 투쟁을 해야 한다고 생각한다는 사실을 잘 알고 있다. 그러나 달라이 라마의 아힘사에 대한 믿음은 확고하며 독립 운동이 폭력으로 변질되면 양위를 하겠다고 선언하기도 했다.

인도에서의 망명 생활은 달라이 라마에게 고대로부터 내려오는 관습과 제도를 실용적이고 장기적인 안목으로 점검하여 현대화하는 기회가 되기도 했다. 엄격한 달라이 라마 의전은 축소되거나 간소화되어 티베트인들이 보다 쉽게 달라이 라마에게 다가갈 수 있게 되었다. 달라이 라마는 자발적으로 자신의 세속 권력을 티베트의 미래를 결정하는 기구로 이양하여 의회에서 3분의 2의 찬성만 있으면 달라이 라마도 탄핵할 수 있을 정도로 수백 년 된 신정 정치를 실질적인 민주주의로 탈바꿈시켰다. 이런 개혁은 1960년대 초 법령을 제정할 당시 사상 초유의 혁명적인 사건이었다. 또한 달라이 라마는 티베트가 완전히 해방되면 정치적 지위를 모두 내놓고 원로 정치가로서 자문을 하며 국민에게 봉사하고 싶다는 소망을 피력하기도 했다. 현대 세계에서 티베트가 살아남을 수 있다면 이는 개인의 힘 덕분이라기보다는 집단의 힘 덕분이라는 것이 그의 확고한 신념이다.

오늘날 티베트 망명 정부는 다람살라에서 활동하고 있으며 망명 정부 내에는 각기 해당 업무를 관장하는 부서들이 있다. 총리는 의회에 의해 선출되고 의회에 책임을 지는 각료 회의를 이끈다. 사법 기관은 행정부와 독립되어 있다. 1991년에 채택된 '망명 티베트인 헌장'으로 알려진 헌법은 세계 인권 선언을 엄격하게 준수하며 모든 티베트인에게 법 앞에서의 평등 및 성과 종교, 인종, 언어, 계급 등의 차별이 없는 자유와 권리를 보장한다.

망명 생활 내내 달라이 라마가 신경 쓴 분야는 티베트를 탈출해 온 난민들의 복지와 정착이었다. 달라이 라마는 티베트의 문화와 종교, 생활양식을 보존하는 방법은 해외에서 건강하고 활기찬 난민 사회를 건설하는 길뿐이라고 믿었다. 티베트 난민들은 인도 정부의 원조와 지원을 받아서 인도 여러 지역에 정착하여 문화와 전통을 이어 가고 있다. 오늘날 티베트 내에서는 티베트 문화가 상당 부분 파괴되었지만 인도의 망명 사회에서는 예전의 전통문화를 그대로 간직하고 있다.

네루 수상과 그의 계승자들은 티베트 난민의 정착을 위한 프로그램들을 마련했다. 자유주의적이고 진보적인 성향의 네루는 티베트 문화를 보전하기 위해서는 난민 학교가 필요하다고 역설하고, 인도의 교육부 산하에 티베트 교육 협회를 창설했다. 또한 티베트 학생들은 티베트의 역사와 문화를 배움과 동시에 현대 세계의 문화도 배워야 하며 그러기 위해서는 미래의 세계어가 되는 영어를 배우고 교육의 매개 언어로 사용하는 것이 필수적이라고 권고하기도 했다. 티베트인들이 네루의 권고를 잘 받아들인 결과, 여러 나라에 티베트 타운이 생기고 그 수적인 규모에 비해 국제 사회에서 두드러진 활동을 하고 있다.

농업과 양탄자 생산, 의류 제조, 식품 및 식당 사업, 서비스 분야 등이 인도에 있는 티베트 망명 사회의 주요 산업이다. 오늘날 인도와 네팔에는 80개의 학교에 3만 명의 학생, 54개의 정착 사회와 복지 기관 등이 있으며 그 외에도 여러 나라에 문화 연구소와 도서관, 문서 보관소, 출판사, 자선 단체 등을 비롯하여 10여 개의 포교 단체가 있다. 종교계에는 티베트 불교의 종파를 모두 망라하여 2백 개의 사원과 2만 명의 승려가 있다. 티베트인들은 고유한 예술과 수공예, 의학과 철학 등의 분야에서도 많은 활동을 하고 있다.

마지막으로 적지 않은 활동을 하고 있는 단체는 달라이 라마가 받은 노벨 상금으로 설립한 보편책임재단이다. 설립 강령에 따르면 재단은 국적과 인종과 종교를 불문하고 모든 사람을 이롭게 하고 종교 간 교류로 일치점을 찾아보고 비폭력 운동을 지원하고 과학과 종교의 교류를 장려하며 인권과 민주적 자유를 보장하는 데 앞장선다. 재단은 국가와 사회뿐 아니라 개인 간의 상호 의존이라는 불교 사상을 바탕으로 하며 달라이 라마의 도덕적·정치적 사상을 대변하고 실천한다. 최근 재단이 후원하는 프로그램 중에는 카슈미르 전투에서 희생된 사람들을 위해 용감하게 봉사했고 국제 관계 및 환경 재생 프로젝트 분야에서 아시아 여성의 직업 효율성을 향상시키는 데 학문적 역량을 발휘한 '여성과 안전, 갈등 관리와 평화' 프로그램이 있다. 또한 재단은 학생들로 하여금 티베트 사원에서 템플 스테이를 체험하게 하거나 종교 지도자들로 하여금 상대 종교의 예배당이나 법당을 방문하게 하는 프로그램들을 운영하기도 한다.

달라이 라마는 사람은 근본적으로 모두 똑같다고 생각한다. 사람들은 모두 행복을 원하고 고통을 싫어한다. 인간의 고통은 무지와 이기심, 탐욕에서 비롯된다. 참된 행복이란 내면의 평화와 만족에서 온다. 내면의 평화와 만족은 자비와 공감, 사랑 등을 통해서 얻을 수도 있고 분노와 증오, 탐욕을 제거해서 얻을 수도 있다. 폭력적인 대립, 빈곤, 기아, 환경 파괴 등 오늘날 세계가 안고 있는 문제들은 모두 인간이 만든 것이다. 그러므로 이들 문제는 인간의 노력과 이해로 풀 수 있다. 또한 세계 형제애를 길러서 풀 수도 있다. 달라이 라마는 서로를 불신하고 사회를 분열시키는 종교의 불관용에 대해 비판의 목소리를 내기도 한다.

달라이 라마는 자신이 가르치는 자비와 선, 용서와 자애, 보편책임 등의 가치를 직접 실천한다. 그의 가르침은 간단하면서 명료하다. 어려운 문자와 용어를 쓰지 않으며 직설적이고 매력적이며 유쾌하다. 강의를 듣거나 만나러 온 사람들은 생기 넘치면서도 편안한 모습의 달라이 라마와 금방 친해진다. 그는 거만한 성격과는 거리가 먼, 참으로 겸손한 사람이다. 달라이 라마가 해외 순방을 떠나기 전날 각국 순방 중에 제기되는 문제들을 어떻게 처리해야 할지 자문을 구하기 위해 인도의 벤카타라만 대통령을 예방했을 때의 일이다. 대통령이 "이 비천한 사람이 어떻게 지상에 내려온 신의 화신에게 자문할 수 있겠습니까"라고 말하자 잠깐 놀란 표정을 지은 달라이 라마는 이내 호탕한 웃음을 터뜨렸다.

후대 사람들이 어떤 사람으로 기억해 주면 좋겠느냐는 질문을 받고 달라이 라마는 "그냥 인간요, 가끔씩 잘 웃는 인간으로 기억해 주면 좋겠습니다"라고 대답했다고 한다. 우리는 이 대답에서 달라이 라마의 인격, 그러니까 그의 지혜와 사랑, 자비, 겸손 등을 충분히 읽어 낼 수 있다.

달립 메흐타(Dalip Mehta)

2002년까지 인도 외무부에서 주로 인도 인접 국가들과의 외교관계 분야에서 일했다. 타슈켄트 주재 중앙아시아 대사, 부탄 대사를 역임했으며 뉴델리 소재 외무 연수원을 이끌기도 했다. 현재 뉴델리 소재 보편책임재단의 평의원으로 재직하고 있다.

달라이 라마의 티베트 사원 생활

툽텐 진파

1960년대 초 달라이 라마 성하는 대영 제국의 여름 휴양지였으며 북인도 히마찰 프라데시 주에 위치한 달하우지의 티베트 난민 사회를 짧은 일정으로 방문한 적이 있다. 난민 사회의 한쪽에 티베트 불교의 논리학과 철학으로 유서 깊은 세라와 데풍, 간덴 사원 출신의 승려들이 한 집단을 형성하고 있었다. 달라이 라마 성하는 이곳에 도착하기 몇 시간 전에 승려들의 토론 모임을 소집했다.

이곳의 강당에 학승들이 모이자 달라이 라마는 편안하게 좌정한 다음 토론의 만찬이 펼쳐지기를 기다렸다. 성하는 두 승려를 무작위로 뽑아서 한 승려에게는 앉아서 방어 역할을 하게 하고 다른 승려에게는 서서 공격 역할을 하도록 주문했다. 하지만 불행히도 두 승려는 토론에 뛰어난 학승이 아니었던 모양이다. 하여튼 두 승려는 토론을 시작했다. 잠시 후 토론의 김이 빠지기 시작했다. 그리고 두 승려의 티베트 동부 방언이 점점 심해지다가 급기야는 아무도 알아들을 수 없는 지경에 이르렀다. 그러자 달라이 라마는 두 승려의 토론을 중지시키고 다른 두 승려를 불러 토론하게 했다.

이 이야기는 인도에 다시 세워진 티베트 불교 강원의 학승들 사이에 잘 알려진 일화이다. 일견 재미있어 보이는 이야기에서 우리는 불교 논리학과 철학의 토론 전통에 대한 달라이 라마의 깊은 애정을 엿볼 수 있다. 그 당시 사원 강원의 학승들에게는 성하가 방문하면 나도 언제 그와 같은 시험을 당할지 모른다는 경각심을 불러일으키기도 했다.

나는 1980년에 처음으로 성하 앞에서 토론에 참가하는 영광을 누렸다. 이 토론은 성하가 남인도 카르나타카 주의 데풍 사원과 간덴 사원의 강원을 방문했을 때 이루어졌다. 당시 나는 간덴 사원의 샤르체 강원에서 공부하던 젊은 학승이었다. 나는 토론이 벌어지자 몹시 긴장했으며 성하는 거의 명상 상태처럼 토론에 몰입하던 장면이 특히 기억에 남는다. 그 후 나는 성하의 그런 모습을 자주 볼 수 있는 특혜를 누렸다.

나는 이 글에서 티베트 사회 밖에는 거의 알려지지 않은 달라이 라마의 지적인 생활의 단면을 보여 주고 싶다. 티베트 사원의 학문이 달라이 라마의 삶과 사상에 어떤 영향을 주었는지에 대해서 살펴보고 싶다. 두 권의 성공적인 자서전과 최근에 개봉된 할리우드 영화 「쿤둔」과 「티베트에서의 7년」 덕분에 많은 외국인들은 승려와 학승의 삶이 달라이 라마의 성장에 중요한 역할을 했다는 사실을 알게 되었다. 그러나 이런 역할을 한 티베트 사원 학문의 참모습을 아는 이는 거의 없는 듯하다. 사실 외국인이 달라이 라마가 젊은 시절 받은 교육의 내용과 범위에 대해 알기를 기대하는 것은 무리이리라.

나는 여기서 성하에 대해 체계적인 서술을 하기보다는 간덴 사원의 학승 시절에 들었던 일화들을 중심으로 개인적으로 지켜본 성하의 모습을 서술하고 싶다. 본 소론에서는 성하의 학문을 폭넓고 심도 있게 서술하는 것은 피하고 싶다. 그런 작업은 전문 전기 작가나 역사가에게 맡기고자 한다. 그리고 성하에게는 사회정치 사상의 발전이나 현대 과학과의 광범위한 교류, 신학자들과의 대화 등과 같은 면모도 있으나 이들에 대해서는 다루지 않기로 하겠다.

요즈음 달라이 라마의 시간과 관심을 빼앗는 일들이 많아졌다. 두말할 필요도 없이 성하는 티베트와 6백만 티베트인의 고난을 양 어깨에 짊어지고 있다. 다람살라의 달라이 라마 공관에는 매일같이 고국의 참담한 소식을 가지고 성하를 접견하려는 사람들의 줄이 끊이지 않는다. 인도 내에서 달라이 라마와 망명 정부는 티베트 독립 운동을 이끌 뿐 아니라 전 세계에 흩어져 사는 수많은 티베트 난민들의 복지를 관리·감독하고 있다. 당연히 티베트 독립 운동은 달라이 라마의 1차적인 책임이요 성하는 자신에게 주어진 역사적 소명을 누구보다 잘 인식하고 있다. 그리고 달라이 라마는 세계 주요 종교 간의 대화와 이해를 장려하는 일도 맡고 있다. 이런 노력의 일환으로 성하는 수많은 종교 간 예배와 예불에 참석하는 것은 물론 여러 종교의 고위 성직자들과 더불어 예루살렘이나 프랑스 루르드와 같은 성지들을 합동으로 수차례 순례하기도 했다.

달라이 라마의 시간과 관심을 빼앗는 세 번째 분야가 있으니, 성하는 이를 '기본적인 인간 가치의 향상'이라 부른다. 이 일의 핵심에는 '사랑과 자비, 관용 등의 기본적인 윤리 가치는 인간의 행복을 위해 없어서는 안 되므로 이들을 보편적인 도덕률로 받아들여야 한다'는 믿음이 깔려 있다. 달라이 라마는 날로 복잡해지고 긴밀하게 연결되는 세상에 사는 한 사람으로서 이 일을 중요한 책임으로 받아들인다. 1989년에 노벨 평화상을 수상한 이후 달라이 라마가 이 일에 투자하는 시간은 나날이 늘어났다. 그는 오늘날 수많은 사람들에게 평화와 정의, 자비, 환경 문제의 각성 등을 상징하는 존재로 자리매김했다. 앞에서 언급한 세 가지 임무를 수행하기 위해 성하는 공관이나 다람살라를 벗어나야 할 때가 많다.

세 가지 임무를 맡고 있는 티베트 수장으로서, 그리고 세계인의 존경을 한 몸에 받는 지도 인사로서 빈틈없이 바쁜 와중에도 달라이 라마는 티베트의 전통적인 사원 학계와의 밀접한 관계를 유지해 오고 있다. 성하는 정기적으로 사원을 방문하고 중요 경전을 강의하고 고위 학승들과 대담하며 새롭게 두각을 나타내는 젊은 학승들에게 관심을 보이기도 한다. 일반적으로 티베트 사원 학계와의 관계, 특히 겔룩파의 3대 사원인 세라와 간덴과 데풍 사원과의 관계는 매우 흥미롭다 하겠다. 대규모 사원 강원, 특히 3대 사원의 강원은 달라이 라마가 애착을 가지고 지켜보는 강원들이다. 달라이 라마 자신이 이들 세 강원에서 티베트 불교를 공부하고 전체 교육 과정을 이수했다. 몇몇 개인이 보여 준 영상 기록에 대한 열정 덕분에 오늘날 전 세계 텔레비전 시청자들도 달라이 라마가 라싸에서 수천 명의 승려들을 모아 놓고 마지막 시험을 치르던 불교 의식을 볼 수 있다. 이 의식을 거행하기 전에 달라이 라마는 세 강원을 방문하여 좌정한 채 토론 시험을 치러 냈었다.

성하는 이들 세 강원 중 어느 강원에도 소속되어 있지 않다. 강원장 임명의 경우에는 강원에서 후보를 올리면 성하가 최종적으로 재가하는 형식을 취한다.

역사적으로 보면 데풍 사원의 로셀링 강원에는 고위 환생 라마가 여럿이었지만 위대한 5대 시대까지 공식적인 달라이 라마는 한 명이었다. 달라이 라마 정부였던 간덴 궁은 처음에는 데풍 사원에 있었다. 위대한 5대가 17세기 중엽에 세속 권력을 획득한 이후 달라이 라마 체제가 티베트 정부를 구성하게 되었다. 그럼에도 불구하고 이후의 달라이 라마들은 겔룩파 사원 학당의 교과 과정에 따라 엄격한 교육을 받았으며 이 교육 과정의 교사들은 모두 세 학당의 졸업자들이었다. 이를테면 달라이 라마의 교사였던 링 린포체는 데풍 사원 출신으로 걸출한 학승이었으며 티장 린포체는 20세기 간덴 사원의 학승들 중에서도 탁월한 학승이었다. 또한 현 달라이 라마는 겔룩파 강원 출신들인 몽골 학승 오둡 촉니와 고(故) 세르콩 첸샵 린포체 등을 학문 보좌역으로 두고 있기도 하다.

티베트 사원 학당의 교과 과정을 보면, 논리학과 인식론의 고도로 체계화된 교육, 실체의 본질에 관한 철학적 탐구, 종교 체험의 본질 및 다양성에 관한 심화 탐구, 마음의 본성 및 그 변화에 관한 심리학적·현상학적 탐구, 윤리학의 심화 연구 등이 주를 이룬다. 이들 다섯 분야를 티베트 사원에서는 '오대론(五大論)'이라고 칭한다. 첫째 학과인 논리학과 인식론에서는 인도 사상가인 디그나가(陳那, 400~485년경)와 다르마키르티(法稱, 650년경), 그리고 이후에 출현한 인도와 티베트 주석가들의 논서를 중심으로 연구한다.

현대 철학의 형이상학과 존재론에 해당하는 둘째 학과는 대승 불교에 지대한 영향을 끼친 인도 철학자 나가르주나(龍樹, 150~250)와 그의 해석가들인 붓다팔리타(佛護, 470~540년경)와 찬드라키르티(月稱, 650년경) 등의 논서를 중심으로 연구한다. 셋째 학과에서는 마이트레야나타(彌勒, 270~350년경)와 아상가(無着, 310~390년경), 그리고 하리바드라(師子賢, 8세기경) 등 인도 스승들의 논서를 중심으로 공부한다. 심리학과 현상학의 경우, 연구의 주된 대상은 아상가와 그의 동생인 바수반두(世親, 320~400년경)의 논서들이다. 마지막으로 윤리학의 경우, 핵심 교재는 사원 학과의 윤리 규범을 정밀하게 분석한 것들이다. 티베트 불교학 박사 학위에 해당하는 게셰 라람의 칭호를 얻으려면 위에서 언급한 다섯 개 학과의 과정을 모두 통과해야 한다. 현 달라이 라마는 앞의 다섯 과정을 모두 통과하여 불교학 박사 학위를 받았다.

사원 교육의 주된 교수법은 토론이다. 이는 두 명의 토론자가 맞붙어서 비판자는 방어자가 시작한 토론 주제의 전제를 바탕으로 방어자가 받아들이기 힘든 주장들을 끌어냄으로써 시작하는 고도로 체계화된 소크라테스식 논쟁이다. 이 토론 방식은 연역과 귀납법의 핵심을 이루는 배중률과 동일률, 모순율 등을 광범위하게 다룬다. 티베트 역사가들은 이렇게 정교한 학문 체계를 발전시킨 장본인으로 차파 최키 센게(1109~1169)를 든다. 차파는 다르마키르티의 독창적인 논서인 『양평석(量評釋)』에 나오는 다수의 논리학과 인식론의 주제들을 독창적이고 비판적으로 다룬 『논집(論集)』 등을 비롯한 몇몇 논서를 저술한 것으로 알려져 있다. 차파의 탁월함은 일상적이고 평범한 대상을 예로 사용하는 일련의 토론 구조 속에서 논리의 원리를 상세히 밝힌 데 있다. 오늘날 티베트의 모든 문헌은 차파의 『논집』 아래 이루어진 것으로 봐도 무방하다. 이 논서들의 저술 방식과 내용이 대단히 뛰어나기 때문에 오늘날에도 젊은 학승들에게 토론의 기술과 논리학의 주요 원리들을 가르치는 도구로 사용된다.

달라이 라마는 학승 시절에 이런 엄격한 지적 훈련을 받았다. 티베트 사원의 교육가들은 세 가지 종류의 지성을 개발해야 한다고 말한다. 첫째는 맑은 마음으로 질문의 본질을 꿰뚫어 보는 '맑은 지성'이다. 둘째는 빠르게 문제의 본질을 파악하는 '예민한 지성'이다. 셋째는 문제의 깊이와 넓이를 확연하게 꿰뚫어 보는 '통찰의 지성'이다.

이 세 가지 지성은 드넓은 정신을 개발하는 데 대단히 중요하며 이런 세 가지 지성을 개발하는 데는 토론이 더없이 좋다고 한다. 첫째 지성의 소유자는 명확히 표현하는 재능을 타고난 사람이며, 둘째 지성의 소유자는 상대의 견고한 주장을 무너뜨리는 데 노련한 토론가이고, 마지막으로 셋째 지성의 소유자는 토론의 주제에 관한 전체적인 시각으로 자신의 입장을 방어하는 데 뛰어난 사람이다. 달라이 라마의 말을 들어 본 사람은 성하가 앞에서 언급한 세 가지 유형의 지성을 모두 구비하고 있음을 알 수 있다.

달라이 라마가 어린 시절에 누리지 못한 게 있는데, 그것은 일반 강원의 학승들이 누리는 자유였다. 성하는 종종 승려의 이상적인 삶으로 '다파 닥양'을 든다. 다파 닥양은 평범한 승려의 간소하고 집착 없는 삶을 말한다. 성하는 내가 간덴의 학승이었을 때, 내가 성하와는 달리 간소하고 평범한 승려로 살 수 있는 복을 받았다고 말했다.

현대 교육의 관점에서 볼 때 티베트 토론 교육의 두드러진 특징 중 하나는 열린 자세를 중요시한다는 것이다. 강원의 토론 마당은 어린 학승에게 겸손을 가르치는 더없이 좋은 곳이다. 어린 학승이든 원숙한 학승이든 항시적으로 겸손을 배운다. 즉 아무리 강한 확신으로 오랫동안 지켜 온 관점이라 할지라도 맞는 이야기를 들었을 때는 언제든 자신의 관점을 수정할 수 있는 겸손을 배운다. 이런 겸손을 배운 사람은 이해가 깊어짐으로써 영적으로 한층 더 성숙해진다고 한다. 토론의 현장에서 이런 성숙한 모습을 보이면 토론 참가자 모두로부터 무언의 인정을 받게 된다.

이런 영적 성숙은 토론의 상대와 논쟁을 주고받다가 일어난다. 그래서 티베트 승려들은 "토론의 상대는 나의 스승"이라는 말을 한다. 이런 강원의 교육 과정은 새로운 통찰에 눈을 떴을 때는 언제든 자신의 견해를 수정할 수 있는, 열린 자세를 학승들에게 가르친다. 또한 자신의 주장을 너무 심각하고 고집스럽게 생각하지 않는 자세를 가르친다. 서로 묻고 대답하면서 진리를 탐구하는 토론의 생생한 현장을 지켜본 사람이라면 학승들이 둘씩 짝을 지어 서로의 주장과 비판을 주고받는 와중에 일어나는 토론의 생기와 웃음을 기억할 것이다. 상대의 주장이나 의견을 비판하면서 진리를 탐구하는 티베트의 토론 방식에는 상당히 과학적인 면이 있다.

달라이 라마가 받은 고전 불교 교육은 성하의 인격과 사상에 끊임없는 영향을 주었다. 성하는 현대 과학과 서구 사상을 상당히 폭넓게 접했지만 티베트 학문 전통에 대한 믿음에는 변함이 없다. 성하의 세계관은 인도와 티베트에서 2천 년이 넘는 세월 동안 발전해 온 붓다의 가르침과 불교 철학에 그 뿌리를 두고 있다. 우리의 내면에 존재한다고 생각되는 인간 완성의 씨앗, 윤회, 카르마 등과 같은 종교 윤리 사상에 대한 믿음이 불교 세계관의 기저를 이루고 있으며 달라이 라마는 이런 사상의 생명력과 그 깊이가 현대에도 유지되고 있다고 믿는다.

철학적인 차원에서 달라이 라마가 사물의 본성을 이해하는 방식은 사물의 실체를 부정하는 나가르주나의 반실재론적 형이상학에서 찾을 수 있다. 성하는 "만물이 서로 의존해서 일어나고(연기) 상호 의존해서 존재하므로 독립적인 자성이 없다"고 말한다. 그래서 성하의 세계관은 '세계는 서로 연결되어 있다'는 연기론을 바탕으로 한다.

사원 생활에서 가장 인상에 남는 기억 중의 하나는 달라이 라마가 깨알 같은 글씨로 주석을 달아 놓은 나가르주나의 『중론(中論)』을 잠깐 본 일이다. 나는 통역관으로 성하를 수행하고 다닌 적이 있었다. 한번은 뭄바이 공항의 라운지에서 이륙이 몇 시간 지연된 인도항공의 비행기를 기다리고 있을 때였다. 공항의 출국 수속 절차를 마치기가 무섭게 달라이 라마는 어깨에 메는 작은 가방에서 나가르주나의 책을 꺼내 깊이 탐독하는 것이었다. 성하가 학생처럼 나가르주나의 책을 공부하는 모습은 내게 승려로서 참된 자세와 겸손을 일깨워 주었다. 나는 당시 이 책을 간덴 사원에서 강의하고 있었다.

달라이 라마의 불교관은 티베트 사상사에서 위대한 종교 개혁가이자 철학자인 총카파에게서 커다란 영향을 받았다. 달라이 라마가 불교 철학을 집필하는 데 끊임없이 영감을 주는 것은 흠잡을 데 없는 총카파 사상이었다. 예를 들어, 달라이 라마는 총카파가 핵심 원리로 개발한 중요 방법론적 원리를 종종 기도하는데, 총카파는 특정 탐구 방편에 의해 부정되는 것과 그런 탐구 방편으로 찾을 수 없는 것을 구분 지어 바라볼 필요가 있음을 강조하였다. 다른 말로 해서, 성하는 '유(有)를 찾지 않기'의 방편과 '무(無)를 찾기'의 방편을 섞지 말라고 이야기한다. 그러므로 총카파에게도, 달라이 라마에게도 '유를 보지 않는 것'과 '무를 보는 것'은 같은 성질의 것이 아니다. 이는 달라이 라마가 현대 사상가와 대화할 때, 특히 현대 과학자와 대화할 때 사용하는 중요한 방편이다. 나아가 성하는 '분석 명상'이라 부르는 비판적 사유에 내포된 해탈의 가능성을 확고하게 믿는바, 여기에서 우리는 총카파 논저에서 받은 영향을 확인할 수 있다.

　이와 유사하게 감정의 본질, 이성과 감정의 관계, 특정 감정과 행동의 관련성, 특정 감정의 파괴적인 경향을 다루는 법 등 인간 정신에 대한 달라이 라마의 사상은 현대 서구 사상보다는 주로 장구한 세월 축적된 불교의 심리학적·현상학적 사유에서 배운 것이다. 물론 현대의 서구 사상, 이를테면 지그문트 프로이트의 정신분석 이론이라든가 인지 과학 분야의 측면들에서도 배운 바가 없지 않다. 이는 불교 사상과 서구 사상 사이에 별다른 접합점이 없다는 말이 아니다. 예를 들면, 정신분석학의 무의식 개념에 해당하는 용어가 불교 심리학에서도 '훈습'이라는 개념으로 존재한다. 일반적인 감정과는 달리 훈습은 생활에서 명확하게 드러나거나 인지되지는 않는다. 달라이 라마는 인간의 인식을 다루는 데 있어, 지각과 경험의 본질에 관한 이해, 추론의 인지 과정, 지식의 정의 등을 현대 인지 과학이 아니라 불교 철학의 관점에서 파악한다. 달라이 라마가 일단의 인지 과학자들과 대화하는 자리에서 인식의 순간이 어떻게 일어나는지에 대한 현대 과학의 시각을 듣고 나서 곧바로 이를 티베트 인식론의 언어로 번역을 시도하던 모습이 떠오른다. 티베트 불교의 인식론에는 지각과 추론, 바른 가정, 부주의한 지각, 추후 인식, 회의, 허위 인식 등 인식의 7중 유형학이 존재한다. 이들 7가지 인식의 본질과 인과 및 상호 관계는 오늘날까지 티베트 인식론적 사유의 중심 축을 이루고 있다.

내가 여기서 지적하려는 점은 달라이 라마의 지적·윤리적 세계관이 티베트의 고전적 불교 전통에 확고한 뿌리를 두고 있다는 것이다. 자비를 보편적·영적 원리로 주창하는 일, 인간의 본성은 원래 선하다는 믿음, 갈등의 해결 방법으로 비폭력에 대한 굳건한 믿음, 개인의 행복을 얻는 효과적인 방법으로 이타주의를 역설하는 일 등 달라이 라마의 사상 모두는 붓다의 가르침에 뿌리를 두고 있다는 것이다.

여기 다시 달라이 라마에게 지대한 영향을 준 두 명의 고대 인도 사상가가 눈에 들어온다. 그들은 7세기 저명한 불교 고전인『입보리행론(入菩提行論)』을 저술한 샨티데바(寂天)와 나가르주나이다. 달라이 라마의 저작을 많이 접해 본 사람은 성하가 얼마나 자주 샨티데바를 언급하는지 알 것이다. 우리는 달라이 라마가 영감의 원천은 샨티데바의 다음 시구라고 언급하는 것을 자주 들을 수 있다.

우주가 남아 있는 한

중생이 남아 있는 한
그때까지 나도 남아서
존재의 고통을 물리치리라.

달라이 라마가 고전적 불교 사상보다 현대 과학으로부터 많은 영향을 받은 분야는 우주론이 유일하다. 달라이 라마는 4세기 바수반두가 저술했으며 대단히 영향력 있는 불교 고전인 『아비달마구사론본송(阿毘達磨俱舍論本頌)』의 우주론 전체를 폐기한 듯 보인다. 고대 인도 사상에 나오는 여러 우주론처럼 '아비달마 우주론'이라고 알려진 바수반두 우주론에 따르면 태양과 달이 지구 주위를 돌며 지구는 오름차순으로 층층이 쌓인 사대(四大)의 힘으로 이루어져 있다고 한다. 아비달마 우주론에 대한 달라이 라마의 견해로 판단해 보건대, 달라이 라마는 아비달마 우주론을 타당한 이론으로 생각하지 않는 듯하다. 특기할 만한 것은 어린 시절 달라이 라마는 난해한 아비달마 우주론─전통적으로 나중에 배우는─을 접하기 전에 세계 지도나 달의 분화구 사진 등과 같은 현대 우주론의 단편적인 지식들을 먼저 접했다. 그래서 일식과 월식에 대한 불교 세계관에 반하는 과학에 대해서도 알고 있었다.

일전에 성하는 왜 티베트 강원의 원로 학승들이 케케묵은 고대 우주론을 버리려 하지 않는지 이해할 수 없다고 한탄한 적이 있다. 성하는 고대 우주론은 이미 현대 과학이 실험과 관찰을 통해 제시한 증거들에 의해 틀린 우주관이었음이 판명되었다고 생각한다. 토론 교육의 과정을 거친 학승들이 새로운 진리를 깨달을 때 자신의 견해를 수정하도록 교육을 받았음에도 불구하고 새로운 우주관의 수용을 꺼리는 것은 곧 옛 우주관에 집착하는 것에 다름 아니다.

나는 성하가 긴장하는 드문 모습을 본 적이 있다. 당시 나는 간덴 학당에서 마지막 공부를 하고 있었는데 학당에서 티베트 불교학의 고승들을 소개하는 게 좋겠다고 생각했다. 나는 성하에게 공손히 아비달마 이론이 현대 과학의 기초는 없으나 창안자의 원래 의도에 관한 한 타당한 면이 없지 않다는 점을 설명했다. 이를테면 아비달마 이론을 바탕으로 하여 우리는 정확한 달력을 만들고 일식과 월식을 정교하게 예측하고 변화하는 낮의 길이를 계산하며 별의 위치를 측정하는 방법을 발전시켰다. 환언하면, 아비달마 이론에는 우리의 일상생활에 밀접하게 관련된 일들을 정확하게 관측하고 예측할 수 있는 면이 분명 있다는 것이다. 그래서 나는 티베트 학승들이 위에서 언급한 아비달마 이론들이 실험과 관찰로 다져진 서양 우주론에 의해 어떻게 뒷받침될 수 있는가를 이해하기 전까지는 무조건 아비달마 이론을 폐기하라고 가르치는 건 비현실적이라는 의견을 개진했다. 당시 나는 성하가 동료 고승들의 우주론적 관점을 깊이 인정하고 있음을 느낄 수 있었다.

달라이 라마가 항상 티베트의 고전 불교학으로 돌아와서 세상을 보는 것은 이렇게 다소 복잡해 보이는 학문적 배경 때문이다. 달라이 라마는 새로 떠오르는 학승들의 진보를 살펴볼 뿐 아니라 자신의 학문을 탐구하는 데도 게을리 하지 않는다. 이러한 자기 수행은 다양한 분야의 과학자나 사상가와 심도 있는 대화를 해 나갈 때 한층 더 필요할 것이다. 이런 면에서 달라이 라마가 오랜 기간 어느 독특한 티베트 학승과 이어 온 각별한 교분을 지적하고 넘어가는 것도 괜찮을 것이다. 그는 데풍 사원의 로셀링 강원 출신인 샤코르 겐 니말라로, 20세기에 나가르주나와 총카파의 논서들을 탁월한 안목으로 해석하였다. 성하는 한 대담 자리에서 내게 "나는 겐 니말라에게서 나가르주나가 보여 준 통찰의 깊이를 꿰뚫어 보는 사람을 보았을 뿐 아니라 나아가 살아 있는 나가르주나를 불러오는 사람을 보았다"고 말했다. 성하는 겐 니말라의 강의가 음성이나 영상의 기록으로 남아 있지 않음을 못내 아쉬워했다. 나는 겐 니말라가 데풍 사원에서 총카파의 탁월한 논서를 해석하던 일련의 강의 시리즈를 들을 수 있는 영광을 누렸다.

달라이 라마가 겐 니말라와 같은 고승과 학문적인 교분을 나누었다는 사실은 참으로 신선해 보였다. 겐 니말라는 성하를 진실한 도반으로 대했다. 인도와 네팔의 망명 사회에 거주하는 대부분의 티베트 학승들과는 달리 겐 니말라는 달라이 라마 앞에서 주눅 들지 않았다. 이는 부분적으로 성하의 두 교사들처럼 겐 니말라도 성하가 어린 시절부터 학문적으로 성장해 가는 모습을 죽 지켜보았기 때문일 것이다.

달라이 라마는 다양한 공적인 업무를 수행하면서 사원 학계의 분위기를 하나의 자극제로 받아들이지 않나 싶다. 사원 학계는 달라이 라마에게 '위대한' 권위를 기대하지 않는 분야이다. 나아가서 다양하고 상반된 주장을 서로 교환하는 일은 사원 학계에서 지적인 풍토다. 기회가 있을 때마다 달라이 라마는 간덴과 데풍, 세라 사원을 돌아가면서 중요한 불교 철학의 논제에 대해 공식 강의 시리즈를 한다. 이런 강의는 보통 2~3주에 걸쳐 진행한다. 공식 강의 시리즈가 진행되는 기간의 저녁에는 공식 토론이 벌어지는데, 여기에서는 사원 학계의 일류 학승들이 나와 달라이 라마가 강연한 문제를 놓고 열띤 토론을 벌이며 달라이 라마는 예의 완전히 몰입된 상태에서 토론을 경청하곤 한다.

달라이 라마가 티베트 사원 학계에 남길 지적 유산에 대해 판단하는 것은 너무 이른 감이 없지 않다. 여러 전임자들과는 달리 현 달라이 라마는 지금까지 괄목할 만한 티베트어 논서를 내놓지 않았다. 하지만 고전 교육을 받은 티베트인들 중에서 달라이 라마만큼 현대의 서구 사상, 특히 다양한 과학 분야를 접한 사람은 드물 것이다. 역사가들은 달라이 라마의 이런 점에 특히 주목하는데, 우리는 여기서 달라이 라마의 생애가 티베트의 전통문화와 현대의 만남을 반영한다는 사실을 깨달을 수 있다.

툽텐 진파(Thupten Jinpa)
승려이자 달라이 라마의 영어 통역 담당관이다. 『티베트 불교의 세계』, 『선한 가슴, 달라이 라마 기독교의 마음을 살피다』 그리고 베스트셀러인 『오른손이 하는 일을 오른손도 모르게 하라』 등을 비롯하여 10여 권의 서적을 번역하고 편집했다. 현재 캐나다에 거주하고 있다.

변화하는 티베트의 전통

부충 체링

젊은 티베트인들에게 달라이 라마 성하는 어떤 의미를 가질까? 언뜻 들으면 이 질문은 쓸데없는 것처럼 들린다. 모름지기 티베트인이라면 성하에 대한 마음이 하나같지 않은가 말이다.

1959년 전까지만 해도 티베트의 일반인들은 운좋게 멀리서나마 성하를 본 사람을 만나 보는 것이 소원이었다. 멀리서나마 성하를 볼 수 있는 기회는 성하가 법회에 참석했을 때나 다른 지역을 여행할 때뿐이었다. 그래서 성하를 알현해 본 사람을 만나는 것조차 쉽지 않았던 것이다.

중국의 지배를 받기 이전에는 일반인은 물론 정부의 고위 관리조차 성하를 만날 기회가 드물었을 만큼 티베트 사회는 구조적으로 폐쇄되어 있었다. 성하가 가는 곳에는 까다로운 의전이 뒤따랐다. 그래서 평범한 티베트인이 지근한 거리에서 성하를 볼 수 있는 기회조차 흔치 않았던 것이다. 성하는 티베트인이 일상적으로 올리는 기도에서 중심을 차지하는 갈와 린포체, 즉 '승리한 자'이다.

그러나 티베트를 떠나 인도로 망명한 1959년 이후 달라이 라마 제도는 성하가 원하는 방향으로 혁명적인 변화를 했다. 망명지라는 환경 변화로 인해 의전을 대폭 줄이고 대중에게 가까이 다가감으로써 보다 현실적인 제도로 바뀐 것이다. 시간이 흐르면서 달라이 라마와 일반 티베트인의 교류가 활발해졌는데, 이는 티베트 역사에서 혁명적인 변화였다.

대대적인 변화는 텐진이라는 티베트 이름의 증가에서도 엿볼 수 있다. 망명지에서 태어난 21세 이하의 티베트 청소년의 절반은 텐진이라는 이름을 가지고 있다. 티베트인이면 누구나 아는 것처럼 사람들은 자식을 낳으면 고명한 라마를 찾아가 자식에게 그 라마의 이름을 줄 것을 요청하는 관습이 있는데, 요즈음 티베트인들이 성하에게 자식의 이름을 요청하면 성하는 자신의 이름인 텐진을 아이에게 준다. 1959년 이전만 해도 특권층의 자녀만이 성하의 이름을 받을 수 있었다는 사실에 비하면 가히 혁명적인 변화라 아니할 수 없다.

망명 생활로 인하여 성하는 전 세계 여러 나라를 방문하며 외부 세계와 보다 많은 교류를 하게 되었다. 이를 통하여 티베트인들, 특히 운 좋게 자유 사회에서 태어나 자란 이들은 새로운 달라이 라마의 모습을 보게 되었다. 젊은 티베트인들 대부분도 불교를 독실하게 믿고 달라이 라마를 부모 세대처럼 추앙하지만 달라이 라마의 인간적인 모습에서도 위대한 사람을 발견한다. 성하는 젊은 티베트인들에게도 살아 있는 귀감인 것이다.

나는 망명지에서 태어났기 때문에 티베트에서 살아 본 적이 없다. 그러나 이런 상황 변화로 말미암아 나는 달라이 라마를 새로운 눈으로 볼 수 있었으며 부모 세대가 상상할 수 없는 것들을 체험할 수 있는 기회를 누렸다.

1970년대에는 남인도 티베트 정착지에서 자라고 1980년대에는 다르질링에서 고등학교를 다니고 뉴델리에서 대학을 다니면서 나는 쿤둔과 대화를 나누는 것은 말할 것도 없고 쿤둔을 앞에서 보는 것조차 꿈꾸어 보지 않았다. 하지만 1980년대 말에 내게 그런 날이 찾아왔다. 그날의 기억은 아직도 생생하게 남아 있다.

나는 '정보·국제관계부'의 일로 인도 사진 기자를 따라 다람살라에 있는 성하의 관저에 가게 되었다. 사진을 찍다가 쉬는 시간에 성하는 티베트 공직 사회에 첫발을 내디딘 나를 바라보며 티베트 어느 지방 출신이냐고 물었다. 나에게는 평범하게만 들리는 이 질문이 티베트 사회사의 흐름을 바꿔 놓은 것처럼 보였다. 쿤둔이 평범한 티베트인에 불과한 나에게 말을 걸고 나의 존재를 알아준 것이다. 그 후로 나는 업무상 몇 차례 더 성하와 만날 수 있는 영광을 누렸다.

나와 성하의 교류는 어느 면에서 텐진 갸초가 주도한 달라이 라마 제도의 변혁을 상징한다. 변혁의 의미를 이해하려면 14대 달라이 라마의 개인사뿐 아니라 티베트의 현대사를 들여다보아야 한다. 객관적으로 보면 티베트 현대사의 흐름이 티베트 사회뿐 아니라 달라이 라마 제도의 변화를 강요했다고 보아야 할 것이다.

그러나 14대 달라이 라마가 자유주의적인 시각과 선견으로 역사적 발전을 주도하지 않았더라면 그렇게 빨리 바뀌지는 않았을 것이다. 내가 성하를 그토록 좋아하는 이유는 성하의 종교적 역할 때문이 아니라 활발한 사회 운동 때문이다. 성하는 국제 사회에서 종교 활동을 하며 티베트의 고난을 세계에 알리려는 노력으로 국제적인 인정을 받고 있다. 하지만 성하를 따르는 외국인뿐 아니라 티베트인들의 사고방식에 끼친 성하의 영향이 얼마나 큰지 아는 사람은 그리 많지 않다.

티베트 망명 사회를 변화시킨 요소 중 가장 두드러진 것은 인도 정부의 지원을 받아 티베트 젊은이들의 현대적인 수준에 맞게 교육 제도를 확립한 것이다. 달라이 라마의 지도 아래 이루어진 교육 제도의 확립으로 모든 티베트 젊은이들에게 균등한 교육의 기회가 주어졌을 뿐 아니라 전통과 현대를 아우르는 교과 과정을 통해 신세대에게 현대적인 시각과 문화유산에 대한 지식을 조화롭게 교육시킬 수 있게 되었다.

성하는 사회 개혁가이자 우상 파괴자다. 성하는 티베트 불교가 과학적 사실과 부합하지 않을 때 과감하게 불교의 내용을 변경하기도 했다. 달라이 라마가 주도하는 변혁에는 지구가 평평하다는 불경의 주장과는 달리 지구는 둥글다는 사실을 가르치는 것에서부터 달라이 라마와 여타 툴쿠 제도들의 신비를 벗겨 내는 데 이르기까지 다양하다. 또한 성하는 불필요한 종교 의식이나 의전 절차를 폐지하도록 했다. 한마디로 말해, 성하는 티베트 불교를 의식 지향적인 불교에서 개인 지향적인 실천 불교 쪽으로 개혁했다.

그리고 성하는 자신의 지위를 효과적으로 이용하여 티베트 인은 물론 티베트와 같은 문화를 공유하는 사회의 제도를 개혁 했다. 예를 들어, 티베트 문화 환경에서 사는 사람들에게는 계급 제도가 없지만 특정 직업 계층을 경시하는 풍조가 있다.

내가 개인적으로 감명을 받았던 것 중의 하나는 성하가 티베 트인의 식생활을 바꾸는 데 기여한 점이다. 티베트는 채식 재료가 많이 나지 않기 때문에 예로부터 육식을 해 왔다. 그러나 1959년 이후 티베트 사회는 완전히 바뀌었다. 오늘날 망명지에 살건 티베트 내에 살건 티베트인들은 많은 양의 채식 식단을 섭취하고 있다. 그렇다고 육식이 사라진 건 아니다. 육식은 여전히 티베트 식생활의 중심을 차지하고 있다. 불교 하면 채식을 떠올리는 국외자들에겐 대단히 당혹스럽게 느껴지는 부분일 것이다.

성하가 채식을 장려하는 데 얼마나 중요한 역할을 해 왔는지 아는 사람이 별로 없다. 성하는 스스로 모범을 보이고(성하는 몇 년 동안 채식으로 전환했다가 주치의의 권고로 육식을 재개했 다) 지속적으로 채식을 주장하며 달라이 라마의 지위를 이용하여 티베트 사회에 채식 문화를 들여오고 있다. 성하는 식량을 생산하는 사람들에게 채식 식량을 많이 생산하라고 격려하고 있다. 이 정도만 해도 괄목할 만한 발전으로, 요즈음 나와 같이 채식으로 바꾼 티베트인들이 점점 늘고 있는 추세이다.

성하는 어떻게 하면 균형 잡힌 삶을 살 수 있는가를 몸소 보여 주는 귀감이 되고 있다. 성하는 왕족이나 국가의 수장은 물론 토굴에서 수행하는 승려에게도 언제든 편안하게 대한다. 일전에 나는 어느 스위스 관광객이 같은 시가 전차를 타고 가는 성하를 보고 "아주 검소하네!"라고 감탄의 소리를 연발하는 것을 엿들은 적이 있다. 성하는 불교 의식을 할 때는 매우 장중하지만 티베트 정착지의 학생들과 있을 때는 몹시 쾌활하다.

일반적으로 티베트인들은 성하가 자신들을 속세의 고통에서 건져 줄 수 있다고 믿는다. 이는 티베트 불교를 믿는 사람만이 이해할 수 있는 영적이고 주관적인 믿음이다. 그러나 성하를 삶의 귀감으로 삼는 데는 티베트인이나 외국인이나 다르지 않다.

부충 체링(Buchung Tsering)

1960년 가족과 함께 티베트를 탈출하여 인도로 망명하였으며, 1980년대 다람살라 소재 티베트 망명 정부의 관리가 되었다. 티베트 정부의 공식 저널 편집자로 일했으며 여러 잡지와 신문에서 기고가로 활동했다. 현재는 워싱턴 D.C. 소재의 국제 티베트 운동의 대표로 활동하고 있다.

'비의 땅' 빌라쿱페 순례

아니스 정

나는 티베트가 진짜 티베트였을 때의 모습을 보지 못했다. 이제는 가 보고 싶어도 갈 수 없다. 모든 티베트인의 가슴속에 살아 있는 웅장한 상징물 포탈라 궁은 다시 고국으로 돌아온 소남 텐진의 말을 빌리자면 "이방인의 도시 해안가에 좌초한 음울한 난파선"이 되었다. 그 안에 머물며 생명을 불어넣던 주인은 떠나가고 빈껍데기만 남아 유령처럼 서 있는 모습과 그 윤곽이 음산하다. 티베트에 가서 예전에 달라이 라마가 거주하던 포탈라 궁을 관람하기 위해 티켓을 사는 남녀의 무리에 끼이고 싶은 생각이 별로 없다. 관광하듯이 포탈라를 구경하는 것은 신성 모독이다. 파괴되어 버려진 유적을 둘러보는 것처럼 보인다.

라싸에 좌초된 것은 난파선의 잔해다. 이 난파선은 위풍당당한 궁전도 없고 장엄한 산도 없고 햇빛에 반짝이는 눈도 없는 땅에 정박하기 위해 남인도로 항해를 해 왔다. 그리하여 한때 라싸를 지배하던 분위기가 이제는 비만 내리는 남인도의 어느 오지, 빌라쿱페에 감돈다. 빌라쿱페는 '비의 땅'이라는 말이다. 하지만 빌라쿱페에 달라이 라마가 찾아오면 비도 물러가는 듯하다.

달라이 라마의 연례 방문은 비의 존재보다 커 보이는 것 같다. 나는 운이 좋게도 달라이 라마의 친견을 위해 천 리를 멀다 않고 빌라쿱페를 찾은 수많은 티베트인들 사이에 끼일 수 있었다. 수백 명의 남녀노소가 고개를 숙여 절을 하면서 열렬하게 평화의 스카프와 야생화 다발, 아름답게 포장한 공물 등을 꼭 쥐고 연도에 줄을 지어 서 있다. 그들의 눈은 설렘으로 빛나고 얼굴은 보름달처럼 환하다. 그들의 모습에서는 끓어오르는 열정보다는 차분한 생기가 넘친다. 차분하게 활기가 넘치는 대중의 모습은 참으로 보기 드문 장면이다. 티베트인을 보면 언제나 기분이 좋다. 나는 그들의 얼굴에서 힘든 역경과 고난에도 시들지 않은 평화를 발견한다. 티베트인은 정말로 씩씩하고 자제심이 강한 민족이다. 이전에 나는 정치 지도자를 환대하기 위해 모이거나 모집된 군중을 여러 차례 보았다. 그들은 본질적으로 한결같이 무질서하고 들떠 있는 모습을 연출한다. 그러나 비를 맞으며 몇 시간 동안 서 있는 티베트의 군중을 보고 있노라면 굽힐 줄 모르는 신앙심에서 나온 고요와 겸손, 인내 등을 엿볼 수 있다. 침대에 누운 채로 나온 장애인과 임종을 앞둔 사람, 늙은 사람 등이 마지막 바치는 공물로 한두 송이의 꽃을 떨리는 손에 들고 있는 모습은 정말로 마음을 울리는 장면이다. 마치 붓다가 다시 살아 돌아오는 것 같다.

붓다가 돌아왔다. 하지만 이 붓다는 현대의 붓다다. 망토를 가볍게 걸친 그는 신의 모습이라기보다는 친구의 모습이다. 「마지막 황제」를 떠올리는 화려한 장관이 티베트 세라 사원의 복사판인 세라제 사원을 휘감고 있다. 그러나 왕좌와 같은 의자에 앉은 사람은 겸손한 승려로 주위에 모인 사람과 별반 구별이 되지 않는다. 그레고리오 성가를 연상시키는 소리가 울리면서 의식의 분위기가 스며든다. 천둥처럼 울리는 티베트 심벌즈와 피리의 음울한 가락이 붉은 바다를 이루는 라마승들의 고요함과 섞이면서 기이한 대조를 이룬다. 자주색 승복을 입은 달라이 라마가 만면에 웃음을 띠고 손을 흔들며 연도에 줄을 지어 선 신도들을 관대한 눈으로 바라본다. 연도에 선 사람들은 꽃에서부터 하얀 스카프까지, 그리고 자신들이 수확한 쌀과 옥수수 자루까지 다양한 공물을 들고 달라이 라마가 가는 길을 같이 따라간다. 그들의 얼굴을 보는 순간 목이 메어 온다.

그날 밤(어떤 이들은 이슬비가 내리는 와중에도 침구를 가져와 잤다) 모인 대중에게 법문을 할 때도 친구에게 말하는 듯하다. 심지어는 이전에 잠깐 만난 사람의 얼굴을 기억하고 미소를 지어 보이거나 손을 흔들어 인사를 하거나 노란 풍선을 쫓아가는 아이를 기쁨의 눈으로 보기도 한다. 마이크가 준비되기를 기다리는 동안에는 차분한 청중들의 눈을 들여다보기도 한다. 성하도 차분한 모습이다. 기다림은 끝없이 이어지지만 장내의 평온한 모습으로 인해 그리 길게 느껴지지는 않는다. 마이크가 작동을 않겠다고 고집을 부린다. "나가서 점심을 들거나 몸을 풀고 돌아오는 건 어때요?" 성하가 웃으며 청중에게 말을 건넨다. "그렇게 나갔다 오면 마이크가 작동할 겁니다." 청중이 웃음을 터뜨리고 성하의 짧은 웃음이 그 속에서 메아리친다. 한밤중 법문을 들으려고 장시간 기다리는 청중에게서는 불평 소리가 하나도 들리지 않는다.

어제의 청중은 충실하게 그리고 밝은 마음으로 다시 모여서 각자 자리를 잡는다. 햇볕과 비가 번갈아 든다. 모든 청중은 카르나타카의 강렬한 햇볕으로 검게 그을린 얼굴이며 노인들은 마니차를 돌리고 염주를 굴리는데, 그들 중 상당수는 위험을 무릅쓰고 티베트 국경을 넘었을 것이다. 그들 너머에는 산뜻한 푸른색 교복을 입은 학생들이 질서 정연하게 앉아 있다. 자주색과 노란색 승복을 입은 라마들이 아이들처럼 밝은 표정으로 또 다른 그룹을 형성하고 있다. 달라이 라마가 뜨거운 햇볕으로부터 머리를 보호하는 것이 좋겠다고 말하자 장내에는 형형색색의 우산 수백 개가 일시에 펼쳐진다. 청중은 달라이 라마의 말을 한마디도 놓치지 않으려는 듯 참으로 열심히 듣는다. 달라이 라마가 법문하는 목소리는 수많은 청중을 대상으로 연설을 하는 소리가 아니라 혼자 사색하며 자답하는 듯한 소리다. 그의 법문은 변화하는 현실에 물음을 던지고 스스로 답과 해결책을 찾는 듯하다. 붓다가 걸은 길을 지금은 달라이 라마가 걸고 있다. 달라이 라마를 위해서나 티베트인들을 위해서나 그 길은 미래의 자유를 찾아가는 멀고도 험난한 여정이다.

민족의 과거와 향수의 기운을 가득 채우고 법회가 열리는 자리를 차지한 사람들의 모습이 그곳의 장소보다 크게 느껴진다. 나는 비록 티베트의 신비로운 장관은 보지 못했으나 운 좋게도 나라 잃은 백성이 그들의 운명이 걸린 곳을 재건해 내는 기적을 목격할 수 있었다. 티베트인들은 빌라쿠페를 작은 티베트로 탈바꿈시켰다. 첫 정착민들은 카르나타카의 주 정부가 무상으로 대여해 준 황량한 오지에 도착해서 고개를 숙여 감사의 마음을 표했다. 그곳은 티베트에서 구경할 수 없는 코끼리 등의 야생 동물이 우글거리며 이국적 풍경을 자아내는 황야였다. 처음에 일부는 야생 동물의 먹이가 되기도 했다. 시간이 지나면서 그들은 여러 사람이 모여 깡통을 두들기면 커다란 야생 동물도 상대할 수 있음을 알게 되었다. 그렇게 하자 얼마 지나지 않아서 코끼리들이 물러갔다. 하지만 뱀이나 전갈은 물러가지 않았다. 일부 티베트인들이 뱀이나 전갈에 물려 목숨을 잃자 그들은 뱀과 전갈을 퇴치하는 법을 터득해 나갔다. 남자들은 산림을 개간하고 여자들은 나무를 했다.

거친 땅을 개간하여 생전 처음 보는 옥수수와 담배, 목화, 생강 등을 심었다. 이웃 인도인들의 가옥과 같은 붉은 기와지붕 가옥과 농가가 들판에 들어서기 시작했다. 그들은 인도인들에게서 소 부리는 법을 배웠다. 티베트에서 그들의 짐을 운반하고 양식이 되어 주던 야크는 빌라쿠페에 없었다. 빌라쿠페는 연중 끊이지 않고 내리는 비로 초목이 우거진 오지였기 때문에 티베트인들은 채소밭을 일구고 채소 맛에 익숙해지면서 자신들도 모르게 채식으로 바뀌어 갔다. 그곳의 기후로 보나 생활 양식으로 보나 채식이 알맞았다. 달라이 라마가 말하는 것처럼 채식을 하면 동물을 살생하지 않아도 된다. 성하는 닭이 도살되어 식탁에 올라오는 장면을 목격한 뒤로 더 이상 닭고기를 먹지 않는다. 그는 티베트인들에게 가금이나 돼지를 기르는 대신에 채소를 기르라고 권한다. 오늘날 빌라쿱페의 양계 농장은 어느 노부부의 가옥이 되었다. 성하는 빌라쿱페를 방문할 때면 잊지 않고 그 노부부의 가옥을 찾는다. 성하는 노부부의 가옥으로 가는 길목에 있는 연못을 그냥 지나는 법이 없다. 성하가 물고기 밥을 주면 물고기는 떼를 지어 성하 쪽으로 달려든다. 그리고 예기치 않게 길가에 멈추어, 티베트를 떠나 빌라쿱페에 정착해 살았던 어느 중국인의 무덤 위에 하얀 스카프를 놓는다. 이러한 달라이 라마의 모습은 말보다 더 감동적인 몸짓으로, 생명이 있는 존재든 없는 존재든, 친구든 적이든 모든 대상을 향한 자비를 웅변한다.

소남 텐진이 내게 해준 이야기가 떠오른다. 어느 버스에서 티베트의 전통 의상인 색동 치마와 추바를 입은 라싸 출신의 부인이 달라이 라마의 어린 시절 이름을 대면서 쿤둔을 본 적이 있느냐고 소남 텐진에게 물었다. 소남 텐진이 그렇다고 대답하자, 부인은 "정말 운이 좋으시네요"라고 말했다. "우리는 자유라곤 털끝만큼도 없어요. 가시 방석 위에서 사는 거지요.

상황이 언제 악화될지 아무도 몰라요." 비록 고국에서 집을 잃었으나 새로운 집을 얻은, 쿤둔의 은덕으로 밝게 빛나는 집을 얻은 1만 명에 달하는 티베트인들의 상황은 한결 나은 편이다. 라싸의 부인과는 달리 그들은 성하를 친견하고 성하의 축복을 받는 자신들을 복 받은 존재로 여긴다. 성하는 영적인 빛이요 참된 지도자다. 그는 티베트인들의 길을 인도하며 티베트인들의 성장과 발전을 돌보는 목자요 충고와 애정으로 보살피는 벗이다. 그는 선출된 지도자로서가 아니라 다정한 친구로서 티베트인들을 지도한다. 티베트인의 행복이 달라이 라마의 행복인 것이다.

아니스 정(Anees Jung)
델리에 거주하는 작가이자 저널리스트이다. 인도의 하이더라바드와 미국에서 교육을 받았으며 남아시아 여성의 고난과 시련을 다룬 책들을 비롯하여 다수의 책을 펴냈다. 『인도의 베일을 벗기다, 여성의 순례』, 『마당을 넘어서』(『인도의 베일을 벗기다』의 후속작), 『겨울 정원의 평화, 평범한 사람과 비범한 인생』 등을 저술했다.

행복을 추구하는 붓다의 길

툽텐 조파 린포체

달라이 라마 성하는 중생을 껴안는 무한한 자비의 화신이요 은혜와 행복의 원천이며 유일한 안식처다. 성하의 거룩한 육체를 보고 성하의 성스러운 법문을 들을 수 있는 복 받은 제자들에게는 다정하기 한량없다.

크나큰 자비의 석가모니 부처님은 중생에게 행복과 이로움을 가져오고 우리를 해탈과 완전한 깨달음으로 인도하려고 남섬부주(南贍部洲) 땅에 내려왔다.

법화경은 이렇게 말한다.

부처님이 우유나무 공원에 머물고 계실 때 한번은 북쪽을 향하여 미소 지었다. 그러자 다섯 광선이 미간에 있는 곱슬머리에서 퍼져 나왔다. 보살이 그 이유를 묻자 부처님이 대답했다. "대승의 아들이여, 삼세불이 성스러운 발을 들여놓지 않은 북녘에 설역 고원이 있다. 하지만 미래에는 거룩한 불법이 떠오르는 해처럼 퍼져서 융성할 것이며 드디어는 모든 중생이 관세음보살을 통해 해탈을 이룰 것이다." 관세음보살은 이렇게 기도했다.

"다루기 힘든 설역의 모든 중생을 해탈의 길로 인도할 수 있게 하소서. 설역 고원의 중생을 불법 아래 복종시킬 수 있게 하소서. 저 멀리 오랑캐의 나라(티베트)에 있는 중생을 해탈과 열반의 길로 인도할 수 있게 하소서. 오랑캐의 나라를 제 발 아래 복종시킬 수 있게 하소서. 모든 여래들이 가르친 거룩한 불법이 그 나라에 오랜 기간 동안 융성할 수 있게 하소서. 중생이 삼보의 이름을 듣고 거룩한 불법을 누리며 안식처를 찾고 행복한 윤회의 몸을 성취할 수 있게 하소서."

그러니까 석가모니 부처님은 관세음보살에게 티베트 불교를 예언하면서 "후에 나의 가르침이 인도에서 쇠락하면 북녘의 설역에 사는 중생이 그대에게 고개를 숙일 것이다"라고 말했다. 불법의 빛으로 모든 존재를 이롭게 하는 자비불은 다름 아닌 현재의 달라이 라마다.

보통 사람도 성하의 몸과 마음에서 우러나오는 말과 행동이 다른 중생을 이롭게 함을 알 수 있으며 성하가 전생에 모든 중생을 구하겠다고 서약한 자비로운 마음을 읽을 수 있다. 성하는 티베트 중생을 복종시켜 티베트를 널리 이롭게 하는 기도를 했을 뿐 아니라 지금은 서구 사회에서 사람들의 평화와 행복을 위해 무지의 어둠을 몰아내고 불법의 빛을 비추고 있다.

성하는 환생의 계보를 통해 자비불인 관세음보살의 살아 있는 화신임이 입증되었다. 환생의 계보는 관세음보살에서 시작하여 부처님 시대에는 직텐 아왕 왕(王)과 브라만이었던 큐난체 등으로 이어지고 상계 걀와, 티베트의 초대 왕인 냐티 첸포, 초걀 티송 뒤첸, 초걀 송첸 감포, 아티샤 라마의 번역승이었으며 45대 환생이었던 돔퇸파, 1대 달라이 라마였으며 타시룬포 사원을 창설했던 겐뒨 둡파, 겐뒨 갸초, 소남 갸초, 쇌상 갸초, 잠팔 갸초, 룽톡 갸초, 출팀 갸초, 케뒵 갸초, 틴레 갸초, 툽텐 갸초, 그리고 현재 달라이 라마이며 64대 환생인 텐진 갸초로 이어져 내려왔다.

티베트에서 서거한 세르콩 도르제 창 성하는 다섯 얼굴을 한 관세음보살상이 저절로 솟아올라 "그대가 다음 날 자비불을 보게 될 것이다"라고 예언하는 꿈을 꾸었다고 한다. 사실 이튿날 세르콩 도르제 창은 현 달라이 라마를 보았다고 한다.

어느 날 세라와 간덴, 데풍 사원에서 저명한 학승이었던 테호르 쿄에르펜 린포체가 제자들을 모두 불러 놓고 다음 날 자비불의 화신인 돔퇸파를 만나러 가겠다고 말했다. 그러고는 다음 날이 되자 그들 모두는 달라이 라마를 보러 가게 되었다.

달라이 라마 성하는 부처님의 가르침 전체, 즉 삼장의 도덕과 수행, 지혜 등의 차원 높은 가르침 전체를 체득하였다. 이 삼장의 가르침은 소승 불교의 정수가 되었고 대승 불교의 토대가 되었으며 마지막으로 비의적인 금강승 불교가 되었다. 그래서 성하는 하늘의 별과 같이 무수한 학승과 수행자들을 끊임없이 배출할 수 있게 되었다. 오늘날 서양과 동양의 여러 나라에서 사람들은 세라와 간덴, 데풍 사원 출신의 수행자뿐 아니라 다른 종파 출신의 수행자에게서 티베트 불교를 배우고 심도 있는 연구를 할 수 있게 되었다. 불교의 가르침을 현실에서 수행하는 사람은 삶의 의미를 발견하고 행복을 찾는다. 그리하여 마음의 평안과 행복을 누리고 해탈과 열반을 향하여 서서히 나아간다. 이런 사람들이 해마다 늘고 있다. 이는 모두 성하의 자비 덕분이다.

만약 성하가 없었다면 불교는 많은 시련을 겪었을 것이며 불법을 온전히 보전하는 일이 참으로 힘들었을 것이다. 부처님의 가르침이 없었다면 중생은 많은 고통을 받았을 것이다. 불법만이 모든 질병과 망상, 악업, 훈습을 치유할 수 있는 약이다. 성하는 윤회의 두려움에서 완전히 해탈하였으며 중생을 고통에서 건져 내는 데 대단히 뛰어나다. 그래서 우리는 성하가 생이 다하는 날까지 건강하길 가슴으로 기도해야 한다.

성하의 성스러운 몸과 마음과 말은 모든 유정(有情)에게 평화의 원천이다. 성하는 학문에서도 최상의 존재요 도덕에서도 최상의 존재이며 따뜻한 가슴에서도 최상의 존재다. 성하의 마음은 이기적으로 행복을 추구하는 욕심이나 망상에 의해 더럽혀지지 않는다. 가장 미묘한 미망에 의해서도 더럽혀지지 않는다. 인간이든 동물이든 우리 중생은 성하의 거룩한 몸을 바라보거나 만지기만 해도 마음이 정화되며 삶은 의미를 띠기 시작하고 영원히 잊을 수 없는 평화와 행복을 체험하고 해탈과 깨달음의 씨앗이 발아하기 시작한다. 놀라운 영감과 밝은 미래의 희망이 내려온다.

자비롭고 웃는 얼굴에서는 따뜻한 빛이 퍼져 나와 중생의 불안과 걱정, 카르마와 미망을 깨끗하게 씻어 준다. 자비불의 성스러운 몸은 아무리 보아도 물리지 않는다. 성하의 흠 없는 몸에도 한계가 없으며 중생이 성하에게서 받는 은혜 또한 한계가 없다. 한 시간 혹은 단 몇 분만이라도 부드럽고 온화한 성하의 법문을 들으면 곧바로 불교의 정수 자체를 이해할 수 있으며 삶이 밝아지고 풍요로워진다. 자비롭고 사랑스러운 무아에서 나오는 성하의 언어는 모든 것을 간명하면서도 논리적으로 풀어내며 듣는 이의 가슴을 파고든다. 10만 명이 성하의 법문을 들어도 모두 하나같이 놀라운 기쁨으로 고양되며 자신의 의문에 적절한 답을 얻는다.

잠깐 동안만이라도 성하의 몇 마디를 들으면 자신의 본성을 덮고 있는 무지의 구름을 벗겨 내는 심오한 지혜를 만날 수 있다. 무엇이 옳으니까 실천해야 하는지, 무엇이 그르니까 버려야 하는지 알 수 있는 지혜를 만날 수 있다. 불법을 수행하여 다른 사람을 이롭게 할 수도 있으며 해탈과 열반의 복락을 누릴 수도 있다.

서구인들은 과학과 기술, 심리학 등의 분야에서 대단한 발전을 이룩했지만 생사의 문제, 혹은 경제나 사회 분야의 복잡한 문제들을 어떻게 풀어야 할지 모른다. 성하의 한마디 한마디는 문제의 뿌리를 자르는 반야검이다. 성하는 종교 수행을 비롯하여 사업 문제, 가족 문제, 여타 일상생활의 문제 등에 대해 불법을 바탕으로 간명한 해법을 제시한다. 성하의 권고들은 모두 다른 사람을 해롭게 하지 말고 이롭게 하라는 불교 사상에 바탕을 두고 있다. 또한 성하의 권고는 순수 자비에서 나올 뿐 아니라 지혜에서도 나오기 때문에 정치적인 문제와 종교적인 문제 사이에 아무런 모순도 없다.

성하는 법문 속에서 지구와 지구에 사는 존재들을 함께 걱정한다. 성하의 말을 실천에 옮긴다면 우리는 환경이 파괴되는 것을 막을 수 있다. 성하는 너무나 많은 사랑과 자비를 베풀기 때문에 그 사랑과 자비를 받는 사람의 삶은 완전히 바뀔 수밖에 없다. 성하의 말을 듣고 이를 실천하는 사람은 마음의 평화를 얻을 수 있을 뿐 아니라 자신이 얻은 평화와 행복을 세상에 전할 수도 있다. 수많은 사람들이 이런 식으로 도움을 받았다. 사랑과 자비로 다른 사람에게 관심을 가질 줄 알게 되고 다른 사람의 권리와 필요에 배려를 아끼지 않게 된다. 성하의 말을 듣는 사람은 타인에게 해를 끼치거나 죽이거나 화내는 일을 중지한다. 그런 실천이 다른 존재들에게 평화를 가져다준다. 그러므로 모든 중생에게 성하는 영원한 기쁨과 평화의 원천이라는 사실을 깨닫는 일이 그리 어렵지 않은 것이다.

영적인 능력으로 말할 것 같으면, 성하는 십력(十力), 사무외(四無畏), 십팔불공법(十八不共法) 등의 무한한 자질을 갖추고 있다. 이런 자질들은 순수 불법에서 나오는 것으로, 일반 속인은 물론 십지(十地)의 보살도 이해하기 힘든 것이다. 성하의 숨구멍 하나하나가 마음의 기능을 할 수 있고 모든 존재를 직접 볼 수 있으며 모든 중생을 이롭게 할 수 있다. 성하는 각 중생의 업에 맞춰 지혜를 꺼내 쓴다.

성하의 특별한 능력으로 말할 것 같으면, 성하는 자신에게 해악을 가하는 이에게도 자비를 베풀려고 노력한다. 자신의 적에게도 자비심으로 대하며 가슴으로 품는다. 적의 자질을 칭찬하고 그의 행복을 기원하며 깨달음의 길로 나아갈 수 있기를 기도한다. 이런 점을 놓고 볼 때 성하는 보살이요 자비불인 것이다.

중국 공산당은 티베트를 침공하여 사원과 환경을 파괴하고 속인과 승려, 고승 들을 죽이는 등 무자비한 만행을 저질렀다. 도덕 교육을 비롯한 모든 불교 교육을 못하게 하였다.

그런 상황에서 국가 지도자라면 누구나 원한을 품고 중국을 원수로 여겼을 것이다. 그렇지만 성하는 6백만 티베트인의 자유와 평화와 행복 그리고 부처님의 가르침을 보존하는 더없이 훌륭한 문화의 미래에만 관심을 둔다. 성하는 중국인을 가슴에 끌어안으며 그들의 고통을 염려한다. 중국인의 자유와 평화, 행복을 위해 기도하며 마오쩌둥에게는 각별한 관심과 무한한 자비심을 갖는다.

중국이 성하에게 마음의 문을 열지 않고 성하의 제의를 거절한다면 더없이 안타까운 일이요 크나큰 기회를 놓치는 결과를 낳을 것이다. 중국이 마음의 문을 연다면 6백만 티베트인에게는 자유와 평화와 행복을 누리고 티베트 불교를 계승하여 발전시킬 수 있는 기회가 될 것이다. 또한 세계인에게는 행복과 고통의 원인에 대한 이해를 깊게 하여 평화와 행복의 원천인 깨달음을 성취할 수 있는 기회가 될 것이다.

나아가서 수많은 중국인들이 성하에게서 놀라운 평화와 행복을 배울 수 있을 것이다. 중국 정부의 지도부가 성하와 허심탄회하게 대화를 하고 티베트를 돕는다면 종교를 모르는 관리들이 할 수 없는 평화로운 관계 구축에 커다란 발전이 있을 것이다. 역사를 보면 중국 왕조의 황제들은 고명한 티베트 라마를 초청하여 불법을 배웠다. 황제들은 법문을 듣고 입문을 하고 깨달음의 길을 배웠다.

현 달라이 라마는 수많은 서구인들의 가슴을 열어 은혜를 베푼다. 성하는 서구 세계와 문화에 대한 예지를 나누고 현실적이고 밝은 마음으로 서양이 안고 있는 문제의 해결을 함께 모색한다. 종교인은 성하가 주는 즐겁고 보람된 삶을 사는 방법에 대한 본질적이며 실천적인 권고에서 많은 도움을 받을 수 있다. 또한 성하는 비종교인들에게도 그들만의 보람된 삶을 사는 길을 제시한다.

이렇게 광대한 은혜는 전대의 달라이 라마에겐 없었다. 성하는 티베트 독립을 위해 일한 것보다 세상을 위해 일한 것이 훨씬 많다. 성하의 이런 모습은 핵전쟁과 신종 질병의 위험에 직면해 있으며 욕망과 폭력, 분노, 무지 등으로 고통 받는 우리 중생에게 참으로 중요한 것이라 아니할 수 없다.

고통을 줄여 가면서 행복을 성취하는 붓다의 길, 즉 붓다의 심리학은 참으로 소중하다. 우리가 성하에게 영원한 소원 성취의 보석들로 가득한 세상을 드린다 해도 불법의 수호자인 성하의 은혜에 보답할 수 없다. 우리는 성하의 가르침을 통해 스스로를 준비하여 해탈과 열반 등 모든 행복의 길로 나아갈 수 있다. 그러므로 우리는 애정과 관심으로 타인을 위해 봉사하며 사랑과 자비의 마음을 닦으라는 성하의 말을 실천해야 한다. 우리는 성하의 가르침을 실행에 옮기고 성하의 고귀한 희망을 위해 노력해야 한다. 특별히 티베트를 시련과 역경에서 구해 내고 자유를 되찾으려는 성하의 바람을 위해 노력해야 한다. 서로의 손을 맞잡고 깨달음을 얻을 때까지 성하가 우리를 계속 인도할 수 있도록 기도해야 한다.

우리가 달라이 라마 성하를 볼 때 실제로 보는 것은 인간의 형상을 한 자비불의 고귀한 몸이다. 그래서 성하의 형상을 보는 사람은 그 영혼이 정화되어 고해에서 해방되어 깨달음으로 나아갈 수 있는 바탕이 마련된다.

아직 깨닫지 않은 요기도 우리 중생에게는 더없이 고귀하다. 요기뿐 아니라 깨달음의 빛은 보았으나 아직 깨달음을 완성하지 못한 존재나 헤루카 신의 수행자도 중생에게는 소중한 존재들이다. 사실이 그러할진대 성하와 같이 깨달음을 완성한 존재나 관세음보살을 보는 은혜는 두말할 필요가 없는 것이다.

성하의 육신을 친견할 때뿐 아니라 성하의 법문을 들을 때도 우리는 해탈과 깨달음으로 한 걸음씩 나아간다. 성하의 법문은 단순해서 이해하기도 쉽지만 불경의 모든 것을 담아 내는 깊이와 넓이가 있다.

성하의 한마디 한마디는 우리 내면의 적인 미망과 강한 이기심을 산산이 부수는 원자 폭탄과 같다. 성하의 말은 죽음과 환생, 늙음과 질병, 불만, 상처 등을 일으키는 생사윤회의 모든 고통과 인간의 여러 문제들의 뿌리를 잘라 낸다.

성하의 법문은 우리 마음을 파고드는 감로수다. 성하의 무한한 능력을 볼 수 없는 이에게는 생활 속에서 일어나는 여러 문제의 해법을 던져 주고, 인생에 의미도 희망도 없다고 생각하는 이들에게는 희망의 빛을 던져 준다. 성하는 상대가 자신을 칭찬하든 비판하든, 상대가 부유하든 가난하든 상대를 향한 애정과 자비와 존경심을 잃는 법이 없다.

성하의 모습을 보면, 특히 성하의 법문을 들으면, 그리고 성하의 능력을 보면 세계 수많은 이들의 가슴이 희망과 기쁨과 평화로 충만해진다. 물론 우리는 성하에게서 관세음보살의 순수한 모습을 보아야 하겠지만 '모든 붓다가 우리 앞에 내려온다 해도 카르마의 무지로부터 완전히 해방되지 않으면 우리는 붓다의 겉모양만 볼 뿐, 붓다의 성스러운 모습을 있는 그대로 보지 못한다'. 평범하고 불완전한 겉모습은 우리의 평범하고 불완전한 마음이 투사한 것이다. 나처럼 평범한 존재는 카르마로 인하여 붓다를 인간의 형상으로만 보기 때문에 성하는 카르마에 따라 영적인 눈을 뜨게 할 수 있는 형상으로 나타남으로써 성하의 진면목을 바로 볼 수 있게 한다. 이러한 성하의 호의는 끝없는 하늘처럼 한량이 없다. 성하의 모습을 보고 성하의 법문을 들음으로써 우리는 잠자고 있는 마음을 깨울 수 있다. 이는 우리 생에서 받을 수 있는 최고의 선물이다.

성하는 사성제를 예로 들어 고(苦)는 무엇이고 어디서 왔으며 그 원인은 무엇인지 보여 준다. 사성제를 통해 고를 없앨 수 있는 진리의 길을 보여 줌으로써 성하는 중생을 고해에서 건져 내어 해탈에 이르게 한다. 이보다 훌륭한 가르침이 또 어디 있으랴!

많은 이들이 참나가 누구인지, 마음이란 무엇인지, 혹은 절대적 진리와 상대적 진리가 무엇인지 모른다. 인간의 마음은 완전한 어둠에 휩싸여 있다. 참나, 진아 등 모든 것은 마음이 명명한 이름표로 존재하며 그래서 공허하다. 우리는 마음이 투사하여 만든 왜곡된 모습을 참된 모습으로 믿고 산다. 우리 눈에 진짜로 보는 것이 성하의 눈에는 공허한 것으로 보인다. 성하는 모든 현상이란 마음이 붙여 놓은 이름으로 존재하기 때문에 무상하다고 말한다. 우리는 끊임없이 번뇌에 시달린다. 분노가 아니면 무지, 무지가 아니면 욕망에 의해 끊임없이 시달린다. 성하의 거룩한 마음은 인간을 괴롭히는 무지와 번뇌로부터 완전히 해방되었다.

우리는 종이 위에 쏟아진 기름과 같은 존재다. 우리는 무엇을 하든 이기적인 마음에 의해 끌려 다닌다. 그러나 성하는 영겁 전에 자기만을 위한 행복을 추구해야겠다는 생각에서 완전히 자유로워진 존재가 되었다.

성하는 티베트 불법을 수호하는 정치적 지도자의 역할을 해

오고 있다. 정치의 세계에서도 다른 존재를 해치지 않고 이롭게 하는 사람은 석가모니 붓다와 관세음보살, 그리고 달라이 라마뿐이다. 성하는 도덕과 윤리에서도 흠이 없고 전지(全知)하며 단 한 순간도 중생을 저버리지 않고 끌어안는 자비의 화신이다.

성하의 법문이나 가르침의 은혜를 갚을 길이 없다. 우리에게 준 성하의 가르침을 실천하고 성하가 늘 바라는 티베트의 독립을 위해 기도하고 티베트 운동을 위해 우리가 할 수 있는 일을 찾아 하며 마지막으로는 윤회의 세계가 다하는 날까지 이 땅에 남아 우리를 인도해 달라고 성하에게 요청하는 것, 이것이 우리가 성하의 은혜에 보답할 수 있는 최상의 길이라고 생각한다.

툽텐 조파 린포체(Thubten Zopa Rinpoche)
네팔 태생으로 세 살 때 라우도 라마의 환생으로 인정되었다. 예세 라마의 제자로 대승 불교 보존재단의 이사장으로 재직하고 있다. 스승과 함께 세계 여행을 하며 여러 곳에 다르마 센터를 설립했다.

묵상

제프리 홉킨스

중국 공산 정부는 달라이 라마가 어느 나라의 초빙을 받으면 즉각 그 나라 정부에 항의를 한다. 그러면 달라이 라마의 방문은 대체로 불편해지고 그 중요성은 격하되어 '개인적인' 방문으로 전락하고 만다. 이들 나라는 무엇을 두려워하는가? 달라이 라마에게는 군대도 없고 경제적인 파워도 없고 정치적인 카드도 없다. 달라이 라마는 비폭력과 자비를 주창한다. 달라이 라마의 공식 방문을 거부하는 나라들은 과연 무엇을 두려워하는 것일까?

중국 공산 정부는 달라이 라마가 독립이라는 안건만 꺼내 들지 않는다면 언제 어디서든 교섭할 준비가 되어 있다고 제안했다. 이에 달라이 라마는 중국 측의 제안에 동의했지만 중국 측의 반응은 대화 거부였다. 중국은 과연 무엇을 두려워하는 것일까?

달라이 라마는 티베트 밖에서 티베트 문화의 재건을 고취해 왔다. 세계의 종교·정치 지도자들에게는 눈앞의 이익을 넘어서 대의를 위해 함께 노력해 줄 것을 요청하기도 했다. 또한 정치와 종교의 차이에 관계없이 공동의 문제를 함께 해결하자고 주장하기도 했다. 중국과 여타의 나라들이 두려워하는 것은 달라이 라마의 이런 주장일까?

달라이 라마의 힘은 그가 삶에서 실천하는 윤리에서 나오고 그가 삶에서 수행하는 진리에서 나온다. 티베트어로 법문할 때 그 폭과 깊이, 영감, 유머, 진실함 등으로 사람들이 직관의 힘을 기르고 타인의 행복을 위해 헌신할 수 있게 한다. 나는 가끔 세계의 모든 사람들이 모국어로 설하는 달라이 라마의 놀라운 법문을 들을 수 있다면 얼마나 좋을까 하는 생각을 해 보기도 한다.

달라이 라마의 원래 이름은 '제춘 잠팔 각방 로상 예셰 텐진 갸초 리숨 방규르 충파 메페 데팔 상포'이다. 이들 단어를 하나하나 풀어 보면, '지도자, 신성, 부드러움, 명성, 언변, 지배, 정신, 선함, 근본, 지혜, 가르침, 장악, 광대함, 바다, 존재, 삼세, 통제, 무비(無比), 영광, 고결'을 뜻한다.

> 참된 *신성*으로 추앙받는 세계의 *지도자*요
> 자자한 *명성*에 구현된 *부드러움*이요
> *지배*의 세상에 퍼져 있는 자비의 *언변*이요
> *선함*으로 모든 이에게 다가가는 이타적 *정신*이요

깊고 넓은 *지혜*의 근본이요

모든 현상을 품에 안는 *가르침*이요

생명의 *바다*에 출렁이는 사랑의 *광대함*이요

고통의 *삼세*에서 유희하는 자애의 *존재*요

*무비*의 애정을 통한 *무법자*의 통제이며

온전한 *고결* 속에서 나타나는 *영광*이라.

불멸의 자비와 지혜를 지닌 세계의 스승이

모든 장애물이 걷히는 것을 볼 수 있게 하소서.

보리도차제론[12]

대덕의 법문에

그릇된 인식이 사라지고

이전의 깨우침이 증장하니

마음에 새로운 깨우침이 떠오른다.

도차제(道次第)에 관한 당신의 법문에서

22개의 새로운 깨우침이 일어났다.

---

12) 보리도차제론(菩提道次第論) : 1972년 총카파에 관한 달라이 라마
   의 법문 시 집필되었다.

과거가 빨리 지나가는 것처럼
미래 또한 그러함을 생각해야 한다.
무상에 대해 명상하는 목적은
곧바로 고통이 찾아옴을 깨닫기 위함이다.

작은 선물에도 속는 것처럼
복잡하게 얽히고설킨 것들은 모두 속이는 현상이다.

몸은 번뇌의 생성을 돕는
번뇌의 양극이다.

번뇌는 나를 지켜 주는 것처럼 보이기 때문에
버리기 어렵다.

탄생의 애처로운 순간에 친구도 도와주는 사람도 없이
홀로 세상에 나오지만

자신의 탄생을 기억하는 사람은
'태어나지 않아도 되는데'라고 생각할 것이다.

오염된 쾌락은
자신이 지어낸 쾌락이다.

도리에 맞는 행동은
거친 악행을 막는 역할을 한다.
불법은 실천하여 깨닫는
진정한 안식처다.

안식처를 찾아갈 때
참된 (번뇌의) 소멸이 마음을 밝혀야 한다.

나가르주나와 아상가는 심오하고 광대한 진리의 원천으로
반야경을 의지하였다.

우주에 가득한 모든 중생은
똑같이 행복을 원하고 고통을 피하려 한다.

남이 나보다 굉장히 많은 고로
남이 나보다 훨씬 더 중요한 존재임을 깨달아야 한다.

의식이 뭔가를 아는 고로
공은 비록 어려우나 알 수 있다.

사물이 존재하는 모습은
사물의 본성을 가리는 것이다.

무지에서 떠오르는 번뇌의 뿌리와
여타의 번뇌를 꿰뚫어 보아야 한다.
자신에게 자성이 있다는 생각을 하면
보리를 갉아 먹는 생쥐를 보고 화를 낸다.

상호 의존하고 있는 인간과 공의 실체에 대해
명상을 해야 한다.

붓다의 고귀한 몸은 지고한 것이지만
그 자성이 비어 있음은 두말할 필요가 없다.

붓다의 훌륭한 속성들은
물리지 않는 지각의 원천이다.

이렇게 맑은 각성이
당신의 법문을 타고 떠오르니
삼가 머리 숙여 존귀한 대덕에게 절을 합니다.
당신 말고 다른 스승이 어디에 있을 수 있겠습니까!

육십송여리론(六十頌如理論)

육십송여리론과 관세음보살 입문에 관한 법문에서 마음을 변화시키는 말을 듣는 것은 크나큰 도움이 된다. 이전처럼 스물두 가지 의미가 떠올랐다. 이들을 기억할 수 있도록 여기 적어 둔다.

이 짧은 인생에서
깊은 깨우침을 일으키는 법문을 만나기는 참으로 어렵다.

일체 만물의 자성은
『중론송』에서 논박된 대로 존재하지 않는다.

본성의 뿌리가 덮여 있는 현상은
저기 앉아 있는 스님처럼 구체적인 실체로 보인다.

명확하게 가리킬 수 있는 대상이 존재한다고 느끼면
'이보다 더 사실적인 게 또 뭐가 있을까'라고 생각하기 쉽다.

스스로 다른 것이 될 수 있는 것이 있다면
또 다른 것에 의지하지 않고도 다른 것이 될 수 있어야 한다.

사물이 존재하지 않는다는 증거를 체험하기는 쉽지만
자아를 구성하는 영역의 경계를 깨닫기는 어렵다.

현재 자성에 대한 생각이 강하다 해도
무아를 닦으면 무아는 무한해진다.

지식의 대상으로 이루어진 세상에 퍼져 있는 밝은 빛은
마음이 지어낸 것을 초월한다.
불성을 빨리 얻지 못하면
타인을 도울 수 있는 기회가 사라진다.

중생은 붓다가 각별히 관심을 갖는 대상이기 때문에
중생을 자신보다 낮게 봐서는 안 된다.

중생은 공덕을 쌓을 수 있는 대상이기 때문에
특별히 마음을 내어 자신보다 높게 생각해야 한다.

매 순간을 타인을 돕는 데
사용해야 한다.

붓다가 가진 여러 능력 중에
타인을 돕는 법문의 능력을 얻는 일이 가장 어렵다.

실체의 궁전에 지혜의 빛이 비치고
자비의 달빛이 가슴에 내려온다.

그 공이 금강으로 나타나고
대승의 길이 밝게 빛난다.

대단히 미묘한 몸과 마음과 말의 실체를 알 때
불성 안에서 완전히 정화된다.

명상 속으로 가라앉을 때 수트라와 만트라의 차이가 구별된다.
'만트라 속에서 공의 실현이 더욱 강하다'는 차이 말이다.

'옴마니 반메훔' 진언은 세 고귀한 몸의 합일,
심오한 것과 드러난 것의 합일을 상징한다.

당신의 현존 속에서 심오한 것과 광대한 것이
합일한다는 불법을 들었기 때문에
당신을 만난 은혜는 이루 다 말하기 어렵다.
당신의 신성에 깊이 고개 숙여 절한다.

제프리 홉킨스(Jeffrey Hopkins)

버지니아 대학교 티베트 불교학 교수이자 동대학교 동아시아학회센터 소
장이다. 달라이 라마가 1979년부터 1989년까지 강의 투어를 할 때 10년
간 통역을 담당했다. 달라이 라마를 비롯해 티베트 교수들과의 공동 작업
으로 수십 권의 불교 경전을 번역, 출간했다. 국내에는 『달라이 라마, 죽
음을 이야기하다』, 『달라이 라마, 삶을 이야기하다』, 『마음』이 출간되었다.

역사는 언제나 진리의 편

U. R. 아난타무르티

역사는 언제나 진리의 편이니
달라이 라마의 티베트인들은
자비롭고 신비롭다는 걸 알라.
승리는 언제나 진리의 것이니
중국인들은
교활하고 약삭빠르다는 걸 알라.

델리의 어느 날
격동의 현대사에 휘말려
역경과 시련을 헤쳐 나가는 동포들에 대해
깊은 애정과 열정으로 법문을 하던 달라이 라마는
자주색 승복에 앉은 검은 개미를 발견하고는

만면에 미소를 짓는다.
이 온유한 수행자는 하던 말을 멈추고
손가락으로 조심스럽고도 부드럽게 개미를 들어 올려
탁자 위에 내려놓고는
미소를 띠며 법문을 이어 간다.

달라이 라마는 중국이 역사의
승자가 되는 것처럼 보일 때도
무한한 순간, 무한한 시간
진리가 승리하는 날이 오기를
이렇게 기다리고 있다.
(칸나다어에서 마누 차크라바르티가 번역함.)

아난타무르티(U. R. Ananthamurthy)
인도의 저명한 시인이자 소설가, 사회 운동가이자 학자이다. 뉴델리 소재
의 '사히티야 아카데미' 회장을 역임했으며 현재 푸네 소재의 '인도 영화
텔레비전 연구소' 소장으로 재임 중이다. 삶을 존재론적으로 접근한 『삼
스카라』와 『바라티푸트라』 등을 저술했다.

달라이 라마와의 대담

라지브 메흐로트라

라지브   성하, 수많은 사람들이 성하를 붓다의 화신으로 생각
          합니다. 성하가 체험하는 불성은 어떤 것입니까?

성하   항상 나 자신을 불교 승려라고 말합니다. 물론 우리는
          환생의 문제를 생각하죠. 환생의 문제에는 각기 다른
          해석들이 존재합니다. 전생에 다 이루지 못한 것을 완
          성하기 위해 의도적으로 다시 태어나는 것을 환생이라
          고 생각합니다. 그런 의미에서 본다면 제가 환생한 게
          맞습니다.

라지브   성하가 전생에 다 이루지 못한 일이란 무엇입니까?

성하   13대 달라이 라마는 세속적인 분야에서뿐만 아니라 종
          교적인 분야에서도 어떤 일을 시작했어요. 어느 면에
          서 진보를 이룩하기도 했으나 50대 말에 입적하는 바
          람에 계획한 일을 마저 다 하지 못한 거지요. 나는 꿈
          의 상태에서 13대 달라이 라마를 만난 적이 있습니다.
          내가 전생에 13대 달라이 라마는 아니었던 것 같지만

강한 인연이 있었던 것 같습니다.

라지브   환생에 대해 더 설명해 주시겠어요? 죽은 뒤에 육체야 당연히 썩기 마련입니다. 환생을 하는 주체는 정신입니까, 아니면 의식입니까?

성하   보다 본질적인 질문은 '자아는 누구인가'이겠지요. 몸도 자아의 존재 중심이 아니며 정신도 아닙니다. 나는 텐진 갸초라는 사람입니다. 불교에는 다양한 학파가 있고 학파마다 존재의 중심을 다르게 생각합니다. 귀류논증파는 중관학파의 한 갈래인데, 여기에서는 이 몸과 정신의 조합으로 이루어진 인간, 즉 텐진 갸초가 존재의 중심이라고 주장합니다. 이 몸은 부모에게서, 부모의 부모에게서 왔습니다. 그래서 몸에는 그 원인과 조건, 인연(因緣)이 있는 거지요. 어떤 불경에 따르면 이 몸의 최초 원인이었던 공간 입자는 이전 우주의 원인이라고도 합니다. 정신은 수시로 변화합니다. 변하는 것은 인연의 지배를 받습니다. 고로 정신은 인연의 산물이지요. 환생 이론은 여기에 바탕을 두고 있어요. 존재는 몸과 정신의 조합을 가리킵니다. 또한 미묘한 차원의 몸과 거친 차원의 정신이 조합된 것을 가리키기도 합니다. 그러므로 환생의 주체를 정신으로 볼 수도 있고 존재로 볼 수도 있습니다. 환생은 마음을 먹고 특정 시간, 특정 장소에 자신의 의도대로 태어나는 걸 말합니다. 그래서 환생의 주체는 같은 사람일 수도 있고 같은 존재일 수도 있습니다. 아니면 전생에 이루지 못한 일을 완성하기 위해 대신 들어온 다른 존재일 수도 있습니다.

라지브 전생을 기억하시나요?

성하 가끔은 아침에 했던 일도 기억이 안 나요! 내가 아주 어렸을 때, 그러니까 어머니와 어머니의 친구 분들은 제가 두세 살쯤 되었을 때 전생을 기억하는 것을 봤다고 하더군요. 그럴 수도 있겠죠.

라지브 과연 과학과 종교가 만나는 게 가능할까요?

성하 과학은 사회 과학과 자연 과학으로 나누어 볼 수 있겠지요. 과학자는 직접 관찰하지 않은 대상에 대해서는 회의적인 눈으로 봅니다. 하지만 과학에는 그만의 한계가 있다고 생각합니다. 즉 과학은 측정이 가능한 분야에만 국한된 학문이라는 거지요. 생명과 의식, 정신 등의 영역은 제대로 연구되지 못했습니다. 이들은 주로 뇌와 관련된 분야이지요. 오늘날 과학은 뇌와 정신의 상관 관계를 연구해서 정신과 그 기능의 영역을 많이 밝혀냈습니다. '상호 의존'이라는 게 있는데, 불교에서는 이를 수냐타, 즉 공이라고 합니다. 공은 모든 것이 사라져서 비어 있는 상태를 말합니다. 사물은 홀로 존재할 수 없어요. 사물은 원인과 조건에 의해 존재할 뿐이죠. 현대 물리학, 특히 양자 역학에서는 사물의 실재를 이런 시각으로 봅니다. 일부 과학자들은 양자 역학을 설명할 때 '실재'라는 말을 가능하면 쓰지 않으려고 해요. '사물의 실재'라고 말하면 마치 사물은 독립적으로 존재하는 것처럼 들리기 때문이죠. 독립적으로 존재하는 것은 없어요. 만물은 서로 의지해서 존재할 뿐입니다. '독립적으로 존재하는 것은 없다. 그러므로 만물은 끊임없이 변하며 덧없는 존재다.' 이런 점에서 과학과 불교는 한목소리를 냅니다. 서양의 심리학은 동양의 심리학이나 사상에 비하면 그 역사가 아주 짧습니다. 서양의 탐구 방법은 우리와 사뭇 다릅니다. 어떤 과학자들은 "우리는 물질만 믿을 뿐, 정신이 존재한다고 생각하지 않는다"고 주장합니다. 하지만 서로 대화를 나누다 보면 그런 서양 과학자들 중 일부는 정신을 설명하는 데 있어 불교적인 관점과 방법에 대해 깊은 관심을 보이기도 하죠. 우리는 서양 과학을 배우기도 하고 그 연구 성과로부터 많은 혜택을 보기도 합니다. 또한 서양 과학자들은 불교로부터 사물을 보는 새로운 시각, 사물을 연구하는 새로운 방법을 배우기도 합니다. 제 경험에 의하면 그렇습니다.

라지브 티베트 불교에는 대단히 심오한 마음공부의 방편들이 있습니다. 몸과 같이 마음도 닦을 수 있는 것이라고 생각하십니까?

성하 제 경험으로 확신하건대, 마음을 닦으면 마음은 변화합니다. 저는 어렸을 적에 쉽게 화를 내는 성격이었어요.

물론 오래가지는 않았지만 자주 화를 내곤 했어요. 하지만 마음을 닦은 결과, 아니면 나이가 들어서인지 많이 달라졌지요. 분노도 그렇고 화도 그렇고 왔다가 가지만 제 마음은 동요하지 않아요. 마음은 바다와 같지요. 수면에서는 파도들이 왔다 갔다 하지만 수면 아래에서는 잠잠하잖아요. 번뇌를 단칼에 제거하는 일은 쉽지 않습니다. 그래서 많은 노력과 명상, 실천이 필요합니다. 그렇다 해도 곧바로 감정의 진폭을 줄이는 건 가능합니다. 고대 불교 경전과 그 방편, 기법 등은 불교 신자건 아니건 간에 현대인 모두에게 많은 도움이 될 수 있습니다. 우리는 마음의 단점뿐 아니라 장점에 대해서도 명확히 이해할 필요가 있습니다. 그리고 자비와 사랑, 만족, 용서 등이 어떻게, 왜 좋은지에 대해서도 명확하게 인식할 필요가 있습니다. 증오와 불평, 집착 등은 문제를 일으킵니다. 건강의 관점에서 보더라도 자비로운 마음속에서 힘과 자신감이 생기기 때문에 자비로운 마음이 더 평화로운 걸 알 수 있습니다. 그와 반면에 분노와 증오는 내면의 평화와 자신감을 키우는 데 대단히 해로워요. 상대를 부정적으로 대하면 상대는 자동적으로 당신을 부정적으로 대합니다. 그렇게 되면 서로에 대한 불신과 불안만 가중되고 건강에 아주 해롭지요. 마음이란 여러 감정들이 모여 사는 가정과 같아요. 그래서 마음의 문을 열고 자비로워지면 마음이라는 가정에 더 많은 행복이 찾아와요. 분노와 집착은 상당히 강력한 감정들이죠. 우리 생활의 많은 부분을 차지하고 있으며 그런 감정들이 없다면 삶은 그 다채로움과 생기를 잃을 겁니다. 그런 감정들이 있기 때문에 삶은 보다 다채로워지고 활기차게 되는 거예요.

라지브　　그런 감정들에 동요되는 때도 계신가요?

성하　　가끔은요. 그런 감정들이 멀어져 가면 마음은 안정을 찾고 그 결과 몸 또한 안정을 찾게 됩니다. 감정의 기복이 심하면 몸에 해로울 수 있습니다. 생산적인 감정과 부정적인 감정의 차이는 아주 간단합니다. 행복을 원하지 않는 사람은 없지요. 다들 인생의 목적이 뭐냐고 물으면 행복이라고 대답하잖아요. 그런 면에서 행복과 만족, 평정, 평화를 낳는 감정은 생산적인 감정입니다. 자신뿐 아니라 타인에게도 고통을 낳는 감정은 부정적인 감정입니다. 사람들은 돈이 인생의 문제를 해결해 줄 걸로 착각합니다. 하지만 인생의 문제는 외면적인 것으로는 해결이 되지 않습니다. 물질의 발전을 추구한 서구의 방식은 인류에게 많은 혜택과 도움을 주었지만 전통적인 종교 가치가 더 중요하다고 생각합니다. 우리는 마음의 부를 간과해선 안 됩니다. 마음이 풍요로우려면 마음공부를 통해 물질의 발전과 육체적·정신적 편안함을 조화롭게 가꾸어 나가야 합니다. 이는 인도인이나 티베트인만이 할 일이 아니에요.

인류 모두가 그렇게 해야 합니다. 마치 두 개의 수레바퀴처럼 물질적 발전과 영적 발전은 함께 가야 하는 것이에요.

라지브 성하는 서양에서 베스트셀러가 된 『달라이 라마의 행복론』을 저술하셨는데요, 행복이란 무엇입니까?

성하 행복이란, 다른 말로 해서 열반이나 해탈이란 고통과 번뇌, 무지에서 해방되는 것을 말합니다. 이것이 "무지로부터의 해탈이 존재의 목적이다"라고 말하는 인도 철학, 다르마의 골자입니다. 행복을 원하고 고통에서 자유로워지려는 점에서 모든 존재는 같아요. 행복할 권리는 모든 존재에게 있는 거지요. 사람들은 경제적 빈곤이나 문맹, 질병 등을 불행의 원인으로 생각하고 물질적 발전에만 몰두합니다. 하지만 선진국 국민을 봐도 역시 고독이나 걱정, 불안 등으로 괴로워하는데, 이는 탐욕과 불만, 불안 때문이죠. 돈도 기술도 내면의 평화를 주지 못합니다. 내면의 평화는 마음을 바르게 가져야 오는 것입니다. 문제는 우리의 머리가 만든 것이기 때문에 문제를 해결하는 방법도 우리의 머리에서 찾아야 합니다. 오늘날 과학자들은 두뇌의 특정 부분이 많이 움직이면 긍정적인 효과가 나타난다는 사실을 발견했습니다. 얼마 안 있으면 내면의 평정은 열린 마음과 열린 가슴, 타인에 대한 관심과 배려, 인류를 한 가족으로 여기는 마음 등에서 오는 것임을 깨달을 것입니다. 그런 관점에서 우리가 행복하려면 다른 사람도 행복할 권리가 있음을 인정해 줘야 합니다. 다분히 이상적인 말로 들릴지 모르나, 역사를 살펴보면 처음에는 비현실적으로 보였던 것들이 결국에는 현실로 드러나는 현상들을 적지 않게 볼 수 있습니다.

라지브 불교는 본질적으로 개인의 수행과 진화를 목적으로 하는 종교입니다. 성하께서도 관세음보살의 화신이지만 불교에는 보살 사상이 있습니다. 그런데 요새 들어 참여 불교, 그러니까 개인의 행복만을 추구하는 게 아니라 사회 이슈나 문제에도 적극적으로 참여하는 불교가 들불처럼 번지고 있습니다. 그렇다면 본질적으로 개인 수행을 목적으로 하는 불교 철학이 어떻게 사회 현실에 참여하는 사상으로 변화될 수 있다고 생각하십니까?

성하 먼저 언급하고 넘어갈 부분은 "나는 보살이다"라고 말하지 않아요. 나는 보살이 되려는 열망이 있는 사람일 뿐이에요. 하지만 불교는 사회에 참여하지 않은 적이 없습니다. 보시와 지계의 사상은 타인을 위한 것입니다. 대승의 길은 사회와 아주 밀접하게 연관되어 있습니다. 보시란 자신에게 주는 것이 아니라 타인에게 주는 것을 말합니다. 해로운 행동을 하지 않고 참된 가치를 닦고 보호하고 증진시키며 중생을 돕고 이롭게 하는 등 지계 수행의 세 가지 측면은 모두 타인과 밀접하게 관련되어 있습니다. 나는 진지하게 교육과 보건 분야 등에서 사회봉사와 활동을 열심히 하며 하느님에게 헌신하는 기독교 형제자매들을 존경합니다. 나처럼 보살도를 닦는 불자들도 타인을 위해 봉사하는 수행에 미진할 때가 있습니다. 경전은 자신의 몸까지도, 자신의 장기까지도 내주라고 했습니다. 따라서 사회 활동에 참여하는 일은 불자에게 무엇보다 중요한 일이 되어야 합니다.

라지브　불교는 방편과 지혜를 강조합니다. 지혜는 성인의 말을 듣고 책을 읽고 위대한 스승과 위인들의 삶을 바라보며 얻을 수 있습니다. 하지만 방편의 문제를 보면 상당히 복잡합니다. 자비가 현실에서 유익하다거나 온유하고 차분하고 공손해야 한다는 사실을 잘 알고는 있으나 실천하는 일은 어렵습니다. 불교와 그 전통에는 훌륭한 방편들이 많이 있습니다. 불자가 아닌 사람의 경우에 자신을 변화시키려면 어떤 수행을 해야 하는지 말씀해 주십시오.

성하　생활의 중심에 자비를 놓을 수 있다면 우리의 생활은 참으로 인간다워지겠죠. 자비가 빠진 삶은 기계적인 삶이 되고 맙니다. 우리의 생활이 교육과 경제, 기술, 과학 등의 모든 분야에서 이해타산의 관계가 아니라 자비를 중심으로 돌아간다면 우리의 삶은 타인을 이롭게 하는 삶이 될 것입니다. 그러면 우리의 일상적인 행위도 보살의 행위가 될 것입니다.

라지브 여러 면에서 성하는 티베트 문화의 보존을 위해 노력하고 있습니다. 중국의 좋지 않은 요소나 서구 문화가 티베트 내로 밀려들고 있다는 보도가 늘어나고 있습니다. 장기적인 안목에서 볼 때 티베트 문화의 생존 위협이 어떻다고 생각하십니까?

성하 현재의 상황이 그대로 지속된다면 티베트 문화가 살아남기는 대단히 어려워집니다. 티베트로 유입되는 중국인은 중국에서 일자리를 찾지 못한 비숙련 노동자가 대부분인데요, 티베트로 들어와서는 현지인을 밀쳐 내고 일자리를 차지합니다. 이들 비숙련 중국인들은 티베트 문화와 언어를 습득하는 데는 관심이 없고 돈 버는 데만 급급하기 때문에 이제는 티베트인들이 중국어를 하지 않으면 안 되는 상황이 되어 버렸어요. 결과적으로 티베트어는 거의 쓰이지 않는 형편이고요. 언어뿐 아니라 티베트의 사고방식, 생활양식, 식문화 등이 급격하게 변하고 있습니다. 우리는 티베트를 탈출하여 이곳에 온 사람들, 특히 젊은이들에게서 이런 변화를 알게 되었습니다. 노년층에서는 별다른 변화가 없지만 청소년층에서는 곳곳에서 사고방식의 변화가 감지되고 있어요. 중국 당국, 특히 지방 당국은 이러한 티베트의 변화를 유도해 왔는데, 거기에는 두려움이 숨어 있습니다. 그들은 티베트의 모든 면들을 정치적으로 보고 해석하죠. 중국인들은 티베트가 언젠가는 분리·독립할지 모른다는 점을 우려하고 두려워합니다. 언어와 종교, 문화 등 티베트의 정체성과 관련된 모든 것에서 그들은 분리의 씨앗과 위협을 봅니다. 그들에게는 티베트 문화를 보호하려는 의지가 전혀 없어요. 그 대신에 티베트학 연구에 수많은 제한을 가합니다.

라지브   전 세계적으로 미국과 서양 문화가 지배하고 여타의 전통문화가 쇠퇴하는 시대에 왜 티베트의 유산과 문화를 보존하는 노력이 그토록 중요한 것입니까? 일부 중국의 영향이 있다 해도 티베트 내에서 전통문화가 쇠퇴하는 것은 현대화나 서구화의 영향 때문이 아닐까요?

성하   사회 제도와 경제 제도, 경제 상황, 나아가서 환경 변화 등과 관련된 전통의 측면이 있기도 합니다. 하지만 이들은 그렇게 중요한 요인은 아닙니다. 이들은 시간이 지나면 자연스럽게 변하는 요인들이지요. 즉 티베트 역시 현대화되어야 합니다. 이렇게 시대에 따라 변할 수밖에 없는 전통이 있는가 하면 불법에 의해 형성된 티베트 문화의 측면이 있습니다. 불법은 자신과 인간, 나아가 동물과 모든 존재를 대하는 티베트 세계관의 형성에 지대한 영향을 주었습니다. 일반적으로 티베트 민족은 다른 어느 민족보다 자비와 평화를 사랑합니다. 이런 문화유산은 마땅히 보존할 가치가 있다고 봅니다. 인류가 험난한 격동의 시대를 건널 때 티베트의 문화유산은 커다란 도움이 될 것입니다. 티베트 문화에는 인류에게 기여할 수 있는 면이 있기 때문에 더욱 보존할 필요성이 있는 겁니다. 하지만 티베트 문화의 보존은 쉽지가 않습니다. 티베트 문화를 보존하려면 사람들이 자발적으로 나서야 합니다. 사람들이 티베트 문화를 보존해야 하는 이유와 사명을 스스로 깨닫지 못하면 내부로부터 문화를 계승·발전시키는 일은 쉽지가 않습니다.

라지브 참으로 오랜만에 성하가 파견한 대표단이 중국을 방문하여 대화를 했습니다. 중국 측과의 대화에 희망이 있다고 믿는 이유가 있습니까?

성하 1차 회담의 분위기는 고무적이었어요. 출발이 좋은 것으로 생각됐습니다. 처음부터 우리는 티베트 문제를 푸는 최상의 길은 대화라고 믿었습니다. 그래서 일찍이 1973년과 1974년, 중국이 문화 혁명의 소용돌이에 휩싸여 있을 때 우리는 여기 다람살라에서 조만간 중국 정부와 협상을 시작하기로 결의했던 겁니다. 독립의 문제는 별 의미가 없습니다. 우리는 '실질적 자치'라는 중도적 접근법을 정책으로 택했습니다. 그래서 실질적 자치가 우리의 목표입니다. 그런 목표를 가지고 우리는 중국 당국과 협상을 해 왔습니다. 중국 정부는 내가 어떤 형식으로든 독립 운동을 주사하고 있는 것으로 판단하는 모양입니다. 그래서 서로 오해와 불신의 벽에 막혀 있습니다. 우리의 견해는 달라요. 그래서 합의점을 찾을 필요가 있는데, 그러려면 얼굴을 맞대고 대화를 해야 하거든요. 바로 이 점이 무엇보다 중요하다고 생각해요. 하여튼 회담이 재개돼서 기쁩니다. 많은 걸 한꺼번에 기대하지는 않지만 출발은 좋아요. 당신도 알다시피 티베트 문제는 매우 복잡하게 얽혀 있습니다. 우리는 안정과 통합, 번영을 성취하기 위해 노력을 해 오고 있어요. 중국 정부의 목표도 다르지 않을 거고요. 그런데 방법이 다른 것 같아요. 중국 정부는 티베트의 통합은 안중에도 없고 세뇌 교육을 통하여 중국식으로 목표를 이루려고 하는 것 같습니다. 저는 티베트 통합을 중심에 놓습니다. 티베트의 통합은 중화 인민 공화국의 문화와 종교를 발전시키는 데 한몫 할 수 있다고 봅니다. 이런 자세로 접근하는 것이 상식적으로 올바르다고 봐요. 중국인도 티베트인도 모두 인간입니다. 통합은 마음에서 나오는 것이지 두려움을 바탕으로 해서는 이루어질 수 없습니다. 현재 티베트 내에 일정한 안정이나 통합이 보이긴 하나, 이는 공포 정치 속에서 강제로 형성된 것입니다. 그건 참된 통합이 아니에요. 티베트인들이 진실로 흡족해할 수 있는 통합이 되어야 하는 거죠. 하지만 지금까지는 의심과 고통의 연속이었습니다. 나는 최근에 중국 수상을 방문해서 이런 티베트 실정을 전달했습니다. 하지만 티베트 내에는 발전이 없는 것 같아요. 이 부분이

염려됩니다. 중국 측과 회담이나 대화를 하는 목적은 내가 티베트로 복귀하는 것만이 아니라 티베트의 발전을 실질적으로 이룩하는 것이기 때문이지요. 일단 티베트의 상황이 개선되면, 즉 중국 정부가 보다 현실적인 정책을 내놓으면 내가 티베트로 복귀하는 때가 오겠죠. 그럴 때라야 티베트 내에서 내가 쓸모 있을 겁니다. 티베트 내에서 자유가 보장되지 않고 현재의 상황이 개선되지 않으면 설사 내가 티베트로 복귀한다 해도 나는 구경꾼에 지나지 않을 겁니다. 즉 내가 할 수 있는 일은 아무것도 없을 거란 말입니다. 사실 1980년대 초 중국 정부의 지도부는 나의 복귀를 제안했습니다. 내가 티베트로 복귀하면 이전의 지위와 특권 등을 누릴 수 있게 해 준다는 것이었죠. 나는 나의 지위가 문제가 아니라 진정한 문제는 티베트인들의 권리와 미래라고 주장했죠. 그 후론 티베트에서 아무런 진전도 변화도 없습니다.

라지브 최근 세계에서 일어나는 충돌들이 한쪽에서 교섭을 제안함으로써 멈추는 경향이 있습니다. 성하의 접근법은 자비의 논리를 바탕으로 합니다. 성하는 세계적으로 여러 정치 단체들로부터 두터운 지지를 받고 있으나 그들 정치 단체들은 중국이 실질적인 반응을 보일 수 있도록 구체적인 압력 행사를 하지는 못하고 있어요. 무엇이 실질적인 변화를 이끌어 낼 수 있다고 보십니까?

성하   중국의 관료 체제는 변하고 있습니다. 티베트 문제에
        관심을 표명하는 일반 중국인이나 지식인, 예술가, 사
        업가 등의 숫자가 해마다 증가하고 있어요. 중국과 인
        도 사이의 관계도 개선되고 있고요. 이런 변화들이 중
        국 정부가 티베트 문제를 보다 진지하고 현실적인 방
        향으로 생각하게 만들 것이라고 봅니다.

라지브   이전에 살아생전에는 티베트 문제를 해결할 수 있다고
        자신하셨지요. 그런 성하의 관점이 바뀌게 된 데는 어
        떤 이유가 있었나요?

성하   내 나이는 일흔 살이 다 됐지만 나의 관점에는 변화가
        없어요. 신세대, 젊은 세대가 아주 건강하게 자라고 있
        습니다. 티베트 정신의 바탕이 아주 건실한 거죠. 티베
        트 안팎으로 티베트 정신은 아주 강건합니다. 2~3년
        전부터 우리는 지도부를 민주적인 방식으로 선출하고
        있습니다. 그래서 내가 반은 은퇴를 한다 해도 티베트
        문제는 건실하게 나아갈 겁니다. 이제 중국 국민은 세
        계적인 시각으로 일들을 생각하기 시작했습니다. 상황
        이 긍정적인 방향으로 변해 가고 있고요. 그래서 나는
        티베트 문제에 대해 낙관합니다.

라지브   성하는 종종 '인도는 스승의 나라, 티베트는 제자의 나
        라'라고 말씀하십니다. 인도는 15만여 명의 티베트 망
        명자들을 받아들이고 교육의 편의를 제공하고 티베트
        문화를 보존하도록 지원하는 등 티베트 망명 사회에 지

원과 후원을 아끼지 않았습니다. 그럼에도 정치적인 지지나 후원은 부족했다고 말씀하시기도 했고요. 이제 인도와 중국 관계가 해빙기에 접어든 모양새인데, 그렇다면 인도의 역할은 무엇이라고 생각하십니까?

성하   나는 처음부터 중국이 국제 사회에서 소외되어서는 안된다고 생각했어요. 국제 사회의 일원이 되어야 한다고 생각했던 거지요. 중국을 설득하는 최상의 논리는 우정을 바탕으로 하는 겁니다. 적개심을 가지고 하면 안 돼요. 나는 이 점을 미국과 유럽, 인도 등지에서 분명히 했습니다. 그래서 나는 아시아에서 가장 인구가 많은 두 대국의 관계 개선을 진심으로 환영합니다. 하지만 중국과의 관계 개선이 티베트 망명 사회에 대한 인도의 정책에 영향을 주리라고는 생각지 않습니다. 정치적으로 보건대, 나는 가끔 인도의 티베트 정책이 지나치게 신중하다고 말했습니다. 티베트는 지난 수십년 동안 인도의 대중국 정책의 일부가 아니었어요. 앞으로도 그럴 것이고요. 하지만 현실을 보면 인도는 티베트 문화 보존과 교육 등을 위해 참으로 많은 일을 해주었습니다. 중국은 선거와 언론의 자유 등에 대단히 신중하기는 하나, 민주주의와 개방 정책을 통해 변화하고 있습니다. 선거와 언론의 자유에 대한 신중한 접근은 중국이 대국이기 때문에 어쩔 수 없는 일일 겁니다. 과거에 대봉기들이 일어났습니다. 중앙 정부가 느

덧없이 무너지면 나라는 혼돈의 소용돌이 속으로 빠져들고 극심한 유혈 사태가 일어날 겁니다. 그건 어느 쪽에도 득이 되지 않아요. 당연히 티베트인들에게도 득이 되지 않지요. 변화의 과정은 평화롭고 순조로워야 합니다. 인도는 중국과의 관계 개선을 통해 보다 강해지는 것은 물론 경제적으로도 좋아질 것입니다. 나는 인도 정부가 중국 정부로 하여금 중국 통합과 중국 이미지 개선에 좋은 티베트 정책, 그리고 티베트의 실질적인 경제 발전을 도모할 수 있는 티베트 정책을 펴는 쪽으로 설득해 주기를 바라고 있습니다.

라지브 티베트 불교가 살아남는다면 티베트 밖으로 어느 정도까지 뻗어 나갈 수 있다고 생각하십니까? 티베트의 문화와 유산이 다른 나라에서도 발전할 수 있다고 생각하십니까?

성하 의학이나 심리학 등과 같은 분야의 우수한 과학자들이 티베트 불교와 그 세계관에 깊은 관심을 표명합니다. 불교의 심리학은 종교라기보다는 학문에 가깝습니다. 앞에서 언급한 것처럼 불교 심리학은 서양 심리학보다 훨씬 오래되었어요. 티베트 밖에서도 티베트의 사상에 관심을 갖는 사람들이 늘어갑니다. 티베트 문화는 티베트 지역에만 국한되어 있지 않아요. 인도 북부와 네팔 북부, 부탄 등지에서도 티베트 문화와 종교를 발견할 수 있습니다. 몽골과 러시아 연방의 몇몇 공화국에서도 마찬가지입니다. 구소련에서 해방된 국가들에서는 마음놓고 불법을 연구할 수 있는 자유가 있어요.

라지브   성하는 여러 종교 간의 대화에 참여해 오고 있습니다. 흔히 종교의 목적은 모두 같다고 말하지만 현실에서는 그렇지 않은 것 같습니다. 분야가 다르고 중심 내용이 다르지요. 여러 종교 사이에서 볼 수 있는 공통점은 무엇이라고 생각하십니까?

성하   세계 주요 종교들은 한결같이 사랑과 자비, 용서의 메시지를 전합니다. 모든 종교의 목적이 같다거나 믿음이 같다고 한다면 맞지 않겠지요. 사실 종교 간에 많은 차이점이 있습니다. 이를테면 어떤 종교에서는 창조주를 믿지만 다른 종교에서는 창조주를 믿지 않습니다. 이건 틀림없이 근본적인 차이이지요. 그러나 생각은 서로 달라도 목적은 모두 좋다고 생각합니다. 사람들마다 그 기질이나 성향이 많이 달라서 하나의 철학이나 종교로는 모두를 만족시킬 수 없는 거지요. 그래서 고대의 위대한 스승들은 다양한 철학과 사상을 제시했습니다. 예를 들어 어떤 사람은 맥아로 만든 음식을 좋아할 수도 있고 다른 사람은 좋아하지 않을 수도 있습니다. 이와 같이 영성도 마음을 위한 양식이며 각기 다른 문제, 각기 다른 성향의 사람들을 위해서는 각기 다른 종교가 필요한 것입니다. 이를 이해할 수 있다면 종교 간의 차이를 인정하고 존중할 수 있어요. 종교는 서로 달라도 그 목적은 같아요. 인류의 발전, 자비롭고 조화로운 지구촌을 건설하는 목적 말이죠.

라지브 　성하는 사랑과 자비라는 말을 자주 사용하시는데요, 둘 간의 차이는 무엇입니까?

성하 　사실 나도 사랑과 자비의 정확한 차이를 모르겠습니다. 산스크리트어에서는 카루나(karuna)라는 한 단어를 쓰는데 티베트어에서는 인지(inji)라는 말과 참바(chamba)라는 말을 씁니다. 카루나와 인지는 고통을 극복하려는 열망을 뜻하는 반면, 참바는 행복하려는 열망을 뜻합니다. 참다운 자비란 상대가 내게 잘하느냐에 달려 있지 않아요. 상대가 나에게 어떤 태도를 취하건 상대에게도 존재의 중심이 있고 고통에서 벗어나 행복할 권리가 있다는 사실을 깨달을 때 자비가 생겨납니다. 나를 해치려는 적에게도 존재의 중심이 있고 고통을 극복하여 행복을 얻을 수 있는 권리가 있습니다. 참다운 자비란 모든 이에게 마음의 문을 여는 것을 말합니다. 자비는 연민의 정이 아니에요. 자비는 상대도 나와 같다는 사실을 인정하고 상대의 권리를 존중하는 마음에 바탕을 두고 있어요.

라지브 　자비는 도덕적으로 훌륭하고 바람직한 성품입니다. 자비의 도를 닦으면 어떻게 더 행복해지고 더 나은 인간이 되는 것입니까?

성하 　예를 들어 볼까요. 거리에서 어떤 사람을 만나면 나는 인간의 느낌을 재확인합니다. 그리고 상대를 알든 모르든 미소를 지어 보이죠. 어떤 때는 상대가 아무런 반응을 보이지 않기도 하고 또 어떤 때는 의심의 눈초리로 나를 보기도 해요. 하지만 웃으면 내가 좋아져요. 상대의 기분이 좋아지느냐 아니냐는 상대에게 달려 있어요. 그러므로 자비를 닦은 열매는 1차적으로 닦는 사람에게 오는 것이지요. 이 점을 분명히 이해하는 게 아주 중요합니다. 그렇지 않으면 자비는 다른 사람만을 위한 것이지 나를 위한 것이 아니라고 생각하기 십 상입니다. 자비로운 태도는 인간은 물론 다른 존재들과의 의사소통을 원활하게 하는 데 도움이 됩니다. 그 결과 참된 우정을 쌓게 되고 분위기가 밝아지며 내면은 더욱 강해져요. 내면의 힘이 생기면 자신만 챙기던 마음이 상대도 배려하는 마음으로 넓어집니다. '나'라는 말을 자주 쓰는 사람은 심장병에 걸릴 확률이 높다는 연구 결과도 있잖아요. 항상 자신만을 생각하면 생각의 폭이 좁아지게 되어 있어요. 그렇게 되면 작은 문제도 크고 심각하게 보이는 거예요. 다른 사람을 배려하면 마음이 넓어집니다. 마음이 넓어지면 큰 문제들도 사소하게 보여요. 바로 이 점에서 자비가 왜 중요한지 알 수 있습니다.

라지브　　성하께서는 자비의 동기가 어떠해야 하는지에 대해 말씀해 주셨는데요, 철학적으로 보면 동기와 방법은 엄

연히 다릅니다. 이를테면 간디는 방법과 목표, 수단과
목적을 구분했습니다. 동기를 실천하는 수단에 대해서
는 별말씀이 없으셨는데, 동기와 수단을 어떻게 구분
하면 되겠습니까?

성하　폭력과 비폭력을 예로 들어 봅시다. 둘 사이는 동기에
서 확연하게 구분됩니다. 동기가 진실한 자비라면 부
모가 아이를 꾸짖거나 선생님이 학생을 질책하는 말이
나 행동을 폭력이라고 하지 않죠. 겉으로 보면 호되게
보일지라도 본질적으로 보면 비폭력인 겁니다. 이와
같은 식으로 부정적인 동기가 숨어 있다면, 예를 들어
상냥한 말을 써서 남을 속이거나 이용하려 든다면 말
의 상냥함에 관계없이 폭력의 일종이 될 수 있는 겁니
다. 그러므로 우리는 동기에서 명확한 구분을 해야 합
니다. 하지만 방법이 누가 봐도 지나친 폭력 자체라면
그 동기가 어떠했느냐를 굳이 따져 볼 필요가 없죠. 그
렇다 해도 동기가 무엇보다 중요한 잣대입니다. 설사
방법이 약간 호되다 해도 그 동기가 진실하고 생산적
이라면 좋은 것입니다.

라지브　성하의 행복 속에 있는 비밀은 비밀로 간직하고 싶다
고 하셨습니다. 그 비밀을 조금만 말씀해 주시면 안 되
겠습니까?

성하　잘 자고 잘 먹은 거예요. 뭐 특별할 게 없지만 자신과
상대를 대하는 태도도 중요하지요. 불교의 관점에서

보면 삶은 간단하지 않습니다. 이 몸 자체가 장애요, 카르마가 여러 문제들을 만들어 냅니다. 당신도 아마 가끔은 불운한 일을 당하지요? 하지만 불운한 일도 긍정적인 일로 바뀔 수 있어요. 불운한 일을 사용하기 나름입니다. 그래서 불운한 일도 얼마든지 도움이 될 수 있어요. 물론 처음에 불운한 일이 생기지 않도록 노력해야죠. 하지만 불운한 일이 일단 생겼다면 이를 다른 각도에서 바라볼 필요가 있습니다. 예를 들어 우리는 나라를 잃었습니다. 하지만 사물을 긍정적인 시각으로 바라보면 좌절에서 서서히 벗어나는 기회로 전환시킬 수 있는 겁니다.

저자 프로필 *글 수록 순

로버트 서먼(Robert A. F. Thurman)

티베트 불교학의 대가로 컬럼비아 대학교 인도 티베트 불교학과 교수이다. 뉴욕 시에 티베트 하우스를 공동 설립하였으며 현재 이사로 재직 중이다. 전직 티베트 승려였으며 달라이 라마의 친구이자 강력한 후원자이기도 하다. 『티베트 사자의 서』를 번역했으며 『마음의 혁명』 등을 저술했다. 국내에서 『우리를 행복하게 하는 것들』, 『티베트의 영혼 카일라스』가 출간되었다.

이사벨 힐턴(Isabel Hilton)

『뉴요커』의 기자이며 런던 주재 작가이자 방송인이다. 중국 전문가로서 판첸 라마를 다룬 다큐멘터리 「잃어버린 소년의 왕국」을 만들었으며 그 후속편으로 『판첸 라마를 찾아서』를 펴냈다.

알렉산더 노먼(Alexander Norman)

전업 작가로, 달라이 라마와 공동으로 『달라이 라마 자서전』과 『오른손이 하는 일을 오른손도 모르게 하라』를 집필했다. 「파이낸셜타임스」 등과 같은 언론 매체에 수많은 티베트 기사를 기고했다.

피코 아이어(Pico Iyer)

저명한 저널리스트이자 작가, 수필가이다. 『타임』에서 『인터내셔널 헤럴드 트리뷴』에 이르기까지 유수한 언론 매체에 티베트를 비롯한 다양한 이슈들에 관한 글들을 기고했다. 현재『불교평론, 트라이사이클』의 기고 편집자로 활동하고 있다.

술락 시바락사(Sulak Sivaraksa)

타이의 시바락사 사회참여 불교의 태두이자, 학자, 저술가, 사회 운동가이다. 정권에 저항하다 여러 차례 투옥, 미국에서 오랜 망명 생활을 했다. 버클리 대학, 코넬 대학 등에서 불교, 민주주의, 인권, 평화에 관한 강연을 했으며 NGO 활동가로 활약하며 '개발에 관한 아시아 문화 포럼' 등의 단체를 창설했다. 1993, 1994년 노벨 평화상 후보로 추천되기도 했다.『사회 변혁을 위한 불교적 대안』등 1백여 편이 넘는 논문과 도서를 저술했으며 국내에서『평화의 씨앗』이 출간되었다.

메리 크레이그(Mary Craig)

영국에서 저널리스트와 방송 기자로 활동했다. 티베트인의 실상을 파헤친『피눈물』을 저술하면서 달라이 라마와 그의 가족들에 관심을 갖게 되었으며 이후『태양을 기다리며』와 달라이 라마의 가족사를 조명한『쿤둔』으로 티베트 3부작을 완성했다. 국내에서『쿤둔』이 출간되었다.

마티외 리카르(Mattieu Ricard)

세포 유전학 분야의 촉망받는 과학자였으나 33세에 티베트 불교 승려가 되었다. 현재 세계적인 불교 전문가로서 달라이 라마의 프랑스어 통역가, 저명한 사진작가, 불교 경전 번역가로 활동하고 있다. 아버지이자 한림원의 정회원인 철학자 장 프랑스와 르벨과의 대담집『승려와 철학자』가 베스트셀러가 되면서 20여 개국에 번역되었다.『티베트의 정신』,『춤추는 티베트 승려』등을 집필했으며 국내에서

『승려와 철학자』, 『행복 요리법』, 『손바닥 안의 우주』가 출간되었다.

웨인 티즈데일(Wayne Teasdale)
산야사 전통의 베네딕트회 수사이다. 현재 시카고에 거주하면서 세계종교의회 이사회에서 일하고 있다. 1991년에는 달라이 라마와 함께 '세계 비폭력 선언'의 초안을 마련하고 학문 간 심포지엄인 '통합을 위한 대화'에서 공동 노력을 했다.

니콜러스 리부시(Nicholas Ribush)
의학박사이다. 1972년 코판 사원에서 불교를 처음 접한 뒤로 예세 라마와 조파 린포체 밑에서 수학했다. 뉴델리와 보스턴 소재 투시타 마하야나 명상 센터의 창립자이며 보스턴에서는 예세 라마 지혜 보관소를 설립했다.

바라티 푸리(Bharati Puri)
저널리스트이자 학자이다. 뉴델리 소재 개발사회연구소와 '참여 불교 윤리의 해체' 문제를 연구하는 연구원이다. 2001년 뉴델리 소재의 자와할랄 네루 대학교에서 「현대 세계의 참여 불교, 달라이 라마의 세계관 연구」 논문으로 박사 학위를 받았다.

다니엘 골먼(Daniel Goleman)
세계적인 베스트셀러를 저술한 심리학자이자 저널리스트이며 '감성지능 서비스'의 경영자이다. 하버드 대학 객원교수를 역임했으며 러트커스 대학원에서 '노동 현장에서의 사회적 감성적 학습에 관한 컨소시엄'을 맡고 있다. 『타임』지에 기고한 글로 두 번에 걸쳐 퓰리처 상 후보에 올랐으며 미국 심리학회가 수여하는 공로상을 받았다. 『감성 지능』과 『감성 지능으로 일하기』 등을 비롯한 다수의 책을 저술했으며 국내에서는 『감성의 리더십』 등이 출간되었다.

R. 파니카(R. Panikkar)

철학자이자 힌두교를 전공한 신학자로 현재 캘리포니아 대학교의 종교학과 명예 교수, 스페인 종교과학협회 회장이다. 가톨릭 어머니와 힌두교 아버지 사이에서 태어나 스페인에서 자랐으며 종교 간 대화의 전문가로 국내에서 『종교 간의 대화』, 『지혜의 보금자리』가 출간되었다.

스와티 초프라(Swati Chopra)

델리의 저널리스트로 영성과 종교 분야의 전문가이다. 달라이 라마와 17대 카르마파를 인터뷰한 내용이 『불교 평론, 트라이사이클』에 소개되었으며 『리서전스』에 글을 기고해 왔다. 『말하는 나무의 최고』를 편집했으며 『라이프 포지티브 플러스』의 편집자로 활동하고 있다.

센틸 람(Senthil Ram)

뉴델리 소재 자와할랄 네루 대학교에서 중앙아시아학 박사 과정을 이수했다. 스웨덴 예테보리 대학교의 평화·개발 연구학과에서 객원 연구원으로 재직 중이며 노르웨이 트롬쇠 대학교의 평화학 센터를 위해 「갈등 해결을 위한 비폭력적 접근, 티베트의 사례」 논문을 집필하고 있다.

엘라 간디(Ela Gandhi)

마하트마 간디의 손녀로 인도의 평화운동가이다. 남아프리카 공화국에 거주하며 정치 운동가, 사회 복지사로 활동하고 있다. 아프리카 민족 회의의 회원이며 평화 문제를 다루는 국제 기구 및 티베트 지원 단체들과 긴밀한 관계를 맺고 있다.

달립 메흐타(Dalip Mehta)

2002년까지 인도 외무부에서 주로 인도 인접 국가들과의 외교관계 분야에서 일했다. 타슈켄트 주재 중앙아시아 대사, 부탄 대사를 역임했으며 뉴델리 소재 외무 연수원을 이끌기도 했다. 현재 뉴델리 소재 보편책임재단의 평의원으로 재직하고 있다.

툽텐 진파(Thupten Jinpa)

승려이자 달라이 라마의 영어 통역 담당관이다. 『티베트 불교의 세계』, 『선한 가슴, 달라이 라마 기독교의 마음을 살피다』 그리고 베스트셀러인 『오른손이 하는 일을 오른손도 모르게 하라』 등을 비롯하여 10여 권의 서적을 번역하고 편집했다. 현재 캐나다에 거주하고 있다.

부충 체링(Buchung Tsering)

1960년 가족과 함께 티베트를 탈출하여 인도로 망명하였으며, 1980년대 다람살라 소재 티베트 망명 정부의 관리가 되었다. 티베트 정부의 공식 저널 편집자로 일했으며 여러 잡지와 신문에서 기고가로 활동했다. 현재는 워싱턴 D.C. 소재의 국제 티베트 운동의 대표로 활동하고 있다.

아니스 정(Anees Jung)

델리에 거주하는 작가이자 저널리스트이다. 인도의 하이더라바드와 미국에서 교육을 받았으며 남아시아 여성의 고난과 시련을 다룬 책들을 비롯하여 다수의 책을 펴냈다. 『인도의 베일을 벗기다, 여성의 순례』, 『마당을 넘어서』(『인도의 베일을 벗기다』의 후속작), 『겨울 정원의 평화, 평범한 사람과 비범한 인생』 등을 저술했다.

툽텐 조파 린포체(Thubten Zopa Rinpoche)

네팔 태생으로 세 살 때 라우도 라마의 환생으로 인정되었다. 예셰 라마의 제자로 대승 불교 보존재단의 이사장으로 재직하고 있다. 스승과 함께 세계 여행을 하며 여러 곳에 다르마 센터를 설립했다.

제프리 홉킨스(Jeffrey Hopkins)

버지니아 대학교 티베트 불교학 교수이자 동대학교 동아시아학회센터 소장이다. 달라이 라마가 1979년부터 1989년까지 강의 투어를 할 때 10년간 통역을 담당했다. 달라이 라마를 비롯해 티베트 교수들과의 공동 작업으로 수십 권의 불교 경전을 번역, 출간했다. 국내에는 『달라이 라마, 죽음을 이야기하다』, 『달라이 라마, 삶을 이야기하다』, 『마음』이 출간되었다.

아난타무르티(U. R. Ananthamurthy)

인도의 저명한 시인이자 소설가, 사회 운동가이자 학자이다. 뉴델리소재의 '사히티야 아카데미' 회장을 역임했으며 현재 푸네 소재의 '인도 영화 텔레비전 연구소' 소장으로 재임 중이다. 삶을 존재론적으로 접근한 『삼스카라』와 『바라티푸트라』 등을 저술했다.

손민규

1962년 출생. 명상서적 전문 번역가. 번역서로는 『명상, 처음이자 마지막 자유』 『십우도』 『환생이란 무엇인가』 『지금 여기에 살아라』 『자유로운 여성이 되라』 등 50여 권이 있다. 현재 강원도 춘천에 거주하고 있으며, 명상과 수행 정보를 제공하는 '명상나라(www.zen.co.kr)'를 운영하고 있다.

달라이 라마

초판 1쇄 인쇄일 · 2006년 5월 1일
초판 1쇄 발행일 · 2006년 5월 6일
엮은이 · 라지브 메흐로트라
옮긴이 · 손민규
펴낸이 · 임성규
펴낸곳 · 문이당

등록 · 1988. 11. 5 제 1-832호
주소 · 서울시 성북구 동소문동 4가 111번지
전화 · 928-8741~3(영) 927-4990~2(편)
팩스 · 925-5406
ⓒ 문이당, 2006

홈페이지 http://www.munidang.com
전자우편 webmaster@munidang.com

ISBN 89-7456-336-3 03890

값은 표지 뒷면에 표시되어 있습니다.
잘못된 책은 바꾸어 드립니다.